LE GRAND NORD-OUEST

"Domaine français"

DU MÊME AUTEUR

L'HOMME DE BLAYE, Flammarion, 1984.
VOIE NON CLASSÉE, Flammarion, 1985.
L'INSOMNIAQUE, Flammarion, 1987 ; Babel n° 440.
LE MONARQUE ÉGARÉ, Flammarion, 1989 ; Points n° 205.
CHAMBRE NOIRE, Flammarion, 1990 ; Babel n° 887.
ADEN, Seuil, 1992 ; Points n° 1606.
MERLE, Seuil, 1996.
DANS LA PENTE DU TOIT, Seuil, 1998.
L'AMOUR DE LOIN, Actes Sud, 1998.
ISTVÁN ARRIVE PAR LE TRAIN DU SOIR, Seuil, 1999 ; Points n° 2436.
LES MAL FAMÉES, Actes Sud, 2000 ; Babel n° 557.
NOUS NOUS CONNAISSONS DÉJÀ, Actes Sud, 2003 ; Babel n° 741.
PETITE FABRIQUE DE L'IMAGE (coauteur), Magnard, 2003.
LA ROTONDE, Actes Sud, 2004.
UNE FAIM DE LOUP. LECTURE DU "PETIT CHAPERON ROUGE", Actes Sud, 2004 ; Babel n° 929.
DANS LA MAIN DU DIABLE, Actes Sud, 2006 ; Babel n° 840.
ON NE PEUT PAS CONTINUER COMME ÇA, In-8, 2006.
L'ENFANT DES TÉNÈBRES, Actes Sud, 2008 ; Babel n° 1039.
LA DIAGONALE DU SQUARE, In-8, 2009.
HONGRIE, Actes Sud, 2009.
PENSE À DEMAIN, Actes Sud, 2010 ; Babel n° 1090.
PHOTOS DE FAMILLE : UN ROMAN DE L'ALBUM, Actes Sud, 2011.
PROGRAMME SENSIBLE, Actes Sud, 2013.
TRANQUILLE, In-8, 2013.
LA PREMIÈRE FOIS, Actes Sud, 2013.
LA SOURCE, Actes Sud, 2015 ; Babel n° 1479.
AMOURS DE LOIN (L'AMOUR DE LOIN – LA ROTONDE – HONGRIE), Babel n° 1334, 2015.

© ACTES SUD, 2018
ISBN 978-2-330-09658-8

ANNE-MARIE GARAT

Le Grand Nord-Ouest

roman

ACTES SUD

*Hah Yah Oo thay
Shàdhël nigha
kwädür*

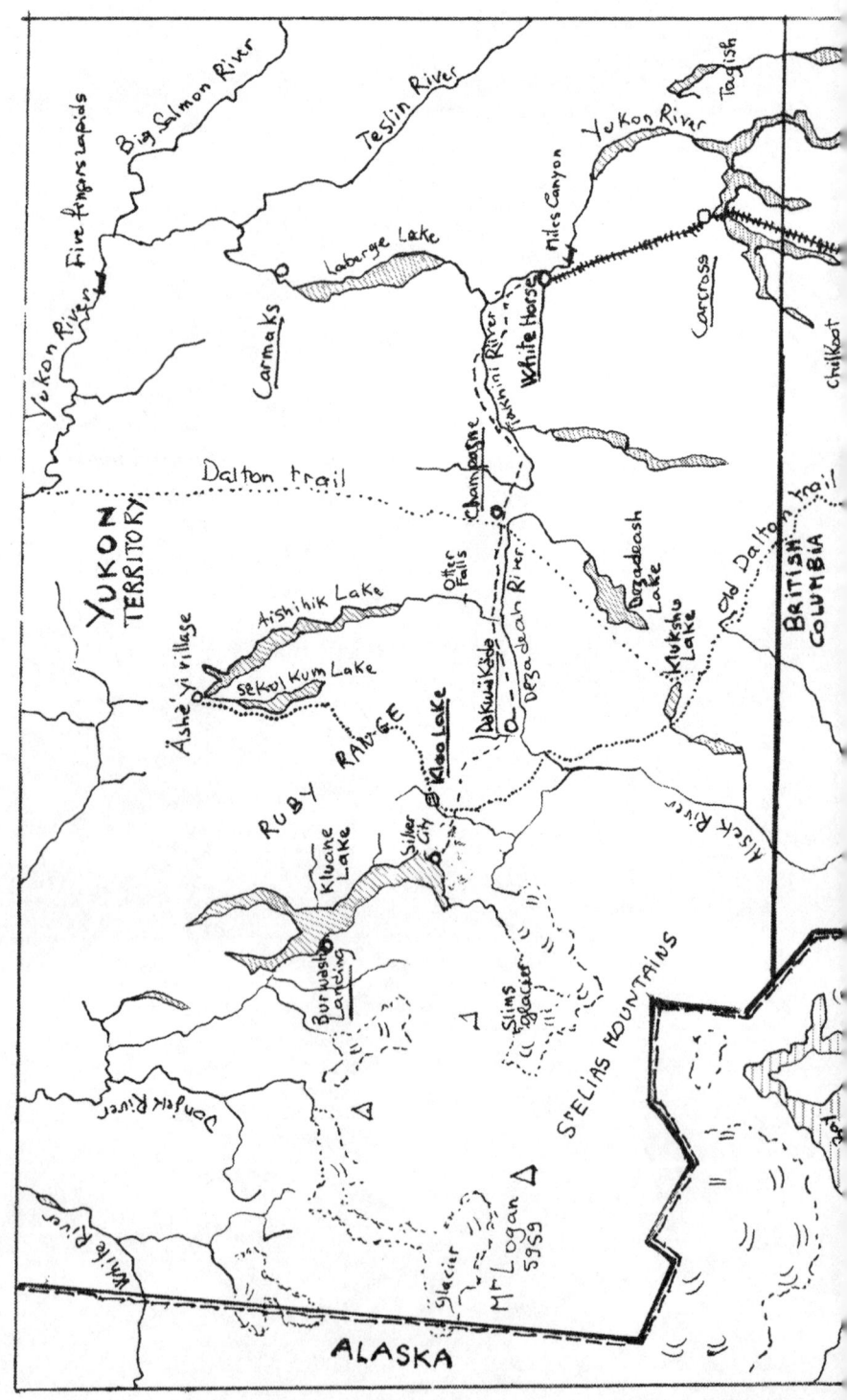

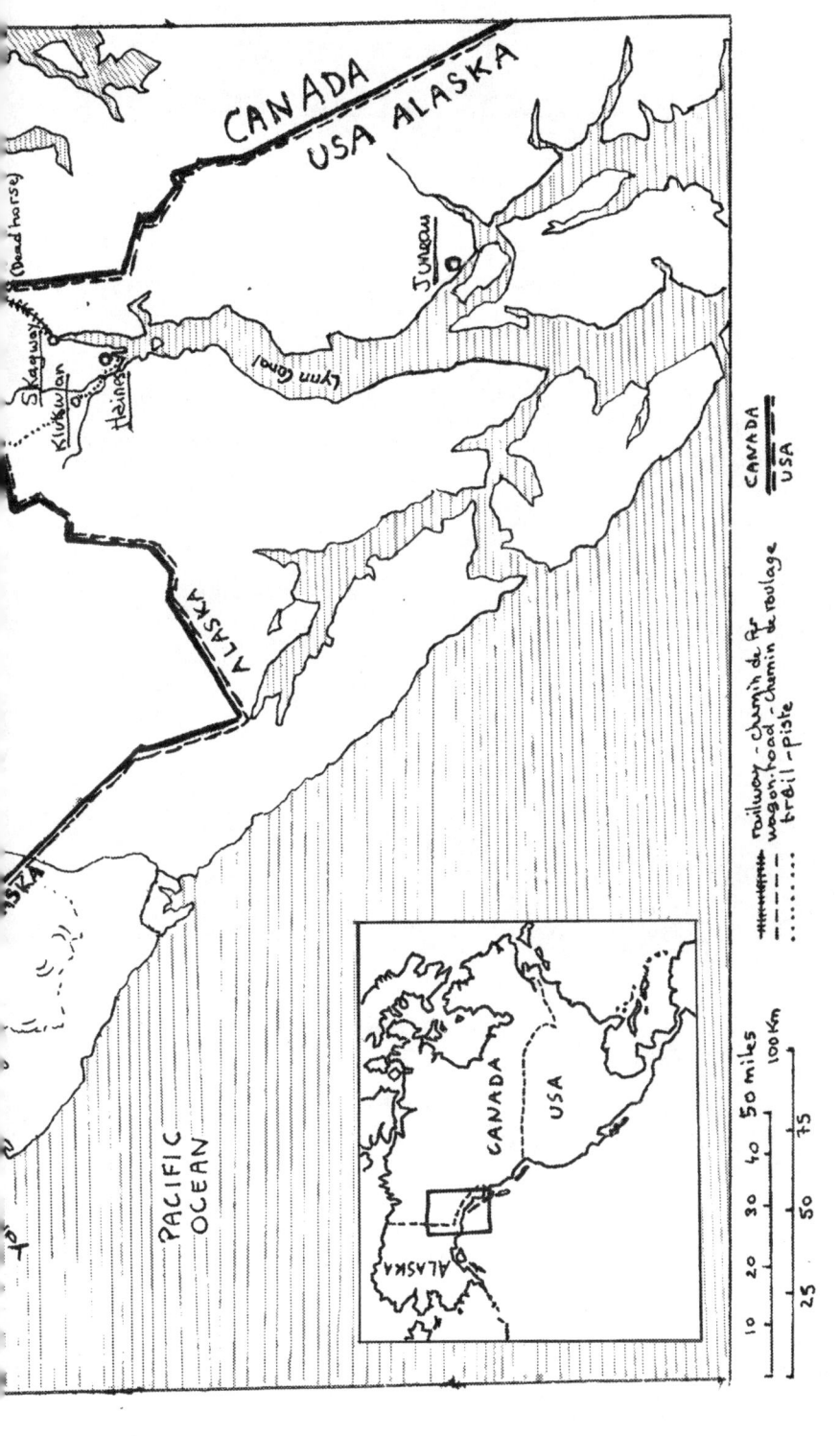

Quand ma mère a décidé de partir, cap au grand nord-ouest de ses rêves, l'époque des trappeurs et des chercheurs d'or d'antan était passée de longtemps. Désormais les rivières les plus indomptables s'enjambaient de ponts métalliques, les dragues géantes des compagnies minières défonçaient le moindre creek, partout il y avait des conserveries de saumon, des distilleries, des postes à essence, à la bonne saison autos et camions brimbalaient sur les chemins de roulage du Yukon et de l'Alaska, de petits hydravions domestiques se posaient de lac en lac, on avait des canots à moteur hors-bord, des téléphones AT & T, la radio débitait des publicités et on mangeait des oranges de Californie à volonté ; ce n'était vraiment plus le pays perdu qu'elle cherchait. Pourtant elle l'a trouvé ! Preuve qu'elle avait raison d'y croire encore, à son grand âge de trente-quatre ans.

Moi j'en avais six sur le siège passager de son pick-up Dodge plus écaillé, esquinté, cabossé qu'un char de guerre mais, au volant, elle avait belle allure de pionnière en salopette de jean et chemise à carreaux, flanquée de la 54, canon debout calé contre le levier de vitesse : en route pour l'aventure ! s'écriait-elle en quittant Haines d'Alaska comme si, en route, nous n'y étions pas depuis deux mois déjà.

Deux mois plus tôt j'étais, à califourchon sur l'énorme cuisse de mon père au fond de sa Cadillac enfumée par son cigare, en route pour le pique-nique monstre de mon anniversaire, une file de limousines roulant derrière la nôtre sur la plage de Santa

Monica où nous avaient précédés les fourgons de traiteurs distingués, portant le lunch à l'abri des tentes de cirque dressées sur la dune, avec perroquets et ouistitis en cage, des palmiers en pots, cactus géants et mâts de cocagne, le *Stars and Stripes* claquant au vent du large contre le ciel crépusculé de nuages. Il y avait déjà un jazz-band de musiciens noirs roulant des yeux, énormes joues soufflant au trombone, à la clarinette, des girls blanches en bikini jambe en l'air avec lâchers de ballons et de colombes, à minuit deux cents couples éméchés swinguaient sur la piste de danse. Exaltés par les loopings pyrotechniques du feu d'artifice et les feux de Bengale, des braillards couraient se jeter nus dans les rouleaux, d'autres y précipitaient leur voiture à qui ferait la plus haute gerbe d'eau ; tu as eu un sacré bel anniversaire de six ans, disait ma mère. Moi, roulée dans son vison, je dormais derrière une tente avec Tic et Toc les caniches et le lévrier Aston quand, au petit matin, quelqu'un a repéré une méduse obèse naufragée sur la plage. On a tiré mon père à plat ventre par les pieds comme on treuillait par la calandre les épaves de voitures noyées, le halage laissait un long sillage dans le sable. Les derniers invités, écarquillant leurs yeux de merlan, dit ma mère, se bousculaient pour voir les reporters mitrailler au flash le cadavre du célèbre et envié maquignon de cinéma. Sa photo en méduse échouée fut publiée à la rubrique des orgies de stars dans toute la presse locale, et la nationale.

Nous n'avons rien vu du repêchage mais plus tard, nous habitions alors la cabane de Kloo Lake, elle racontait à Kaska comment, laissant la compagnie de pochards se repaître du spectacle, elle nous avait fourrés les chiens et moi dans la Cadillac et avait foncé dans l'aube de ce lendemain rose, or des dunes, bleu d'océan pâle, jusqu'à notre domicile, qui était le plus huppé, le plus tarabiscoté et monumental palace du quartier de Brentwood, rebâti avec les pierres d'un manoir écossais et d'une mission mexicaine sous nos climats transplantées aux frais de mon père ou de sa banque, dans lequel il entassait ses collections de photos de vamps dédicacées, de juke-box chromés et de voitures de luxe ; dans lequel il tenait sous clé ses petits secrets qui n'avaient pas de secret pour Lorna del Rio son épouse. Dans l'heure, elle a raflé les fournitures de première nécessité, confié les chiens aux soins de la sanglotante Miss Plunkett et m'a embarquée encore endormie dans la Cadillac : cap au grand nord-ouest de ses rêves où, à six ans, je suis devenue Nez de renard, puis Qui donne ses dents. À sept on m'appelait Njyah qui veut dire Longue et maigre ; je le suis restée.

Appelle-moi Njyah, Bud.

À mon âge de six ans, j'ignorais encore beaucoup de choses mais j'avais assez de flair pour subodorer que, avant de faire la méduse, mon père avait été la plus grosse baleine harponnée par la plus filoute gredine de la côte Ouest. Sur les photos de ses débuts à Hollywood, on la prendrait pour une pin-up godiche de promo publicitaire. Châssis de Betty Boop, denture de Blanche-Neige, divine de pile et de face, boudeuse, cabotine, œil fripon sous la plume des faux cils, il fallait la voir trôner, alanguie dans les coussins de satin sous le nom de Lorna del Rio d'ascendance mexicaine ou, cuisses nues de cow-girl texane, chevauchant avec lasso une barrière de rodéo de studio. En tant que produit commercial de luxe, elle battait à plate couture les starlettes qui, fume-cigarette au bec, s'accoudaient lascives aux bars des hôtels sélects, tapinaient sur Sunset Boulevard et forniquaient avec les producteurs, les scénaristes, les perchistes, jusqu'au dernier des machinos, au dernier des échotiers, en vue de décrocher le petit rôle de leur vie. Mais Lorna del Rio n'avait pas, comme elles, un tempérament à faire de la figuration. Avec son génie du business et sa plastique, elle s'y entendait pour ferrer le poisson, vu qu'elle a une calculatrice atomique en place du cerveau et la moralité extensible plus qu'un chewing-gum. Ce qui n'exclut pas le sentiment, dont elle a à revendre. Un cœur phénoménalement sentimental, qu'elle effeuille sans compter du moment qu'au tiroir-caisse il y a du liquide en quantité. Oswald en avait autant qu'un nabab quand, au faîte de son empire tout juste rescapé de la Grande Dépression, il a rencontré cette artiste et, sous son parfum gardénia, humé la boucane de la meilleure flibuste. Jugeant qu'elle ferait une partenaire émérite, il l'a épinglée à sa boutonnière comme le plus aguichant bijou de sa collection, l'a laissée fourrer son nez dans ses coffres, et tenir à l'œil les mafieux gominés qui le marquaient à la culotte. C'était une mission des plus périlleuses mais Lorna del Rio savait baratiner ces enfoirés de Ritals de qui, disait Oswald, le colt gonflait mieux le pantalon que leur outil naturel. Séduit par son abattage il l'a épousée sans délai et, d'enthousiasme, me l'a donnée pour maman. Les deux larrons entamaient un règne sans partage quand, pour fêter mon sixième anniversaire, papa a malencontreusement bu la tasse sur la plage de Santa Monica. L'occasion s'offrant enfin d'accomplir son vieux rêve d'enfance, sans attendre la suite des événements, ma mère a décidé de mettre les voiles et d'écrire un nouveau chapitre de sa vie, qui en comptait déjà un certain nombre. Mais ce n'étaient qu'autant de brouillons : hop, on les jette et on passe au suivant, frimait-elle quand, à Kloo Lake, le blues la prenait et qu'elle se mettait à débloquer par les nuits d'hiver, qui sont perpétuelles sous ces latitudes.

Bien que n'ayant pas vu les photos à sensation de la plage de Santa Monica, j'y suis comme assise le jour de mes six ans avec Tic et Toc les caniches et le lévrier Aston. Où sont passés les fêtards, les pétards, les girls, les colombes ? Les vagues poussent à mes pieds leur écume, leurs guirlandes de varech et de petits coquillages, j'enfonce mes orteils dans le sable mouillé. La dune sort à peine des brumes d'aube, le jour va paraître ouvrant à mes yeux ensommeillés l'arche du ciel sur l'océan lavande. Ou bien c'est le chromo en pastel rose, dunes d'or, bleu d'océan pâle du calendrier périmé collé au mur de notre cabane qui m'inspire le souvenir de ce matin-là où, seule avec les chiens, je veille mon père noyé. De petits icebergs entrechoquent leurs cristaux, les cachalots, les saumons, les orques morts de froid dérivent au fond de l'immense bassine qui gronde et clapote sous l'horizon, dans les abysses ils flottent en compagnie des étoiles de mer congelées, parmi les os et les fanons blanchis des baleines. Les sables de Californie ont disparu mais toujours je revois mon père gisant à plat ventre, ses mollets, son crâne chauve, sa liquette retroussée découvrant son postérieur blanc de lune tout marbré d'écume, je lui chante *poo-poo-pee-doo, poo-poo-pee-doooo* et le vent, à petits soupirs, accompagne ma ritournelle.

Pour ne réveiller personne, j'étouffe mes sanglots de chiot sous la couverture de la Cie de la Baie d'Hudson, qui empeste la graisse d'eulachon, la résine et la poussière. Quoiqu'il y ait un lit en fer avec matelas, personne n'y couche : ma mère dort par terre sur un tapis en branchettes d'épinettes, moi sur le plancher du vieux buffet d'épicerie dans lequel, une fois tirées ses portes, je peux m'enfermer, bien calfeutrée dans ma petite cabane personnelle, emboîtée dans celle plus grande où nous vivons, une pièce unique tapissée de journaux jaunes constellés de chiures de mouches et qui n'a de fenêtre que quatre carreaux de vitres, si sales qu'on n'y voit rien au travers. Kaska dort assise en tailleur sur l'unique chaise dont nous disposons. Malgré sa jambe estropiée, elle s'y astreint en attendant le retour d'Herman. À son altitude, il fait nettement plus chaud qu'au ras du sol. Cette Indienne rabougrie a des yeux et des doigts de chauve-souris. Juchée sur sa chaise on la prendrait pour une momie mais, de nous trois, elle est la mieux lotie pour ce qui est du confort, dit ma mère qui, imprévoyante malgré ses fournitures de première nécessité, lui envie sa grosse fourrure d'ours mitée, dans laquelle elle se blottit, poils à l'intérieur, seul le chanvre noir de ses cheveux dépasse le cône de cuir craquelé, fissuré, qui ressemble à une hutte en écorce de bouleau moisie. Caparaçonnée là-dedans, elle garde sa chaleur mieux que nous, pauvres Visages pâles, de qui la peau tourne au lait caillé dès que la température approche zéro, ce qui est fréquent même en été à Kloo Lake.

Ma mère et Kaska dorment déjà dans la demi-pénombre de notre masure en rondins pleine de toiles d'araignée, de bâches décaties tendues entre les poutres, où pendent des ustensiles et des hardes, des viandes fumées, des peaux de bêtes écorchées, et la 54 accrochée derrière la porte, et moi je pleure mon père. Sa grosse cuisse qu'il me faisait chevaucher en criant youpla saucisse, bourrique, sa fumée de cigare et ses rires tonitruants, je pleure ses cadeaux extravagants, ma chambre en papier doré pleine de peluches et de jouets mécaniques, ma fermette avec ses animaux de bois peint, mon manteau de zibeline, même Miss Plunkett je la pleure. Bien qu'elle prétende qu'avant sept ans on n'a de cervelle, d'âme ni de sentiments, il m'arrive de la regretter, ses gronderies, ses berlingots acidulés, les caniches jumeaux et le lévrier Aston. Je ravale mes petits sanglots sous la couverture qui fut autrefois blanche à rayures rouges, maintenant usée, délavée trouée, je me dorlote en suçant son étiquette imprimée *Old Oregon Trail* qui, à force d'être mâchouillée, donne un jus de saveur réglisse à mon chagrin, encore que déjà s'éloigne, s'éloigne mon souvenir des fastes de Brentwood. J'ai quitté précipitamment ma si courte et prime jeunesse comme un port dont le môle disparaît aux yeux du voyageur. Depuis les semaines en rubans de routes pareilles, de bateaux au semblable sillage et de pistes défoncées qui nous ont emportées droit devant cap au grand nord-ouest, le temps a filé à toute vitesse, je grandis, je m'instruis, mais il me tarde de devenir encore plus vieille, autant que Kaska la momie, que ma mère intrépide, assez de *poo-poo-pee-doo*. Tournons la page à présent et, comme le dit Lorna del Rio, attaquons un nouveau chapitre.

Pourtant, chaque fois que je le fredonne, le petit refrain tire debout mon père de son linceul liquide. Tout dégoulinants que sont ses habits de soirée, son front blême, son gros ventre couvert de varech et d'écume grise, il se dresse en majesté dans la splendeur de l'aube sur la plage de Santa Monica tel Poséidon sortant des eaux furieuses et me fait un clin d'œil, signe d'approcher, comme pour me dire un de ses vilains secrets, mais je n'ai pas peur de son grand cadavre gelé, au contraire. Il m'est devenu plus familier au fil du temps, comme un vieux compagnon laissé en rade sur quelque quai, à qui j'envoie de mes nouvelles par télépathie. C'est qu'à présent j'en sais plus long que lui au sujet des vicissitudes et des aventures que ma mère a pu affronter avant de jeter son dévolu sur lui ; sur celles que nous avons bravées après sa noyade, et même sur son propre passé d'escroc j'ai appris bien des choses dont il n'aura pas eu le temps de m'informer, ne m'aurait sûrement jamais confiées en raison de son adoration de ma jeune personne, fieffé vieux papa. C'est de ma mère que je tire ma science, elle qui à l'envi, les jours de déprime, raconte ses tribulations anciennes et récentes à qui veut l'entendre, c'est-à-dire, dans ce désert, à la seule Kaska, à moi par accident, au chien par la même occasion. Dès qu'elle est en veine de parlote, j'aiguise mon ouïe. Je ne comprends pas tout mais assez pour concevoir qu'elle a en connu de vertes et de pas mûres au cours de son existence, durant sa traversée du continent sur la route 66, et auparavant celle de l'océan Atlantique, vogue, vogue grand navire, et encore avant, dans un jardin oublié de campagne française qui la vit croître et embellir, ma mère vient de loin et n'en finit pas de foncer plus loin encore, fallait-il que je sois son plus cher trésor pour qu'elle m'embarque dans son équipée.

Ainsi avons-nous abouti à Kloo Lake, dans ce coin perdu au fond du Yukon non loin du grand lac Kluane et des monts Saint Elias qu'on voyait parfois hisser leurs crêtes enneigées en lévitation dans les brumes au-dessus des eaux, par beau temps on aurait dit que la Terre soulevait son chapeau de glaciers pour le faire fondre au soleil. L'unique chemin de roulage de tout le pays finissait en cul-de-sac à Silver City, sur les berges du grand lac bleu glacé dont l'ancien nom est *Lù'àn Män*, partout ailleurs ce n'étaient que forêts inextricables et vieilles pistes pédestres, sentes d'ours ou d'orignal à travers les montagnes, nous étions les reines de ces solitudes. Seul, c'est ce que s'imagine le pied tendre égaré dans ces contrées : avant de réaliser qu'il ne l'est pas, il est passé de vie à trépas. Si entichée qu'elle était de son rêve d'enfance, si pourvue qu'elle se croyait de ses fournitures de première nécessité, même avec sa 54 et ses munitions, ma mère ne s'en serait pas sortie, moi non plus, si nous n'avions par providence rencontré Kaska. Nous l'avons adoptée ou elle nous a choisies, c'est pourquoi nous respectons son droit d'occuper l'unique chaise pour dormir en attendant qu'Herman revienne, assise bien empaquetée dans sa fourrure d'ours qui, quoique râpée mitée, est le meilleur des équipements de survie dans ces contrées.

Cette voix n'est pas celle de Jessie.

C'est celle que je tente de faire entendre par la mienne en écrivant ces lignes sous sa dictée, à mon tympan résonne sa voix inaudible à quiconque, sauf à moi. Comme une chambre sourde amplifie les bruits de très faible fréquence dans le silence paradoxal du caisson, j'entends son cœur vivant battre le mien, sa langue ventriloque parler la mienne, ses mots se pressent à mon oreille jusqu'à l'illusion qu'elle est là tout près, non un esprit sorti des glaces mais un être charnel debout derrière moi, sa bouche chaude à ma nuque, ses bras entourant mes épaules, je ne suis pas seul ici. Parfois la sensation est si forte que je me retourne, mais il n'y a personne. Jessie n'est là que si, attablé au clavier de ma Remington portable, je tape sous ma lampe de bureau, lettre à lettre, ligne à ligne ce qu'elle m'a raconté quand elle a débarqué chez moi un soir d'avril 1954.

Pour moi, c'était une affaire classée, Dieu sait si je pensais la revoir, ce jour-là ni jamais, je l'avais carrément oubliée. Du moins j'avais fini par le croire, or dans la seconde j'ai reconnu son museau de renarde, ses yeux de sombre gris, son roux acajou surtout. Depuis, je n'en ai vu de pareil qu'à Rita Hayworth, sauf que la fille d'aujourd'hui comme la gamine d'alors avaient ça au naturel. Même avec sa coupe de garçon, quasi une brosse, j'ai su que c'était elle. On ne pouvait pourtant faire plus bref que notre rencontre, quinze ans plus tôt. Trop soulagé de m'en être tiré sans accroc, j'ai empoché ma prime et je me suis barré sans chercher à savoir ce qu'il adviendrait de la jeune Jessie Campbell une fois réintégré ses foyers dans les beaux quartiers, de Brentwood ou d'ailleurs. J'avais hâte de tourner la page, et d'autres chats à fouetter – du diable si je me rappelle lesquels. Par la suite j'ai glandé de droite à gauche dans les moteurs, puis la guerre m'a tiré au sort, combattant de chars d'assaut de Juno Beach aux Ardennes, retour en civière. Quelques années à vide, pas la peine d'épiloguer. Mais, quand Jessie m'est tombée dessus, j'étais plutôt dans une bonne passe : je m'étais enfin décidé à vendre la bicoque de ma mère à Ottawa et à virer son dernier hamster, une bestiole hystérique qui bouffait mes fringues. Je bossais en free-lance pour une compagnie privée d'Anchorage, de petites liaisons commerciales et des vols de tourisme dans les îles, un job assez lucratif pour m'acheter enfin le Norseman de mes rêves, une occasion du surplus militaire canadien qui, une fois boosté au moteur 450hp Wasp Jr, se révélait brave gars pour mes virées en solitaire, même si, il y a pas à tortiller, la perle des flying jeeps c'est le Cessna. Entre deux contrats, je tirais ma flemme, personne pour m'enquiquiner et voilà qu'on cogne à ma porte ce soir d'avril, timide début de redoux, la neige fondait. Avant de me situer, sûr qu'elle avait dû galérer dans la gadoue glacée de la banlieue d'Anchorage où j'avais provisoirement élu domicile, en fait une vaste zone de mobile homes posés sur parpaings, de motels miteux et de préfabriqués, jonchée d'épaves de voitures et d'encombrants sous une forêt de câbles électriques piratés : la population de la ville ayant quadruplé après guerre, l'immobilier ne suivait pas, et moi j'ai toujours préféré ce genre d'habitat. Malgré mon surplomb de trois marches, elle m'a fait l'impression d'être aussi grande que moi.

— C'est toi, Bud, a-t-elle dit sans y mettre la moindre interrogation, comme si on s'était quittés d'hier.

J'ai dit oui, et toi tu es Jessie, je parie.

— Appelle-moi Njyah.

Njyah ou Jessie, c'était égal. L'étonnant est qu'elle avait poussé en graine sur le même format, telle Alice qui sans changer se métamorphose elle avait étiré sa taille enfantine d'alors, ou bien à sept ans elle était déjà la fille d'aujourd'hui en modèle réduit. Même avec sa coiffure de mec et les années en plus c'était la gamine que j'avais rencontrée jadis, au regard sérieux qui se plantait d'égal à égal dans celui des adultes, un mélange s'il est possible de détachement et d'aplomb, de candeur, de gravité, quelque chose de troublant et de réjouissant à la fois. Pas un brin la loque déboussolée qu'ils supposaient tous, ni une chieuse d'enfant de riches, qu'elle avait pourtant été jusque-là, pour ce que j'en savais. De la voir si peu changée depuis ce temps-là m'a filé un coup de vieux. Bien que, dans l'ensemble, je garde la forme. Pas un gramme de graisse, muscles et nerfs, bonne vue ; si ce n'est à la hanche le souvenir de guerre qui me sert de météo encore aujourd'hui. Même si j'ai pris des cernes, un peu grisonné aux tempes, elle n'a pourtant pas hésité à me reconnaître elle aussi, et voilà que m'est retombé dessus le vieux remords tout neuf, moins cuisant au fil du temps mais pas liquidé, du truc moche qu'on a fait pour flamber, obtenir du galon, considération – à croire que j'étais en manque en ce temps-là –, disons tout simplement pour gagner du pognon, tout en sachant pertinemment que c'est une mauvaise action, on croit s'en dédouaner sans frais en prétextant l'erreur de jeunesse. À l'époque, j'étais pourtant plus un novice, j'avais déjà grimpé les échelons, mécanicien en moteurs, instructeur de vol, puis pilote privé de clients friqués ; raison pour laquelle ils étaient venus me chercher. Ce n'est qu'après coup que j'ai réalisé le merdier où je m'étais fourré. À cause de Jessie Campbell, il m'a fallu pas mal de temps pour me réconcilier avec le manche à balai.

C'est pourquoi son apparition m'a projeté d'un bond suffocant dans la peau du type déplaisant de quinze ans plus tôt, celui qui fait le sale boulot et se tire. Comme d'hier je la revoyais juchée sur son fauteuil de skaï. Bien que cernée par les mecs du FBI qui s'évertuaient à lui tirer les vers du nez elle ne regardait que moi, ne me quittait pas des yeux, de ses yeux d'intense et sombre gris me prenant à témoin du méfait, m'adressant du haut de ses sept ans son reproche véhément, sa supplique ou sa sentence. J'ai soutenu son regard, pas longtemps, et puis j'ai tourné le dos, mon dos sourd et fuyant, mais dès alors la flèche décochée entre mes épaules avait commencé à traverser l'obscurité du temps dans sa lenteur rapide, inexorable et muette.

— On se gèle, fais-moi rentrer.

C'est vrai qu'il caillait. Sous la pluie glacée elle tapait des semelles, mains aux poches, le cou frileux rentré dans sa parka de montagne, un petit sourire coincé du genre je m'excuse, pourtant pas précisément gênée de me tomber sur le poil sans crier gare, au risque de me foutre en rogne et que je la rembarre. Si sûre d'elle, et de moi, que, sans réfléchir, j'ai reculé d'un pas. Je cédais trop vite. J'aurais dû la laisser un peu lanterner dehors, au moins pour la forme mais, des chichis, elle n'en avait rien à faire. Elle refermait déjà la porte, enlevait ses bottes boueuses, merci bien. Une fois en chaussettes, elle a jeté un coup d'œil sur mon logis. Étant donné le cubage, c'était vite vu. Sous le plafond bas on s'est trouvés soudain très proches à s'interroger du regard. Il s'en passait trop, à toute vitesse, ou alors rien du tout, juste de quoi jauger l'étranger que chacun était devenu à l'autre entre-temps, et c'était troublant parce qu'elle était vraiment de ma taille, son visage à hauteur du mien.

Comment m'avait-elle retrouvé après tout ce temps ? Elle jurait n'avoir eu recours à qui que ce soit, flic en retraite ou détective privé de polar américain qui me débusquerait et me filerait le train, elle ne voulait surtout pas qu'un tiers s'en mêle au risque de me faire décamper. Elle s'était mise en chasse toute seule, des semaines à éplucher les annonces et les annuaires de toutes les compagnies privées du Nord-Ouest américain et canadien. Même pour quelqu'un de futé, ce n'était pas gagné de me tracer : retour de guerre, le temps de me retaper, j'ai traîné dans de petites universités, puis j'ai fait imprimeur, videur de saumons dans une conserverie, gardien de parking à Denver, et même scieur un été dans le Montana, un peu routard pour aller voir ma mère et l'enterrer dans la foulée, je suis nomade de nature. Quand la bougeotte me prend, je rafle mes quelques livres, les bricoles auxquelles je tiens, mes frusques du jour, et *ciao*. Rattrape-moi si tu peux. Mais elle, fine renarde, obstinée diablesse qu'elle est, était parvenue à obtenir le renseignement qu'elle voulait.

Ôtant ses moufles, dégrafant sa parka, dessous un petit pull moulant en laine bon marché, un jean qui avait beaucoup servi, elle se glissait d'office sur la banquette de ma table de camping.

— Bud Cooper, j'ai besoin de toi, a-t-elle déclaré direct, en croisant ses mains sur la table.

Un préambule que je n'ai pas eu le temps de méditer tant il m'a paru que je n'avais pas le choix, qu'elle ne me le laisserait pas, je le savais bien avant d'ouvrir ma porte.

— Ton prix est le mien. J'ai de l'argent, assez pour payer ce qu'il faudra.

— Mon temps m'appartient, j'ai protesté faiblement. Je ne suis pas à vendre.

Elle a balayé ma réponse du geste agacé dont se chasse une mouche.

— Je m'en doute. Bien que ça n'ait pas toujours été le cas. Je ne t'en fais pas le reproche, on gagne sa vie comme on peut et, après tout, c'est peut-être mieux comme ça. Je veux dire : que tu l'aies fait pour de l'argent. Maintenant c'est moi qui paie, comme ça on sera quittes.

Je ne suivais pas bien son raisonnement mais de toute façon j'en étais encore à calculer que Jessie était bien là chez moi, une revenante en chair et en os, j'en avais le souffle coupé. Certaines commotions déréalisent la scène comme si on en était absent, j'avais du mal à reprendre pied, pourtant une fois assis en vis-à-vis je n'avais guère à lever les yeux pour la dévisager, ému de voir de si près sa carnation, teint de lait, normal pour une rouquine, sa joue charnelle, la ligne enfantine de ses lèvres. Nature, sans maquillage, hormis ses paupières cernées de khôl. Entre nous seulement l'étroite tablette, guère moyen de faire autrement que de se serrer là, nos mains se sont trouvées à se toucher presque. J'avais certes pas l'intention de l'effaroucher par un geste déplacé, mais j'avais plaisir à sentir leur chaleur se propager à moi et, sous la table, celle de ses genoux. De toute façon elle n'a pas eu le réflexe d'évitement, parfois d'instinct, le plus souvent intentionnel, par lequel se marque la défiance ou l'hostilité envers un corps étranger, à plus forte raison le mien me disais-je ; j'ai l'habitude. Mais elle avait l'air de s'en ficher complètement. Réussir à me retrouver avait tellement dû lui coûter, lui paraître inaccessible, illogique ou indu, qu'après avoir crapahuté dans le froid et la nuit du bidonville elle était trop contente d'avoir atteint son but et que je ne la vire pas. Posant sa joue sur sa paume comme si subitement sa tête lui pesait trop lourd, elle m'a fait une mimique de môme en fronçant le nez, un truc pour me désarmer, ou pour se rassurer elle-même.

— Tu n'as pas changé, Jessie.

— Toi pas trop non plus. Appelle-moi Njyah, je préfère. Et offre-moi un quelque chose de bien chaud bouillant.

Le temps que je nous concocte un grog au miel et gingembre, elle en a profité pour passer mon intérieur en revue, méthodique cette fois, comme on étudie une physionomie, ça lui évitait de considérer la mienne. Mais sûr que mon foutoir de célibataire est mon portrait craché, mes magazines et mes manuels d'aviation, mes quelques bouquins, W. E. B. Du Bois, Claude McKay, les premiers livres de Chester Himes, le mégotier, mon matériel de radio CB, les kits d'outillage, les petits pots d'épices indiennes, réchaud de camping, vaisselle de récupération, le patchwork grignoté par la bestiole de ma mère, mais son examen n'avait peut-être pour but que de se donner une contenance, ou bien de méditer une dernière fois ce qu'elle a déclaré sans entrée en matière dès que je me suis rassis en face d'elle : elle voulait que je l'écoute.

— S'il te plaît, Bud, disait-elle.

Il ne me plaisait pas tellement.

C'est trop tard, Jessie, ai-je pensé.

Tant de gens qui cherchent une oreille tombent sur la mauvaise, indifférente, stupide, paresseuse ou malveillante, autant jeter sa pierre au puits. Rare est l'oreille disposée à entendre, incrédule par intermittence mais réceptive, inquiète, et puis captive, comme d'un livre ouvert par hasard qu'on ne lâche plus une fois commencé, cela dépend d'une qualité d'attente, d'une vacance de l'esprit, et aussi du narrateur, de sa voix, de la façon dont il raconte. Cette fois-là ou une autre il ne dirait pas la même chose, sa version pourrait varier, s'altérer, bifurquer vers une autre destination mais nul ne peut le contredire, rectifier ou infléchir le cours inexorable du récit qui prend au fur et à mesure sa forme définitive, irréparable et fictive, irréparable et fautive, et tant pis pour toi, je t'écouterai si tu me convaincs, si tu me blesses et me guéris, cela dépend de ta passion, de ta fièvre ou de ta peur, tant de choses sont possibles qu'on ne peut entendre et d'autres incroyables qu'on accepte pour vraies, mais t'écouter, pourquoi moi ? Pourquoi viens-tu si tard, me disais-je. Une question de mauvaise foi devancée par la réponse : elle a besoin de toi parce que tu t'es abstenu de dire ce que tu savais, ou croyais savoir, tu es celui qui au lieu d'intervenir a opposé son dos lâche et muet, de qui l'opinion, le point de vue ou l'avis reste suspendu à son silence, à son vieux remords : tu es plus que redevable, ou même impliqué ; tu es compromis. Voilà pourquoi tu es la meilleure oreille. Cela n'avait pas été formulé, je ne me l'étais pas encore dit à moi-même mais dès l'instant où je tournais le dos et qu'entre mes épaules s'élançait l'inflexible flèche lente et rapide, j'étais d'accord pour l'écouter.

Je transcris son récit de mon mieux, en m'y tenant jour après jour, mais se souvenir et inventer, raisonner et rêver n'ont pas beaucoup de différence, certaines de ses phrases persistent telles quelles, mot pour mot semble-t-il, à défaut j'en forge qui y ressemblent, du moins à mes yeux, et qui viendra me démentir ? Dès que relaté à l'oral ou couché par écrit, rien d'authentique n'est garanti, rien n'est pur ni ressemblant quel que soit le degré de loyauté déclarée ou d'insincérité assumée, s'y mêlent les manigances de l'oubli ou de la fiction, et pour finir l'imposture ; n'excluons pas le facteur sentimental, il faudrait s'abstenir de raconter. Sachant que c'est inexcusable, fautif et inexcusable, il faudrait laisser à leur inachèvement les êtres, les choses et les actions du passé, à leur silence et leur tourment, ne pas les agiter et les obliger à comparaître pour nous rendre raison, pourtant j'écris.

Jessie ou Njyah, peu importe – je continue de l'appeler Jessie en mon for intérieur –, n'est plus là pour m'autoriser ou pour me défendre d'écrire ce qu'elle m'a raconté à sa façon, ce qu'à la mienne j'ai vécu avec elle ensuite et dont je me souviens. Je ne peux le faire qu'à présent, pour l'avoir vraiment et définitivement *perdue de vue*. Cette formule passe-partout s'applique strictement aux circonstances où Jessie a disparu de ma vue, mais pas de ma vie. Chaque jour je pense à ma dernière vision d'elle s'éloignant sans se retourner, me tournant le dos comme je lui avais tourné le mien, peut-être sentait-elle entre ses épaules la flèche de mon regard désespéré tandis qu'elle s'amenuisait longtemps sur l'étendue blanche jusqu'à n'être plus qu'une encoche flottante, une virgule infime et peut-être cette ponctuation avait-elle disparu que je la voyais, que je la vois encore varier en intensité dans les rideaux de neige sans horizon, terre ni ciel, le froid glaçait mes larmes entre mes cils, un de ces froids dont on dit qu'il gèle un crachat avant qu'il n'atteigne le sol.

Ce soir-là, assis en face d'elle à la table de mon mobile home, je ne me doutais pas de la tournure que prendraient les événements, le risque ne m'a pas effleuré l'esprit. Y aurais-je pensé, peut-être aurais-je fait des difficultés, prétexté n'importe quel boulot prioritaire ou un truc quelconque pour esquiver comme d'habitude, alors que je me suis mis à l'écouter comme si je n'avais de ma vie rien de plus urgent à faire. Et de fait ce l'était. Avec la nuit devant et ma vodka en renfort, puis du café, et puis des sandwichs au bacon sur le coup de trois heures du matin, elle a parlé sans que je l'interrompe, en tout cas le moins possible. Ensuite on a dormi, elle sur ma couchette, moi par terre dans mon duvet. Il s'était remis à venter sévère, la pluie glacée giclait sur mon toit en tôle, ça nous a bercés mais dans mon sommeil je continuais de rester suspendu somnambule à ses lèvres et je ne sais si ce que je raconte appartient à mon rêve demi-éveillé ou à la réalité, encore que les deux n'en font qu'un souvent. Ainsi souvent je rêve que mon char saute sur une mine. J'ai eu le putain de bol que ça m'arrive pas mais je sais que ce que je ressens, la déflagration, charnier de ferraille, viande, nerfs et os déchiquetés, ma tête arrachée et l'odeur atroce d'essence brûlée, tout est aussi vrai que de savoir que ce n'est pas arrivé.

Vers midi, je nous ai préparé un en-cas, elle a continué son récit. Elle se foutait qu'il pleuve ou qu'il neige, le vent ruait dans les lignes à haute tension du bidonville mais mon radiateur électrique carburait à fond, on a passé deux jours comme ça les pieds au chaud sans mettre le nez dehors, à dormir, à se réveiller, chaque fois elle reprenait où bon lui semblait. Les péripéties allaient plein gaz ou ça patinait, il y avait des temps morts et de fausses fins de chapitre, des sauts en avant, des retours, en arrière toute, c'était plus décousu que je ne l'écris, mais si mettre tant soit peu de l'ordre, narratif s'entend, est une manière de trahir, Jessie avait de bonnes raisons de croire que je le ferais de mon mieux.

Ainsi, me disait-elle, quand au petit matin nous avons quitté Brentwood et ses rues vides, je ne me suis pas retournée. Je n'ai pas cherché à voir une dernière fois par la vitre arrière le manoir paternel, ses toits vernissés de tuiles mexicaines, sa piscine en céramique turquoise, son court de tennis asphalté de rose, ni les palmiers du boulevard, les affiches de stars de cinéma avec des sourires géants aux carrefours. Couchée sur le siège arrière de la Cadillac, je ne savais pas que c'était un départ définitif et que commençait le grand voyage de ma mère ; d'ailleurs je dormais.

Il faisait grand jour quand je me suis redressée, pluie et soleil sur la route, je nous ai crues parties pour une des virées dont l'envie subite la prenait parfois : fuyons cet égout puant, fuyons ces cancrelats, disait-elle. Nous allions tantôt sur des plages à perte de vue sur lesquelles se fracassaient les déferlantes dans des brouillards d'écume ; tantôt aux abords du désert de Mojave qui n'offrait d'horizon que ses buissons brûlés de mesquite et de jojoba. Là, nous laissions la voiture et marchions des heures entières dans la clameur du vent, assommées de soleil, sans croiser âme qui vive. Cette rage d'espace, cette fuite vers un ailleurs toujours reculé, je n'en comprenais pas la raison. Avec mes jambes trop courtes, mes sandales en toile, je peinais à la suivre mais j'ai bien vite appris qu'elle me larguerait vite fait si je ne m'accrochais pas. J'avais pas intérêt à me tordre une cheville, à m'écorcher ou à geindre de peur à la vue des grands oiseaux de mer ou des buses du désert piquant vers des proies enviables telles que moi, des méduses vomies par les vagues avec leur gelée de tentacules vitreux, pareil des serpents, des scorpions et des tarentules, des lézards mouchetés tapis dans les cailloux ; aussi tricotais-je à perdre haleine derrière elle jusqu'à ce qu'elle trouve l'endroit idéal pour s'arrêter au milieu de nulle part. Blottie à deux pas d'elle, menton aux genoux, j'observais l'océan à l'assaut des dunes, ou l'étendue minérale aux reliefs déchiquetés d'où, à force de fixer sans ciller, je finissais par voir venir vers moi des errants lumineux à forme d'homme ou d'animal, je tremblais à leur approche mais, prisonniers du mirage, ils faisaient du sur-place, et moi j'étais invincible. Rien ne peut m'arriver de mal tant que ma mère m'aime et veille sur moi, me disais-je. En fait, c'est moi qui veillais sur elle et la protégeais de mon silence, de ma vaillance et de ma sagesse, trop heureuse qu'elle m'emmène dans ses virées. Le soir, nous rentrions fourbues, ivres d'espace et de solitude. Elle se précipitait dans son bain moussant et m'abandonnait à la gémissante Miss Plunkett qui, à la vue de mes ampoules aux pieds et de mes coups de soleil, feignait la syncope, tout en me tartinant de cataplasmes au beurre de karité. Équipière de ma mère, j'avais un bon entraînement mais comment me serais-je doutée que, cette fois, nous étions parties pour de bon ?

Nous avons donc roulé la journée entière sans nous arrêter, même quand j'ai réclamé à manger. Elle a juste lâché le volant d'une main et sans se retourner m'a tendu un sac en papier contenant des restes de mon lunch d'anniversaire, un panaché de caviar, d'olives vertes, de meringue au chocolat, de griottes au cherry et de foie gras, écrasé au fond du sac, elle a bu au goulot et m'a passé la bouteille de Ruinart par-dessus le siège. J'ai avalé une longue rasade tiède puis j'ai vomi dans le sac en papier. Par chance, occupée à la conduite, elle ne s'en est pas aperçue. Je croyais qu'elle cherchait une plage pour y marcher à son habitude, il n'en manquait pas sur cette côte dont nous surplombions les falaises, les rochers déchiquetés et les baies sablonneuses, mais aucune n'avait l'air de lui plaire. Bercée par le ronron du moteur, écœurée de kilomètres, de virages et de champagne éventé, j'ai fini par me rendormir d'ennui, de tristesse que mon gros papa soit resté seul avec les chiens dans un lointain petit matin, de mes cadeaux d'anniversaire oubliés sur la plage. Je n'en disais rien à ma mère qui, de toute façon, ignorait que j'avais une vie intérieure.

Elle ne me trouvait intéressante que dans les occasions où j'avais à figurer en sa compagnie, à la première d'un film produit par mon père ou à quelque fiesta dans un de ses night-clubs. Ces soirs-là, j'étais sa petite chérie attifée en Shirley Temple, des anglaises boudinées au fer chaud, fardée de rimmel et du rose aux lèvres, parfumée de gardénia avec la poire en satin de son flacon de cristal. Quand Lorna del Rio me pinçait, je riais de toutes mes dents de lait et de mes fossettes de poupée, j'agitais mes bouclettes rousses et, du bout des doigts, smack, envoyais des baisers aux flashs crépitant des appareils photos. Le plus souvent, presque chaque jour, Miss Plunkett me conduisait au cinéma. D'autant que c'était à l'œil grâce au propriétaire des salles, mon papa.

Elle ne ratait pas un seul film avec Gloria Swanson, sa star muette de cinéma, pour autant ne crachait pas sur le parlant, en avons-nous vu des westerns, hold-up de gangsters, des passions fatales et des cartoons, qui n'étaient pas souvent de mon âge, mais ainsi je m'instruisais. Le reste du temps, elle m'enseignait l'alphabet dans sa Bible pleine de signets en vraie bonne sœur de couvent. Étant donné qu'elle ânonnait comme pour une illettrée, je n'ai pas tardé à lire la ligne suivante bien avant que son index n'y descende, quoique n'y comprenant rien. Elle concluait en pointant du même doigt le plafond où siégeait son inspiration : "À mains propres, cœur pur" ; ou : "Ce qui est tordu ne peut être droit." "Louons Dieu pour ses bienfaits." "Ne lâchons pas la main de la raison." Je méditais ses leçons. Toutefois mon occupation favorite était d'adorer ma mère adorable. Il fallait la voir plonger du plus haut tremplin de la piscine, viser les cibles au stand de tir, bichonner les caniches, lifter en virtuose et monter à cru aux haras des studios, conduire cheveux au vent sa décapotable Buick ou sa Plymouth bicolore pastel rose ou vert, dernier cri ! Et puis essayer des chaussures, des robes, des maquillages, téléphoner en déshabillé de satin, se laquer les ongles, feuilleter des magazines de pin-up en fumant. Parfois, elle travaillait, disait-elle. Elle pianotait sur la machine Underwood dans le bureau de mon père, ouvrait et fermait ses coffres en variant les combinaisons, comptait des liasses un crayon passé à l'oreille et classait des tas de papiers. Ma mère connaissait un nombre incalculable de choses pratiques, y compris le lancer de poignard mais je ne l'ai su qu'ensuite.

Jusqu'au soir nous avons roulé et nous sommes arrivées à Crescent Bay, un patelin en bord de mer qui comptait à peu près vingt maisons de bois, une église de mormons et un phare groupés autour d'un port de pêche envasé sous une nuée de mouettes en train de dévorer des tripes de poisson. Le crépuscule teintait l'océan et la croûte terrestre d'un rouge sanglant. Avant de quitter son siège, me regardant droit dans les yeux depuis le rétroviseur, ma mère a déclaré :
— Demain, nous passons dans l'Oregon : à partir de maintenant je m'appelle Leslie Doll. Toi, tu es Daisy Doll.
— Heidi, j'ai dit.
Je chérissais l'orpheline qui vit dans le chalet alpin de son grand-père Tobias avec les chèvres de Peter dont la grand-mère est aveugle, mais j'ai senti que Leslie Doll n'était pas d'accord
— Ou alors Ginger, me suis-je empressée de proposer.
C'était le nom de ma poupée préférée, rien que de penser à elle j'ai fondu en larmes.

— Rien à faire. Dans l'Oregon, tu t'appelles Daisy Doll. Et si tu pleures, je te laisse au bord de la route.

Je l'en croyais capable, de quoi ne l'était-elle. Au lieu de treuiller son mari en compagnie, de lui faire des funérailles d'enfer, cette veuve décampait le matin même sans tambour ni trompette et changeait subitement de nom pour explorer l'Oregon, qu'ont sillonné disait-elle tant de valeureux pionniers bringuebalant sur leurs chariots bâchés, partons à la conquête de nouveaux territoires et puis, pleure si tu veux, tu pisseras moins. Quelle chance j'avais d'être son cher trésor et qu'elle veuille me garder au lieu de me répudier, en elle je plaçais ma foi et mon espérance. Des Ginger, j'en aurai de plus belles me consolai-je, ravalant mes larmes, tandis que d'une main ferme la subitement dénommée Leslie Doll me traînait jusqu'au seuil de la maison en bardeaux gris la plus proche du môle, à la barrière de laquelle pendaient des filets de pêche hors d'usage, des cordages aux flotteurs en liège entremêlés de crustacés décédés, d'algues desséchées, elle cognait à la porte. S'y encadra aussitôt une vieille émaciée qui devait nous pister derrière ses vitres voilées de sel et son rideau en macramé. Cette apparition m'effraya car, coloriée par l'incendie du couchant, elle brûlait de la tête aux pieds, bonnet, tablier, godillots et gilet en patchwork tricoté. Lorna pointait du doigt la pancarte accrochée au fronton :

— *Bienvenue à Holy Lodge*, lut-elle d'un ton sans réplique. Dieu logera bien deux brebis égarées.

Je compris que ma mère invoquait l'intercession de l'implacable Comptable de nos vilenies de qui Miss Plunkett la menaçait dans ses grandes colères, quel danger courrions-nous qu'Il nous démasque et nous chasse ! Mais cette vieille de port de pêche ne pouvait savoir quelles pécheresses étions ma mère et moi sa disciple, on ne porte pas ses crimes écrits sur son front. Jetant un regard de convoitise à notre auto boueuse, éclaboussée par sa longue et pluvieuse journée de route :

— Des brebis en Cadillac, on n'en voit pas souvent à Crescent Bay, dit-elle.

— Probable. Mais j'ai gagné cette bagnole à une loterie, c'était bien mon jour de guigne : elle ne vaut rien pour les routes du Nevada et de l'Idaho qui nous attendent, nous y partons rejoindre mes chers parents fermiers, veuve que je suis, et orpheline qu'est ma fille très fatiguée, aussi l'échangerai-je pour le prix d'une plus maniable, c'est un bon marché, si vous trouvez quelqu'un qui se saisisse de l'aubaine et nous rende ce service Dieu vous bénira, dit d'un seul souffle ma mère, avançant au culot son pied sur le seuil.

Tout en reculant, la femme continuait avec insistance de reluquer l'auto, dernier vestige de mon pique-nique d'anniversaire et de notre vie de stars à Brentwood, un véhicule clinquant, très insolent, très handicapant, de quoi éveiller le soupçon qu'il était le fruit d'un braquage ou d'un kidnapping de gangsters en cavale. Cependant je commençais d'entrevoir que, dans sa fuite, ma mère ne faisait rien au hasard et bluffait à bon escient, aussi me suis-je efforcée de jouer sa fille orpheline très fatiguée, mes larmes tombaient à point pour le prouver. Souvent un petit détail de vérité au milieu d'un gros mensonge lui donne l'air vraisemblable, la réalité change de pile en face, les pièces du puzzle se rapiècent aussi logiques que l'habit d'Arlequin fabriqué de bric et de broc. C'est pourquoi s'appeler Daisy, Heidi ou Ginger et elle Leslie ou Lorna m'est vite apparu, comme sa bougeotte, la meilleure astuce pour se tirer d'embarras. Sitôt qu'entrées, la femme nous a servi de la limonade fade, du saindoux en tartine d'épeautre et des harengs, des denrées qu'ignorait mon palais, mais tout était neuf ce jour-là. Tandis qu'elles discutaient affaire, j'observais cette maison de bord de mer qui m'était d'une curiosité sans pareille dans son dénuement extraordinaire : tout y était en unique exemplaire. La pièce elle-même, le paillasson de corde tressée, le crachoir sous la table, le banc de bois brut, le fauteuil à bascule et chaque ustensile de cuisine, le poêle avec son tuyau de fonte emmanché au plafond bas, l'ange d'or soufflant de la trompette mormone sur une étagère entre le pot de sel et la cafetière ; on ne voyait de chambre ni de baignoire pour un bain moussant. C'est donc là que nous avons dormi, tout habillées, nous deux sous la courtepointe rêche plus que du crin de notre logeuse, laquelle a passé la nuit assise sur son fauteuil, sa couche sentait la marée et d'autres choses urinaires. Ce fut la première halte sur la longue route de notre aventure.

La femme fit ce que son intérêt lui dictait comme l'escomptait ma mère : dépourvue de téléphone, sans mettre son nez dehors, elle a convoqué par miracle un saint de ses connaissances, ferrailleur de son état et du nom de Salomon, qui tenait sur la route non loin commerce de voitures d'occasion, de pneus usagés et d'essence à prix cassé. Il est arrivé à la nuit tombée en bleu de travail noir de cambouis, lui-même noir de nature. Avec ce négociant obligeant ma mère a discuté pied à pied le prix de son véhicule qui était disait-elle sa seule fortune, duquel elle ne possédait pas les papiers puisqu'elle l'avait gagné la veille à une loterie de charité, un bon nègre comme lui comprenait la situation. Il comprenait aussi que notre logeuse espérait une ristourne pour s'être entremise et, les jeux de hasard étant prohibés par Notre-Seigneur, elle promit qu'elle en verserait un tant pour cent à la dîme pour l'édification de Son Royaume. Tous trois sont tombés d'accord tandis que je regardais, derrière les vitres voilées de sel, rentrer au port les derniers bateaux de pêche, s'allumer le phare et voler les dernières hirondelles avant la nuit, toute de mélancolie.

À l'aube, Salomon a comme convenu garé devant Holy Lodge une torpédo à quatre portes repeintes à gros pinceau en vert épinard, avec une bâche décapotable et une roue de secours rechapée par ses soins fixée à l'aile avant. L'air de celle à qui on ne la fait pas, ma mère en a fait le tour, elle a donné des coups de pied dans les pneus et soulevé le capot pour examiner le moteur ; cela n'impressionnait pas Salomon qui, charitable, lui a montré comment sauter le cran de la deuxième vitesse un peu bloquée, et comment démarrer à la manivelle en évitant de se péter un bras. Mais Lorna *alias* Leslie avait visiblement manié ce genre de quincaillerie avant de conduire ses automobiles de luxe. Puis Salomon est reparti de son côté, nuque raide au volant de notre chère Cadillac, cérémonieux comme s'il conduisait le char d'Apollon, nous du nôtre avec la guimbarde qui, malgré son apparence, ferait de la route, jurait-il. Aussi démunie de papiers que la nôtre, elle n'avait pas non plus de vitres aux portières mais qu'importe, on se fichait pas mal des courants d'air. D'ailleurs, deux jours plus tard, Leslie Doll l'a revendue contre une nouvelle, celle-ci jaune d'œuf à deux portes cette fois munies, quelle veine, de vitres amovibles. Maintes fois nous en avons encore changé avant d'atteindre le port de Seattle dans l'État de Washington, nous éloignant chaque jour davantage de notre chère famille qui nous attendrait pour l'éternité dans l'Idaho étant donné que nous n'avons pas pris cette direction, ni celle du Nevada, mais avons zigzagué dans l'Oregon sur des routes secondaires dans des campagnes de collines pelées, d'où surgissaient de loin en loin des cahutes en planches et du bétail en mauvais état. Des chiens faméliques, crocs jaunes, yeux fous, couraient après la voiture, depuis les vérandas des grappes d'enfants de fermiers en haillons nous regardaient passer main en visière, pour mon jeune cerveau qui n'avait rencontré d'enfants pouilleux pieds nus qu'au cinéma c'était un spectacle instructif du pire qui m'attendait.

— Le pire c'est la route 66, corrigeait ma mère comme si elle m'avait entendue penser. Les gueux qui la suivent empilés sur leurs guimbardes n'ont plus qu'à se manger entre eux, quand il leur reste des dents.

Quand ma mère avait-elle connu ces édentés et cette route infernale ? Nous allions toujours de l'avant dans la pétarade du moteur sans jamais rencontrer de grande ville, enfilant les étapes, pique-niquant de maïs grillé, de hotdogs et d'oranges, le soir ma mère choisissait pour halte des patelins paumés à l'instar de Crescent Bay. C'étaient des agglomérations poussiéreuses, en fait une rue unique avec parfois une banque et un magasin général, cinq ou six maisons de guingois aux trottoirs surélevés en planches, le long desquels quelques tacots garés en épi et une carriole attelée de mules, façade de tôle ondulée entre deux hangars, fils électriques pendus entre les toits filant vers la campagne nue, des garages-post office Gibson Motor Co. American Gas affichant aux devantures des chambres à air de tous calibres, pourvus à l'arrière de motels aussi dénués que Holy Lodge et, souvent, d'un cimetière d'autos déglinguées où ma mère en choisissait une nouvelle. Elle en changeait comme nous changions de nom mais toujours je restais son plus cher trésor, de cela elle ne démordait pas, en quoi j'avais raison d'avoir résolument placé en elle ma foi et mon espérance.

Tu comprends, Bud ?

Trois semaines plus tard, cinq heures du matin, nous embarquions à Seattle sur le *Prince Rupert*, un vieux navire marchand qu'avait choisi ma mère pour son coût modique, sa taille modeste, pour son allure qui ne payait pas de mine avec sa coque et ses gros rivets rouillés, ses cheminées noires de suie et ses manches à air autrefois badigeonnées caca d'oie, ses écoutilles à claire-voie fermées de caillebotis blanchis de sel et son pont aux planches grises lessivées, si usé que par endroits il était rapetassé avec des plaques de tôle. Ce rafiot date du siècle dernier, se félicitait-elle en l'examinant du quai, mains aux hanches, en a-t-il vécu des fortunes de mer, en a-t-il transporté des chercheurs d'or et d'aventures, il a dans ses flancs cinquante ans d'épopées. Pour cette raison promis à finir sous peu dans un cimetière de bateaux, notre fier cargo cabotait encore d'un port à l'autre dans l'archipel Alexandre sans jamais s'éloigner de la côte, transbordant diverses marchandises et quelques passagers impécunieux dans ses six cabines, mieux valait n'être pas pressé d'arriver en raison des imprévisibles avaries et des prévisibles changements de temps prévenait le capitaine, mais nous ne l'étions pas : qu'importaient les escales pourvu que, Christa et Petra Apostodès que nous étions devenues à Seattle, nous débarquions un jour à destination.

Le plus triste est que nous avons dû abandonner notre dernière voiture. Il n'y a de route que la mer pour nous rendre où nous allons, nous aviserons quand nous aurons touché terre. En attendant, profite, respire l'air du large et ouvre tes mirettes, fillette, me disait-elle, car le capitaine nous avait galamment invitées à monter sur le gaillard en sa compagnie et celle d'autres passagers, volontaires pour assister à la manœuvre. Perchée à cette altitude j'avais le vertige, soutenue d'un genou par ma mère contre le bastingage, trop haut pour ma petite taille, afin que je puisse voir le spectacle de notre départ. Je me cramponnais de toutes mes forces à cette rambarde gluante, effrayée par le gros bouillonnement d'eau des hélices, la criaillerie des mouettes innombrables, la trompe enrhumée du navire qui saluait le port, surtout par les vibrations terribles qui ébranlaient la coque. On eût dit que les machines allaient exploser dans la soute, le bâtiment se démanteler sous nos pieds et nous sombrer comme les épaves qu'on voyait couchées contre les pontons, mais je me suis vite habituée à son grondement de ferraille et ai repris confiance en notre destinée. Pour l'instant, prenant poussif de la vitesse, le bateau entrait dans l'épais brouillard vert, en quelques minutes nous n'avons plus rien vu de la terre, empaquetés par la purée de pois qui empestait la fumée de gas-oil, cap vers l'inconnu invisible qui un jour se révélerait dans toute sa splendeur, quand la proue de notre vaillant vaisseau percerait l'obscurité et nous débarquerait au port de nos rêves.

Je me suis vite aperçue que nous étions les seules de notre genre féminin à bord, nos compagnons, équipage et passagers, s'en sont aperçus aussi, mais nous n'étions pas des dindes effarouchées par l'adversité. Nous étions des loups de mer aguerris, vêtues de vieux cabans et de culottes en laine bouillie, de tricots en flanelle et de godasses que ma mère avait achetés chez un fripier juif, de qui la boutique derrière les docks contenait, accrochées en forêt à son plafond, toutes les frusques de marine qui avaient bourlingué sur le dos des matelots, et peut-être bien chassé la baleine de l'Alaska au cap Horn. À les renifler, rien ne restait d'iode et d'embruns salés dans ces habits usagés, mais une odeur de naphtaline à en éternuer : le fripier en avait bourré de boules toutes les poches car ses ennemis n'étaient pas les houles et les coups de tabac à dézinguer les mâts, mais les mites, ces putains de mites qui ruinent le commerce du textile. En tout cas, il avait un bon petit tas de nippes de moussaille qui pouvaient m'aller en roulant un peu, ce qu'il fit, le bas des culottes et des manches. Il vendait aussi des sacs de marine de surplus militaire US, dans lesquels ma mère a transvasé du coffre de l'auto nos fournitures de première nécessité qui comprenaient, il est temps que je le précise, un sommaire lot de rechange vestimentaire, dont son étole de vison bien roulée dans un torchon, une paire de jumelles, une sacoche bourrée de papiers, de cartes et d'autres choses que je n'ai découvertes qu'ensuite, une mallette à coins de cuivre contenant une quantité phénoménale de vieilles coupures, et un colt comme ceux qui armaient ces enfoirés de Ritals. Sans oublier sa trousse à maquillage qui vaut disait-elle toutes les armes de poing face aux vicissitudes de l'existence.

Après nos pittoresques journées de routes en zigzag, naviguer était très monotone et je n'avais pour me distraire aucun jouet, bible ou album d'images desquels tourner les pages, et je n'osais recommencer à sucer mon pouce à présent qu'était passé mon anniversaire de six ans. Je regardais par le hublot de notre cabine le toujours dense brouillard vert et noir qui environnait le bâtiment. Ses moteurs à plein régime le poussaient en avant mais il semblait faire du sur-place, se dressant, plongeant dans les flots, envoyant de grandes giclées se briser sur la coque et aveugler mon hublot, ce qui me faisait reculer de peur, puis je recollais mon nez à la vitre, espérant toujours voir apparaître le port. Notre cabine était si exiguë qu'entre nos deux couchettes ne pouvait tenir debout qu'une personne à la fois, aussi ma mère restait-elle la plupart du temps mi-allongée sur la sienne, à étudier d'un air soucieux des cartes imprimées sous le gros globe bleu de la veilleuse. Je ne sais pourquoi j'acquis la certitude qu'elle ne les consultait pas pour la première fois et même que, forcément, elle s'en était munie bien avant notre départ précipité de Brentwood. Mourant d'ennui de ne savoir que faire, sans qu'elle s'en soucie je m'échappais afin de faire connaissance des uns et des autres, et de m'instruire de leurs particularités en ouvrant bien mes mirettes. Il faisait souvent froid et pluvieux sur le pont, le vent soufflait de violentes bourrasques mais, encapuchonnée de mon caban, ma couverture de cabine serrée sur les épaules, je ne craignais pas les intempéries et, grâce à ma petite taille, j'épousais le tangage, j'avais le pied marin.

Ainsi que conseillé, à pleins poumons je respirais l'air du grand large, toujours invisible, tout en observant le travail de l'équipage, l'astiquage et le balayage, le cuistot saigner et plumer les poules qu'il extirpait ébouriffées de leur cage, ou mitonner à son fourneau des ragoûts de haricots rouges, tout en me menaçant de faire cuire en brochettes les rats qui couraient par-ci, par-là sur le pont, mais c'était pour rire. M'intéressait surtout le bosco, un petit maigre malin comme un singe serré dans sa veste étriquée, toujours énervé à chicaner les mécaniciens avec son sifflet. Également les passagers habitués de la ligne qui fumaient en jouant des heures au poker en dépit du roulis, de qui je finis par apprendre qu'ils étaient des chasseurs émérites. Celui qui s'appelait Gibbons portait une barbe en broussaille, il commandait ses amis Aarne et Magnus, des jumeaux danois aux cheveux et aux sourcils d'un blond si pâle qu'il semblait blanc, et leur partenaire surnommé Mickey en raison de ses oreilles écartées. Très grandes à gros poils. Les jumeaux surtout me fascinaient par leur ressemblance parfaite, je cherchais comment les départager et je crus avoir trouvé un jour qu'ils se lavaient torse nu. C'était mon petit secret. Tous ces gens n'ont pas tardé à m'apprécier car j'employais de mon mieux mes dents de lait et mes fossettes de poupée à séduire mes rencontres, surtout le capitaine Preston, de qui je devins immédiatement la mascotte.

Cet homme d'autorité portait beau en uniforme blanc à boutons dorés, avec ses galons et sa moustache cirée, bien que triste d'avoir laissé à terre une femme et une enfant chérie de mon âge. J'aurais avantage, me disais-je, à supplanter cette rivale et à me faire adopter par lui, qui me protégerait des vicissitudes de l'existence en attendant que j'aie une trousse de maquillage. Il me faisait descendre par les échelles de coupée jusqu'à la salle des machines, prenant bien soin que je n'approche les terribles bielles qui trépidaient dans l'odeur de cambouis et de diesel, entrer dans le poste de pilotage où étaient le tableau de bord et les compas de navigation qu'il maniait en virtuose, écouter les mystérieux messages radio nasillards et voir clignoter les boutons, osciller les aiguilles dans le grand tremblement général et les craquements qui ne cessaient pas, de jour comme de nuit nous vivions au rythme de ce grand animal des mers dans les flancs duquel je m'estimais la plus précieuse personne. Bien davantage que du temps de Brentwood, dont je me gardais de me vanter, ma mère m'ayant avertie que, si je disais à quiconque d'où nous venions, elle me passerait par-dessus bord rejoindre mon père parmi les os et les fanons blanchis des baleines dans les grands fonds glacés.

Je n'en croyais pas un mot.

J'interprétais sa boutade comme gage amical de notre contrat. Désormais, elle n'avait que moi et moi n'avais qu'elle, nous étions équipières, je devais me montrer à hauteur de sa témérité, de sa bonté et de sa sagacité. D'ailleurs se détachait sans mal de moi le souvenir de ma prime enfance, si tant est que la mémoire garde trace de ses événements incompréhensibles, de leurs fantasmagories et de leurs mirages, ce n'est que dans la cabane de

Kloo Lake, quand je me suis mise à sucer l'étiquette en pleurant sous la couverture de la Cie de la Baie d'Hudson, que m'est revenue la vision de mon père échoué en méduse sur la plage de Santa Monica. Sur le bateau, j'avais oublié mon bref passé de Shirley Temple en sucre candi. J'étais une moussaillonne intrépide, curieuse de tout ce que je découvrais de neuf, qui m'aurait imaginée avec des anglaises et du rose aux joues comme une enfant de cinéma ? Aussi, quand le bosco m'a demandé à brûle-pourpoint ce que ma mère allait faire à Skagway, vu que ce nom-là m'était inconnu, je n'ai pas eu de peine à mimer la perplexité en posant mon index sur ma lèvre, en soulevant les sourcils et battant des cils comme je l'avais vu faire aux petits acteurs, si drôle qu'il m'a fait un clin d'œil d'intelligence et, sous sa moustache, un sourire en coin.

Ce n'était pas une mince victoire que de dérider le petit homme ombrageux, nerveux, toujours tressautant, affairé par la lourde responsabilité de guider notre navire et de houspiller les matelots. Son sourire m'a rassurée comme de Charlot quand il adopte le Kid, moi-même attifée en garçon avais l'air d'un gamin des rues, quelle paire nous ferions si nous devenions amis. Il ne me reposa pas la question, mais je vis qu'il jetait à ma mère des regards en coulisse tandis qu'elle faisait la conversation avec le capitaine à la table du soir. Elle n'avait pas eu de mal à nous y faire inviter dès le départ, en se faisant passer pour une routarde de première classe qu'une compagnie d'hommes n'effraie pas. Suçant effrontément les arêtes de poisson, s'essuyant les lèvres du coude et vidant cul sec les bocks de bière au gingembre, elle prétendait tenir son léger accent étranger, sans doute l'avaient-ils remarqué, de son origine grecque, ainsi que sa peau basanée et ses yeux de jais, avoir appris l'américain à Philadelphie où ses parents immigrés faisaient commerce d'éponges, et rejoindre son oncle parti devant à Skagway afin d'explorer les possibilités d'y importer cet article, et elle de prendre des renseignements sur ce port considérable où il espérait, avec son aide, faire fortune dans le négoce de soin et d'hygiène. Ce qui déclencha l'hilarité des convives car la gent locale, disaient-ils, ne prisait guère l'usage de l'éponge, encore moins de la savonnette : contre le froid et les parasites, rien de mieux qu'une bonne couche de crasse. Affichant un intérêt candide, Petra Apostodès feignait de prendre leurs sarcasmes pour conseils d'ami. Ce qui me fit penser que, ayant eu vent d'une manière ou d'une autre de la curiosité du bosco, son baratin avait pour dessein d'égarer son soupçon en devançant ses questions, de lui clouer le bec ou de se le mettre dans la poche, j'admirais son aplomb et son esprit d'invention.

Cette affaire de Skagway et de notre nouvel oncle grec me trotta quand même dans la tête, puis je l'oubliai aussi car, le lendemain dès l'aube, j'étais sur le pont la première des passagers à voir qu'il se passait un événement. Le brouillard se dissipait, nous ralentissions comme à l'approche d'un obstacle dangereux, de la masse opaque émergeaient des formes plus sombres, nous distinguions des côtes nues échancrées de criques, et bientôt des silhouettes d'arbres maigres, des récifs, si proches que nous risquions faire naufrage en les heurtant, alors retentit la grosse trompe de brume qui semblait un barrissement désespéré, puis le ding-dong affolé de la cloche. L'écho nous en revenait de très loin alentour et tout se mit à vibrer des tôles, des manches à air et des cheminées, jusqu'au plancher rafistolé du pont. Ce vacarme provoqua le branle-bas de combat. Sorti hirsute du lit, chacun se précipita au bastingage, frissonnant d'excitation, riant de soulagement, preuve que, sans le dire, nous avions tous craint d'être des survivants emportés à la dérive sur le grand océan, livrés à l'impéritie des hommes de bord et à la vétusté de ce rafiot. Impassible en noble tenue blanche, notre capitaine Preston dirigeait la manœuvre, donnant des ordres sans se retourner à l'équipage, qui obéissait au doigt et à l'œil.

— Dix degrés à tribord, vingt degrés, tonnait-il.

Nous avons changé de cap et diminué l'allure dans les vagues tumultueuses où flottaient des glaces noires. Craquant, tremblant de toute sa carcasse le bateau s'engageait dans un détroit encaissé entre des parois ruisselantes d'humidité, au fond duquel apparut, adossé à la montagne couverte de brume, un échelonnement de toits de zinc brillant serrés les uns contre les autres. Ce n'était pas une ville, ni même un bourg, seulement un hameau ridicule, on se demandait comment on pouvait le trouver, si bien caché au fond de la baie. Maintenant que nous approchions se détachaient de petits bâtis à ossature de bois en équilibre sur des pilotis formant ponton, un clocher d'église à bulbe doré, puis surgirent de hauts mâts à énormes yeux et becs d'oiseaux menaçants coloriés de bleu, d'ocre et de rouge, environnés de mouettes blanches et de corbeaux noirs.

— N'aie pas peur, ce sont les totems indiens de Ketchikan, me dit le bosco en me soufflant la buée de son haleine, qui sentait la chique, le lard grillé et le café.

Je ne le savais pas si près de moi. Je me cramponnai à son caban graisseux, toute tremblante, d'impatience de sauter sur la terre ferme, et de crainte à l'idée de voir fondre sur moi ces terrifiants volatiles, mais me tapotant la joue :

— Les Tongass construisent ces mâts pour honorer leurs dieux et s'en protéger, dit-il, tu en verras beaucoup d'autres.

Je n'en vis pas d'autre, sauf en souvenir et dans mes rêves, mais Herman qui avait beaucoup voyagé m'apprit que le peuple tongass a pour coutume de sculpter et de peindre des mâts où se raconte le passé du clan et des esprits glorieux : pour qui sait les déchiffrer, ils sont comme une bibliothèque. Ce qui, pour le moment, ne m'apparaissait guère. Ma mère arriva la dernière pour assister à l'accostage car elle avait pris le temps de faire toilette avant de se montrer. Bien qu'engoncée dans son vieux caban et chaussée de ses godasses d'homme, avec son foulard rouge noué en coque sur ses cheveux noirs, ses lèvres fardées du même rouge et ses cils passés au mascara, elle avait l'air d'une élégante apprêtée pour une réception mondaine. Quelle ne fut pas sa déconvenue de voir que ce port tant attendu n'était qu'un patelin de trente habitants, frileusement blotti au bas de la montagne pelée ruisselante de pluie et que, en guise de réception, quelques individus montés sur des embarcations à moteur venaient à notre rencontre. Dans la dernière manœuvre d'approche nous donnions de la bande, d'un côté, de l'autre, oscillant pire qu'au milieu des vagues car dans un fracas de chaîne, l'ancre d'avant venait d'être larguée, puis celle de l'arrière.

— Évite, évite, criait le capitaine, maintenant que nous étions à une demi-encablure du quai ; ou de ce qui en tenait lieu.

— On croche, répondait le bosco, puis il s'époumonait à souffler dans son sifflet.

Enfin, après une grande secousse, le *Prince Rupert* s'immobilisa à l'équilibre. Dans le soudain grand silence, nous avons entendu le cri assourdissant des oiseaux de mer et des énormes corbeaux qui piquaient à présent sur nous, comme s'ils nous prenaient pour des ennemis et tandis qu'à ma mère dépitée le bosco expliquait que, en raison de notre tonnage, on ne pouvait mouiller plus près par manque de fond, j'en restai à mon impression que ces oiseaux cruels étaient les esprits vengeurs des totems chargés de nous chasser de leur territoire sacré.

Mais déjà les canots balancés par les remous heurtaient la coque, les hommes lançaient leurs aussières, les marins leur jetaient des cordes passées aux poulies. Grimpée de mon mieux sur une bouée de sauvetage, j'observais toute cette activité fiévreuse, les visages patibulaires des autochtones, ridés et tannés, leurs cirés luisants d'huile ou de pluie. Une puanteur montait de leur pont encombré de saletés, qu'ils hissaient à plein bras, des ballots grossièrement ficelés dans de la toile d'où dépassaient des fourrures et des peaux, de là émanait l'odeur repoussante. Accoudés au bastingage, Gibbons et ses amis avaient allumé leur pipe et commentaient cette cargaison en lâchant des bouffées d'un air suffisant : selon eux, le meilleur coin pour la trappe et le commerce des peaux était Wrangell dans l'archipel Alexandre, c'est précisément là qu'ils allaient chasser avec leur attirail de fusils et de tentes, impatients d'être arrivés pour les sortir de la cale. Une fois terminé le chargement, nous avons débarqué à notre tour d'énormes colis de denrées alimentaires, du matériel, des outils de mine en fonte tirés des écoutilles pour atterrir sur les canots. Il y eut enfin l'échange solennel de paquets scellés contenant le courrier, car notre cargo assurait aussi la liaison postale. Pendant tout le temps que le bosco écrivait sur un registre et signait les bordereaux, personne ne nous a invités à descendre pour aller visiter la pittoresque église russe et les totems, les canots sont repartis et, quelques heures plus tard, nous avons repris la mer.

J'ai alors compris combien il aurait été dangereux de mouiller plus près de ce petit port de Ketchikan, que nous aurions pu rester pour la fin des temps coincés dans sa baie car, étant donné qu'elle était trop étroite pour virer de bord, nous avons dû prendre de l'erre en marche arrière, et c'est là qu'on a vu l'adresse du capitaine Preston, sa virtuosité de véritable loup de mer. Nous reculions lentement dans les craquements, les jets de vapeur fusant à travers le nuage noir craché par les cheminées, les berges s'écartaient peu à peu effacées dans la ouate grise, enfin nous avons pivoté sur place pour reprendre notre route, entourés du bouillonnement infernal de l'eau. Grimpée sur le gaillard près du capitaine, je me sentais sauvée du vilain port, il avait disparu comme s'il n'avait pas existé et, maintenant que je savais où nous allions, je retrouvai un peu ma confiance en l'avenir, quand soudain la dernière brume se dissipa devant nous. Par magie, la mer calme s'étendait sous le ciel pur de nuages, bleu d'azur, bleu cobalt, bleu d'argent, de turquoise, d'opale, la palette de tous les bleus de l'univers chatoyant à l'infini piqué de paillettes d'or sous le puissant soleil. Ma mère me serrait contre elle, je sentais son parfum de gardénia et j'étais heureuse.

Souvent, je prenais un malin plaisir à décrire à Kaska l'océan qu'elle n'avait jamais vu. D'étendues d'eau, elle ne connaissait que le fjord et les lacs de son pays, la multitude de lacs sauvages qui trouent la forêt, le plus grand étant le lac Kluane non loin de notre cabane à Kloo Lake. Mais, si vaste qu'il était, la rive opposée en était visible par beau temps, parfois même le comptoir de Burwash Landing, disait-elle, ses quelques toits disséminés dans la végétation et la chaîne d'immenses sommets qui le domine à l'ouest. Même si les orages ou les vents de glaciers soulevaient de terribles tempêtes, de violents tourbillons de vagues capables de noyer les embarcations et leurs passagers, cela n'avait rien à voir avec la vastitude de l'océan que j'avais découverte ce matin-là sous le triomphal soleil de midi. J'abusais de sa crédulité d'Indienne car c'était bien le seul sujet dont je tirais vanité quand elle, jamais prise en défaut, ne cessait de m'apprendre mille choses ignorées. Elle avait beau avoir fait maintes fois la traversée du lac Kluane en canot avec Herman, ou son tour sur terre qui leur prenait la semaine, moi je pouvais me vanter d'avoir vu la démesure de l'océan, sa beauté et ses inimaginables dangers.

Je mentais en m'en vantant car, en réalité, nous n'étions pas en pleine mer mais naviguions dans l'Inside Passage qui serpente vers le nord entre les îles innombrables de l'archipel Alexandre. De fait, maintenant que le temps était clair, nous n'avons plus quitté la terre de vue. Le paysage dégagé de toute brume se déployait devant nous avec ses îles proches et lointaines, certaines de simples récifs, si petits qu'un seul arbre y poussait avec sa colonie d'oiseaux coiffant les rochers verts de mousses, d'autres d'importance que nous longions plus d'une heure sans qu'aucune présente un lieu habité d'hommes et loin à l'est c'était, échancrant la muraille aux vertigineux sommets enneigés, le fjord étincelant avec les gigantesques langues bleues de glaciers tombant à pic dans l'eau noire, les montagnes d'un gris grésillant d'où saillaient des parois que le soleil rasant irisait de rose, de cuivre, de vermeil, on eût dit de grands papiers dorés froissés de main géante que je pouvais voir à la jumelle comme si j'y touchais. De partout venait un grondement de tuyaux d'orgue et d'appels de conque, d'arpèges de harpe, si puissant qu'en me bouchant les oreilles des deux mains le chant ne cessait pas ; ce n'était pas la mer qui mugissait mais le vent qui jouait à sa guise des montagnes et des glaciers comme d'un tambour, d'un instrument à coulisse, à corde, modulant sa symphonie qui couvrait le ressac calme des vagues et le cri lointain des mouettes qui suivaient notre sillage.

J'ouvrais grandes mes mirettes, non pour obéir à ma mère, mais par ma volonté propre de me pénétrer de ces beautés grandioses qui, loin de me faire ressentir ma petitesse, quand nous étions sur un si frêle esquif livré aux flots et moi un fétu invisible dans l'immensité, me faisaient au contraire éprouver pour la première fois l'orgueil d'en faire partie, de me mesurer aux éléments par la seule force de mon jeune esprit.

Le beau temps dura deux jours durant lesquels je ne quittai pas mon poste, ne me lassant pas d'admirer le spectacle sans cesse renouvelé, ivre de vent et d'air salé, si fatiguée de faire la vigie que le soir à table je m'étendais, la tête sur les genoux de ma mère, bercée par le roulis et par les voix des convives. En approchant de Wrangell, nous avons retrouvé la purée de pois du départ, tout sombrait dans l'obscurité car, ayant pris du retard, nous arrivions à la nuit. À genoux sur ma couchette, le nez collé au hublot de notre cabine, je distinguais quelques falots perçant le brouillard, des silhouettes s'agitant sur le quai, cette fois notre rafiot avait vraiment accosté, bien amarré, immobile, tout à fait en sécurité. Gibbons et ses amis ont descendu la coupée avec tout leur barda de chasse et, sans nous dire au revoir, ont disparu dans la nuit. J'entendais les cris des dockers qui s'affairaient à débarquer et embarquer de nouvelles marchandises mais j'avais tellement sommeil que je me suis assoupie, assise dans mes couvertures. Le lendemain, ne restaient de passagères que nous, voguant vers le grand nord-ouest des rêves de ma mère. Nous avons encore fait escale à Petersburg sans que j'y prête attention, à présent le trafic de marchandises m'intéressait moins, j'étais blasée de ces négligeables localités et des manœuvres de marine qui ne faisaient que retarder notre arrivée, j'avais hâte de reprendre la mer, de grimper à la proue afin de voir avant tout le monde notre port de destination.

Cependant, l'atmosphère avait changé. Le capitaine, le bosco et l'équipage n'avaient plus le temps de m'accorder leur attention, ils étaient devenus grincheux, se querellaient des soutes au poste de pilotage en lançant des avertissements, des ordres, des reproches, je n'avais pas intérêt à rester dans leurs jambes ou à les taquiner. Puis j'ai cru comprendre que nous risquions de tomber en panne à cause d'une bielle qu'aucun mécanicien ne parviendrait à changer en mer, nous aurions de la chance si elle tenait jusqu'à Juneau. Sinon, nous serions des naufragés sans espoir. Les hommes de bord s'invectivaient sans se soucier de ma personne, ni de me faire peur avec leurs commentaires. Je me réfugiai dans la cabine et rapportai sur-le-champ ces nouvelles à ma mère, qui ne parut pas s'en inquiéter outre mesure, le contenu de sa sacoche l'intéressait davantage, ce qui me fit douter de son jugement jusque-là si sûr. Toute la journée je fis semblant de dormir le front dans mes bras repliés, écoutant le navire vibrer, gémir, s'étrangler de hoquets d'agonie, les soubresauts de son grand corps me secouaient comme si son organisme était le mien, son cœur, ses poumons les miens. Je me persuadai qu'en respirant calmement à fond je soulagerais son souffle asthmatique, qu'ainsi je l'aiderais par ma volonté à avancer d'un nœud, d'un nœud encore vers un port d'attache où nous serions sauvées, peu importait que ce soit Juneau ou Skagway, ou un hameau perdu plein de totems effrayants comme Ketchikan.

Cela ne servit à rien.

Le lendemain nous nous sommes réveillés dans un silence de mort, le malheur était arrivé. À cause de moi qui n'avais su résister au sommeil et respirer durant la nuit de toutes mes forces pour encourager les machines et leur bielle endommagée, nous allions sombrer avec les baleines et les orques des grands fonds glacés. Je me suis mise à pleurer. Pour me calmer, ma mère m'a passé la tête sous l'eau froide de notre petit lavabo, si saumâtre que je pleurais de plus belle. Puis elle a démêlé mes cheveux empoissés par le sel, pleure au moins pour quelque chose, disait-elle en m'arrachant des mèches, en tirant sur le peigne, que je n'avais pas connu depuis le départ. Me retenir de crier faisait taire ma peur, à son exemple j'ai retrouvé mon sang-froid. Elle-même s'est fardée avec sa trousse à maquillage, nouant derechef son foulard rouge dans sa belle chevelure de Grecque qui part rejoindre son oncle et faire fortune.

— Face à l'adversité, commence toujours par te pomponner, me dit-elle.

Ainsi, apprêtées comme des personnes distinguées, sommes-nous montées sur le pont où le capitaine était en grande conversation avec l'équipage, de laquelle il ressortait que, sous peu, un remorqueur alerté par radio viendrait à notre secours et nous guiderait jusqu'à Juneau, à petite vitesse afin d'épargner la bielle définitivement cassée, là nous serions dépannés par des mécaniciens expérimentés, cela ne prendrait que quelques heures, se rengorgeait-il. Le bosco ne semblait pas partager cet avis. Très énervé, il tressautait davantage s'il est possible, tirait sur sa veste étriquée en mâchouillant son sifflet qui émettait de petits couinements fâchés, grommelant entre ses dents de funestes prévisions comme quoi, cette fois, c'était la fin des haricots. D'un geste galant le capitaine a offert son bras à ma mère, lui disant en confidence, mais assez fort pour être entendu de tous :

— Le *Prince Rupert* porte le nom du premier gouverneur de la Compagnie de la Baie d'Hudson. Ce glorieux conquérant de territoires ne saurait nous faire défaut !

Je voyais bien qu'il fanfaronnait, pour se rassurer lui-même et moquer le bosco. Pour finir de nous tranquilliser :

— Ce ne sont que petits aléas du voyage, ajouta-t-il, espiègle. Un bon frichti nous remettra en selle.

Le cuistot nous servit sur une nappe blanche des œufs pochés avec des côtelettes grillées, des crêpes croustillantes, du saumon fumé et, pour me gâter personnellement, de la marmelade d'oranges. Ce festin d'exception devait nous faire oublier les soucis actuels. Ma mère fit honneur à la bonne chère comme si de rien n'était, je calquai mon attitude sur la sienne supposant que, si la situation contrariait ses plans, elle ruminait déjà la manière de nous en sortir.

Nous sommes restés tout le jour à attendre ce remorqueur providentiel, à guetter l'horizon entre les îles où il devait paraître, les heures passaient, il n'arrivait toujours pas, seuls sont survenus au loin des bateaux de pêche qui filaient sans se soucier de nous. Je me désennuyais en regardant les matelots désœuvrés jouer aux cartes tout en crachant des jets de chique sur le plancher, se curer les ongles avec leur couteau, écraser leurs poux entre leurs ongles, et les rats courir gaiement sur les parapets, le long des cordages, sur les bouées de sauvetage, maintenant que nous étions arrêtés ils pouvaient librement faire la sarabande. Nous étions environnés de blocs de glace flottant à fleur d'eau dont le crissement rompait le silence sinistre tandis que nous dérivions lentement, poussés par la houle vers le glacier Taku au loin, dont la colossale muraille semblait nous aimanter irrésistiblement : pas question de jeter l'ancre dans ces hauts-fonds, pas moyen de rester sur place. Comment le remorqueur nous trouverait-il égarés parmi les innombrables îles de l'archipel, surtout que la nuit venait et que nos feux de signalisation risquaient de se perdre dans le brouillard, devrions-nous sauter sur les canots avec nos gilets de sauvetage ? Qu'arriverait-il si les vagues nous fracassaient contre les écueils de la côte, ou nous échouaient sur une crique inhospitalière, d'où des Peaux-Rouges criards barbouillés de peinture de guerre nous lanceraient des flèches empoisonnées, grimperaient à l'abordage et trancheraient nos scalps avec d'horribles mimiques comme dans les westerns de Miss Plunkett.

Quand je lui racontai ma crainte des Indiens et d'où je tenais qu'ils sont sanguinaires, cela faisait bien rire Kaska, puis elle plissait ses petits yeux de chauve-souris et, grimaçant pour singer les inventions des Blancs, ce sont eux les vrais sauvages, disait-elle, les Blancs sont des cons. Mais, à cette époque de la panne du *Prince Rupert*, je n'avais pas fait sa connaissance, nous ne vivions pas avec elle et Herman dans la cabane de Kloo Lake, je n'étais pas encore devenue Nez de renard. En attendant, je contemplais les étoiles piquées dans la nuit, froides et dures, indifférentes aux dangers que nous courions, je n'étais plus transportée par la beauté des éléments, je frémissais de leur cruauté inhumaine.

Enfin le lendemain matin l'arrivée du remorqueur fut saluée par des cris de joie, nous tous réunis au bastingage battions des mains et le saluions à pleins bras. Bien que ce fût un tout petit bâtiment à côté du nôtre, il était neuf et fringant, peint de frais en vert et blanc, sa cabine de pilotage était équipée d'essuie-glaces, son antenne de radar tournait à toute allure et son moteur en bonne santé pétaradait gaiement. Cependant, campé au bastingage de son bateau, le commandant hochait la tête, à la fois consterné et courroucé de ce qu'il constatait du nôtre, sa coque rouillée, ses rivets rafistolés et ses cheminées autrefois caca d'oie. Je le pris aussitôt en grippe en raison de son air dédaigneux, ébranlée dans mon jugement mais plus encore vexée qu'il estime si peu notre vaillant navire qui avait bravé tant de périls ainsi que le grand conquérant des territoires de la baie d'Hudson.

En rien de temps, il nous a amarrés avec des filins et nous a remorqués jusqu'à Juneau, en fait à quinze miles marins derrière les fantomatiques montagnes et les glaciers bleutés que nous voyions depuis la veille. Sans se départir de son enjouement, notre capitaine moquait le bosco et ses prédictions défaitistes, il se frottait les mains en pariant que l'avarie serait réparée en moins d'un jour. Nous entrions à petite vitesse dans le chenal de Gastineau de plus en plus étroit, quel superbe panorama quand nous approchâmes le port de Juneau logé sur sa rive, le plus grand que nous ayons abordé jusque-là, surplombé de montagnes escarpées coiffées de neiges éternelles. À votre gauche est l'île Douglas, disait le capitaine à ma mère, là le pic Jumbo, là le mont Robert, la Treadwell et la Gold Mining Companies y exploitent l'or, l'argent et le nickel qui abondent dans la région, se vantait-il, crâneur comme s'il en était le propriétaire puis, se penchant taquin vers moi :

— Imagine que, sous ces montagnes, se trouve caché le trésor d'Ali Baba, riait-il.

Je n'étais pas sa sotte de fille pour gober son boniment : je voyais bien que, en guise de trésor, nous longions, tassées sur la berge, les ruines d'une ancienne ville en bois noirci, tout ce qu'il y a de plus lamentable. Puis défilèrent des entrepôts en planches peints d'enseignes grossières, des embarcations de pêche alignées contre les quais et, au-delà échelonnées sur les pentes, les installations minières avec leur crassier, les éboulements de terre et de roche brune, leurs échafaudages métalliques entremêlés de madriers, de poulies, de guérites sur leurs pieds squelettiques qui dans les hauteurs drapaient la montagne d'une toile d'araignée gigantesque. En fait, quand la ville elle-même apparut enfin, ce n'était qu'un groupement de grandes bâtisses à étages adossées les unes aux autres, de cabanes de guingois en planches gris et rouille agrippées à la pente parmi les pins, d'où émergeaient un clocher à petit bulbe doré et des toits de zinc comme à Ketchikan. Sur le quai aux pontons verdâtres entravés d'algues et de filets, une foule encore indistincte nous regardait entrer dans le port où, selon le capitaine, nous ne devions faire escale que quelques heures et repartir vers Skagway, à deux jours de traversée. Il n'en alla pas ainsi. Non seulement le rafiot ne fut pas réparé mais l'officier du port ordonna qu'il soit désarmé définitivement, étant donné que nous n'étions parvenus à Juneau que par un miracle de la navigation, ou par l'intervention du diable lui-même.

Dès le premier soir, les hommes de bord ont descendu la coupée leur sac de marine à l'épaule ; sans attendre les conclusions, eux pariaient déjà qu'il faudrait plus d'un jour pour réparer nos machines, ils préféraient s'embaucher à quelque tâche de docker au lieu de chômer. Le cuistot n'avait pas le cœur à chauffer ses fourneaux pour le peu de convives que nous étions à table, il nous a servi un repas froid avec des restes. Si le capitaine continuait de fanfaronner, la désertion de son équipage le débilitait. Le bosco se taisait en signe de réprobation, piquant du nez dans son assiette de poisson fumé et d'oignons crus, ma mère feignait le souci, comme quoi cette avarie contrarierait ses plans et que son oncle se ferait du mauvais sang en ne nous voyant pas arriver à Skagway. Elle faisait pourtant ses sourires de Blanche-Neige et battait des cils, à la place du capitaine je me serais méfié. Par diversion, elle le questionnait sur ses projets quand il serait revenu à Seattle, sur son épouse et sa petite fille qu'il devait lui tarder de rejoindre, sans se faire prier il a sorti des photos de son portefeuille. J'ai vu alors que nous deux n'étions pas des mijaurées de leur genre, juste bonnes à parader en tablier de cuisine et, rouleau à pâtisserie à la main, à fabriquer des gâteaux pour la kermesse, où des ribambelles d'enfants stupides se collaient à leurs mères comme de petits gorets peureux. J'avais fini de jalouser ma rivale dans le cœur du capitaine, déjà je me détachais de lui sans pitié.

Ce qui s'avéra une bonne décision car, dès le lendemain matin, il perdit sa superbe, bien obligé de supporter que montent à son bord des sommités de Juneau, qu'ils inspectent ses machines dans la soute et emportent quantité de ses documents pour les soumettre à l'officier des messageries maritimes. Dans mon ingratitude, j'oubliai les prouesses qu'il avait accomplies en nous sortant en marche arrière de Ketchikan, en maniant la pointe de ses compas et en lançant des ordres au radio, même notre fier cargo je l'abandonnais sans regret quand nous débarquâmes à notre tour, avec toutes nos munitions de première nécessité. L'hôtel Alaska où nous avons trouvé une chambre faisait grise mine à côté du Grand Rockwell Hotel, le plus élégant de tous ceux que comptait la rue principale, dans lequel le capitaine Preston prit le jour même ses quartiers en attendant les conclusions de l'enquête.

Quel plaisir de retrouver la terre ferme après plus d'une semaine de traversée ! Or, à peine ai-je sauté sur le quai que mes jambes sont devenues de coton, tout s'est mis à tanguer sous mes pieds. Il me semblait que la ville montait vers le ciel, que la montagne s'enfonçait sous les pontons, je titubais, à croire que j'avais bu une entière bouteille de Ruinart. Bien que n'ayant rien avalé depuis la veille, j'ai vomi pareil que dans la voiture, écœurée par les remugles d'égout et de vase, vexée que les pêcheurs et les Indiens s'esclaffent de me voir malade. Moi qui avais fait toute la traversée sans avoir une seule fois le mal de mer, j'avais le mal de terre, preuve que j'étais un vrai matelot, me félicitait le bosco. Pour me guérir, il m'a donné un morceau de gingembre à mâcher, si piquant que ma nausée a disparu, et il a commandé à un Indien désœuvré de porter nos bagages sur un diable jusqu'à notre hôtel. Malgré mon mal de terre, je ne manquai pas de noter que ces Peaux-Rouges n'avaient pas la couleur annoncée dans les westerns en noir et blanc, leur peau était juste bronzée ainsi que des marins, tannée au vent du large, à peine leur face aplatie était-elle un peu différente de la nôtre et, s'ils arboraient des cicatrices sur les joues ou sur le front, j'en avais connu à Brentwood de plus tailladés qu'eux.

Notre hôtel, en fait une pension pour ouvriers des mines et pauvresses, sentait la lessive rance et le tabac froid mais, bien que petite, notre chambre avait un vrai lit et un lavabo plus large que celui de la cabine ; on pouvait y tenir à deux sans se marcher sur les pieds. Ma mère a inspecté le papier peint humide, gaufré par endroits, le plancher vermoulu, elle a soulevé le matelas suspect de peur des punaises, pas question de faire de vieux os dans ce repaire de chacals, déclara-t-elle avec le sourire que je lui connaissais, et qui n'augurait rien de bon pour ceux qui se figuraient la rouler. En effet, elle fit le siège du Grand Rockwell Hotel où, tandis que se poursuivait l'enquête, le capitaine Preston patientait, passant du bon temps à boire du sherry au salon, à jouer au billard ou au poker avec les dames parfumées qui résidaient là, de qui la compagnie lui faisait oublier ses tracas. De ces femmes, aussi décolletées que dans les films de gangsters, ma mère disait qu'elles sentaient la morue, cependant elle leur faisait bonne figure pour qu'elles lui laissent avoir des apartés avec son désormais adversaire, de qui elle avait décidé d'exiger qu'il lui rembourse la moitié du prix de notre traversée et, en prime, paie notre séjour forcé dans ce bouge puant. Le capitaine ne lui tenait pas rigueur de ces propos désobligeants, ni de sa réclamation, au contraire cherchait à l'amadouer en lui promettant que nous repartirions sous peu, qu'il ne s'agissait que d'un petit retard, nous faisant les honneurs du lieu, aux murs couverts de miroirs et d'affiches vantant les fortunes qu'on pouvait y faire. Ces réclames datent de Mathusalem, me prévenait ma mère, le temps de cocagne est passé, les trusts ont racheté les mines et raflé tout le pactole, aux ânes ne reste qu'à braire. La richesse d'aujourd'hui c'est l'or noir, mais le bruit n'a pas dû en venir jusqu'ici.

Deux ou trois fois nous sommes redescendues au port, qu'accostaient et quittaient sans cesse de petits chalutiers, mais aussi de luxueux navires de croisière qui ne faisaient escale qu'une nuit, à côté desquels le *Prince Rupert* désert, toutes lumières éteintes, semblait un pauvre fantôme. Sans un regard pour cette épave, ma mère examinait les embarcations et se renseignait sur leurs destinations auprès des gens qui traînaient. Je craignais qu'elle ne nous embarque sur un de ces chalutiers desquels la minuscule passerelle vitrée, le pont étroit et la coque couverte de vieux coquillages ne m'inspiraient que mépris. Le reste du temps, nous arpentions la ville, qui ne s'étendait pas bien loin. Hormis la rue principale, la seule carrossable aux quelques voitures, bordée d'estaminets enfumés, de banques, de magasins d'équipements de mine et d'outils divers, d'un photographe, d'un barbier-coiffeur et du post office US, on se perdait aussitôt dans des ruelles louches à escaliers de forte déclivité, un dédale de maisons branlantes et de taudis construits sur pilotis, car souvent des glissements de terrain dévalaient la pente, dans lesquels s'entassaient des familles d'ouvriers avec leurs enfants ; parfois, nous croisions un ivrogne affalé dans la fange. Ma mère m'entraînait dans ces promenades uniquement pour me donner de l'exercice prétendait-elle, me faire prendre l'air et me dégourdir les jambes. Les siennes pesaient du plomb, alourdie qu'elle était par la sacoche, le colt dans sa poche de caban et l'épaisse ceinture bouclée à sa taille, bourrée des coupures dont elle ne se séparait pas quand nous quittions notre chambre : ce coupegorge ne lui disait rien qui vaille.

Un soir, en redescendant sous la pluie, nous avons rencontré le bosco qui s'est empressé de traverser la rue : il venait d'apprendre la fatale nouvelle que notre bâtiment serait désarmé. Personne ne la connaissait encore, que lui, souffla-t-il en jetant des regards par côté, laissant entendre qu'il avait des accointances personnelles pour son renseignement. Jamais il n'avait tant ressemblé à Charlot avec son pantalon trop court pendu aux bretelles, son veston étriqué et ses bottines lacées. Nous prenant sous sa protection, il nous a entraînées dans la boutique voisine d'un ami à lui qui le logeait en attendant, un Grec de vos compatriotes, clignait-il d'un œil malicieux à ma mère qui, à cette allusion, gloussa comme d'une bonne farce.

Je n'aurais jamais cru qu'un aussi petit endroit puisse contenir une telle quantité d'articles et un aussi puissant mélange d'arômes, là était la vraie caverne d'Ali Baba. Sous le chiche éclairage d'une ampoule jaune, il y avait, luisant dans l'obscurité, des empilements de boîtes de conserve, de fioles de lotions médicinales, d'huile de foie de morue, tout un assortiment d'ustensiles étamés, de couteaux à manche de corne sculpté, nombre de sacs de jute rebondis, de la pâte à levain, du lard, des carottes de tabac, mais surtout, pendue aux crochets, grande variété de viandes, de poissons fumés et de chapelets d'oignons, d'ail, de piments, d'épices, enfin d'éponges enfilées en longues grappes blondes, d'authentiques éponges de Kalymnos d'après la réclame.

Au milieu de ce capharnaüm, un Kostas se tenait assis au comptoir, chemise brodée ceinturée de cuir, avec un verre d'ouzo et une tasse de café turc qu'il tenait bouillant sur son réchaud. Cet épicier grec portait le cheveu frisé brillant de gomina et une moustache en croc du noir le plus aguichant. Il m'offrit du gâteau de semoule au miel, le seul et dernier de ce genre que j'aie mangé, si succulent que je m'en souviens encore après tant d'années. Je me souviens aussi de leur conciliabule dans la caverne odorante, eux trois sirotant de l'ouzo, leurs têtes rapprochées à se toucher. Je crois que ne déplaisait pas à ma mère, comme par accident, de frôler de son poignet la manche brodée de Kostas, de son genou le gros velours de sa culotte, de plonger ses yeux de jais dans le cachou des siens, l'écoutant d'un air ravi passer en revue sa nombreuse famille de Kos, de Leros, ses oncles et cousins d'Arménie ou de Turquie restés au pays. Je finis par m'assoupir dans cette bonne chaleur de boutique, voguant sur mon sac de grains dans des rêves de zéphyr bercés par leurs murmures.

L'oreille pourtant en alerte car, ce qu'ils complotaient maintenant, c'était que nous embarquions sur un des petits chalutiers pour atteindre notre destination. Laquelle, comme de bien entendu, n'était pas Skagway, où le *Prince Rupert* se serait rendu s'il avait achevé sa course, mais le port de Haines, sur la rive opposée du Lynn Canal à des miles marins au nord de Juneau. Or les cargos de ligne et les navires de plaisance étant rares à s'y arrêter encore, le nôtre serait passé au large sans espoir que nous y descendions. C'était le problème qui taraudait Lorna del Rio quand, sous la veilleuse bleue de notre cabine, elle étudiait les cartes du Grand Nord-Ouest de ses rêves : aucune voie carrossable ne desservant ces régions reculées, on ne pouvait atteindre le port de Haines que par mer, comment trouverait-elle le moyen de s'y faire transporter une fois coincée dans ce trou de Skagway, sinon en se fiant au premier péquenaud venu, qui ne connaissait l'éponge ni la savonnette ? C'est pourquoi, au lieu de contrarier ses plans, l'escale imprévue à Juneau lui était l'occasion idéale de réaliser plus facilement son dessein. Ce dont elle s'était bien gardée d'informer le capitaine, calculant que, grâce cette panne inopinée, elle lui extorquerait une remise substantielle sur nos billets, de quoi payer notre traversée du fjord, de Juneau jusqu'à Haines.

Ses deux nouveaux amis réjouis la complimentaient pour cette petite arnaque ; ils ignoraient celles qui pimentaient les précédents chapitres de sa vie. Si elle leur livre le secret de sa vraie destination, me disais-je, c'est que le bosco, malin plus qu'un singe, l'a déjà éventé. Au lieu de le froisser en maintenant son mensonge, elle en fait son complice : toujours les gens sont flattés de croire vous avoir deviné. Néanmoins cela ne m'expliquait pas pourquoi ma mère avait choisi cette localité de Haines pour but de notre traversée. À eux non plus elle ne donnait pas de raison mais, davantage que la curiosité d'apprendre quel projet la menait dans ce coin paumé du fjord, les amusait le tour qu'elle jouait au capitaine, si imbu de sa personne et de son commandement qu'il se faisait plumer au poker par les dames décolletées du Grand Rockwell Hotel. Ou bien, ayant connu de plus cinglés voyageurs attirés par les mines de Procupine ou de Rainy Hollow, ou plus loin encore, ils considéraient son expédition comme une tocade d'aventurière à la manque, peut-être même riaient-ils sous cape de la voir revenir déconfite un jour à Juneau, à l'instar de tant de *cheechakos* pigeonnés par le mirage de l'or. Les hommes prennent toujours les femmes pour des mauviettes, ceux-là ne se doutaient pas de quelle trempe était ma mère et que l'or qu'elle cherchait ne se trouvait pas dans les mines.

Quoi qu'il en soit, prenant tous deux résolument son parti, ils lui prodiguèrent leurs très bons conseils, s'engageant à lui trouver dans le plus bref délai le meilleur passeur, lui écrivant même sur un coin de journal le nom de fournisseurs à qui elle pouvait s'adresser sitôt que débarquée à Haines pour l'équiper de pied en cap, selon ce dont elle aurait besoin en tant que débutante en prospection. Ils encourageaient son projet, qu'ils ignoraient, tout en l'avertissant que le fjord, le plus profond du monde selon eux, présentait de grands dangers de navigation. Nombre de bateaux y faisaient naufrage, tel le *SS Princess May* drossé en 1910 sur les récifs du phare Sentinel, le vapeur *SS Princess Sofia* sombrant corps et biens en 1918 avec près de trois cent cinquante passagers à son bord et, plus récemment, tant de plaisanciers ou de pêcheurs imprudents y ont trouvé la mort la plus affreuse, vous verrez leurs tombes de noyés au cimetière de Haines qui borde le rivage, rares sont ceux qu'on a pu repêcher, les eaux glacées gardent les corps. S'ils croyaient dissuader ma mère par ces avertissements, ils en furent pour leurs frais. Quelle mise en garde aurait-elle entamé sa détermination, elle qui venait de si loin chercher ce dont sa vie dépendait, que n'ont fait reculer les torrents, le blizzard, la neige, les ours ou les loups, ni les hommes, de loin les plus cruels animaux.

Dès le lendemain, quand fut officiellement proclamé le désarmement du *Prince Rupert*, ma mère alla prendre congé du capitaine. Nous le trouvâmes assis dans le hall de l'hôtel sous les affiches fanées, contemplant mélancolique ses ongles rongés. Il avait pourtant fait grande toilette, moustache cirée, fleurant bon le savon de rasage, en homme qui fait face à l'adversité. On ne savait si ses yeux rougis se mouillaient du chagrin de la sentence ou d'avoir trop bu de sherry toute la nuit en compagnie galante, s'il avait vraiment envie de rentrer s'étouffer de gâteaux au domicile de son épouse ou de proposer ses services sur un autre bâtiment afin de continuer à courir les mers du Grand Nord, mais il était si abattu par la funeste nouvelle que, sans plus barguigner, il versa la somme réclamée, arrondie par magnanimité ; ainsi pensait-il racheter ses péchés.

— Chère Mrs Apostodès, c'est à Anchorage que vous devriez aller vous installer, suggérait-il gentiment. Vous trouverez là-bas la seule ville moderne de tout l'Alaska. Un aéroport, des églises russes, des théâtres, de confortables hôtels avec baignoires et chauffage central, des salons de beauté, des blanchisseries, et surtout des bains publics : c'est un meilleur endroit que Skagway pour le commerce d'éponges de M. votre oncle.

Puis, posant sa main sur ma tête avec une tendresse qui me bourrela de remords pour mes mauvais sentiments :

— Prends bien soin de ta maman, moussaillon, me dit-il, penchant si bas sa tête vers moi que je sentis son haleine amère d'alcool et de tristesse.

S'il avait su quel luxe nous avions connu dans le quartier de Brentwood, il ne nous aurait pas vanté cet endroit paumé, mais pouvait-il se douter, accoutrées comme nous l'étions et munies de si maigre bagage, qu'il avait en face de lui la veuve et l'orpheline du producteur Campbell en cavale. Nous l'étions bel et bien, je commençais à l'entrevoir après toutes nos tribulations sur terre et sur mer mais, à ce moment-là, je prenais encore pour jeu les inventions de ma mère, nos changements d'identité et ses mensonges effrontés.

De fait, comme je le redoutais, nous avons embarqué dès le lendemain sur un rafiot élu par nos amis : fiez-vous à Jim, c'est lui qui a la meilleure ligne de quille, assuraient-ils. Nous avons laissé au capitaine notre ardoise de l'hôtel Alaska, et fait porter notre barda par un Indien jusqu'au ponton où nous attendaient Kostas et le bosco, en grande conversation avec Jim Donegan le patron. Avant de le rencontrer, cet individu à qui ma mère confiait si légèrement nos destinées ne m'inspirait qu'aversion. Or, contre toute attente, il me sembla d'emblée aussi sympathique que l'épicier grec, bien qu'ayant le double de son âge, estimai-je. Les adultes semblent tous très vieux aux enfants, cependant celui-là avait la face si ridée, flétrie, grillée, décharnée qu'on eût dit un hareng fumé, seul son large sourire blanc lui donnait un air de requin plein de ressources pour affronter les immenses dangers du Lynn Canal. Son second était un jeune Indien du nom de Kluk, d'une minceur d'écureuil, aux gestes vifs et souples, au visage gracieux. Tenu comme moi à l'écart des palabres, il se mit à souffler sur son harmonica un petit air qui donnait de délicieux frissons de cafard. Assis sur une bite d'amarrage, il faisait semblant de m'ignorer, mais je savais que c'était uniquement pour moi qu'il jouait en signe d'amitié, séduit par mes fossettes et mes cils de poupée.
En revanche, le chalutier me fit la pire impression, plus délabré s'il est possible que ceux que j'avais repérés, de taille si ridicule qu'on eût dit une coquille de noix risquant le naufrage dès le port, que serait-ce une fois livrée aux flots au milieu du fjord ? Dès que descendue dans l'entrepont, je me nichai entre les barils, les sacs de jute et nos bagages. Finalement, hormis l'odeur de poisson, c'était plutôt confortable même s'il ne restait plus de place pour bouger un orteil. Mais, avant d'embarquer, nous avons embrassé les chers amis que nous quittions, pour toujours, me disais-je. J'ignorais que la démesure inhumaine de ces contrées inhabitées au lieu de disperser les gens les rapproche au contraire, chacun sait à mille kilomètres à la ronde

qui a rencontré qui, est parti ou revenu, la moindre nouvelle s'y propage malgré les distances, nul ne passe incognito dans ces solitudes. Pour l'instant, nous faisions nos adieux. Kostas offrait à ma mère la plus grosse éponge de sa collection, en profitait pour la baiser aux joues plus longtemps que nécessaire, et moi je me cramponnais au veston graisseux du bosco, la gorge nouée de n'avoir été son Kid plus longtemps.

Jusque-là, ne me dérangeait pas beaucoup que ma mère parte à l'abordage d'inconnus de rencontre, tire profit d'eux à son gré et les quitte sans vergogne. Cette fois, j'ai subitement pensé qu'à l'occasion elle me larguerait pareil si je l'encombrais, cela m'a rappelé nos marches sur les plages et dans le désert. Plus que des dangers du fjord, l'idée affreuse me tordait le ventre, j'ignorais à quel point elle tenait à moi, tu comprends, Bud ? Mais, à peine quitté le port, mes angoisses se sont envolées. Recroquevillée dans l'entrepont, j'ai été prise de bâillements, je me suis mise à grincer des dents, sitôt révulsée de spasmes, de haut-le-cœur, un paquet grouillant de crabes me dévore les boyaux, l'ascenseur des hauts et des creux affolants m'aspire vers le fond vertigineux des fosses glacées où gisent les hideux cadavres des noyés du fjord, je rends l'âme et le porridge de mon petit-déjeuner dans le pot de cuivre que m'a donné Jim Donegan en prévision : lui savait bien que je serais malade. Je le suis tellement qu'en riant il finit par m'extraire comme un chiot de ma niche et m'accroche pantelante au gouvernail, bavant et pleurant. Ah que je regrette mon petit tournis du mal de terre, et pas de gingembre à sucer comme le gentil bosco m'en donnait, quand sortirons-nous de ce fracas de pluie et de grêle ? Les arcs électriques craquent en tous sens sans rien laisser voir, que les vagues visqueuses qui s'écrasent contre la coque, sans cesse la houle nous soulève avec hargne sur son dos, l'étrave dressée à la verticale retombe à plat, asperge les vitres de la cabine, l'essuie-glace flapi bat sous les giclées mais Jim Donegan va droit devant, puisqu'il a la meilleure ligne de quille. D'une main sûre, il verse du café dans sa timbale en fer-blanc, replace la cafetière sur le réchaud brûlant. Posé contre le gouvernail, son dentier rit de toutes ses dents, ce requin ne le porte que pour plaire aux dames ; dans les cas sérieux, il s'en déleste. Seul à garder son aplomb sur ses jambes écartées, il crie de temps en temps à Kluk de pousser le moteur, qui rugit sous nos pieds, tousse et pétarade de plus belle.

— Ce n'est qu'un petit grain, nous traversons le couloir de vent des glaciers, daigne-t-il m'expliquer entre ses gencives. Tu vois, ton mal de mer est passé.

Et c'est vrai, je suis guérie comme par magie ! À côté de lui, je retrouve mes esprits et le pied marin. Kluk passe sa tête par l'écoutille et me fait de gentils sourires, d'amitié ou de moquerie ? Mais où donc est ma mère ? Jim me la désigne du menton. À travers les paquets de fumée noire du diesel que le vent rabat, cheveux dénoués elle affronte les éléments déchaînés, épousant du buste les mouvements de la proue elle encaisse la trombe de grêle, la bourrasque. Telle une divinité antique sculptée d'un seul bloc pour porter chance aux marins, telle la femme au beaupré des galions conquérants ma mère rayonne parmi les éclairs, elle fend l'espace et montre la direction, de sa beauté je trépigne de fierté.

La traversée du Lynn Canal ne dura que quelques heures. C'était très bref comparé aux trois semaines de routes en zigzag jusqu'à Seattle, et à celle que nous avions passée en mer sur le *Prince Rupert* avant d'échouer une semaine de plus à Juneau, mais il me semble que c'est dans ce laps de temps que nous avons vraiment passé la frontière, là qu'était sans que nous le sachions la ligne de démarcation entre le monde connu et l'espace inhumain si vaste qu'aucune carte n'en révèle le secret, derrière nous le vieux continent se détachait, emporté à la dérive en même temps que le passé, devant moi s'ouvrait l'avenir ensoleillé. Car la tourmente avait cessé d'un seul coup.

À la sortie du tunnel lugubre, la lumière d'été nous a éblouis, si limpide, si légère qu'on eût dit le paysage grossi par sa loupe. Une baie se dessinait au loin, frangée de sapins au bas desquels s'essaimaient les taches blanches et rouges de maisonnettes dispersées dans la pente. Haussées en somptueux écrin, les montagnes enneigées étincelaient sous le pur azur, nous étions enfin rendues saines et sauves sur l'autre rive du fjord. Cet endroit si gai me plut aussitôt, bien différent des ports entrevus, du sinistre Ketchikan, surtout du triste Juneau pluvieux et rouillé. Nous approchions d'une jetée sur pilotis s'avançant loin dans l'eau, nombre de bateaux de pêche y étaient amarrés avec leurs mâts et leurs cabines de guingois sous le vol bas d'innombrables mouettes qui soudain s'égaillèrent, tirant de l'aile en criaillant de peur : venait de paraître un immense et majestueux oiseau qui plana au-dessus de nous jusqu'à l'accostage, à lui seul il avait fait fuir toutes les mouettes et les corbeaux à l'intérieur des terres.

— C'est un aigle, un pygargue à tête blanche, s'écria Jim, rechaussant son dentier. Il fait plus de deux mètres d'envergure, c'est une femelle ! On les distingue des mâles à ce qu'elles sont plus grandes. Son aiglon n'a pas encore la queue et le col blancs, elle le dirige depuis les plus hauts sommets, où est son nid, pour lui procurer du poisson, vois-les se poser sur la grève. Qu'ils soient descendus du ciel est bon signe, ça vous portera bonheur.

Si l'aigle royal nous souhaite la bienvenue, tous les autres animaux sauvages, la forêt, les montagnes, les glaciers, tout ce que cet immense pays réserve de prodiges nous sera également favorable, me disais-je, le cœur empli d'allégresse et de gratitude pour ce signe du destin. J'avais six ans. Je ne doutais de rien, surtout pas des mérites de ma mère. À mes yeux son orgueil, son cran et son esprit d'à-propos lui valaient la protection du pygargue femelle : à l'égal de la reine des cimes, elle me guidait en attendant que les plumes me poussent. Je n'ignorais pas ses petits défauts, son goût de la parade et des réceptions comme de se rôtir au soleil, son penchant pour les galons de capitaines, les culottes en velours d'épiciers, mais je lui pardonnais ces travers. J'admirais trop qu'elle sache tirer profit d'aucuns sans scrupule, et professe que, du bonheur, il ne faut pas se faire le mendiant mais le chasseur : agrippe-le et dépèce-le sans quartier, comme ta proie sur le billot, me disait-elle. À voir les serres acérées de l'aigle sous les plumes blanches de sa queue, je pensais aux siennes qu'elle laquait de rouge sang pour arracher leurs yeux à ces enfoirés de Ritals, compter les billets en liasse ou, taquine, agacer l'oreille d'Oswald ; c'était elle l'aigle de mon cœur.

Jim et Kluk nous ont aidées à porter nos maigres bagages le long des docks vers la rue principale, ils se sont arrêtés près du poste fermé de l'Alaska Steam Company & Admiral Line Ships. Cachée derrière ce coin de baraque, ma mère a acquitté le prix du passage avec les billets du capitaine. De vieux billets pareils à ceux de sa mallette. Je me félicitais qu'elle épargne si bien notre magot. Pendant qu'ils réglaient leur marché, appuyé nonchalant à un pilotis, sans me regarder, Kluk m'a de nouveau joué son petit air amoureux à l'harmonica.

— Bonne chance, a dit Jim pour finir. Si jamais vous passez un jour par Champagne, demandez Murphy, Murphy Nolan. C'est un cousin du côté de ma mère, il y tient commerce en comestibles et gros matériel. Dites-lui bien que c'est de la part de Jim Donegan de Clifden, il vous donnera un coup de main en cas de besoin.

Sans montrer que ce renseignement l'indifférait royalement, ma mère l'a remercié avec effusion pour sa recommandation d'ami, et pour nous avoir menées à bon port en dépit de tous les périls. Elle l'a chargé de transmettre sa bonne amitié à Kostas, bien sûr au bosco aussi, qu'elle a failli oublier. Prise d'une inspiration, je posai un rapide bisou sur la joue de Kluk resté timide à l'écart, si surpris qu'il a piqué un fard, plus rouge qu'un véritable Peau-Rouge. Puis ils s'en sont retournés, soit que Jim ne souhaitait pas être vu en notre compagnie, soit que lui tardait de retourner à Juneau avant le soir. Tandis qu'ils s'éloignaient sur la jetée, toutes deux plantées sur le quai nous leur avons longtemps fait adieu à grands signes des bras, comme s'ils étaient les derniers des hommes de l'Ancien Continent qui disparaissaient.

Ainsi qu'elle l'avait semblé de loin, la bourgade de Haines se révéla coquette avec ses maisonnettes de bois peintes de frais en rouge, en jaune et blanc, clairsemées sur la colline jusqu'à converger en un carrefour animé d'où émanaient des effluves de tourbe, de tambouille et de bière de tavernes, où semblaient rameutée toute la peuplade que comptait le secteur. Hormis deux ou trois passants plutôt distingués, sautant d'un trottoir en planches à l'autre pour s'éviter la boue de la chaussée, la majorité y pataugeait, même allure de forestiers équipés de chemise à carreaux, veste ou gilet épais et bonnet de poil, chacun escorté de chiens à fourrure peu amènes. Ce petit périmètre comptait quelques commerces de détail, des hangars aux enseignes de distilleries, de conserveries, un comptoir de banque, quelques hôtels, des estaminets et, le long des trottoirs en planches, des attelages de chevaux, plus souvent de mules étiques, mais surtout deux fourgons à plateforme chargés de grumes et, par miracle, quelques tacots motorisés. Bien que rares à stationner ou à circuler, ils attestaient que devaient exister quelques routes praticables dans les environs, ainsi que ma mère l'avait espéré en consultant vainement ses cartes, aussi s'émerveillait-elle de ces brocantes comme si elles avaient le lustre de notre chère Cadillac. Elle en était si réjouie que je l'étais aussi, j'ignorais quel sort nous attendait.

Dans l'immédiat il s'agissait, déclara-t-elle, de trouver un logement décent et de décaper notre crasse dans un bon bain moussant. Pour ce, elle entra au Sheldon Store Shop, Drugstore & Post Office, le mieux pourvu des magasins, pour y faire quelques emplettes, à commencer par des salopettes en jean, des chemises en flanelle à gros carreaux comme celles que nous avions vues dans la rue, et un gilet doublé de molleton. Il y avait également des effets de ma taille, des enfants vivaient donc dans ce pays ! À défaut de sels de bain, cet article manquait, elle acheta du savon parfumé et du dentifrice en tube Colgate-Palmolive & Peet ; pour l'éponge, Kostas nous en avait pourvues. Nos achats attisaient la curiosité de quelques clients qui, accoudés au grand comptoir à tiroirs, nous dévisageaient sans dissimuler, à croire qu'ils ne voyaient pas souvent d'étrangers ou que les distractions leur manquaient. Sans leur prêter la moindre attention, ma mère choisit enfin une paire de bottes de cuir pour elle, pour moi des bottines en peau de renne, était-il garanti, avec des pompons. L'étal en offrait un riche assortiment, des plus rustiques aux plus ouvragées, avec des perles et des dessins brodés. C'était ma première paire de mukluks. J'adoptai aussitôt ces souliers chaudement fourrés, d'une souplesse de chaussons, solides, imperméables, et légers, sans comparaison avec mes vilains godillots de moussaillon. Nos achats n'étant pas de dames qui descendent dans les hôtels chics, le commis goguenard nous suggéra une adresse de pension à la semaine.

— Vous ne pouvez manquer la place d'Armes avec sa tour d'incendie : demandez-y Mrs Allister.

— Mrs Allister n'attend sûrement que nous, rétorqua ma mère avec un aplomb qui cloua le bec à cet effronté.

Ainsi pourvues à la mode du pays nous sommes-nous rendues dans le quartier de Chilkoot Barracks.

En ce mois de mai qui annonce l'été nordique le soleil encore haut brûlait, l'herbe jeune foisonnait, les épilobes en fleur tapissaient le bord de la route en terre qui montait vers l'éminence, un peu à l'écart des quartiers habités. Nous marchions lentement, en raison de la fatigue de cette journée pleine d'émotions, et du poids de nos bagages, augmentés de nos achats au magasin général. J'aurais pu m'enorgueillir que ma mère me donne sa mallette à porter, mais je me félicitai plutôt de sa feinte : qui soupçonnerait une mouflette de transporter pareille fortune ? Nous avons enfin débouché sur une grande place pentue, au milieu de laquelle se dressait ladite tour en bois, pas bien haute pour un poste d'incendie, dernier vestige du service de pompiers de Fort Seward dont les anciens bâtiments militaires bordaient la place d'Armes. En haut du grand pré herbu s'alignaient de fort belles façades de maisons en bois peintes de frais sur leur fondation de granit, dotées de spacieuses vérandas, les vitres des fenêtres brillaient de tous leurs feux aux éclats du soleil, rien ne pouvait réjouir davantage la vue que ce quartier élégant de Chilkoot Barracks. Nous y trouvâmes Mrs Allister occupée derrière une palissade à sarcler les énormes dahlias de son jardinet, une frêle femme au visage délicat, nez de belette, toute de noir vêtue car, s'empressa-t-elle de nous en informer, elle était la veuve d'un militaire de qui depuis quinze ans elle portait le deuil, ainsi que sa maison pleine de ses photos sur tous les murs, le piano, les guéridons, jusqu'à la broche à son col ornée de son effigie. Ici et là celle de Notre blond Seigneur aux yeux bleus agrémentait le papier peint à fleurs. Quelle mignonne chambre elle nous a louée au premier étage !

Ses bow-windows ornés de rideaux à volants ouvraient en panorama sur la baie de Haines, de là nous dominions le port, ses docks et sa longue jetée avec ses bateaux pareils à des jouets, l'immense Lynn Canal dans lequel se reflétaient les sommets d'en face aux glaciers bleuis par le lointain. L'orage que nous avions traversé s'était dissipé par enchantement, le soleil inondait la courtepointe du lit en patchwork multicolore et la coiffeuse à triples miroirs articulés. Sur laquelle, un nécessaire à ongles en ivoire et un nécessaire à couture. Sous laquelle, un nécessaire à cirage. Cependant la plus belle surprise fut le cabinet de toilette, équipé de commodités avec une chasse d'eau moderne, d'un lavabo en marbre et surtout, chance, d'une superbe baignoire montée sur ses pattes de griffon. Pour la remplir, il fallait hisser des seaux d'eau chaude à l'étage : qu'à cela ne tienne, Lorna del Rio s'y employa, rien ne lui pressait davantage que de prendre son premier bain depuis notre départ de Brentwood. Quelle fête que ce bain ! Et tant pis s'il manquait la mousse. En un clin d'œil, ma mère a envoyé dinguer ses frusques de marine et là j'ai pu voir qu'elle n'avait rien perdu de sa plastique, ses cuisses de cow-girl, sa taille de guêpe et tous ses attraits de vamp. Sa sublime nudité dans les rayons de soleil me ravissait, moi aussi quand je serais grande j'aurais sa beauté, ses fesses et ses seins, j'aurais son glamour de Betty Boop. Hop, elle a sauté dans la baignoire, je me suis glissée en frissonnant contre son corps adorable. Nous deux avons barboté dans l'eau chaude et chanté en chœur *I wanna be loved by you, poo-poo-pee-doo*, tout en nous récurant de toutes les saletés du voyage. L'éponge de Kostas n'y suffisant pas, ma mère me frottait avec un gant de crin qui me faisait crier sous sa brûlure.

— Ici, je suis Peggy Anderson, m'informa-t-elle en se passant son bâton rouge sang sur les lèvres.

— Et moi, qui suis-je ?

— Mettons que tu serais Kitty, dit-elle avec insouciance, en souriant à la triple image que lui renvoyait le miroir enchanteur.

Quand nous avons redescendu l'escalier, nous étions métamorphosées en femmes du Grand Nord-Ouest de ses rêves, les joues luisantes du bain, les cheveux lustrés, elle vêtue de sa salopette en jean, moi chaussée de mes mukluks tout neufs. Notre logeuse nous attendait pour la cérémonie du thé dans le salon de conversation dont elle disposait. Sa maison possédait également une salle à manger attenante, séparée de l'office par une porte coulissante et, en guise de chauffage central, de gros poêles à charbon dans chaque pièce ; ceux-là mêmes que nous avions vus en vente au magasin Sheldon. Celui du salon occupait la cheminée condamnée, ornée d'un manteau en chêne ouvragé du plus bel effet. En cette saison où les soirées sont encore fraîches, il ronflait gaiement, la radio aussi ronflait, nasillait, tout en crachotant quelques flonflons de jazz, quel luxe que la demeure de Mrs Allister ! La station de Juneau est parfois difficile à capter dans le quartier, s'excusait-elle. Quant à l'éclairage, elle préférait les jolies lampes au kérosène qui lui rappelaient son cher époux défunt. Lequel paradait en uniforme sur toutes les photos. À skis sur la pente enneigée de la place d'Armes, feignant de viser au fusil, de pêcher dans un torrent, ici de jouer au base-ball, brandissant un saumon royal, là swinguant à un bal militaire, buvant un drink sur sa véranda ou dans son salon, qui n'avait pas changé depuis. Partout il riait faussement de toutes ses dents, follement heureux de tant s'ennuyer. Sa mascarade m'a rendue triste mais personne ne faisait attention à moi, ma mère et Mrs Allister étant trop occupées à faire connaissance. À l'époque, la vie était vraiment délicieuse dans cette petite baie pittoresque, se flattait-elle. Nous disposions de tous les fournisseurs possibles, de l'école de la mission et de services sanitaires, d'un docteur, et même du télégraphe. De plus, l'armée ayant racheté une ancienne conserverie à Pyramid Harbor tout proche y avait ouvert un Education & Recreation Hall. Là, se tenaient les bals, les kermesses de charité, les concerts de l'orchestre du poste, les tournois sportifs ainsi que des séances de cinéma, mille occasions propres à égayer la vie de caserne et à entretenir une vie sociale. Nous avions même une ligne de téléphone privée reliant le fort au commissaire d'État, aux saloons de Bob Ferry et de Tim Vogel, et même au domicile du député US marshall. Imaginez qu'en ce temps-là étaient cantonnés à Fort Seward pas moins de quatre cents hommes de troupe, et quinze officiers d'infanterie logés dans les belles maisons construites en granit local par des maçons italiens.

— Hélas, tout cela est bien révolu, soupirait Mrs Allister en tamponnant ses yeux d'un fin mouchoir brodé à ses initiales.

La caserne s'est vidée. Plus de recrues pour les corvées, porter le charbon, sortir les cendres, nettoyer la cuisine des épouses d'officiers. Nous les appelions dog-robbers en raison de leurs petits larcins : pour arrondir leur solde, ils rendaient de ces menus services et chapardaient au passage, nous fermions les yeux, attendu que leur vie était moins facile que la nôtre. Leurs femmes, quand ils en avaient, lavaient notre linge et répandaient leurs eaux de lessive pleines de bulles dans la pente, c'est pourquoi la rue d'en bas se nomme encore Soap Suds Alley. Vous avez bien fait de vous présenter chez moi : par là les maisons sont moins belles, n'y logent à présent que des gens de Haines sans éducation et voyez comme sont laissés à l'abandon l'économat, les écuries, les entrepôts, même l'ancien hôpital du fort…

Pour autant jamais, au grand jamais, jurait-elle, elle ne quitterait la maison du lieutenant Allister. Jamais elle ne reviendrait à Boston où résidaient toujours son père et ses sœurs, une famille très collet monté, choquée qu'elle suive son mari en Alaska, c'est-à-dire au bout du monde. Rentré très démoralisé de la guerre en France, et eu égard à sa santé, il avait été affecté à Fort Seward pour son séjour agréable et son climat supportable, le seul des forts militaires implantés dans le territoire sauvage acheté jadis aux Russes par l'État américain. La résidence y était en effet de tout repos, ce qui n'avait pas toujours été le cas. Lors de la ruée, il avait fallu mater les gueux et les trafiquants de tous poils qui affluaient, appâtés par l'or du Klondike. Leurs convois d'attelages, leurs tentes et leurs bêtes embouteillaient la région, ce n'étaient qu'incivilités, beuveries, violences et rapines, Haines n'avait retrouvé la tranquillité qu'une fois la ruée tarie. Ainsi, lors de leur arrivée après guerre, le fort paisible ne servait plus qu'à représenter la loi américaine dans cette zone de frontière, un temps contestée par le Canada, chicanes à ce jour résolues. N'y était plus cantonné qu'un détachement pour le principe, et puis le fort avait été rebaptisé Chilkoot Barracks, à cause des confusions postales avec quatre ou cinq autres Seward en Alaska. Ah non, rien n'était plus comme autrefois…

Nous comprîmes vite que cette veuve n'avait pas souvent de visites et que, dans sa triste solitude, ses rares pensionnaires lui procuraient du divertissement, une aubaine pour évoquer feu son époux gradé si tôt disparu, ressasser ses nostalgies et en tirer de précieuses larmes qu'elle épongeait du mouchoir. Son seul et grand regret était de n'avoir pas connu la maternité, disait-elle, me lorgnant de l'air de convoitise que je suscitais dès que j'activais mes fossettes et mes dents de lait. Aussi restai-je renfrognée, pas question que cette veuve en mal d'enfant jette son dévolu sur moi. Je me tenais à carreau, raide assise et jambes pendantes sur la chaise cannée, laissant ma mère lui tenir conversation, ce qu'elle faisait avec son aisance naturelle de femme du monde. Pendant quoi j'observais la figure de notre hôtesse, sa pâleur de porcelaine, son nez pointu, ses paupières et ses lèvres fripées. Je m'ennuyais beaucoup devant son guéridon juponné de dentelle empesée, son plateau d'argent, sa théière et ses tasses russes, ses petites cuillères en vermeil. J'aurais de loin préféré aller gambader sur la verte prairie de la place d'Armes voir si un grand pygargue planait encore dans le ciel du soir car, sans s'assombrir, la lumière virait au saumon derrière les vitres, mais pour tomber ainsi chez nous d'où venez-vous, où allez-vous, quels sont vos projets, chère Mrs Anderson, demandait à brûle-pourpoint notre hôtesse.

Attention, danger !

Je me doutais bien que ma mère n'avait aucune intention de croupir à Haines, que le but final de sa virée routière et maritime n'était pas ce petit port de rustres avec son fort quasi en ruine ; au contraire le départ de son vrai voyage. Quel bouteillon allait-elle encore inventer afin d'endormir Mrs Allister, satisfaire sa curiosité tout en protégeant ses arrières selon ses visées qui, d'évidence, étaient de brouiller au mieux la piste derrière nous, de la parsemer d'informations aussi fausses et variées que nos identités d'emprunt. Elle avait dû mijoter sa réponse, ou bien elle était la plus rouée des improvisatrices pour, du tac au tac, prétendre cette fois que, ayant quitté son emploi de télégraphiste à San Francisco, elle allait au plus vite rejoindre son mari qui, souffrant d'une mauvaise blessure dans la ferme où il s'était loué, requérait son soutien et ses soins, dit-elle. On cherche à gagner honnêtement sa vie et on n'en est pas toujours récompensé, mais enfin, une fois réunis, ils repartiraient d'un bon pied, et quel bonheur il aurait de serrer sa chère petite Kitty sur son cœur.

— La route est-elle sûre jusqu'à Champagne ?

— Champagne ! Mais Champagne est à plus de trois cents kilomètres, Dieu sait où perdu à l'intérieur des terres !

Ma mère qui, une heure plus tôt, ignorait jusqu'à l'existence d'une quelconque localité de ce nom et ne la citait au culot que sur la foi de Jim, ne se laissa pas démonter par ce détail.

— Mon mari a besoin de moi. Mon devoir est de le rejoindre, quoi qu'il m'en coûte, rétorqua-t-elle.

Avec tant de cœur que la veuve, émue au souvenir des épreuves bravées pour suivre le sien époux au bout du monde et prise de pitié pour tant de candeur, s'empara des mains de la malheureuse et tenta de la raisonner.

— Ah, chère Mrs Anderson, n'y pensez pas. C'est trop de péril, aucune personne sensée ne s'aventure dans cette région de sauvages !…

— Moi oui. J'y suis fermement décidée.

— Mais il n'existe aucune route digne de ce nom ! Sinon une piste qui servit jadis à convoyer des troupeaux, mais celle-ci est de longtemps abandonnée, elle se perd en maints endroits, entravée d'éboulements, sans compter les marécages, les rivières à traverser, et la présence d'animaux féroces. Sans compter des Indiens qui, tout en restant invisibles, rôdent dans les parages…

Ce tableau n'ayant guère d'effet sur l'héroïque dévouement de ma mère, Mrs Allister renonça aux généralités.

— Vous ignorez la sauvagerie de ce pays. Il est arrivé à mon mari d'y aller avec son détachement, escorté par la police montée du Canada, eh bien, quoique fort courageux, il a évité d'y remettre le pied. Le seul être qu'il ait rencontré était un vagabond ayant perdu toute dignité humaine. À ses dires, une sorte de fou sans âge suivi d'un chien galeux a surgi sans bruit de la profondeur des bois et s'est approché de leur bivouac, répugnant dans ses hardes sales, harnaché d'un barda immonde, de raquettes et de son fusil antédiluvien. Ne parlant aucune langue connue d'eux, il s'exprimait par gestes frustes. S'ils n'avaient été en nombre, et armés, ils auraient pris peur de cette créature dénaturée mais, constatant qu'il n'était pas hostile, ils l'ont laissé approcher du feu ; par charité chrétienne, car il faisait grand froid. Il y a fait cuire au bout d'un bâton une viande faisandée, s'en est repu, aussi bestialement que son chien. Il a réclamé de leur café, de leur tabac, puis s'est endormi contre les pierres chaudes. Avant l'aube, il avait disparu. Sans doute un coureur de bois à l'ancienne, un solitaire ennemi de la civilisation. Voilà le genre d'individu que vous risquez de rencontrer. Avec vous, il ne sera peut-être pas aussi inoffensif. Quant aux rares comptoirs qui subsistent de loin en loin, s'ils ne sont abandonnés, ils seront tenus par des brutes. Vous aventurer dans ces contrées, avec une fillette en bas âge et sans la protection d'un homme armé, c'est pure folie.

— Je n'ai besoin d'aucune escorte, je n'ai pas peur des rencontres, et tirer au fusil me connaît, répliqua Peggy avec une folle gaîté. Mon père m'y a appris quand je chassais en sa compagnie l'hiver dans les forêts. Kitty et moi arriverons à bon port, avec l'aide de Dieu, conclut-elle, jetant un pieux regard vers la face de Notre blond Seigneur.

— Mais comment comptez-vous vous y faire transporter, pauvre amie ?

— Mon intention est d'acheter une auto. J'en ai vu en ville de fort bien carrossées pour supporter, puisqu'elle existe, cette piste vers Champagne.

Ébranlée par tant d'inconscience, peut-être gagnée par l'obstination insensée de sa pensionnaire, Mrs Allister resta songeuse.

— Hélas, soupira-t-elle, aucune n'est à vendre, les voitures sont rares ici... On n'en trouve qu'à Skagway, encore faudra-t-il la faire transborder par le ferry, et paierez-vous une fortune quelque guimbarde d'occasion, esquintée par la seule route qui franchit le col vers Whitehorse, défoncée chaque long hiver et toujours en réparation. Peut-être un cheval ou une mule ferait-il mieux votre affaire ? Il s'en trouve aisément.

Mule ou cheval, Peggy ne l'entendait pas de cette oreille. Elle ne se rêvait pas comme la veuve du lieutenant en train de cheminer sur le banc brinquebalant d'un chariot ou à dos d'un cheval de western. Pour mettre fin aux mises en garde de Mrs Allister, et dissimuler sa déconvenue, elle entreprit une visite de courtoisie aux photos exposées aux murs, sur la cheminée, sur le piano, un mignon piano droit importé à grands frais de Vancouver, cadeau de son époux pour leur dernier anniversaire de mariage :

l'année suivante, la grippe espagnole l'emportait. L'épidémie a sévi ici de terrible façon, les indigènes tombaient comme des mouches. Hélas, il n'en reste que trop, odieusement réfractaires à nos manières de vivre et à nos bons pères qui tentent de les civiliser. Bien loin est le temps où ils faisaient bonne mine aux Blancs, leur servaient de porteurs et profitaient de troquer leurs peaux contre vivres et couvertures sur la piste Dalton. Celle que vous voulez prendre. Vous verrez ce qui en reste si vous parvenez à vos fins, moquait-elle gentiment ma mère avec une indulgence quasi maternelle.

Mrs Allister dut passer une nuit agitée, disait Jessie. Je parie qu'une fois couchée dans son lit douillet, sa chaste chemise de nuit boutonnée au menton, elle qui s'endormait sereine à la même heure après sa prière, que ne troublaient le cri des aigles ni les tempêtes du fjord, ne trouva pas le sommeil. Soudain lui parvenaient les bruits inentendus du dehors, la sombre rumeur des sapins, le frisson des branches et le craquement des glaciers de très loin portés à travers les cols jamais gravis, les espaces farouches jamais arpentés. Son petit cœur palpitant, pâmée, elle s'imagina chevauchant contre le vent, dévalant de périlleux rapides en radeau, traquant le loup, le lynx, éventuellement le terrible grizzli des légendes. Fouettant ses chiens de traîneau dans le blizzard du Grand Nord, elle filait vers la cabane où l'attendait le redoutable et viril coureur de bois, celui-là même rencontré par le lieutenant au bivouac. Voilà donc ce qu'était l'enivrant appel de la forêt, le rêve qui attirait les hommes vers les fabuleuses régions du grand ailleurs ! Dire que son mari l'avait laissée se languir de son retour entre ses tasses de thé et ses ventes de charité. Dire que, bien loin de parvenir au bout du monde, comme elle l'avait laissé croire, et le craindre, à ses sœurs et à son père, elle s'était étiolée dans sa demeure cossue du quartier des officiers de Fort Seward. En regard de l'aventure manquée, quelle fadeur que la baie, le petit port tranquille, son confort et les sauteries du camp militaire dont elle s'était contentée dans sa léthargie de marmotte, quelle dinde d'être restée l'épouse docile de son absurde mari !

Au matin, je la vis descendre l'escalier d'un pas mécanique, comme courbatue d'une randonnée, des mèches échappées du chignon, la jupe enfilée de travers. Elle alla tout droit se poster à la fenêtre et, torturant un bouton de sa guimpe, regarda songeuse à travers les vitres la lumière vive sur le grand pré de la place d'Armes, ronchonnant, s'exhortant à mi-voix, puis, m'apercevant très sage assise à table, elle parut tomber des nues.

— Eh bien, petite Kitty, prête au grand départ pour revoir ton papa ? s'écria-t-elle, en ébouriffant mes cheveux dans un accès de jovialité inquiétant.

Et de disposer en vrac sur la table son missel, un sachet de lentilles, sirop d'érable, pot de sel, de brûler les pancakes, de renverser le café, cherchant en vain le pot de sirop d'érable, mais où ai-je la tête ? s'effarait-elle. Elle, si posée, devait l'avoir sérieusement tourneboulée pour perdre le nord à ce point. Toutefois, quand ma mère finit par descendre à son tour, son esprit pratique avait repris le dessus :

— Je me fais fort de vous trouver cette auto introuvable, lui jura-t-elle, avec l'air enjoué d'une comploteuse.

Cela prit deux semaines de plus mais c'est ainsi que, grâce aux rêves de Mrs Allister, ma mère put réaliser le sien.

Par enchantement l'été arrivait, finis les coups de tabac, les brouillards, les pluies. La gelée nocturne fondait vite au soleil libérant le vert vif de l'herbe, le rose gracieux des fleurs, mouillant de mille éclats les toits de tôle et de zinc, la coque des petits bateaux de pêche dans l'eau paisible du fjord où les sommets reflétés, les hauts nuages passants, dupliquaient le paysage bleu avec la netteté d'un verre peint. Livrée au désœuvrement dans cette maison sans jouets, je n'avais de cesse de m'amuser au jardinet avec le râteau, la serpette, le sécateur, que m'interdisait de toucher le jardinier de Brentwood, ou bien d'aller jusqu'à la tour d'incendie épier les petits oiseaux qui y faisaient leur nid, guetter vers les cimes le vol des aigles, mais aucun n'approcha aussi près que le jour de notre arrivée. Pendant ce temps, prise d'une frénésie, notre logeuse astiquait ses cuivres, déplaçait les chaises et les bibelots sans besoin, montait à l'étage, descendait, cuisinait des pains d'épices, dont je me régalais, soudain tombait assise en méditation, mains mortes sur ses genoux. Bien que peu portée aux corvées de ménage, ma mère faisait semblant de se rendre utile pour lui complaire car Mrs Allister avait déclaré vouloir servir son projet : il fallait bâtir, et en toute discrétion, un plan d'action des plus sérieux. Pour mieux les abattre, prévenir les obstacles, qui ne manqueraient pas, à commencer par la brigue, le mauvais esprit et la bassesse de la population locale.

— Je vis ici depuis assez longtemps, disait-elle, pour vous garantir que c'est un ramassis de peigne-culs et d'envieux. Ne vous fiez pas à leur air bonasse, ils sont à l'affût de la moindre occasion de truander leur prochain. Si s'ébruite qu'une faible femme se risque seule sur la piste Dalton, l'un d'eux est capable de se lancer à vos trousses, de vous attendre à un tournant pour vous attaquer, vous dévaliser, pire peut-être.

À ces mots, ma mère qui n'avait peur de rien mimait l'effroi, par pure charité envers cette poltronne. Quant à moi, si j'avais été plus grande peut-être aurais-je cru Mrs Allister sur parole mais, experts en vantardises, les enfants détectent très bien celles des adultes : notre logeuse, me disais-je, ne nous peint ce tableau horrifiant que pour se donner du prestige, elle qui en a si peu ; ou pour s'en faire frissonner à plaisir.

— Notre bourg compte bien quelques citoyens honorables, concédait-elle à regret. Ainsi la famille Sheldon, prospère en affaires de commerce et d'hôtellerie. Ce sont eux qui fabriquent nos poêles, qui ont racheté sa blanchisserie à Homer O. Banta. Ils font aussi collection, paraît-il, de curiosités de Chine, de paniers et d'ouvrages de perles d'Indiens. Ce sont des originaux. Nous avons aussi le bon Mr Anway, un champion de l'horticulture, et quelques ingénieurs instruits embauchés aux mines. Mais ces gens ne vous seront d'aucune aide pour ce qui vous occupe. Nous devons rester prudentes, ne recueillir qu'un avis sûr, consulter une personne expérimentée qui sache vous épauler.

Tout en tournant la pâte à crêpes, elle plongeait dans des abîmes de réflexion, l'air de qui tortille son idée sans savoir comment en accoucher.

— S'il en est un excellent, c'est bien Archibald Ryan, s'écriat-elle enfin, feignant l'illumination, laissant sa louche goutter sur le carreau. Archie est l'homme de la situation, il n'est pas plus puissant allié, Archie connaît le pays mieux que sa poche, il n'y a meilleur conseil, c'est un vieil ami personnel.

Archie par-ci, Archie par-là, Mrs Allister répétait ce petit nom, le suçotait avec délice comme une gourmandise sur sa langue. C'est que, finit-elle rosissante par confier, Archie, Archie lieutenant au fort en même temps que feu son mari et son proche ami, Archie, au lieu de quitter Haines une fois son temps fini, avait racheté une distillerie sur le déclin, la plus florissante du canton à ce jour. Il possédait également une conserverie et des actions aux mines de Procupine, toujours en activité. Archie était un entrepreneur hardi, le seul Archie avait toute sa confiance car, elle pouvait maintenant s'en flatter sans pécher, Archie l'avait courtisée jadis. Certes sans bruit, avec le tact d'un gentleman soucieux d'épargner sa réputation, car tant de ragots se colportent dans ces garnisons, médisances, calomnies. Mais nous autres femmes savons interpréter les petites galanteries par lesquelles se manifeste un penchant. Son soupirant ne s'était hélas jamais déclaré, même lorsque devenue veuve elle aurait pu enfin recueillir sa flamme. Toutefois, elle ne s'interdisait pas de penser que le cher Archie, au lieu de rentrer chez lui en Iowa, n'était resté à Haines que parce qu'il était trop épris d'elle. Quant à elle, si elle se défendait de vouloir ne jamais, au grand jamais, quitter sa maison, elle pouvait s'en ouvrir à présent : c'était moins par fidélité à feu son époux que pour demeurer près d'Archie aussi longtemps que la vie le lui permettrait. Pour la première fois elle avouait son secret, à aucune oreille jamais elle ne l'avait confié, même en confession. Au comble de la confusion, elle cacha sa pourpre dans ses mains.

Éberluée qu'une personne d'âge s'autorise pareil enfantillage, je le fus plus encore de voir ma mère écraser une larme, d'émotion sincère, d'hilarité réprimée ou d'une poussière dans l'œil, on n'aurait su dire. Quoi qu'il en soit, vrai ou simulé, l'accès lacrymal n'enrayant en rien son cerveau atomique :

— Votre ami Archie n'aurait-il par hasard une voiture à vendre, s'enquit-elle, candide.

Encore trop émue pour articuler un mot, oui, oui, faisait la bonne dame chevrotant du menton puis, pour se remettre en selle, elle servit résolument le thé selon sa cérémonie habituelle. Je pus enfin dévorer les succulentes crêpes sans que l'une ni l'autre y voit objection. Sans doute ma mère pesa-t-elle en son for intérieur que, entre la folle sentimentalité de notre logeuse et les imprévisibles effets de sa passion contrariée, elle ne pouvait que risquer le tout pour le tout et s'en remettre à la providence. En réalité, Archie avait bel et bien une vieille auto à vendre, affirmait Mrs Allister, mais il y avait fort à parier qu'il ne s'en séparerait qu'une fois livrée la neuve qu'il avait commandée à Detroit pour la remplacer. Or voilà six mois que, à chacune de ses réclamations par télégraphe, on la lui promettait pour demain. C'était la risée générale qu'il se précipitât au port à chaque bateau et s'en revînt bredouille. Bien des jaloux de sa réussite convoitaient la vieille Dodge d'Archie et n'attendaient que de la lui racheter mais, la bêtise l'emportant sur la raison, ces imbéciles préféraient se gausser de lui. Toutefois, étant donné la rareté des occasions, mieux valait prendre les devants et, au cas où il aurait déjà promis son tout-terrain à quelqu'un, lui faire une offre conséquente afin d'emporter sa préférence.

— De combien disposez-vous ? s'inquiéta Mrs Allister, l'œil allumé.

— De vous, son cœur ne saurait abuser, susurra Peggy, battant des cils.

Dès le lendemain, vêtue sur son trente-et-un, notre logeuse se mit en campagne. Escarpins et tailleur gris perle, bibi de paille assorti, au coude son réticule, elle prit d'un bon pas la direction du centre, rentra, repartit avec des airs d'importance, sans que transpire ce qui résultait de ses tractations. Pendant ses absences, assise sur les marches de la véranda, ma mère fumait cigarette sur cigarette, le regard noir, rongeant son frein. Pouvait-elle, en négligeant son aide, prendre le risque de s'aliéner sa seule alliée, mais six mois, six mois pouvaient encore passer suspendus aux retards d'une chaîne d'assemblage à l'usine de Detroit, à un commercial négligent, à un train poussif ou un cargo aussi calamiteux que le *Prince Rupert* ; suspendus au supposé crédit dont se flattait notre veuve, aux atermoiements du détenteur de ce tacot, dans quelques semaines le court été finirait, impossible d'attaquer pareille route par grand froid, il faudrait attendre le printemps dans ce trou perdu de Haines. Elle faillit désespérer. Moi pas qui avais, provisoirement, placé en Mrs Allister ma foi et mon espérance, et notre sort entre les mains de son bon ami Archie.

Ragaillardie d'avoir à arpenter la localité où elle ne s'aventurait guère, émoustillée par l'intrigue et surtout, semblait-il, d'avoir par ce biais inespéré renoué avec le fringant Archie, de faire son siège sous le vertueux prétexte d'être une émissaire, elle rajeunissait à vue d'œil. Avec tout ce tintouin, personne ne s'occupait de moi. Je pouvais visiter la maison de bas en haut, fouiller dans les tiroirs, où je découvris toutes sortes de curiosités enviables : un vieux corset aux jarretelles de soie rose, un album de timbres fanés, un masque à gaz, un porte-plume à loupe en ivoire avec une vue en couleurs, un écureuil empaillé, un joli pilulier orné d'angelots, un dictionnaire médical plein d'aguichantes saletés. Je pouvais vadrouiller dans les environs avec des gamins de mon âge aussi dépenaillés que moi, de qui j'appris, outre quelques niches pendables comme allumer un pétard dans le derrière d'un des mulets, jouer aux palets avec leurs crottes séchées, que ma mère était proche parente de Mrs Allister, précisément une de ses nièces venue de Boston lui rendre visite avec sa fillette. Moi d'endosser le rôle sans vergogne et, n'ayant d'autre modèle que Brentwood pour leur vanter cette ville fameuse d'où nous étions originaires, de leur décrire ses palmiers, ses dunes et ses plages, ses manoirs tarabiscotés et ses affiches de stars sur les boulevards illuminés aux néons. Épatés, ils en bavaient d'envie. Lorsque je rapportai notre nouvelle parenté à ma mère, elle se félicita de l'avoir laissée entendre au commis du magasin Sheldon par sa fine réplique, et bénit l'à-propos de notre logeuse qui en laissait courir le bruit à notre profit.

Celle-ci servait si bien notre cause que, au bout d'une autre semaine, Archie en personne vient garer devant la maison sa Dodge aménagée en pick-up, du siège de laquelle saute notre logeuse endiablée, décoiffée comme une jeunesse en goguette. Les adultes sont inconséquents, insondables les caprices du cœur : moi qui m'imaginais le soupirant de Mrs Allister en

Rudolph Valentino – j'avais vu trois fois *Le Droit d'aimer* avec Miss Plunkett très éprise de Gloria Swanson –, quelle déception que ce gros petit homme velu, moustachu, rubicond, empestant de tous ses pores la saumure, le poisson fumé et un affolant mélange d'épices alcoolisées. Archibald Ryan n'y va pas par quatre chemins : faisant claquer des pouces ses bretelles élastiques, il se déclare flatté, honoré, enchanté de dépanner Peggy la nièce de sa chère amie Bonnie, résolu, oui, à lui vendre son auto, un des meilleurs engins du pays, à une et seule mais absolue condition : à condition que jamais, au grand jamais, ceux qui se paient sa fiole depuis six mois ne l'apprennent :

— Je vais leur souffler ma Dodge sous le nez. Pfft, envolée ! Ils ricanent dans mon dos, mais rira bien qui rira le dernier, et si ma livraison tarde encore, tant pis : j'ai toujours ma vieille Ford T, et deux trucks pour vaquer à mes affaires en attendant, aucun de ces ploucs n'en possède autant.

— Aucun, confirme-t-elle, aux anges.

— Ici, c'est moi le patron, plastronne-t-il. Ah, par exemple je ne vous vendrai pas ma Ford T, inusable, increvable, on n'en fera plus jamais comme celle-là, mais si ma Dodge vous va, tope là.

D'évidence Bonnie, puisqu'ainsi la dénomme Archie, apprécie le plumage et le tapage de cet oiseau. Loin de s'en offusquer, elle s'en pâme d'aise, lui laissant, modeste, l'avantage d'exposer ses arguments car, à sa mine, se lit qu'elle a fort travaillé à les lui inspirer. Jusqu'au stratagème ingénieux que, pour parfaire le plan, décrète-t-il, vous quitterez Haines en catimini à l'aube et suivrez à pied la route jusqu'au lieu dit Yindastuki, où je vous attendrai avec mon pick-up. Moi, je m'en reviendrai par les arrières au travers de la forêt. Souvent j'y vais faire mon tour en solitaire pour chasser le petit gibier, c'est connu : personne, se frotte-t-il les mains, ne se doutera de rien. Et même, à supposer qu'un petit futé s'en avise, il sera trop tard : vous serez loin, ne lui restera plus qu'à manger son chapeau.

À cette idée, le rire secoue sa panse puis, pris de scrupules, il joue les hommes responsables :

— Bonnie me dit vous avoir avertie que cette piste est impraticable. Personne ne s'y risque, ou seulement l'été quelques mineurs qui montent exploiter leurs gisements de Rainy Hollow.

Moi-même j'ai pu la prendre deux ou trois fois pour chasser le ptarmigan, l'oie et autres gibiers d'eau sur les petits lacs mais, même avec un naturel pour guide, on a vite fait de s'égarer vu que, après l'embranchement des mines, elle n'est plus entretenue ni balisée. Pour être honnête, je vous conseille plutôt d'aller par le ferry à Skagway, d'y trouver un véhicule et de rouler droit au nord jusqu'à Whitehorse, puis plein ouest vers Champagne : là, il y a un chemin de roulage, comme qui dirait un semblant de route civilisée, et je crois bien un poste à essence.

— C'est un trop long détour. Cette piste m'a été recommandée, c'est celle-là que je prends, trancha ma mère.

— Vous a-t-on aussi prévenue que, Indiens compris, le Yukon ne compte guère plus de cinq mille quidams dispersés sur un territoire presque aussi vaste que l'Alaska, autant dire un désert...

— J'y trouverai plus facilement mon mari.

Archie haussa les épaules, trop réjoui par son affaire pour polémiquer davantage : afin que nul ne s'en étonne, à Haines on est très cancanier, il se chargeait de réunir lui-même le matériel nécessaire à l'expédition, de quoi tenir plusieurs jours de route, équipement et provisions. Justement, il en avait déjà dressé la liste avec Bonnie. Ils avaient aussi entendu qu'Archie les planquerait sur le plateau bâché de son pick-up : pas question de signaler un départ au voisinage en chargeant devant la porte ! Ni de laisser la petite madame porter son barda sur le dos comme une squaw jusqu'à Yindastuki, s'esclaffa-t-il, hein, Bonnie ? Bonnie par-ci, Archie par-là. Était-il plus risible que ces deux-là, l'un tout velu grossier personnage, l'autre toute fripée vieille chèvre, jubilant de leur malice, de leur complicité, émoustillés par la fraîcheur inentamée de leur sentiment. Fallait-il donc ce complot à leur idylle si longtemps réprimée pour se déclarer enfin, seraient-ils épris pour de bon, s'ébahissait ma mère, qui avait pourtant connu de plus baroques amours, puis-je me fier à ces deux fous furieux, se demandait-elle, mais avait-elle d'autre solution.

Question de l'initier au maniement de son engin, Archie lui fit faire un tour de la place d'Armes. Depuis la véranda, je suivais les phares jaunes tressautant dans le crépuscule. Haut sur roues, portières et pare-chocs cabossés, avec sa plate-forme bâchée le tout-terrain s'apparentait plutôt à un bulldozer, or il ne fallait pas se fier à son apparence, prévenait le moniteur, plutôt au moteur phénoménal qu'il cachait sous son capot. L'essai fut concluant ou bien ma mère, fataliste, se résigna au seul véhicule qu'elle pouvait espérer. Il y eut encore deux soirées de préparatifs en grand secret. Ceinte d'un tablier de linon à volants immaculé, Bonnie cuisinait du saumon, du steak d'élan, elle mettait un point d'honneur à soigner son menu, afin de flatter le palais d'Archie. Son triomphe fut une jatte de grosses fraises fraîches ! Charlie Anway en cultive des champs entiers dans ses terres de Procupine, les cueilleuses y gagnent bien leur vie durant la saison, qui aurait-il cru possible d'obtenir des fruits aussi délicats en Alaska ? Il possède également plusieurs vergers de pommiers et de cerisiers, pollinisés par ses abeilles et ses ruches importées de Californie. Jadis, Charlie était chercheur d'or, mais c'est l'horticulture qui l'a enrichi. Et de nous vanter ce savant philanthrope, ami des humbles et protecteur des pauvres, devenu la gloire de Haines pour ses fraises qui s'exportaient jusqu'à Juneau et à Fairbanks. Les habitants ne sont donc pas tous des peigne-culs, la taquinait ma mère mais, quand Archie arrivait, leurs papotages cessaient : le temps étant au beau, mieux valait hâter notre départ.

Le dernier soir, il apporta des échantillons choisis de sa distillerie. Sa recette de fabrique ? Un dosage d'armoise et de mélisse, plus quelque ingrédient spécial obtenu des Indiens, un secret qu'il ne révélait à personne et qui faisait des spiritueux Ryan les plus fameux de tout l'Alaska et du Yukon réunis : l'alcool est le seul carburant qui vaille durant l'hiver, notre unique saison hormis trois jours d'été, plaisantait-il. Du temps de la prohibition, il avait continué d'en faire trafic à la barbe de la police qu'on égarait sans mal dans ces immensités, jamais ses caches n'avaient été découvertes. La cache est une spécialité du pays, il va vous falloir l'apprendre pour survivre, prévenait-il ma mère en lui resservant de sa vodka. La nièce de Mrs Allister acquiesçait sans broncher aux vantardises de Mr Ryan et buvait cul sec en grenadier.

— Et, chère Peggy, croyez-moi : si la loi interdit d'en vendre aux Indiens, mieux vaut en avoir quelques flacons sous la main pour faire ami-ami en cas de rencontre, ils en raffolent. Je vous en fournirai un lot, disait-il, tout en cochant sa liste.

Qui, au cours de ces soirées, s'augmentait de tout ce qu'ils considéraient comme nécessaire au voyage ; le leur, aurait-on cru, tant ils mettaient de passion à l'organiser. Il fallait une tente, insistait Mrs Allister, au moins une bâche pour abri, une tente est indispensable en pleine nature. Ma mère mit le holà en protestant que son pécule ne lui permettait pas d'acquitter la facture d'un tel équipement.

— Qu'à cela ne tienne, je vous fais crédit jusqu'à votre retour, rétorquait Archie, magnanime, ses yeux énamourés rivés à ceux de Bonnie.

Qui lui caressait la main, émue de tant de largesse. C'est à ce prix qu'il l'achète, me disais-je, elle fond comme sorbet au soleil, prenant pour faveur personnelle le prêt qu'il accorde à sa protégée. Qui l'acceptait sans scrupule. Ainsi la Winchester s'ajouta-t-elle à la liste, car ma mère réclamait un fusil.

— J'aurai sûrement à chasser en route. Et il est prudent d'être armée, Mrs Allister m'en a avertie.

— Certes, certes. Encore faut-il savoir manier une arme de ce calibre, petite madame, goguenardait Archie en faisant claquer ses bretelles.

— Son père grand chasseur le lui a fort bien appris, protesta Bonnie, piquée au vif comme si la moquerie s'adressait à elle.

Que Mr Ryan se méfie, me disais-je. S'il veut gagner du galon, qu'il ne lui cherche pas noise sur ce terrain. Elle vient juste d'apprendre de ma mère qu'elle et ses semblables ne sont pas des perruches domestiques. Le monde change, Archie. Les filles d'aujourd'hui sont les hommes de demain. Moi aussi je tirerai un jour au fusil, me promis-je. Me frappait surtout que, pour prendre la défense de sa présumée nièce, Bonnie s'autorisait de sa fable familiale, quitte à adopter le père imaginaire qui allait avec, peut-être cette audace inspira-t-elle à l'intéressée de parfaire le tableau :

— Mon père était un trappeur émérite, la forêt n'avait aucun secret pour lui. Il connaissait les Indiens et parlait leur langue, avec eux il traquait les bêtes sauvages par les grands froids, le caribou, le loup, et même l'ours. D'une cruelle chasse au grizzly, il garda l'oreille déchirée.

Eux, interdits, regardaient ma mère en silence. Moi, encore plus surprise qu'eux de lui entendre cette voix bizarre, une voix de petite fille exaltée comme si, captive de sa vision de vent et de neige, d'ombres menaçantes sous le couvert des orées, elle suivait vraiment des yeux la silhouette errante du chasseur. Je la savais prodigue de mensonges, mais son conte forestier avait un tel accent de vérité que j'y crus autant qu'eux.

— Pour ce qui est de manier une arme, admettez que j'ai été à bonne école, ajouta-t-elle d'un ton plus badin, comme pour s'excuser de son emballement.

Archie s'inclina : puisqu'il en allait ainsi, il avait du choix à son râtelier. Lui préférait sa Remington Express 30 pour ses chasses, mais il possédait une Winchester 54 potable, garantie bien huilée, avec son étui de toile en bon état, double canon strié, un peu lourd mais de bonne portée, fameux pour le gros gibier. Puisque vous avez été à *bonne école*, cligna-t-il de l'œil, c'est ce qu'il vous faut. Je peux même vous l'équiper de lunette, un rail est prévu à cet effet. Seulement, sans permis de port d'arme, n'oubliez pas qu'au Canada ils sont chatouilleux avec ça ; n'allez pas cafter qui vous l'a fourguée. Quoique, là où vous allez, pas grand risque d'être contrôlée : ils sont dix de la police montée à couvrir tout le Yukon, riait-il, ça laisse de l'espace pour circuler. Et pour son colt, me demandais-je, a-t-elle un permis ? Archie ajouta le fusil à la liste et Peggy acquitta ce qu'elle pouvait, prétendit-elle, de la facture, une somme rondelette qui toutefois n'entamait que modestement la fortune raflée dans le coffre d'Oswald Campbell.

Le soir même, une fois dans notre chambrette bien close, ma mère exécuta une opération secrète, qu'elle avait évidemment en tête en choisissant ses effets au magasin Sheldon, me félicitai-je. Avec mille précautions, sans faire aucun bruit, elle transféra le contenu de la mallette dans le gilet neuf, duquel le matelassage de longues bandes surpiquées ménageait autant de goussets où glisser les liasses ; elles seraient bien mieux en sécurité cousues dans la doublure que promenées à la main par une poignée. Son

doigté, sa dextérité de couturière n'avaient d'égales que son ingéniosité, sa ruse et sa prévoyance. Comme je palpais du doigt les billets, joyeuse de caresser notre magot, bien qu'incapable d'en calculer l'addition de zéros, ma mère chuchota :
— Mon plus cher trésor, c'est toi.
Si sérieuse que j'en riais sous cape, sans savoir à quel point c'était vrai.

Levées bien trop tôt, nous nous tenions assises en silence au bord du lit, attendant le signal de Mrs Allister pour descendre car, selon la consigne de Mr Ryan, nous devions nous mettre en route dès quatre heures du matin et marcher jusqu'au lieu de rendez-vous qu'il avait fixé. Intriguée par l'atmosphère trouble de l'aube, je contemplais notre chambrette pour la graver en souvenir dans ma tête, me pénétrer du regret de la quitter mais j'avais beau passer en revue Notre blond Seigneur crucifié sur le papier peint, la baignoire à pieds de griffon, le triple miroir, la lampe à kérosène et les jolis rideaux qui m'avaient tant plu quinze jours plus tôt, ils prenaient déjà dans la grisaille du jour venant l'aspect d'une vieille photo fanée. Si bien que, quand nous avons enfin passé sa porte, je n'y ai même pas jeté un dernier coup d'œil, impatiente du départ et des nouveaux évènements qui se préparaient. Chaussée de mes mukluks, tout de neuf et chaudement vêtue, je me sentais la plus chanceuse des petites filles, tel que l'avait prophétisé le grand pygargue à notre arrivée.
Tandis qu'avec une lenteur d'escargot Bonnie remplissait au goutte à goutte une thermos de café, répartissait dans les compartiments d'une boîte émaillée des crêpes et des haricots au lard, j'avalai mon porridge à la va-vite, agacée par ses prévenances. Ah ! qu'elle en finisse d'étreindre ma mère, de me frotter contre la serge de sa guimpe à m'en cuire les joues, de nous souhaiter bonne chance, de nous promettre ses prières, nous pressant de nous hâter tout en nous retenant par ses effusions, aussi excitée que si elle partait avec nous. Elle qui a tout loupé dans sa morne existence, quelle chance a-t-elle de nous avoir rencontrées, elle a bien raison de nous envier, me disais-je, très imbue

de mon importance. Enfin, furtives, nous avons traversé le jardinet tout craquant de gelée. À la barrière, nous nous sommes retournées et l'avons une dernière fois vue, fluette, encadrée de lumière sur son seuil, agiter une main, de l'autre masquant sa bouche avec son mouchoir brodé. Elle aurait sûrement moins pleurniché si elle avait su que j'avais chapardé un de ses chers bibelots, bien enfoui au fond de ma poche.

De si bon matin, il faisait quasi grand jour sur la route mal asphaltée qui menait aux berges de la rivière Chilkat, dont le grondement régulier nous guidait à travers les arbres. Notre haleine faisait de la buée dans le froid vif, nous fuyions en silence comme des contrebandières, seules de nouveau à poursuivre le voyage. Ma mère marchait vite, mais j'étais entraînée à trotter de mon mieux derrière elle dans ses randonnées pour qu'elle ne me perde pas en chemin. Son seul bagage était, évidemment, son gilet rembourré de toute notre fortune, le petit sac contenant nos affaires de la nuit roulées dans le torchon avec son vison et le colt coincé dans sa ceinture ; en principe, tout le reste était dans la Dodge d'Archie. Pourvu qu'il ne se soit pas ravisé, qu'il soit ponctuel au rendez-vous, pourvu que nous trouvions le bosquet de Yindastuki où il disait nous attendre. Cette heure de marche me parut très longue. Dès que disparus dans le brouillard d'aube les derniers lumignons de la place d'Armes, le silence des bois s'empara de moi. Je réprimais l'anxiété d'imaginer la présence invisible de bêtes épiant notre passage du haut des arbres, du fond des fourrés, rien n'était rassurant des touffes d'herbes et de fougères figées de givre, des pans mouillés de la montagne, des petits cristaux de glace pris dans les ornières comme autant d'éclats de lune.

Nous avons enfin atteint la rivière Chilkat dont les bras nerveux se pressaient dans la brume rejetant à ses berges boueuses les racines, les épaves de bois mort à forme d'animaux, cascadant hargneuse dans sa fuite vers le fjord tandis que nous avancions vers le bosquet promis, l'espérant à chaque tournant, mais encore et sans cesse se renouvelait le même paysage hostile. Ma mère se taisait. Jusque-là, elle s'était fiée à son intuition quant aux compères que le hasard lui procurait mais, ce matin-là, elle doutait de sa bonne étoile et que réussisse le plan farfelu des conjurés de Fort Seward, puis avec le tranchant d'une épée le soleil a percé le brouillard, illuminant la nature de son chaud rayon et Archibald Ryan a jailli d'un buisson.

Quel soulagement à son apparition ! Sa Remington cassée au coude, il a tout du chasseur matinal. Garé non loin sous le couvert, son pick-up est chargé comme prévu de nos affaires de voyage ; et de la Winchester, qu'il sort prestement de sa housse en toile, pressé de la présenter à ma mère. Se délestant aussitôt de son bagage, elle s'empare de l'arme. Bien d'aplomb sur ses pieds écartés, elle la soupèse en souplesse, étudie sa prise une main au fût, l'autre à la poignée, puis la soulève au ralenti, cherchant à loger au mieux la crosse dans le creux de son épaule. Elle y couche sa joue d'un contact qu'on dirait de bonne amitié et, tout en ajustant son œil à la lunette, droit devant elle vise la route vide.

— Il n'est pas chargé, prévient Archie avec un sourire assez fat.

— Cela va de soi, j'espère, dit ma mère, abaissant le canon contre sa cuisse.

Puis, à une vitesse stupéfiante, elle réarme. Cette fois, le fusil adopte d'emblée sa place idéale à son aisselle, l'angle parfait du coude aligne le canon au bras porteur, ajuste avec fermeté. Légèrement penchée en avant, sûreté déjà effacée, elle tire.

— *Pow, pow*, fait-elle, allant jusqu'à feindre d'accuser le recul.

Avec le plus grand calme, elle repose l'arme au pied. Moi, trépignant d'enthousiasme, je louange sa puissance et sa gloire, qui douterait qu'elle a pour père le plus grand chasseur des forêts maintenant que sa proie imaginaire gît là-bas, foudroyée en travers de la route.

— Pas mal, concède Archie avec une moue vexée. Seulement, évitez de tirer avant d'être assez loin : les Indiens de Klukwan ont leur village à vingt miles d'ici. Je vous garantis qu'ils ont l'oreille pour calculer la distance d'une détonation. Ils descendent parfois en ville : vous et moi n'avons pas intérêt qu'ils rapportent avoir entendu un tir de ce côté-là ce matin, n'est-ce pas ? Un autre conseil : allez-y mollo sur le pont de Klukwan, la débâcle l'a malmené. Une fois que vous l'aurez passé, restez bien sur la rive nord de la Klehini et suivez le chemin de roulage jusqu'à la frontière. Ensuite, que Dieu vous accompagne !

— Je m'en sortirai sans lui, coupe ma mère.

Elle peut bien fanfaronner, du discours d'Archie je ne retiens qu'une chose : des Indiens sont dans les parages. Or il n'en a pas été question jusque-là. Je n'imaginais pas si proches de Haines ces sauvages dont Mrs Allister dit que, décimés par la grippe et par l'alcool que leur vend Mr Ryan, ils se tiennent sournoisement tapis afin d'échapper aux bienfaits civilisateurs des bons pères. Pour les apprivoiser en pensée, peut-être me dis-je Kluk le gentil second de Jim tient-il son nom de ce village, peut-être y a-t-il des parents ? Peut-être ses habitants n'ont-ils pas d'horribles totems comme à Ketchikan et sont-ils obligeants avec les Blancs ? Surtout avec les Blanches. Ces questions ne semblent pas tracasser ma mère. Elle vérifie la réserve d'essence dans les jerricans, la panoplie de cartouches dans leurs boîtes. Quant à l'équipement de campagne entassé sur le plateau, il n'est plus temps de le passer en revue, elle a hâte de déguerpir.

— N'oubliez pas notre marché. Vous êtes une tombe au sujet de ma Dodge et du fusil, la conjure Archie.

D'une franche poignée de main, elle abrège les adieux et le prie de transmettre à sa chère tante sa plus vive affection. Elle ne lui en a pas exprimé autant en la quittant, mais je suppose que jeter dans ses bras le messager de nos sentiments est le meilleur présent de départ qu'elle puisse faire à l'un et à l'autre.

Sitôt que notre protecteur est perdu de vue dans le rétroviseur :
— En route pour l'aventure ! s'écrie ma mère.

Quelle crâne allure elle a ce matin-là, avec sa salopette en jean et sa chemise à carreaux noirs et rouges, la 54 calée debout près du levier de vitesse, bravoure de trappeur, profil de déesse. Le pick-up nous emporte, rugissant, bondissant, propulsé par le plus puissant, le plus phénoménal moteur, tel que l'a promis Archibald Ryan le roi de la vodka. Jusqu'au village, que j'attends avec appréhension, je ne fais pas très attention à la rivière grise qui déploie ses innombrables bras et ses îles basses dans le brouillard, pressée d'atteindre ce pont qui nous mettra hors de portée des Indiens. Quand Klukwan a surgi du brouillard, à peine ai-je le temps d'entrevoir une imposante bâtisse en bois peinte de couleurs délavées, la maison du clan, commente ma mère – mais d'où tire-t-elle sa science ? Des fumées languides s'échappent de toits en tôle blottis contre la rive, village désert d'habitants, semble-t-il. Savoir qui passe devant chez eux leur indiffère, ou ont-ils déjà couru se terrer avec la couardise que leur prête Mrs Allister ? Seuls quelques chiens efflanqués aboient, gueule écumante, tirant sur leur chaîne à s'en arracher le poil, mais nous sommes déjà loin, fonçant dans le brouillard. Si ce pont, sur lequel il faut paraît-il "y aller mollo", est impraticable, devrons-nous faire demi-tour et rentrer penaudes chez Mrs Allister ? Mais à ma grande satisfaction, quelques kilomètres plus loin se présente une passerelle à treillis métallique bien riveté, vaillamment assise sur ses piles de béton. Bien que son tablier rouille en maints endroits, qu'il manque des étais au plancher, ce pont paraît des plus engageants : Archie n'est qu'un froussard mal renseigné. Une fois sur l'autre rive, ouf ! plus personne pour nous rattraper des envieux de Haines, des Indiens de Klukwan ni de leurs chiens méchants, me dis-je, et cette idée, au lieu de me contenter, me serre le cœur car maintenant nous sommes vraiment toutes seules, parties à l'aventure.

Comme conseillé, nous avons longtemps remonté l'affluent Klehini qui dévale en grondant d'entre les pans des montagnes, entrelace de ses bras perdus les bancs de cailloux et les plages de gros sable, paresse dans des marécages avant de se jeter de nouveau dans son lit entravé de racines et de troncs boueux. Le chemin de gravelle est défoncé par nombre de nids-de-poule mais des sillons récents de pneus démentent les avertissements d'Archie sur sa désaffection. C'est que nous sommes encore sur le tronçon qui mène aux mines de Procupine, desquelles une tôle rouillée annonce l'embranchement qui mène au pont. Ma mère le dépasse sans même tourner la tête. Un moment, je suis des yeux sur l'autre rive le routin qui s'enfonce au bas de pentes vers le pays de cocagne de Mr Anway, sûrement habité de joyeuses cueilleuses de fraises, de gentils ouvriers, de chevaux ou de mules et nanti d'abris, de prairies, d'attirail minier et d'équipements modernes, peut-être de petites filles et de jouets. Je préférerais mille fois aller par là, mais nous roulons désormais vers le vaste inconnu qui nous attend.

En prenant de l'altitude, le brouillard s'est dissipé. Arcboutée pour résister aux cahots, trop basse sur mon siège pour distinguer derrière le pare-brise autre chose qu'une portion de ciel bleu, parfois traversé d'un vol de gros corbeaux, je repense à la déclaration de ma mère : si elle se fait fort de s'en sortir sans l'aide de Dieu, c'est qu'elle compte sur les cartes que je l'ai vue étudier dans la cabine du *Prince Rupert*. Or ces munitions-là ne m'inspirent aucune confiance. Ne m'a pas échappé qu'à l'exception des côtes, abondamment détaillées, l'immense intérieur des terres reste vierge, nul relief, nulle localité ne semble y avoir d'existence. Sûrement pas ce hameau de Champagne où Jim prétend avoir un cousin. Alors à quoi ses cartes lui servent-elles ? Si c'est vers ce désert là-bas qu'elle roule, comment s'orientera-t-elle, allons-nous y disparaître ? Que nous arrivera-t-il si loin de nos amis, le bosco, Kostas, Jim et Kluk ? Et Mrs Allister, qu'à présent je regrette chèrement. Dans le vide des cartes, ils s'amenuisent, se fondent en poussière de sable tandis que je plane très haut avec les aigles, les nuages, moi-même poussière déportée par le vent ; un brusque coup de frein m'a réveillée.

— Halte casse-croûte, annonce ma mère en sautant du siège.

J'en fais autant. Ravie, elle s'étire au soleil de midi en plein milieu de la route.

— À partir de là, good-bye les USA, bonjour le Canada.

Encore étourdie, je titube, sitôt environnée de mouches, de moustiques. J'inspecte les environs, sans comprendre ce qu'a de particulier ce lieu pour marquer la fin ou le commencement de quoi que ce soit du genre canton ou territoire ou pays. Cet endroit n'existe pas. Il n'est que brûlure et solitude, craquements de branches, mugissement d'altitude entre les crêtes. Il est ma respiration, étonnamment forte, il est le feu de mes joues, mon vertige.

— Vois le vieux poste Dalton. Il marque la frontière.

Du menton, elle me désigne un tas de bois décomposé enfoui sous la végétation folle à l'écart de la route, épaulé d'un genre d'appentis au toit écroulé, pas même un passage pour s'y faufiler si nous en prenait l'envie. Il y a de semblables baraques perdues dans la région, aussi ruinées que celle-là m'apprend-elle : jadis, les trappeurs y tenaient comptoir, y entreposaient leurs fournitures et les peaux de leur traite avec les Indiens. Parmi lesquels Jack Dalton qui dès 1885 cherchait à tirer profit des terres inexplorées de l'Alaska et du Yukon avec des partenaires de son acabit, à vendre chevaux et matériel aux chercheurs d'or, et même y conduire des troupeaux pour les ravitailler en suivant la piste des Tlingit qui, depuis des siècles, y voyageaient de la côte à l'intérieur, échangeant entre eux biens et marchandises. L'idée de frontière leur était parfaitement inconnue, personne ne leur disputait leurs territoires, jusqu'à ce que Dalton s'empare de leur piste. Ce gredin défendait ses intérêts en jouant des poings et de la gâchette. Il taxait sous la menace ceux qui prétendaient y passer car, pour parvenir à Dawson, quoique bien plus longue, sa piste était mieux praticable que celles de Skagway ou de Dyea avec leurs terribles cols. Dans cette région, les tribus sont hospitalières à qui les aborde sans mauvaise intention. Ce sont d'excellents chasseurs. On apprend assez aisément leur langue. Leurs mœurs et leurs croyances sont très différentes des nôtres mais fort instructives.

Je ne suis pas sûre que ma mère s'adresse à moi.

On dirait qu'elle récite à un absent une leçon apprise par cœur dans quelque bréviaire.

La laissant à son soliloque, je décide de faire mes petits besoins derrière un rocher. À cheval sur la frontière, puisque c'en est une : un pied d'un côté, un pied de l'autre. Sans geindre de ce que le vent glacé me gèle les fesses. Non plus du soleil de midi qui rôtit l'encaissement de montagne, des moustiques harcelants, du sirop qui dégouline des crêpes, ni du goût ferreux de l'eau de la gourde. Depuis le porridge du lointain petit matin, je commençais à avoir fringale, pas question de faire la difficile. Tout en mastiquant, je m'avise que, si nous changeons de pays, je peux aussi adopter un nouveau nom, tant qu'à faire celui de ma préférence :

— Maintenant, je m'appelle Heidi.

Cette fois, ma mère ne discute pas. Elle s'en fiche, ou n'a même pas entendu, occupée à tournicoter sa boussole. Tout en chassant les moustiques, sales bêtes, peste-t-elle, elle me montre comment l'aiguille d'acier bleu oscille, tremblote, cherche le nord obstinément.

— Voilà notre direction. Ce soir, nous camperons au col.

Elle rempoche sa boussole, braque ses jumelles vers les hauteurs, qu'y voit-elle ? J'ai hâte d'atteindre ce pays de Yukon où paraît-il nous allons. Mais voilà qu'elle glisse une main dans sa chemise, en tire un papier plié serré, qu'elle aplanit soigneusement de la paume sur une roche plate.

— Cette carte, personne n'en a de pareille.

Me dit-elle, sibylline.

Or ce n'est pas une de celles en couleurs et en lettres d'imprimerie que je connais, plutôt une espèce de croquis à la mine de plomb, sans grand talent, selon mon estimation. Seul un enfant ou un demeuré a gribouillé ce torchon. Je me demande si ma mère a toute sa raison ou si c'est un nouveau jeu loufoque de son invention. Absorbée par son étude, elle m'oublie. J'en profite pour lorgner de plus près le bizarre dessin de serpents de lignes, parfois détachées en pointillé, sinuant parmi des groupuscules de coches en forme de sapins ou de cimes, parsemé de pâtés, d'étoiles, de hachures, de flèches par-ci, par-là de légendes manuscrites en travers, une écriture en pattes de mouche quasi illisible sans loupe, surtout les yeux pleins de larmes.

Le zinzin des moustiques nous assaille de plus belle, ma mère laisse le soleil cuire sa nuque, le vent décoiffer ses cheveux. À sa tempe palpite une veine. La sueur coule entre ses seins, je respire sa chaleur à senteur de gardénia. J'attends, mais rien ne vient. Alentour, les pins écorchent le ciel à la plume d'encre, barbelures, hérissement d'aiguilles, criailleries d'oiseaux, relief minéral en vrac, boursouflure végétale, le tout compose un paysage aussi insensé que le rébus que ma mère déchiffre du doigt.

Elle sait où elle va.

De tout mon cœur je le crois, ai-je le choix ? Alors vite, de mes pattes minuscules je chemine sur sa page, petite fourmi véloce je la rattrape et me glisse avec elle entre les racines, vers l'angle, sous la fourche, suivant à la trace la traînée de pollen j'enjambe le duvet d'oiseau, la salive d'escargot, j'escalade le ravin de cendre, l'arête diamantée du quartz : à quelque échelle que ce soit, la piste existe puisqu'un dément en a dessiné le plan, puisque ses signes primitifs donnent lieu et ordre aux démesures du continent, du ciel ou des océans. Cette carte est la propriété exclusive de ma mère, le talisman secret qui lui donne empire sur la vastitude inconnue, il allume sa volonté d'un feu sacré, rien au monde n'égale sa possession. Avec ça, on s'en sortira. Elle pointe un triangle plus noirci que d'autres.

— Vois : nous sommes à Pleasant Camp. À partir d'ici, suivons les flèches à flanc de montagne. Au-delà de Rainy Hollow, l'ancienne piste continue : ces traits doubles marquent les gués où franchir les cours d'eau. Si le temps reste beau, si ce tacot tient la route, nous serons rendues dans trois jours. En avant, droit devant !

— Où serons-nous dans trois jours ?

Ai-je vraiment posé la question ou seulement en pensée ? Elle replie pieusement sa feuille, la glisse entre ses seins sous sa chemise à carreaux rouges et noirs. Le papier doit brûler d'amour son cœur et son âme.

Désormais, la piste oblique à l'assaut des hauteurs, les parois resserrées barrent toute vue d'ensemble, ce n'est plus qu'un défilé répétitif d'épinettes déplumées, peupliers maigres et trembles et bouleaux parmi les rochers saillants. Nous ne cessons de franchir des raidillons successifs que, cramponnée au volant comme Jim à son gouvernail, ma mère attaque pédale au plancher, l'auto renâcle tout en gravissant hardiment les dévers pour se rétablir sur le plat suivant, rebondir dans une marmite, et ainsi de suite. Dans le fouillis végétal, fourrés, éboulis du ravinement, la route fraie sa percée, étranglée ou élargie, d'un tracé capricieux dirait-on, mais elle ne sinue que pour mieux contourner des escarpements qui se dressent ensuite, à gauche, à droite, quand le soir viendra-t-il, où serons-nous dans trois jours ?

Nous avons de longtemps dépassé la fourche où, clouée à un pieu, une pancarte indiquait la direction des mines de cuivre de Rainy Hollow, derrière nous la ligne de montagnes pelées s'est éloignée sous des nuages bas, personne en vue. Il semble que nous faisons du sur-place dans ce paysage à l'identique, pourtant la forêt s'est raréfiée, puis a disparu, laissant place à une végétation rase. Le chemin de roulage jusque-là à peu près bien tracé est devenu une vague saignée cendreuse sinuant entre les reliefs comme si elle était un sentier taillé pas seulement dans la terre mais dans le temps, sur lequel les fantômes de ceux qui l'ont emprunté à travers les siècles cheminent encore, invisibles parce qu'ils se déplacent trop vite pour qu'on puisse les voir, ou alors trop lentement. Cette question paradoxale me poursuit tandis que nous prenons toujours de l'altitude, sans jamais atteindre ce qui ressemblerait à un col. Par deux fois nous avons traversé de gros ruisseaux qui s'éparpillent entre des berges de buissons grêles, assez basses pour descendre dans leur lit et passer à gué. Le pied ferme sur l'accélérateur ma mère charge, dérape sur les bourrelets de cailloux, braque de biais, les gerbes giclent jusqu'au toit, mais si l'eau atteint les roues ou, pire, noie le moteur, nous resterons en panne au milieu, alors qui nous en sortira ? De frousse, je perds la respiration tandis que du poing elle cogne le volant comme le dos d'une mule, chaque fois victorieuse gravit l'autre berge à plein régime, rétablit d'aplomb les quatre roues en terrain solide, et nous voilà reparties, vers où ?

Plus tard, nous croisons de petits lacs à l'eau ridulée, d'où s'envolent à tire-d'aile des poules d'eau et des bandes folles de petits oiseaux, puis nous débouchons à flanc d'une haute vallée incurvée en immense plateau, bordé de pics majestueux striés par les coulées de neige, leurs falaises violettes s'illuminent de rayons perçant les nuages telles des lances. Derrière nous, la voiture soulève un bref nuage de poussière, sitôt dispersé par le vent sur le tapis de bruyères et de bouleaux nains, de lichens, de carex que le jour déclinant teinte sur les hauteurs de pourpre et d'ardoise quand, loin en contrebas, au fond d'une vallée herbue déjà plongée dans l'obscurité, les méandres d'une rivière d'étain paressent sans devoir se jeter jamais nulle part. Partout des rapaces furtifs doivent se tapir, de féroces bêtes à pelage, des bestioles piquantes et mordantes. Dans l'habitacle, nous étions d'entre elles, ni plus ni moins méchantes, armées de nos ressources propres, tout aussi dangereuses. Nous le sommes l'une à l'autre comme les bêtes, non par vice ou cruauté mais par notre âme ancienne, le soir tombait, ou plutôt n'en finissait pas de ne pas tomber sur cet interminable jour de l'été nordique.

La traînée de terre fuyait toujours devant nous entre les croupes de collines rases, vague sillon gravissant le grand corps nu de la montagne, plus aucune pancarte en vue, nul poste de traite. J'aurais tant aimé en voir surgir un, même ruiné comme celui de Dalton à la frontière, et même un totem si affreux soit-il, preuve que, homme ou esprit, des présences hantent l'immensité sans nom, avec elles nous serions à armes égales, me disais-je, serrant peureusement ma cuisse contre le canon du fusil.

Nous avancions désormais à découvert sur la zone la plus dégagée de l'adret rocheux, un ample versant de lande pelée, semée de graminées naines, d'arbrisseaux, surplombé de fastueuses montagnes ouvertes au nord-ouest vers lequel nous roulions sans rien en connaître, égales à ceux qui s'y étaient jadis aventurés les premiers, y traçant des filets de chemin de la largeur d'un pas, leurs semblables en solitude puisque dans ce monde sans frontière chacun est à soi l'unique repère, sa propre table d'orientation, son seul guide et la seule carte qui vaille. Bientôt, ma mère consultera de nouveau la sienne, espérais-je. De nouveau elle y pointera de l'ongle un nulle part utopique en faisant semblant de savoir où elle est. Ou bien elle épaulera son fusil et tirera *pow pow* sur l'invisible ennemi de la nuit.

Menton aux genoux, je chauffais mes mains au petit feu de racines et d'herbes sèches que ma mère avait allumé, si faible foyer, si chétive lueur dans l'absolue solitude qui nous environnait ; à l'heure qu'il est, Mrs Allister a dû allumer ses lampes à kérosène, me disais-je. Elle dîne dans sa cuisine bien close de Fort Seward en écoutant sa radio grésillante, peut-être en compagnie d'Archie. Lui raconte-t-il le beau coup de fusil de Peggy ? Le capitaine attend-il encore à Juneau un bateau d'éternel retour en jouant au poker avec les dames parfumées, Jim et Kluk naviguent-ils toujours sur le fjord, Miss Plunkett me pleure-t-elle encore un peu en étreignant Aston et les caniches jumeaux ? Pour qu'ils ne m'oublient pas tout à fait, je rappelais à moi ces absents tandis que l'ensevelissement de la nuit claire voilait la toundra de reflets violines, les ultimes lueurs du jour ciselaient les glaciers phosphorescents et l'abîme blême des gouffres et nous campions au milieu de ce n'importe où sous le firmament strié d'agate, bleu et bronze, et silencieux.

Alors, je n'avais pas conscience de ces beautés, seulement du calme souverain, de l'immobilité de toutes choses immuables qui nous gagnaient jusqu'à le devenir nous-mêmes, immobiles, immuables, tels de vieux totems attendant que réchauffent la gamelle de haricots au lard et le café, membres transis, courbatus par l'interminable journée de route. Les flammèches brasillaient en dispersant des étincelles sous le vent rasant qui faisait autour de nous crisser les carex et les bruyères. De temps en temps, un craquement proche me faisait sursauter mais j'étais trop fatiguée pour me retourner. Je me serais endormie sur place si ma mère n'avait mis fin au campement en éteignant bien les braises du talon et décrété que, à présent, je devais faire pipi parce que, ensuite, il ferait trop froid et des bêtes rôderaient : plus question de sortir du pick-up. Nous nous sommes serrées tant bien que mal sur le siège, roulées dans nos couvertures neuves qui sentaient encore la sciure et le camphre du magasin, mais l'idée que des bêtes approcheraient me tétanisait. Pour en conjurer l'éventualité, j'ai fini par chuchoter de mon ton le plus détaché :

— Peut-être allons-nous bientôt rencontrer un grizzly.

Comme elle ne répondait pas, j'ai cru qu'elle dormait déjà, mais au bout d'un moment elle a chuchoté aussi.

— Espérons que non. C'est le plus gros et le plus féroce des ours.

— Ton père chasseur n'en a pas eu peur. Même s'il lui a déchiré l'oreille.

J'avais carrément adopté ce héros qui traquait le loup et l'ours rôdant dans les forêts d'hiver, je le voyais très bien marcher sous la neige tourbillonnante avec son oreille lacérée de griffes et de crocs. Ne m'aurait pas étonnée qu'il soit dans les parages, randonneur solitaire venant à notre rencontre pour nous protéger des dangers.

— Écoute, pas sûr que c'était mon père. Pas sûr que c'était un grizzly non plus. C'était probablement un rêve, a-t-elle ajouté après un silence.

Déçue, j'ai médité sa réponse, dubitative quant à son irrésolution, quant à la mienne concernant ce père de ma mère de qui l'existence controversée restait conditionnée à son rêve, ou au mien, mon existence aussi restait suspendue au rêve, elle en avait la consistance instable et brumeuse depuis toutes ces années de ma vie, seulement six à vrai dire, mais une éternité durant laquelle j'avais dû rêver mon gros père fumeur de cigares, mon anniversaire sur la plage de Santa Monica, puis sur les routes de l'Oregon c'en était un autre, sur le cargo, la piste, et la frontière aussi, un rêve encore la nuit qui ne tombe jamais sur la lande, le feu allumé entre les pierres, et mon sommeil dans lequel je sombre comme dans les grands fonds glacés parmi les fanons blanchis des baleines. Mais, tout endormie que j'étais, je savais que ma mère dormait bien protégée à l'abri dans mon rêve.

Encore aujourd'hui quand j'y repense, c'est ainsi que m'apparaît notre périple : un rêve inversé dans lequel ma mère est une petite fille et moi la personne sensée qui doit la protéger comme si elle était mon enfant imprudente prenant pour jeu le danger. Ses enfantillages m'effraient mais je me gendarme pour le lui cacher, ne pas la brimer afin qu'elle réussisse où elle devrait échouer et, chaque fois stupéfaite par son audace, je redouble de fierté. En réalité, elle ignorait tout de ce monde, sa carte absurde devait cent fois nous égarer. Nos pneus auraient pu crever, le châssis se déglinguer, le moteur carboniser mais, tout en brinquebalant, cahotant, notre tas de ferraille fumant taillait son chemin à travers le massif, à cette altitude couvert d'une végétation de toundra sous le ciel impavide ; alors un aigle ou un mouflon, un ours, un homme sculpté par le vent dans le granit des sommets nous suivait-il de ses lointains yeux vides, sentinelle semblable aux totems à tête de grenouille, de corbeau ou de lynx ? Nous deux dans l'habitacle précaire étions de pareilles créatures pétrifiées guettant les étendues désertiques.

Avançant à trop faible vitesse, il nous fallut faire étape une nuit de plus qu'elle ne l'avait prévu. Cette fois, plus de haricots, plus de café, seulement du corned-beef en boîte et des abricots secs à mastiquer. Puis le lendemain la piste encore, contournant sans fin les mêmes petits lacs bleu d'acier reflétant les purs sommets environnants, que je n'imaginais pas avoir de nom pour qui que ce soit, de toute façon absents de la carte que ma mère consultait parfois. En vain, mais cela ne la décourageait pas d'aller de l'avant. Profitant du coude accueillant d'un ruisseau, elle a improvisé une halte : hop, une petite toilette, s'écrie-t-elle, s'étirant au soleil, envoyant balader ses bottes ; moi de l'imiter. Mais le ruisseau est si glacé que, à peine trempés mes orteils, je ne les sens plus. Je claque des dents, pourtant émerveillée que les galets chatoient sous mes pieds tel un riche pavement de gris veinés de bleu, de blanc, toutes nuances de rouge et de jaune que les étincelles de soleil piquettent d'or sous la pellicule de l'eau. Prudente, et transie, je me contente de me mouiller le bout du nez quand elle, déjà rendue au milieu du lit, s'asperge torse nu en se riant de moi. Sans pour autant perdre de vue le rocher sur lequel elle a posé son colt, son gilet cousu d'or, et sa chemise, dans la poche de laquelle est sa précieuse carte. Sans cesser non plus de surveiller l'alentour de son œil de pygargue royal, si perçant qu'aucune bête n'ose se montrer, un orignal, un ours, ou un rat de rivière, pas même un moustique ; seuls des busards planent silencieux dans le haut ciel bleu. J'en déduisais que les fauves dont Mrs Allister nous menaçait n'existaient que dans ses inventions de froussarde, et que ma mère avait raison de s'en moquer. Mais Kaska m'apprit ensuite que, dans la forêt, tout être se dérobe, guette à distance, se dissimule et mène sa vie animale en observant la conduite de l'homme sur son territoire. Si tu l'ignores, tu cours le plus grand risque : tout reste invisible, tu ne vois personne et tout te voit. La forêt n'est pas un jardin botanique ou un zoo, c'est un terrain de guerre, pour survivre il faut n'y avancer que rusé et masqué. Le savoir à présent n'enlève rien à ma fierté d'alors pour l'insolence de ma mère face au danger. Pas même pour ce qui s'est passé un peu plus loin.

Assommée d'ennui et de fatigue, je piquais un somme, quand je me suis réveillée d'un sursaut, quasi glissée sous le tableau de bord. Dans mon brusque rétablissement, je réalise l'inclinaison inquiétante du pick-up descendant à toute allure dans une gorge, d'où monte un grondement de tonnerre. La piste est trop étroite pour une marche arrière ou un demi-tour, et de toute façon trop tard : à ce point engagées, ne reste qu'à plonger vers le fond de la ravine, forcément un cul-de-sac. Cramponnée au siège, muette de peur, je découvre qu'en effet nulle autre issue à présent que, jeté en travers du vide, cet effrayant pont de bois tel un fantôme surgi du passé dans sa brume d'écume, échafaudage branlant de madriers en V inversé, tablier couvert de fougères pleurantes, entretoises vermoulues, si délabré que nul au monde sauf un fou ne s'y risquerait. Pas plus émue que si elle faisait le tour de la place d'Armes, elle s'y lance à tombeau ouvert, indifférente au plancher qui craque sous la Dodge, penche et ploie horriblement, prêt à s'engloutir à l'à-pic béant du ravin, nous avec mais, en un éclair, nous sommes de l'autre côté.

— Exactement où l'indique ma carte ! triomphe-t-elle en brandissant son chiffon de feuille.

Et moi, délivrée du cauchemar, je bénis le rébus magique qui met de braves ponts où et quand nous en avons besoin, mon orgueil est égal au sien, ma vaillance, ma confiance intactes et entières, pas une seconde entamées par le soupçon d'un possible malentendu. Par exemple que nous sommes tombées sur ce pont par pur hasard. Que celui de sa carte enjambe un autre torrent situé en fait à des kilomètres de là, plus au nord, moins à l'ouest. Ou même que sa carte est celle d'une autre région, voire d'un pays inexistant, une chimère conçue par un cerveau détraqué, mais j'ai beau voir autour de moi, en haut, en bas, à gauche, en face, même chaos de rocs en surplomb, canyon, tumulte et folle évasion des eaux rageuses, inextricable forêt de sapins, d'épinettes et de bouleaux, un palier entre ciel et solitude et abîme, je crie ma joie parce que je n'ai que ma mère, et elle que moi.

Tandis que j'écris sous dictée, la voix de Jessie bruit à mon tympan, je parle sa langue comme si elle était la mienne et dans cet écho de longue fréquence j'entends, mieux qu'alors s'il est possible, s'y mêler une autre, de terrible autorité, le filet de voix ventriloque étranglé au fond de sa gorge d'enfant luttant pour percer sous celle de la femme qu'elle était devenue cherchant à me convaincre de son souvenir – s'il te plaît, écoute-moi, Bud.

Il ne me plaisait pas tellement. Dès qu'il commence à prêter l'oreille, tout un chacun sait qu'il est compromis, mais je l'étais depuis si longtemps que, ce soir d'avril 1954, je n'avais plus à choisir, je savais que j'entendrais quelque chose qu'elle n'avait encore raconté à personne, et donc non plus à elle-même. Cette première fois met au défi de trouver les mots neufs que le souvenir réclame, les mots éventuels, infidèles ou fautifs qui au fur et à mesure deviennent irrévocables, définitifs et fictifs, le souvenir ne peut se revivre que si l'on consent à son récit, si incertain soit-il, et tant pis pour moi si tu me crois, si je me crois moi-même, disait-elle. Me croiras-tu, Bud ?

Pour revivre mon souvenir, pour voir ce qu'il en était, j'ai pensé qu'il me suffisait de remettre mes pas dans mes pas de six ans. C'était simple : pour venir jusqu'à Anchorage, je n'avais qu'à refaire le même trajet, rouler sur la Haines Highway qui part du fjord et rejoint maintenant l'Alaska Highway en suivant à peu près le tracé de la vieille piste Dalton, sur laquelle j'ai traversé le massif avec Lorna del Rio au volant de la Dodge cabossée d'Archie. Par beau temps, rien de plus facile : je me voyais filer droit sur le ruban de route lisse, là où jadis ravines, contreforts et torrents nous détournaient sans cesse, sans compter les improvisations de ma mère entichée de sa carte branque, et ma taille d'enfant qui démesurait l'espace et le temps. Je me disais : même à cette vitesse, même dans le confort d'une voiture louée à Haines, les reliefs de montagne défilant derrière les vitres, les cols, les gorges et les cours d'eau immuables depuis la nuit des temps me rendront à la réalité, ils me donneront l'échelle, je saurai ce qu'il en est. Ainsi, en feuilletant un livre fermé en cours de route, espère-t-on retrouver le passage perdu qui relancerait la lecture, rouvrirait les yeux de neuf et rendrait intact le souvenir de ce qu'on a lu, c'est-à-dire de ce qu'on était alors, mais si l'on tombe brusquement sur cette page, gare à ce qu'elle réserve. Au dernier moment, j'ai renoncé. J'avais trop peur de ce que le paysage m'apprendrait de notre voyage.

— Pas de risque, Jessie, tu n'aurais rien reconnu de par où tu es passée. La route actuelle a défiguré le pays de bout en bout quand l'US Army l'a percée en 1942 après l'attaque de Pearl Harbour. Crainte d'une invasion des Japs à travers l'Alaska, il urgeait d'ouvrir un accès direct à leurs territoires du Grand Nord et de militariser la zone : en huit mois, depuis Haines, depuis Whitehorse avec l'accord du Canada, toute la région a été défoncée, la roche échancrée à coups d'explosifs, la forêt abattue à grand renfort de dragues, de pelleteuses géantes, plus de dix mille soldats mobilisés, sept mille civils, un chantier colossal. Les bulldozers D-8 décapaient le pergélisol, qui fondait au soleil arctique, regelait la nuit, un bourbier gluant engorgeait les chenilles, noyait les moteurs, par moins trente le diesel gèle, le savon de rasage, le sang dans les veines. Les gars étayaient le terrain avec les troncs abattus, enlisés jusqu'aux cuisses, jusqu'à la taille dans cette fange glacée mêlée de gas-oil, travail de bagnards, la pluie, le froid infernal, la toile pour seul abri, ni sanitaires ni infirmeries, pas mal y ont laissé la peau. Les gradés yankees s'en foutaient puisque c'était du negro. Je le sais, j'en étais ; mieux loti qu'eux en tant que civil canadien. Technicien en moteurs d'avions, puis pilote de repérage avec les ingénieurs qui survolaient en amont le tracé des futures lignes électriques. Le chantier a atteint Silver City, Burwash Landing, et puis Beaver Creek, pénétration en fanfare de la civilisation guerrière, et l'intendance suivait dans la boue toujours, la glace, la neige, avec le caravansérail de cuisines volantes, de camions-citernes en colonnes, parce que pas un poste d'essence dans ce coin faute de pipeline, et les jeeps, les mobile homes, les mess, les bordels et les bars ambulants laissant tout du long immondices, amas de ferrailles sur les bas-côtés, les épaves continuent de rouiller et de se démanteler du lac Kluane jusqu'à Tok et à Fairbanks. Aujourd'hui, la totalité du trafic routier passe par là. Pas le choix : c'est l'unique voie d'accès terrestre à l'Alaska. Une saignée d'enfer. Pas à tortiller, du super-travail de Yankees. Tu n'aurais rien reconnu du tout, Jessie.

— Pourtant, s'obstinait-elle, la semaine dernière il faisait aussi beau qu'alors. Ce devait être les mêmes neiges du même printemps sur les sommets, même promesse d'horizon. Sur ta route neuve, j'aurais eu quelque chance de croiser de loin en loin une trace épargnée de l'ancienne piste, un tronçon perdu en amont ou en aval de la chaussée, peut-être les restes du vieux pont branlant, ruiné au fond d'un canyon embroussaillé. J'aurais pu jeter un coup d'œil, au cas où quelque chose me ferait signe au passage. En réalité, non. Je ne me serais pas arrêtée sur une aire de stationnement, je n'aurais même pas ralenti. J'aurais accéléré au contraire, surtout en approchant de Klukshu.

La carte d'aujourd'hui signale le village de pêche près du lac. Quand j'ai lu ce nom, une petite voix suraiguë a remplacé la mienne, coincée dans ma gorge de six ans elle a parlé à ma place pour me prévenir, au cas où j'aurais oublié cet endroit. Tu sais, la page qu'on croit perdue, sur laquelle on retombe. J'en avais trop peur. Je n'ai pas loué de voiture.

J'ai pris un vol de San Francisco à Anchorage, tu comprends, Bud ?

À même altitude moyenne et sans espoir de verser enfin dans une vallée, toute la journée nous avions traversé à grand mal une forêt d'épicéas chétifs, de pins tordus et de sapins ciguës s'étouffant les uns les autres, arbres morts et vivants s'embrassant en rempart si touffu qu'aucune trouée ne dégageait un champ d'horizon, quand, avec son inaltérable aplomb, ma mère prophétise que, droit devant nous, à dix kilomètres environ, se situe le "lac Klukshu".

— C'est écrit ici. On n'en est pas loin, dit-elle, défroissant son chiffon de carte.

Pour preuve, si l'on peut dire, elle souligne de l'ongle l'écriture en pattes de mouche légendant un truc filandreux. Prend-elle vraiment pour un lac cette espèce de noyau d'abricot suspendu au milieu du nulle part de son croquis dépourvu d'échelle, de courbes de niveau, sans nord ou sud, grade, radian ni méridien ? Croit-elle vraiment que le feston de hachures, couronnant ce supposé lac, figure un relief d'importance, une chaîne de montagnes, de laquelle on ne tardera pas, dès que la forêt s'éclaircira, à distinguer les sommets, promet-elle.

Ce qu'on ne peut lui dénier, c'est l'esprit de suite.

Dans l'immédiat, la piste caillouteuse est toujours enfouie sous l'inextricable canopée. Étranglée par les touffes de carex qui griffent les portières, elle sinue en surplomb de tourbières, de petits plans d'eau spongieux qui, compte tenu de leur taille ridicule, ne peuvent prétendre ressembler à l'enviable et toujours invisible lac Klukshu, mais cette zone humide l'annonce, jure-t-elle, quand un soudain corbeau claque de l'aile noire contre notre pare-brise.

L'ai-je vraiment vu ou imaginé dans ma torpeur, ma mère elle-même somnolait-elle au volant pour n'en pas même sursauter ? En tout cas, dans la seconde, elle se ravise.

— Assez roulé pour aujourd'hui, on va camper par là. C'est l'endroit idéal, décrète-t-elle.

Avec tant de conviction que, moins de cinq minutes plus tard, il me semble le plus naturel qu'au sortir d'un coude se présente une clairière bien dégagée au milieu d'un hallier de bosquets serrés, au sol égal feutré d'herbe fine, d'où fuse une explosion de geais et de petits oiseaux délogés par notre arrivée. Les arbres étirent leurs flèches d'ombre sur une moitié du pré, l'autre flamboie sous le soleil bas. Parfait pour camper sans avoir à quitter la piste se félicite ma mère, coupant le moteur, sautant déjà de son siège. L'odeur brûlante d'huile, d'essence et de métal surchauffé empuantit l'air mais le premier coup de vent la dissipe, alors la senteur d'herbe et d'humus tiède monte pour nous souhaiter la bienvenue. Cette prairie vaut mille fois l'alpage de Heidi, estimai-je.

L'endroit était si favorable que, pour la première fois depuis notre départ, ma mère a entrepris de dresser la tente chère au cœur de Bonnie. Je ris encore de ce baptême absurde au camping sauvage car la bâche de coutil, toute neuve et raide sortie du magasin de Haines, lui donnait du fil à retordre. Pour la jeter en travers de l'armature métallique, arrimer les œillets aux croisillons, il lui fallut s'y reprendre à plusieurs fois ; ensuite, faute d'un mât suffisant, le toit piquait du nez. Elle a dû en improviser un, élaguer une branche, l'épointer au couteau, un grand couteau surgi je ne sais d'où. Les cheveux pleins d'aiguilles de pin, les doigts collés de résine, je m'affairais en mouche du coche tandis que, rouspétant, elle rampait sur les coudes à l'intérieur, lestait les pans de grosses pierres, soulevait le toit avec son pieu mal ébranché. Au final, notre tente n'avait pas la fière allure escomptée mais, quand elle a allumé la lampe à l'intérieur, sa lueur jaune a illuminé la bâche et projeté son immense silhouette sur la toile. Cette cloche d'or ne déparait pas dans la prairie rosie d'épilobes, encore odorante de la chaleur du jour. Malgré les moustiques, j'étais aux anges de cette providentielle clairière, du petit feu encerclé de grosses pierres, des plumeaux d'épinettes découpés en singeries comiques, de l'odeur onctueuse de terre et de fougères. Des cris d'oiseaux invisibles se répondaient de proche en proche, j'accompagnai leur chœur en dansant dans l'herbe folle, soulevant des gerbes de papillons rouges, et ma mère par jeu de m'imiter, courant après mon ombre gigantesque couchée sur la prairie. Comme était belle la grande nature vierge ! Et moi chanceuse d'avoir une équipière aussi débrouillarde, capable de monter notre tente avec les moyens du bord, de griller du lard au bout de branchettes, et quel beau clair de nuit avec la lune pleine à l'aplomb de la clairière, son gros disque laiteux rivalisant avec le soleil presque disparu derrière les arbres. *Au clair de la lune, mon ami Pierrot*, chantait ma mère à tue-tête dans une langue inconnue : c'est une chanson de France, riait-elle. Tandis que fourbue, dévorée de piqûres, je me retournais sans sommeil sur ma couche bosselée de cailloux, tout en contemplant mon ciel de lit en grosse toile, je pensais que Mrs Allister avait bien raison d'envier notre aventure.

Plus tard dans la nuit, j'ai senti un mufle brûlant frotter mon dos à travers la tente. J'entendais renifler, grogner. Sûrement un loup affamé, peut-être même un ours, me disais-je, le crâne hérissé. N'osant passer pour une poule mouillée en réveillant ma mère, je fermai les yeux, si fort que je voyais fuser des comètes sous mes paupières. D'ailleurs, le bruit a cessé, ce devait n'être qu'un mauvais rêve aux tréfonds de ma nuit.

Au matin, la clairière givrée scintille au soleil, pique de gemmes la moindre touffe d'herbe, la moindre aiguille de sapin, les oiseaux pépient dans les buissons, une belle journée s'annonce. Mal réveillée, grelottante sous ma couverture, je mâchouille ma galette de maïs rassise en soufflant mon haleine bleue dans l'air glacé. Ma mère a déjà plié notre campement, nous sommes prêtes au départ quand, d'un geste, elle m'intime silence. Arme le fusil en travers de ses hanches. Sur le qui-vive, comme elle j'écoute. Je n'entends que mon souffle, oppressé, le grincement des arbres. Mille petits cris inquiétants. Puis l'appel rauque, tantôt proche, tantôt distant selon le vent tournant, j'en ai la chair de poule. Est-ce le loup, l'ours de la nuit qui rôde, alléché par ma chair fraîche ? Le feuillage bouge à l'orée, une bête au ventre difforme rampe hors d'un bosquet. Sous la visée du fusil, échine soumise. Pelage sable, gueule basse. Ma mère rabat le canon contre sa cuisse.

— Ce n'est qu'un chien, s'esclaffe-t-elle, nerveuse, soulagée.

Rassurée qu'à moitié, parce qu'un chien ne va pas seul, son maître n'est pas loin. Mieux aurait valu une bête sauvage. Le museau aplati dans l'herbe givrée, le chien pousse son aboi plaintif. Puis se redresse, gagne d'un pas encore, aplatit son arrière-train. Maintenant il apparaît que son ventre n'est gros que des lourds paniers sanglés à ses flancs par des lanières en cuir, entravant une de ses pattes arrière, de plus il tire un bâton noué à son harnais, qui a ratissé un tas de broussaille en le traînant, comment s'est-il emberlificoté de la sorte ?

— Va-t'en sale bête, lui crie ma mère, ouste, fous le camp !

Il fait mine de reculer. Sans la quitter des yeux mendiants, bleu humain cerclé de noir, haletant. En hâte, elle achève d'empiler nos affaires sur le plateau du pick-up, lui décochant de mauvais regards par côté. Elle déteste ce chien. Il le sent. C'est à mes pieds qu'il rampe. Il lèche mes mukluks, dans lesquels je remue gentiment mes orteils. Je caresse sa truffe chaude, son poil crasseux, je lui tends ma galette. Mais il n'en veut pas, il lève la tête, alors un gros corbeau sorti de nulle part vole vers nous tel un morceau de nuit détaché de l'ombre instable, du tamis de lumière, des aiguilles de pins mouvantes, de l'écorce tachetée et des fourches d'arbre qui dissimulaient son esprit invisible de corbeau compris en puissance dans la profusion végétale. Est-ce le même corbeau qu'hier soir ou son frère jumeau ? Il se perche sur la plus proche branche, sa tête de jais jette des éclairs. Entre nous trois crépite de l'électricité pleine de vocables qui, en langage chien ou corbeau, me parviennent naturellement. Ma mère inspecte longuement la lisière, les taillis, la clairière entière. Elle se méfie. Elle réfléchit.

— Ce cabot m'emmerde, conclut-elle. En route.

— C'est notre ami. Il veut qu'on le suive, tu vois bien.

— On n'a pas d'ami. On ne le suit nulle part.

— Imagine que c'est Aston, j'insiste. Imagine qu'il a besoin de nous.

— Tant pis pour lui.

— Tant pis pour toi, je crie, au bord des larmes.

Le corbeau siffle comme un pinson, il s'ébroue. Une plume bleu nuit tombe dans les cheveux de Lorna. Du coup elle change d'avis, aussi vite qu'hier soir sur la piste. Enfile son gilet matelassé, coince son colt à sa ceinture. Glisse une cartouche dans la chambre du fusil, remet en place le levier. Portant l'arme canon vers le sol, elle rejoint le chien au buisson où il attend. Le corbeau roucoule en passant bas sur ma tête.

— Toi, tu restes trois pas derrière moi, m'ordonne-t-elle d'un ton rogue.

J'ai intérêt à lui obéir. Le chien fraie son passage dans le feuillage enchevêtré, il se faufile sur un étroit sentier entre les bouleaux maigres, tirant à grand-peine son barda qu'accrochent les troncs, les racines, mais il nous guide avec tout son courage et son intelligence de bête qui a enfin obtenu ce qu'elle veut. Avec mon aide, avec celle du corbeau, qui sautille de branche en branche. Devant nous la forêt tiédit, dense et laineuse, mille rayons filtrent, les distances extensibles ne cessent de changer d'échelle dans les halos d'ombre, le sol jonché d'aiguilles et de mousse ploie sous nos pas, tout est devenu flou, incertain et peureux. Soudain le chien s'immobilise à quelques mètres d'un obstacle surgi de l'obscurité. Une espèce de palissade barbare, bardée de perches, de peaux, cuir, poil, écorce, ligaments, arceaux tressés en bouclier. Aussi sec, ma mère épaule, elle vise la cible en continuant d'avancer, prudente, moi sur ses talons, trois pas derrière. De l'amas jaillit un spectre, yeux de soufre perçant le poil fauve, il glapit. Il gesticule des bras maigres, le rempart s'abat et découvre une vieille assise par terre. La cheville prise dans un piège dirait-on. Je n'avais pas encore vu pareil dentier métallique, d'aussi énormes crocs d'acier. Ni une ni deux, ma mère lâche son fusil. À genoux, elle cherche la goupille. En vain. Elle empoigne la mâchoire, la secoue, mais le mécanisme résiste. Le chien glousse, le corbeau feule, la vieille tourne de l'œil. Affaissée sur elle-même en tas rabougri. Ma mère en profite pour y aller sans plus de précautions, prenant pour levier le canon du fusil elle force le ressort. Qui cède d'une détente, si brusque qu'elle tombe assise également.

Ainsi avons-nous rencontré Kaska.

De prime abord, c'est un genre d'épouvantail puant, face en cuir de caïman sous sa tignasse en bataille, sa fourrure d'ours, ses branchages. Une fois sortie de là, c'est une Indienne en robe de peau, coiffée d'un chapeau melon. Bien que bancale, elle parvient à s'adosser à l'arbre. Sans s'occuper de nos personnes, à qui elle doit quand même sa libération, elle adresse une harangue dans leur langue personnelle au chien, au corbeau. Sérieux, ils l'écoutent, l'un assis sur son train, l'autre juché sur la houppe d'une sapinette. Nous aussi l'écoutons, interdites. Maintenant elle stridule avec des coups de glotte, des clapotis de joue, qui finissent en mélopée bien rythmée, *nindana nahohé atanké pawé ho*, si entraînante que pour ma part j'entonne *glory, glory, alleluia*. Du coup, elle s'aperçoit qu'on est là plantées, bras ballants.

— Il vous en a fallu du temps pour vous décider à venir, reproche-t-elle en langue normale.

Au lieu de nous remercier, au lieu d'être aimable. Maintenant que ma frayeur est passée, je vois que ce qui masque sa face est en fait de la boue séchée, tartinée jusqu'aux oreilles, jusque dans ses trous de nez, elle a juste besoin d'un bon débarbouillage. Tout en gémissant, couinant, elle se démène pour rassembler les perches de son travois démoli, coince la tête d'ours gueule ouverte sous son bras, empoigne ses sacs pesants, la voilà prête au départ. Le sang imbibe sa botte estropiée. Dans cet état, elle n'ira pas loin. Secourir son prochain n'est pas le fort de ma mère, sauf si elle y a intérêt. Dans le cas présent, elle ne voit pas lequel. Si elle s'écoutait, en l'absence d'un tiers gênant, loin du blâme d'un quelconque semblable, se foutant du jugement du divin Comptable de nos vilenies, elle laisserait bien la vieille et tout son bataclan en plan. Or quelque chose la retient. Peut-être moi, ou alors le chien. Ou le corbeau. Qui la regardons. Devant cette conspiration muette elle flanche. De toute façon, la vieille résout l'équation :

— Décampons avant que ce chacal rapplique, décide-t-elle unilatéralement.

— Quel chacal ? demande ma mère, fronçant le sourcil vers les profondeurs sylvestres.

— Cette nuit, je l'ai entendu grogner dans mon dos à travers la tente, interviens-je, assez fière d'ajouter mon grain de sel pour leur information.

— Tu as entendu Shini, dit la vieille.

À son nom, le chien frétille sous ses sangles et ses paniers, qui sont une partie du travois qui l'attelle, duquel la vieille l'a libéré pour l'envoyer nous chercher avant que ne survienne la sale bête, qu'elle a l'air de redouter pis que mon loup ou mon ours de la nuit. Or il est temps de comprendre que le monstre en question n'est pas un animal, mais un humain. Un Blanc, évidemment. Jamais un Indien d'aucune tribu d'ici ne piégerait en cette saison, surtout avec cette saloperie à ressort. Personne ne chasse le cerf ou le caribou ni l'ours avant la fin du saumon, avant le premier froid. Ce bâtard se tape de la coutume, sa chasse est vile, hors des lois communes, sans respect des créatures.

— Le voilà qui s'amène, prévient-elle, pointant vers derrière nous son ongle crasseux.

Ma mère pivote sur ses talons, réarme son flingue. L'espace sans confins est devenu mobile en toutes directions, de toutes parts menaçant, plein d'yeux sur la nuque, dans le dos, des flèches d'yeux dardés d'entre la multitude de troncs aux bras tordus, sous les racines rampantes. La vieille délire, ou elle invente un danger de son cru pour obtenir secours. De toute façon, une décision s'impose. Furieuse d'avoir à céder, ma mère l'empoigne à la taille.

— Se faire piéger comme ça, faut être vraiment dans la lune, elle l'engueule.

— Pas mal vu, admet la vieille, la dévisageant, intriguée comme si elle l'avait pas encore bien regardée.

Nous nous ébranlons vers la clairière, clopin-clopant étant donné la claudicante blessée, son poids malodorant augmenté de son travois, qu'elle ne lâche pas, étant donné le mal que j'ai à tirer sa peau d'ours, qui sent très mauvais également, trois pas derrière Shini ferme la marche, le corbeau s'est évaporé. Très énervée, ma mère cale son fusil contre le garde-boue, elle détache les sangles de Shini, le déleste de ses paniers, le pousse avec tout l'attirail en vrac sur le plateau, déjà encombré, puis la vieille et moi sur la banquette, sans ménagement.

— Assez perdu de temps, j'ai de la route à faire et, je vous préviens, je ne suis pas l'Armée du Salut. On vous appelle comment déjà ? s'enquiert-elle sans aménité.

— Kaska, dit Kaska. Porte-moi à la cabane d'Herman.
— Je ne vais à aucune cabane, je vais à Äshè'yi Lake.
— C'est ma direction. Je sais par où passer, je te montrerai.
— Merci, j'ai ma carte, dit vertement ma mère en claquant la portière.

Elles en sont là de la conversation quand, au lieu de grimper sur son siège, de prendre le volant, Lorna n'est plus là. Elle a dû faire le tour par l'arrière du pick-up, qu'est-ce qu'elle fabrique. Je me contorsionne pour me retourner mais impossible de bouger, coincée entre la portière, la vieille avachie et son barda infect. Je pourrais dire que j'ai eu un pressentiment mais ce n'est pas vrai. Le temps me paraît juste un peu long, insolite le silence, puis la foudre explose mes tympans en même temps que le pare-brise, une cataracte de grêlons mitraille l'habitacle. Ensevelie sous la peau d'ours, je ne respire ni ne bouge ni n'entends plus rien, si longtemps que je dois être morte. Puis Shini éternue dans mon cou. Puis ma mère rouvre la portière et dit : ça va, descendez de là.

À travers les épaisseurs du gros poil je reconnais avec un bonheur sans pareil sa voix maternelle, un peu enrouée, posée un ton plus bas que d'ordinaire mais, puisqu'elle dit que ça va, ça va. Je respire à fond, la vie me revient. En m'asseyant, je déclenche un ruissellement de verre, le siège crisse de mille gravillons. Je m'extrais péniblement, Kaska de même, son chapeau melon roule par terre. Abasourdie, bouche sèche, pourtant même pas peur. De quoi avoir peur quand tout du ciel et de la terre est paisible parfaitement.

La foudre est tombée.

Son soufre flotte encore dans l'air mais l'herbe fine ondoie, mutine au vent léger, le ciel est d'azur, le soleil pique, d'un seul tenant les troncs ceignent d'une ombre insondable la clairière lumineuse. À l'autre bout de laquelle ma mère, dos tourné, fume une cigarette. Toujours je revois sa silhouette cambrée, les volutes élancées dans l'air serein. Nous nous tenons immobiles un petit moment, elle là-bas, Kaska, Shini et moi contre la portière. Et le type bras en croix dans l'herbe. À trois mètres du pare-chocs, un genre d'avorton ventre à l'air. Un mâle, si on se fie à ses pantalons. Quelques hoquets du thorax, puis rien. Seul Shini se risque prudent à renifler la veste de cuir verdi, l'entrejambe, les bottes élimées blanchies de boue. Ses semelles pointent en l'air. Son flingue gît à son côté dans l'herbe joyeuse, soyeuse. Tout cela irréel, cependant formel, d'indéniable matérialité, peuplant la clairière d'avatars rusés, inventifs, comme quoi du ciel peut choir un corps entier. Kaska claudique jusqu'à la tête, se casse en deux, coudes aux genoux inspecte le mufle.

— *Nhatryah*, crache-t-elle avec une grimace horrifiée.

Erreur, son chacal n'en est pas un : c'est un wolvérine. C'est un glouton. Qui, elle me l'apprendra, est le charognard le plus hideux, le plus ignoble et sanguinaire de la forêt. Mieux vaut n'en jamais rencontrer. Pour l'instant, il prend l'aspect d'un homme couché. Bouche bée, je prends connaissance du spécimen. De son odeur âcre, offensive. L'air outré d'être mort à son insu. D'une laideur stupide, exhibant impudique le couteau enfoncé jusqu'à la garde à son cou, là où son échancrure de chemise bâille sur sa toison de poitrail, pile pour que s'y fiche la lame. Duquel le manche, un beau manche en corne, se tient, comique, parallèle aux souliers, à son autre extrémité. Déjà des essaims goulus sucent sa face, ses joues écorchées, se faufilent dans ses narines, ses oreilles velues, sa bouche béante dentée de chicots. Sa plaie glougloute sur la flanelle, maintenant que Kaska retire le couteau. Admirative, elle examine la lame sanglante au soleil puis, avec grand soin, l'essuie sur la culotte du gnome, d'un côté, de l'autre. Ma mère est de retour. Elle rafle sa Winchester appuyée au garde-boue. Quoique pâle sous le hâle, son visage ne dévoile rien. Elle confisque le poignard bien propre à Kaska, le rengaine entre sa botte et son mollet, en route, dit-elle.

Or Kaska n'est pas de cet avis.

Moi non plus. Ma mère, qui d'habitude calcule très vite ce qu'il est bon ou non de faire, n'a pas l'air de réaliser que cette fois les choses dégénèrent. Selon l'instant, le hasard, il se produit des actions, des incarnations, des disparitions subites. Le corbeau reprend sans bruit sa forme d'ombre bleu nuit parmi les branchages, de même Shini est un chien au lieu d'un loup dans mon rêve de la nuit. On se croit deux puis nous sommes quatre, en comptant Shini qui a des yeux d'homme. Cinq avec le glouton qui fait semblant d'être mort, tombé du ciel vide avec la foudre. Notre pare-brise est cassé. Depuis qu'hier soir le corbeau l'a cogné de son aile, rien n'est constant ni certain, l'apparence diffère, l'espace est désorienté, le temps détraqué, n'importe quoi de catastrophique peut advenir si on ne reprend pas les choses en main. Il serait temps d'en informer ma mère qui sinon va faire d'autres bêtises.

Lentement, lentement bien que le temps presse, mais le prendre est plus pressé encore, Kaska s'assoit sur le marchepied. Elle sort d'une poche sa carotte de tabac, mord dedans et, tout en chiquotant, explique la clairière comme un livre aux petits enfants qui n'ont pas encore appris à lire : vois ce que tu vois. Ce bâtard n'a sur lui que cartouchière, flingue, couteau à dépecer, aucun équipement sur le dos, c'est que son bivouac n'est pas loin. Sa couenne de frais entaillée au rasoir : il l'a quitté ce matin. De la farine de glacier tartine ses souliers : il campe près d'une rivière. S'il n'est pas seul, son partenaire a entendu la détonation, il rapplique dare-dare. La forêt a mille oreilles. D'après le vent, les Indiens du lac Klukshu savent déjà la direction, l'endroit du tir. S'ils n'ont rien de plus pressé à faire, ils viennent par curiosité voir quel fumier chasse au gros calibre en cette saison du saumon, quel animal il a pu tuer. Pis, seulement blesser. Au premier qui déboule dans la clairière, le cadavre dit sa mort au couteau. La force du bras qui l'a lancé. Tes cendres disent ton feu d'hier soir. L'herbe couchée, quelle forme a ta tente, et même que deux y ont dormi. À partir de là, en observant bien : les buissons cassés, les racines piétinées suivent le sillage du travois sur le sentier jusqu'au piège. La peau prise à ses dents est d'une botte indienne. À ses crottes on connaît le chien, son poids, son âge. Chaque détail dénonce qui, quoi et quand, combien, comment. Kaska mâchouille sa chique. Elle renfonce le melon sur son chef.

Mesurant enfin l'étendue du pétrin actuel, ses conséquences présentement et dans le futur immédiat et lointain, ma mère s'exécute. Seule, car de l'invalide rien à attendre. De moi pas davantage, en raison de mon âge tendre, peut-on supposer. Du talon, elle éparpille les cendres, couvre d'une grosse pierre la place noircie puis, d'une branche de houx, balaie l'herbe qu'a couchée la tente. Nickel. Mais tout son ménage ne sert à rien si on laisse le bâtard pioncer sanguinolent nappé de mouches au soleil. Du regard, elle évalue son poids, son envergure. La hauteur du pick-up. Du même geste elle croise les poignets à l'aine, rabat le menton au torse, à en déboîter les vertèbres mais ça colmate le trop-plein qui sinon dégouline. Saucissonne le tout dans une de nos couvertures toute neuve. Qui ne couvre que la tête et le torse, tant pis. Au moins, il ne salopera pas le pick-up. Pour le charger, un coup de main s'impose. L'une boiteuse tire les pattes, l'autre soulève l'échine, les semelles accrochent, l'entrejambe bâille, je pousse sous le fessier malpropre de toutes mes forces. D'une traction oscillant comme une houle, agrippées à toute prise sous le ciel noir, épais et gluant, nous respirons l'urine, la viande avariée mais la hâte exaspère nos facultés, d'une dernière vrille la carcasse bascule sur le plateau ; ma mère rabat le hayon. Du houx rapide elle estompe la traînée du corps jusqu'au pick-up. Peignée de frais, la prairie vivace et légère ondoie au naturel, le vent va finir de l'ébouriffer de petites rafales tournantes.

Sur mes épaules chaleur brute en bloc, bleu vert rose brûlés, l'air incendie ma vue, cœur glacé. Ma mère ramasse l'arme restée à terre. Elle soupèse l'engin. En fait jouer la culasse, d'un doigt songeur caresse sa crosse de bois sombre, lisse, le métal bleuté du canon. Elle le jette par-dessus le hayon avec son propriétaire.

— Ramasse le verre du pare-brise, m'ordonne Kaska, fronçant le nez craquelé de son masque.

À ses yeux de corbeau rien n'échappe. Il n'y en a qu'une petite jonchée versée au sol là où nous sommes descendues du siège, je fais vite mais d'un éclat, aïe, me coupe au genou. Plus rien n'existe de la minute, de l'éternité d'avant. Le temps referme sa parenthèse, voilà qu'il redémarre en bolide. Shini passe sa langue sur ses babines. Il bâille : c'est bon, on peut y aller, dit-il.

— Doucement avec le moteur, ajoute Kaska, on l'entend de loin. Je l'ai entendu hier soir. Lui aussi sans doute. Ce qui l'a fait venir aux nouvelles dès le petit matin.

Nous nous retirons pas à pas. En silence. D'un coup de poing, ma mère fait gicler à l'intérieur les dernières brisures du pare-brise. Elle referme les portières sans bruit, juste un déclic. Sur la piste de cailloux, les pneus ne laissent pas de traces.

Chaque fois que me revient ce qui s'est passé à Klukshu j'accélère en pensée. Je fuis au plus vite sa clairière où branches et troncs tordus, écorces, mousses, lichens régénérés de saisons en saisons et racines gorgées d'humus, et les pierres lavées de mille pluies, érodées de neige, éclatées de gel, tout de cet endroit perdu au fond de la forêt garde mémoire du meurtre, rappelle ce jour où ma mère, d'un lancer idéal, égorgea le *nhatryah* avant qu'il ne nous lacère, avant qu'il ne nous dépèce. Je n'ai aucun souvenir d'avoir ressenti, imaginé ou pensé quoi que ce soit de particulier, indépassable vide de mon esprit béant, peut-être était-ce une épouvante sans nom ou alors, plus atterrant encore, son absence. Une absence encerclée de ténèbres. Tout ce qui arrivait de neuf, d'inconnu, ne durait pas assez pour que je l'apprivoise. Chaque instant, chaque acte annulait le précédent, l'effet oubliait sa cause, je n'étais plus une personne distincte, différente d'un animal à plume ou à poil, des insectes, des lombrics ou des plantes, des pierres, de l'air, de la nuit en plein jour, du vent, plutôt un être universel aussi borné, aussi bestial qu'au commencement des temps quand la canopée primitive bouchait à son œil myope le ciel vide. Est-on dépourvu de conscience à six ans ? Miss Plunkett professait qu'on n'a de cervelle, de cœur, de reins ni d'âme avant l'âge de raison, qui ne survient qu'à sept ans. Par chance, je n'avais encore ni cœur ni âme, tu comprends, Bud ?

La forêt s'est refermée derrière nous. D'abord rocailleuse, la piste s'est ensuite aplanie, elle monte sous la futaie de troncs rougeâtres, de feuillage brumeux dans les profondeurs, toujours la même indifféremment monotone mais, à un embranchement, nous enfourchons brusquement un chemin scabreux que, cramponnée à la portière, Kaska indique au dernier moment. Non seulement ma mère ne proteste plus qu'elle a sa carte personnelle mais pied au plancher, coléreuse, s'y engouffre d'une embardée, sans souci des bosses et des fondrières du sentier à peine assez large pour que la Dodge s'y fraie, la cime des arbres file en vagues déchiquetées. Accrochée aux hardes de Kaska, je me pelotonne sous son aile, contre son flanc, je lèche mon genou goût de sang. Mais grâce à ses facultés de corbeau sagace, tenace, plein de ruses et de tours malins, je suis en sécurité. Elle connaît les pistes par lesquelles fuir au plus vite l'invisible lac Klukshu et ses invisibles pêcheurs qui y ont leur village, ainsi que l'invisible lac Dezadeah, tout aussi fréquenté paraît-il. Nous prenons la tangente car traverser le territoire de ces tribus serait un outrage prétend-elle : la viande que nous transportons offense les hommes et les animaux, son esprit impur corrompt la terre, l'air et l'eau, tout devient immangeable, imbuvable, d'un goût tellement infect que les Indiens doivent quitter leur campement avec armes et bagages pour conjurer sa contagion. Ce qui nuit à leur pêche, compromet gravement leurs réserves pour l'hiver ; outre qu'ils détestent être mêlés de près ou de loin aux affaires des Blancs. Or la nôtre en est une très vilaine. Je ne sais ce que pense ma mère de ces arguments. Elle se tait sous son foulard rouge noué en bâillon, étant donné que, faute de pare-brise, le courant d'air nous gifle, nous boxe en pleine face. Je suffoque, mes yeux larmoient mais je les écarquille pour ne rien perdre des mille saillies du chemin, au cas où en surgirait un résident courroucé avec son arc et ses flèches empoisonnées. Dire que cette région passe pour inhabitée. La voilà surpeuplée de gens irascibles que notre présence a le don d'indisposer. Leur offrir de l'alcool Ryan ne suffira pas à faire ami-ami avec eux car le bestial chargé à l'arrière a beau être entravé dans la couverture, garrotté, muselé, son esprit infernal infeste l'air de leur forêt. Il contamine l'habitacle, le moteur, nos cheveux, nos muqueuses et le sang de nos veines, notre âme, comment liquider définitif le glouton.

Des lacets, des hérissements rocheux, monolithes en haillons de lichens, fournaise minérale grésillant sous le soleil déjà haut, le pick-up penche, rebondit, ruant entre l'à-pic à notre gauche et la muraille argentée à droite, sur l'étroite corniche nous roulons à tombeau ouvert et toujours grimpons, jusqu'à déboucher soudain sur le balcon d'une éminence. Alors devant nous, dans le cadre défoncé du pare-brise, la splendeur à perte de vue. Dans son écrin vertigineux de glaciers miroite l'immensité lointaine d'un lac de jade, à l'est le feston violet de montagnes telles des nuées pétrifiées, on toucherait du doigt le tableau si un gouffre ne nous en séparait. Au bord duquel nous sommes à l'arrêt. D'après Kaska, cet endroit convient. Frein serré, ma mère laisse tourner le moteur. Elle contourne le pick-up, d'un coup de poing rabat le hayon, tire le cadavre, le chavire au sol. Nuage de poussière. Elle balance sur le plateau la corde, la couverture imbibée de sang et puis, arcboutée contre le pare-chocs, poussant des han, soufflant, elle le roule de la botte jusqu'à l'aplomb du précipice, sur le dos, à plat ventre, humide collé de feuilles et de terre, de brindilles, mouches noires. Une dernière fois je le vois. Pupilles vitrifiées d'extase. Joue grise, griffures de rasage. Sa gorge riante. Toutes formes naturelles et surnaturelles s'aiguisent de biseaux, d'angles, de cristaux hurlants, stridents. D'une ruée, il bascule dans le néant d'ombres sèches, se disloque, rebondit sur les rochers, s'écartèle entre les cimes d'arbres qui crissent et l'engloutissent, l'abîme m'aspire à sa suite. Brutalement tirée en arrière, je bats des paupières, éblouie de voir si près du mien le visage convulsé qu'a ma mère.

— Remonte sur ton siège, rugit-elle.

Elle aurait dû me jeter aussi. Avec mon assentiment.

Tu comprends, Bud ?

Ce qui change du tout au tout, c'est que Kaska connaît son géosystème sur le bout des doigts, on peut dire qu'elle, au moins, ne perd pas la carte. Sortant d'un nulle part innommé, tout du relief s'ordonne en territoire dès qu'elle l'interpelle, chaque élément prend l'aspect de quelqu'un de sa connaissance, la crête en forme de sabot s'appelle *Vakwai'*, *Lishyal* l'escarpement drapé de lichens rouges, *Dehk'it* la gorge qui conduit au lac nommé *Si Män*, duquel nous longeons les berges de galets entre les grands sapins bleutés. Ce titre leur appartient-il depuis la nuit des temps, ou le leur attribue-t-elle par diplomatie, pour les honorer ; obtenir leur protection peut-être ? Ou pour en remontrer à cette Blanche stupide qui se targue d'avoir une carte de la région et ne sait même pas que la vallée là-bas s'appelle *Chakwak*, et *Kaskawulsh* la large rivière écumante dont nous suivons le cours un bon bout de temps, ses méandres et bras écumeux, ses îlots de sable. Au soleil, à l'ombre des arbres nains, le pick-up cahote, patine dans la boue, les graviers, avant de la franchir enfin dans une joyeuse gerbe d'eau perlée de lumière. Ce gué très pratique, Kaska le nomme *Hid'zan*. Ensuite, la médiocre piste file plein nord à flanc de coteau droit vers la vallée, vers le chemin percé est-ouest depuis Whitehorse et qui finit en impasse à Silver City, au sud du lac Kluane, nous apprend-elle. Bien mieux carrossable, mais hors de question de l'emprunter trop tôt, vu qu'y passent parfois des camions et, surtout, que ce tronçon traverse *Dakwäkäda*, un carrefour fréquenté des Indiens ainsi que des Blancs, dont les Parker qui ont leur cabane à Canyon Creek.

— S'ils y sont, probable qu'il y aura aussi un des frères Jaquot de Silver City, ou alors Morley Bones, ou bien Charlie Baxter en visite de voisins, déclare-t-elle.

Décidément, ce coin est bien plus populeux que ce benêt d'Archie ne le prétendait. Il existe donc des voisins Jaquot, des Parker dans ce désert, un patelin avec des résidents, du pain craquant, des saucisses grillées, de la confiture peut-être. Je feins de dormir entre les pattes de Shini mais j'ai affreusement faim et soif, des crampes, le dos en compote, mon genou écorché me cuit. Personne n'est d'humeur à s'en préoccuper, il s'agit d'atteindre au plus vite Chakwak, la dépression violette à l'ombre cramoisie de la montagne puisque c'est là que nous conduit Kaska comme elle en a décidé dès le départ, contre l'avis de ma mère, contre sa volonté mais a-t-elle le choix maintenant qu'elle s'est mise dans le pétrin en faisant la Samaritaine avec sa prochaine, en secourant la vieille Indienne qui ne lui est rien de rien, en se chargeant de sa personne estropiée, de son âme apeurée, de sa peau d'ours et de son travois cassé, de son chien entravé, et tout ce qui s'est ensuivi de contrariétés par la faute du corbeau, de Shini et de moi-même coalisés pour contrecarrer ses prévisions, ses intentions et changer la destination de son voyage, avec en prime ce bâtard qui, sans crier gare, surgit dans la clairière et tire sans sommation.

Mrs Allister avait bien raison de la mettre en garde.

Et elle d'acheter le fusil d'Archie.

Qu'elle eut grand tort d'oublier hors de sa portée.

Au moment critique, elle se trouva fort dépourvue quand, contournant la Dodge par l'arrière, elle se trouva désarmée face au type campé à trois mètres en train d'épauler. Peut-être n'a-t-il aucune intention de tirer. Peut-être a-t-il eu peur d'elle autant qu'elle de lui, qui sait, mais plus prompte que la foudre, schlash, elle décoche son trait. Quelle géniale estocade. Pour lors le fût dévie et la balle s'égare au lieu d'exploser une tête, des poumons, des tripes de squaws en infraction sur son périmètre de chasse. Section simultanée du cartilage thyroïde et de la moelle spinale, paralysie systolique instantanée. D'un ultime réflexe nerveux, l'index se crispe sur la détente, alors quittant l'âme du fusil la balle perdue dans un long crachat de feu commence sa trajectoire dans l'espace cristallin, au nom d'une balistique erratique percute lentement le pare-brise dont le verre fuse en beauté dans l'habitacle. La détonation ne perfore qu'à retard mon tympan de six ans. Fusillée, je gis au soleil. Je suis morte mais ce n'est pas grave. D'un bond, je me relève parmi les épilobes, les papillons et les sauterelles jaillis en bouquets.

Ainsi, à l'heure qu'il est, roulons-nous sur la piste défoncée, face au globe orange calé au bas des montagnes, la lumière faiblit sans que vienne la nuit, le rêve écarlate s'étire, se contracte, au rythme asthmatique du moteur, qui va rendre l'âme avant longtemps. Un tournant raide nous verse soudain sur la route, une vraie. Est-ce celle que conseillait Archie pour aller à Champagne, au lieu de nous aventurer sur la piste Dalton ? En tout cas, on n'en avait plus vu d'aussi civilisée depuis Klukwan, un authentique chemin de roulage, et aucun véhicule en vue, d'un côté, de l'autre, Dakwäkäda est loin, quelque part à l'est. Rien de plus plaisant que de rouler enfin sans encombre sur cette voie royale qui, bien que cahoteuse, boueuse, file rectiligne jusqu'à l'ouest lointain barré de glaciers. L'embellie est de courte durée : moins de cinq cents mètres plus loin, Kaska guette déjà sur le bas-côté droit l'amorce du sentier qui conduit à Kloo Lake. Il faut vraiment être au courant pour le repérer entre les bouleaux nains, les aulnes, les boqueteaux de pins.

En fait de sentier, ce vague sillon envahi de carex, souvent effacé sous le tapis d'aiguilles rousses, tortille entre les failles, les roches embossées de lichens vert d'eau, dévié par la boue de ruisseaux paresseux débordant leur lit et nous voilà roulant de nouveau en pleine nature froide à l'ombre des monts glacés. Sont-ce les fameux sommets que prophétisait ma mère ? Le soleil déclinant n'arase plus que le faîte maigre des épinettes, saupoudrant leur plumet de pollen d'or, de nuages d'insectes ; au-dessous, l'obscurité gagne. Soudain, au sortir d'un brusque crochet, le lac apparaît. Cerné par la solitude, moire de bronze bleuté, d'implacable paix sous les longs rubans de brume et là-bas, tassée contre la forêt, une lointaine baraque à toit d'essentes, si petite sur le petit revers de colline qu'on distingue à peine sa façade grise de rondins, la grange qui la flanque. Plus nous en approchons, plus elle recule dans le brouillon fuligineux des lisières, elle s'enfouit timide sous les hautes herbes que couche le vent, il semble que nous ne l'atteindrons jamais. Shini qui a déjà sauté du plateau double la Dodge ventre à terre et nous attend sur le seuil, haletant. Personne d'autre pour nous accueillir. Ma mère ne voit-elle pas que c'est la plus déshéritée, la plus calamiteuse, affreuse, désastreuse, de toutes les cabanes du Grand Nord-Ouest de ses rêves ?

Hébétée d'ankylose, je titube. Stupeur du silence, effroi de ce sombre pays venteux, de son esseulement lugubre. Shini me lèche les joues. J'enlace son cou, prête à pleurer des gentilles chatouilles de sa langue de loup, puis j'aperçois là-haut sur nos têtes, monté sans bruit au-dessus des brumes du lac, le gigantesque artichaut céleste, inflexible nuage en cristal de baleine, un geyser surnaturel d'écume, méchant, menaçant, coiffant la montagne safran dans les derniers rayons du soir.

— Minuit ! Et plus qu'un demi-jerricane d'essence ! Il était temps de trouver ta foutue cabane ! crie ma mère, claquant le hayon, secouant des bidons, s'affairant au fond de la grange où elle a garé la Dodge.

Elle gueule comme si nous étions toute une bande de joyeux campeurs. Kaska claudique jusqu'à moi. De sa serre de corbeau elle me soulève, légère comme une plume, d'une bourrade enfonce la porte. Qui n'a de verrou ni de cadenas, béante sur le noir dedans. Il en sort une bouffée à odeur moisie de momie, de poil animal, de fiente, fumée, urine, cendres froides, j'ai froid, j'ai faim dans ce capharnaüm de cabane, de haillons, de sacs et planches de guingois, papier froissé, toiles d'araignées, chiures de mouches, mon manteau de zibeline me manque. Ma poupée Ginger, son diadème en perles et ses souliers vernis. Ma mère a encore suffisamment de vigueur pour aller venir, vider la Dodge, jeter en vrac le travois, les paniers puants sous la grange et, à l'intérieur, tout notre barda de bagages. Pendant quoi, assise sur un baril, Kaska extrait précautionneusement son pied de sa botte écrasée. Ébahie, je la regarde astiquer d'un chiffon vigoureux ses orteils sanguinolents, les vilains caillots de sa cheville tuméfiée, sans geindre ni grimacer du mal que ça doit lui faire. Ma mère s'affale sur l'unique chaise, hors d'haleine, suante.

— Merci bien vous autres, pour le coup de main !

Puis elle avise le pied blessé, qu'elle avait complètement oublié. En hâte farfouille dans un sac, en tire de la bonne vodka d'Archibald Ryan, en arrose la plaie d'abondance.

— C'est moche, estime-t-elle, son front contre celui de Kaska, penchées ensemble sur le spectacle dégoûtant.

— C'est rien, j'ai connu pire, dit Kaska, tamponnant son moignon violacé.

— Exact, dit ma mère, il y a pire. Il s'en est fallu d'un poil qu'on y laisse la peau ce matin.

À sa voix, j'entends qu'elle crâne pour masquer l'effroi qu'elle a de son faramineux exploit. Qu'elle craint le ciel, les anges et le verdict de Dieu. Lequel Comptable de sa vilenie lui flanque sur la tête un artichaut de nuage d'orage en guise de châtiment. Bien fait. J'entends qu'elle est totalement désorientée maintenant que, manque de bol, elle a loupé le noyau d'abricot en suspension dans le nulle part de sa carte, qu'elle a perdu la boussole et tous ses points cardinaux, maintenant que paumée au fond des bois elle a les foies échouée ce soir en pleine cambrousse de Kloo Lake, qui n'existe même pas en tant que petit pois sur sa carte folle, avec sur la conscience un crime de sang qui lui rongera la rate, l'âme et le pancréas. Bien fait.

— Tu as vu mon lancer de poignard ?

Comme Kaska continue de s'occuper de sa jambe, et on la comprend :

— Sache que, dans une autre vie, j'étais artiste de cirque. Six mois de duo à haut risque sous le plus beau chapiteau nord-américain, babille-t-elle à son intention.

Le moment est-il bien choisi d'inventer de pareils bobards quand la gravité de la situation saute aux yeux, quatre murs de rondins tapissés de vieux imprimés, l'unique fenêtre verse un jour blême sur la table, le poêle, bassines, lampe-tempête, couvertures mitées, le vent siffle par tous les trous de souris, les fentes du bois, il emporte le toit et chavire le lac.

— À mes débuts, je faisais la cible en cow-girl à jupette. Puis j'ai fait Cosaque à mon tour, dix lancers à la suite, tchac tchac tchac, s'esclaffe-t-elle. J'ai sacrément gardé la main !

— C'est le corbeau qui te l'a tenue, dit Kaska. Il t'a guidée jusqu'à moi : le corbeau c'est moi.

— Et moi je suis Fred Astaire, dit ma mère. On va coucher où dans ce foutoir ?

Cette question, je me la pose tout en m'affaissant sur moi-même en poupée de son dans ce concassage blessant d'angles et de coins bourrés de suie et de cendre.

— Buvons d'abord un coup de vodka, déclare-t-elle, enjouée.

Une lampée chacune. Ça tue les vers, dit l'une, ça noie le cafard, dit l'autre.

— Autant que le diable n'aura pas, trinque ma mère.

Il était temps qu'elle trouve meilleure partenaire que moi pour lui donner la réplique. Leur passe d'armes achève de m'épuiser, et voilà que leurs voix se noient dans le brouhaha, branle-bas d'éclairs, grêle, tonnerre, trombe d'orage, quel poil, poussière, crin, cendre vole entre les rondins, quel ouragan couleur mandarine, bleu marine, s'abat sur nos têtes, le corbeau géant en profite pour cogner les poutres du bec. Il ébouriffe ses grandes ailes de nuit entre la table et le poêle, renverse bidons, raquettes, bottes, cafetière, peaux de marmotte, renard, ragondin, il me couve sous ses plumes noires. Entre ses ergots j'étouffe, glaire d'œuf pondu au fond du précipice, monceau livide que déchiquettent charognards et rapaces gloutons lacérant jusqu'aux derniers lambeaux de mes poumons et viscères, rongeurs, insectes et larves suçant mon jus de cervelle, orbites évidées, crâne fracassé, côtes, rotules, osselets s'éparpillent dans les crevasses ou les marécages de cet endroit qui, sur la carte de ma mère, n'était pourtant qu'un simple noyau d'abricot posé en ludion dans le vide du territoire, un petit croquis crayonné jadis par son amour d'enfance, légendé

Klukshu de son écriture illisible, hormis à elle à travers la loupe de ses larmes, youpla saucisse, saute sur ma cuisse mon petit boudin, mon tricotin, mon gros papa me manque. Ses chansons, son cigare, mes gourmettes, mes bouclettes de starlette, j'ai un trou dans la tête, un poignard plein cœur. Sang de glace, je glisse au fond du néant avec les fanons des baleines blanches.

Il paraît que j'ai dormi deux jours d'affilée. Roulée dans la couverture de la Cie de la Baie d'Hudson au fond du buffet. À mon réveil, par la porte grande ouverte, s'encadre un tableau ensoleillé de forêt vert et bleu féeriques, les oiseaux s'égosillent. Dedans, plus spartiate s'il est possible que Holy Lodge à Crescent Bay, l'ordre règne. On a fait du ménage. Sur le sol de planches grises et nues, une table en bois grise et nue. Sous laquelle un tapis en grosse peau de mouflon. Des caisses, barils. Un lit sommaire. Une chaise, un buffet. Duquel je m'extrais à quatre pattes. Quantité de poêlons, bassines, lampes, pots en cuivre, boîtes, sacs de jute accrochés au clou d'étagères, supportant nombre d'ustensiles en ferblanterie. Sur le poêle en fonte, cafetière émaillée bleu et blanc. Toutes sortes de nippes, fourrures, peaux pendues aux clous, grosses chaînes rouillées, gros rouleaux de cordes, deux paires de raquettes en boyaux tressés. Aux poutres, toiles d'araignées. Collées aux rondins, des pages de journal grisâtres, jaunâtres, frissonnant dans le coulis d'air frisquet. J'inspecte ce lieu curieux, tout en me grattant furieusement, puis je me souviens que j'ai faim. Je crie famine. Je hurle. Personne ne vient. Du seuil, éblouie, je vois le lac, la montagne, et je sens l'odeur de Kaska. Qui pourtant n'est pas là. La puanteur provient des châssis de branches dressés devant la grange comme des claies, auxquels pendent des centaines de petits poissons d'argent tout aplatis. Il paraît qu'en rentrant elles m'ont trouvée en train de dévorer des poignées d'eulachons soustraites à la cargaison qu'à grand-peine Kaska rapporte chaque année du fjord, sa provision de graisse de poisson pour tenir durant l'hiver : un mois d'aller-retour pédestre chez les Tlingit du Sud, avec Shini attelé au travois, comme le faisait sa ribambelle de parents, grands-parents et ancêtres de son clan ; de qui je n'ai pas encore fait connaissance.

Il paraît que, à grands cris, elles m'ont confisqué ma pitance, tancée, menacée de m'écorcher la peau des fesses, puis comme je bramais m'ont gavée de gruau d'avoine au sirop d'érable, d'airelles et d'œufs crus qu'elles rapportaient de leur virée autour du lac. Avec d'autres denrées comestibles pour parer au plus pressé, quelques gaufres et deux écureuils étranglés, des tubercules variés. J'avais encore faim, alors ma mère a dit : mange ton poing, garde l'autre pour demain. Puis, à la vue de mes piqûres cruelles, Kaska m'a traînée au bord du lac, assise sur un gros caillou et malgré mes pleurs tartinée de gadoue. Qui n'a pas tardé à sécher en craquelant ma figure, mon cou, mes bras, ce qui, dit-elle, protège des moustiques, des nuées d'insectes piquants pullulant dans l'herbe et dans l'air après la pluie. Tout en me badigeonnant, elle m'explique que l'apparence change selon le nom qu'on lui donne, ainsi ce que je prends pour Kloo Lake est en réalité *K'àä Män* dans sa langue, puis elle-même a barbouillé sa propre apparence avec de la boue en se riant de moi ; et moi d'elle paraît-il, signe que je m'adaptais.

Ma mère aussi s'adaptait. Elle ne se parfumait plus de gardénia ni ne mettait de son rouge à lèvres dès le matin, sans doute économisait-elle sa trousse à maquillage en vue d'occasions plus favorables. Elle prenait des bains de soleil en fumant des cigarettes. Elle n'avait plus l'air si pressée de repartir. Finalement, en dépit de ses projets, elle se trouvait plutôt bien de prendre du repos à Kloo Lake au fin fond de la forêt, il y avait pire villégiature. De toute façon, on était en panne d'essence. Il y avait surtout que, étant donné l'incident fâcheux de Klukshu, disait Kaska, mieux valait ne plus bouger en attendant que refroidissent l'événement et ses éventuels échos, locaux et régionaux, rester planquées à la cabane, le pick-up et tout notre fourniment camouflés au fond de la grange ; pour ainsi dire, il fallait faire le lièvre. Tire leçon de lui, disait-elle : quand il doit semer son loup ou son renard, il zigzague à contre-vent avec de brusques bonds de côté, ce qui évente son fumet, le disperse et lui donne de l'avance. Une fois assez loin, il se tapit en boule, ne bouge plus d'un seul poil, invisible dans la bigarrure végétale, et il patiente. Patientons. Pour le reste, on verrait ce qu'en dirait Herman à son retour.

Qu'elle attendait en dormant assise en tailleur sur l'unique chaise plutôt que d'utiliser son lit en son absence, non plus ses outils, ses couverts : quand quelqu'un est en voyage, se servir de ses affaires attire sur lui le sort contraire, il perd de ses facultés et fait de mauvaises rencontres, animales ou humaines ; ou célestes. À propos des astres, méfie-toi de la pleine lune. En se mirant dans le disque du soleil, elle brille de tout son éclat et lui parle d'égal à égal, ce qui est présomptueux de sa part. Suivant qu'elle est en opposition ou en conjonction, parfois elle gagne, parfois elle perd. En ce cas, elle n'aime pas être surprise en flagrant délit de déconfiture. La lune est très susceptible. Cache-toi d'elle et dors jusqu'à ce que son duel soit fini.

C'est ce que Kaska avait l'intention de faire, l'autre soir. Avant que la lune ne paraisse, elle s'enfonce dans une coulée pour dormir à l'écart de la piste, bien cachée de son regard lunaire sous les fourrés ; elle marche sur le piège. Preuve que, mal lunée, la lune se venge. Quelle catastrophe, captive des crocs d'acier sans espoir que quiconque la délivre du maudit traquenard ! Hormis le chasseur qui, forcément, ne tardera pas. Furieux qu'elle ait bousillé son piège, lui aussi va se venger, la massacrer à coups de poing et de crosse. Les Indiens n'ont souvent rien d'autre à attendre. De toutes ses forces elle secoue l'appareil, en vain. Il est riveté à un lest enterré profond. Sa jambe lui fait très mal, elle s'évanouit. Puis en désespoir de cause se fabrique un fortin défensif, qui ne sert de rien. Elle enrage. Elle a peur, elle s'abomine. Sur ces entrefaites, elle entend un bruit monter de très loin. Un bruit de moteur ? Elle n'en croit pas ses oreilles. Jamais cela n'arrive par ici, jamais. D'engin motorisé sur l'ancienne piste, jamais. A-t-elle la berlue ? Est-ce une nouvelle malice de la lune, ou un signe de bon augure ? Elle vole à sa rencontre pour voir de ses yeux le phénomène. C'est une femme blanche avec une gamine. De cette espèce, il y a peut-être moins à craindre. Alors, de l'aile, elle heurte très fort le pare-brise. Elle ordonne : arrête-toi là. Ouvre le piège.

— Au lieu de faire du boucan, de brailler et de batifoler dans la clairière, tu aurais dû obéir à mon corbeau. Suivre Shini. Toute la nuit, je t'ai attendue. Tu serais venue plus vite, rien ne serait arrivé.

Sagement accroupie devant la cabane, ma mère écoute Kaska la sermonner. Elle l'observe écumer avec une louche en corne sa mixture d'eulachons qui bouillonne sur un brasero, puis la verser dans un panier tressé. Celui-ci tamise goutte à goutte l'huile de poisson dans une bassine. Ainsi s'apprête cette précieuse denrée, très nourrissante, qui prévient les maladies de poumons, de peau, de ventre, d'articulations, de cœur et de dents, ainsi que la mélancolie.

— Toi aussi, la lune t'a punie. Tu l'as surprise en train de parler au soleil. Elle déteste ça.

— Moi, j'aime bien le clair de lune. Il rend amoureux, badine ma mère.

À sa place, je ne contrarierais pas Kaska. Elle a beau raconter des histoires abracadabrantes, elle s'avère de grande ressource en toutes circonstances. Elle connaît la géographie, la cuisine et la médecine. La gomme d'épinettes est le meilleur cataplasme pour cicatriser sa cheville, et mon genou écorché. Elle ne sent plus du tout mauvais depuis qu'elle fait un sort aux petits eulachons, tronçonnés, ébouillantés : elle en cuit une part, l'autre sèche sur les claies. Qui serviront aussi à fumer les saumons rouges qu'Herman rapportera quand il reviendra, tôt ou tard. La cabane lui appartient ainsi que la grange, le traîneau, le canot en écorce de bouleau, la scie de long, les haches et toute la panoplie d'outils, les nasses de pêche, les grands bois cendrés d'élans, qui sont des mues abandonnées qu'on trouve un peu partout à la fin de l'hiver, accrochées sous le rebord du toit ou dressées le long des murs, et l'énorme réserve de bûches entreposée derrière la cabane, et la bécosse plus loin sous les arbres. Tout est sa propriété exclusive. Sauf le lopin, sauf le territoire. Car en profondeur la couche énorme de pergélisol jamais fondue depuis l'âge de glace garde en mémoire l'empreinte des forêts fantômes, les crânes, les dents de mastodontes, les fossiles de crustacés et de scarabées, de pentacrines, de diatomées, les pollens et même des bulles de l'air que respiraient les grands lézards et les gazelles, et peut-être les paroles des anciens gelées dans ses alvéoles. La Terre n'appartient qu'à elle-même.

La peau d'ours appartient en propre à Kaska. Elle l'a héritée du père de son père qui l'a tué lui-même autrefois. Cette fourrure très lourde aux vieux poils rêches lui sert de manteau le jour, de couverture la nuit et d'abri en voyage. Elle possède aussi quelques articles de première nécessité, tels sa carotte de tabac, sa pipe en terre, ses bijoux, quantité de petits sacs brodés de perles qu'elle porte à sa ceinture contenant des outils en os, une paire de ciseaux, des racines, des herbes remèdes et des babiches, des fioles. Grâce à elle, nous sommes pourvues de tout ce qu'on peut désirer pour mener la belle vie.

Cette petite cabane d'Herman vaut dorénavant à mes yeux le cher chalet de Heidi. N'y manquent que les chèvres de Peter. Et tous les animaux de ma fermette en bois peint. Or les vaches, le cochon, les poules, le dindon ne survivraient pas dans la prairie de Kloo Lake. Tout pousse et meurt si vite durant le court été nordique que les fermiers blancs voient dépérir leurs cultures et leur bétail dès le premier froid, dire qu'ils tiennent pour feignants les Indiens qui dédaignent de travailler la terre ! Kaska rit de ces imbéciles qui importent leurs manières de faire d'autres pays sans admettre qu'ici plantes, bêtes et éléments ont leurs lois et leurs volontés propres, qu'on ne glane, pêche et chasse que pour le besoin de se nourrir, se vêtir et s'abriter grâce aux ressources que la Terre offre gracieusement ; quand elle en décide. Eux croient la plier à leurs caprices. Souvent ils en deviennent dingos, parfois ils en meurent. Elle s'en félicite.

La seule chose imitée des Blancs est le robuste bâti qu'Herman a construit de ses propres mains. Il a abattu les bons sujets, écorcé les rondins, posé un toit de solides essentes couvertes de mousse, calfaté les fentes de résine et de papier journal, puis de ses mains il a fabriqué table, bancs, étagères. Il possède également le lit de fer et le poêle en fonte, le buffet d'épicerie, excellent pour y dormir enroulée dans la couverture de la Cie de la Baie d'Hudson. Qui appartint jadis à une aïeule de Kaska, la seule de son clan à n'avoir pas chopé la variole, la scarlatine ou le choléra, la dysenterie, des fléaux inoculés par les couvertures qu'en ce temps-là, m'apprend-elle, les Blancs offraient aux tribus. Elles en mouraient une à une si ceux-là mêmes qui les infectaient ne dispensaient leurs soins assortis du baptême supposés les en guérir. Le clan de Kaska appartient à la grande famille des Gwich'in, un peuple qui habite au nord du nord depuis *Ts'ii deii*, les cent mille fois mille ans des premiers jours de la Terre dont on ne peut dire que ce qui s'en dit. Toujours Kaska commence par *akoo diginuu* qui veut dire qu'il est dit qu'en ce temps d'avant l'autrefois de très longtemps, les animaux étaient aussi des gens, les loups, les castors, les aigles, les grenouilles, les poissons étaient des gens, les caribous, les grizzlis, les rennes, même les gloutons étaient des gens, chacun à titre individuel. Chaque renard était son propre renard, chaque corbeau son propre corbeau en tant que personne, tous continuellement l'un et l'autre à la fois avec leur *vanky'aa*, leur âme commune d'homme et d'animal sous différents vêtements selon qu'ils voulaient en changer pour se transformer en gens, et réciproquement, perpétuellement. À présent, cela n'arrive plus que de temps en temps.

Actuellement, les animaux sauvages qui se laissent rencontrer se prêtent au meurtre s'ils le jugent bon, eux-mêmes peuvent tuer l'homme s'il oublie comment se conduire, mais pour rien au monde ils ne voudraient vivre en sa compagnie, toucher sa peau ou échanger ses fluides et ses parasites comme les vaches et les moutons le font avec les Blancs qui les domestiquent, pouah, crache Kaska. C'est pourquoi l'ours préfère t'éviter, il s'éloigne s'il t'entend, alors n'oublie pas de lui parler fort : poliment informé du dérangement, il y a grande chance qu'il te laisse tranquille.

Assise au soleil devant la cabane, tout en me prodiguant sa science, elle tresse des lacets de boyaux, tord prestement le nœud coulant, non sans avoir d'abord bien savonné ses mains d'herbe écrasée pour camoufler leur odeur, sinon le gibier la détecte à tous les coups. C'est une chose de plus à savoir : non seulement les animaux sont des gens mais ils ne peuvent pas se sentir entre eux selon leur espèce. Particulièrement l'humain qui pue à trois lieues à la ronde. Autant en tenir compte selon qu'on chasse ou qu'on est chassé. Ainsi, pour chasser l'élan à la fin du saumon, Herman s'enduit d'urine de femelle afin de séduire les mâles et de pouvoir les approcher. Kaska porte donc grande attention à ses préparatifs avant de poser ses pièges. Elle montre la technique, sans rien expliquer.

— Tu n'as qu'à observer comment je m'y prends, dit-elle à ma mère.

Qui, chaque jour, la regarde faire sans oser essayer. Moi aussi, j'observe. Depuis que Kaska a lu la clairière comme un livre sans omettre un seul détail, je sais qu'observer est une vertu absolue. Bientôt, je tresserai les lacets moi-même avec autant de dextérité. Je les fabriquerai selon sa méthode avec les petites tripes des bestioles qu'elle déshabille, écorche et vide de leurs intérieurs, incomestibles mais, une fois lavés, utiles à toutes sortes de choses. Je ne manque pas une occasion de m'instruire.

L'écume des eulachons remplit goutte à goutte la bassine, elle fige au fur et à mesure car, s'il fait grand soleil, l'air est froid, on dirait l'haleine des crêtes enneigées soupirée sur nos épaules. Quand la graisse est bien prise, on la découpe en parts égales. Une fois empilées dans des paniers, on les enterre au fond d'une fosse, vu qu'à très peu de profondeur la terre est glacée à perpétuité. Pour la viande, on l'entrepose dans les caches, qui sont de petites cabanes sur pilotis à l'abri des prédateurs. Ce genre de garde-manger vaut tous les Electrolux de luxe de Californie. Rien que d'y penser, les sorbets de framboises me manquent, les cornets au chocolat à la crème chantilly, dont raffolent les caniches Tic et Toc, eux aussi me manquent. Bien que, malgré son air moitié loup, Shini se montre gentil. Je lui gratte la tête entre ses oreilles, il se dresse et pose ses pattes sur mes épaules à me faire tomber par terre, mais c'est pour jouer. Quand il me regarde de ses yeux d'un bleu plus qu'humain je sens qu'il m'aime. Ce qui ne laisse pas d'étonner Kaska, étant donné que, pour elle, le chien est un individu méprisable, un loup dégénéré, le seul asservi de tout le règne animal régional, pour cela juste bon à toutes les sales corvées à s'en esquinter le poil, comme porter des paniers trop lourds pour lui, tirer le travois, le traîneau l'hiver et manger les déchets, y compris les crottes de tout un chacun, bêtes et personnes qui ne vont pas faire leurs besoins à la bécosse.

Quoi qu'elle en pense, mon sentiment est que Shini est son propre chien avec son âme unique sous différents vêtements, d'homme et de bête réciproquement, à l'instar du corbeau qu'elle se prétend, du glouton duquel elle a reconnu le mufle avec horreur dans la clairière. La réversibilité qu'elle prêche étant sans limites, je m'attends à être un animal, mais lequel. J'écoute au fond de moi le langage corbeau, le langage chien que j'ai compris par télépathie naturelle dans la forêt, preuve que j'ai des dispositions au même titre que n'importe qui. Ce qui n'a pas manqué de se confirmer.

Nous escortons Kaska partie poser ses collets de l'autre côté du lac, le revenu de sa petite chasse étant l'essentiel de notre subsistance. Pour rechercher les terriers à proximité desquels installer les collets, il faut aller à contre-vent, en regardant bien où on pose ses pieds, surtout pas sur la coulée du gibier, qu'on repère à ses petites touffes de poils accrochées aux épines, à ses crottes essaimées, aux écorces d'arbres qu'il grignote, cela exige une grande concentration. Son odeur de chien étant prohibée, Shini est resté attaché à la cabane. Moi-même risquant de tout faire rater par quelque enfantillage, elles m'ont laissée attendre leur retour au bord du lac ; surtout pas les fesses dans l'herbe, à cause des tiques. Maintenant disparues dans les bois, elles ne sont plus à portée de voix. En théorie, je devrais avoir peur d'être laissée à moi-même, faible enfant sans défense, or l'esseulement m'emplit d'orgueil, une griserie des sens et du cœur, pure joie d'être. N'existe que le présent. Les choses immédiates, mes sensations, ma solitude. Étendue immobile sur les cailloux, sans battre d'un cil, uniquement attentive à inspirer l'air parfumé de résine et d'humus qui palpe mes joues, mon front, avec la légèreté de doigts musiciens. Près de moi la peau de K'àä Män tantôt ondoie, tantôt repose, tantôt crépite de petites bulles, le lac fermente. La forêt grésille, parfois craque sec, soupire, vibre du fredon de millions d'insectes, abeilles, libellules, guêpes et moucherons électrisés par la chaleur et la lumière. Tout est vivant, éternellement. L'insondable sérénité de l'azur, des sommets, la libre et fraîche végétation à l'assaut des pentes dupliquent leur double spectral dans l'eau de K'àä Män, envers et endroit identiques en netteté, altitude et beauté, en majesté. Juste en leur milieu, je suis.

Je le suis en tant que personne individuée autant que le corbeau est son propre corbeau, le glouton son propre glouton, pouvant me changer en moi-même et réciproquement, sans que l'ordre du monde s'en émeuve. C'est pourquoi quand l'herbe bouge tout près, délicatement froissée par quelqu'un qui, pas à pas furtifs, approche, timide, attentif, je ferme les yeux pour mieux l'écouter, mieux inviter son approche, déjà sa truffe humide renifle la mienne. Ses moustaches me chatouillent, nos souffles se mêlent. Nous nous respirons l'un l'autre, au même rythme épousant le remous du vent retroussant son poil et le mien. Ses babines sur les miennes, il me lèche de sa fine langue râpeuse, à petits coups baveux nous nous baisons avec la volupté d'un ressac intérieur qui éclôt, enfle et s'épanouit en mer étale.

Il paraît qu'elles m'ont trouvée vautrée nez à nez avec le renardeau. À leur venue, il a fui, plus vif que l'éclair, mais avant qu'il ne redevienne invisible dans les bois Kaska l'a reconnu à son pelage roux et noir, sa longue queue duveteuse et son blanc museau effilé. Elle juge à son premier poil qu'il est tout jeune, à peine sevré peut-être. Je n'en ai rien vu, cependant il m'a abordée en toute loyauté, m'a distinguée et baisée en tant que son double, de ce jour nous sommes réversibles par mutuel agrément. De ce fait, immunisée, je n'attraperai aucune maladie qu'ont les renards parfois. Kaska dit que désormais je m'appelle Nez de renard.

J'ai tellement changé de nom ces temps derniers que j'adopte celui-là pour vêtement, contente qu'il habille mon esprit de renarde, à titre provisoire en tout cas. D'ailleurs, les Indiens eux-mêmes n'en portent pas un seul une fois pour toutes, ils en changent au long de leur vie selon ce qu'ils font, qu'ils ont ou sont de particulier. Ainsi à sa naissance Kaska était-elle si chauve qu'on l'appelait *Ch'iki'kal*, qui signifie N'a pas de cheveux. Ils lui ont poussé ensuite en abondance, tel qu'on peut le voir à sa crinière. Plus tard, elle est devenue *Naa'in* qui veut dire Qui est ailleurs, ou Qui est parti. Ou banni. Ce qui n'est pas pareil. Mystère. Maintenant, elle s'appelle Kaska. Bien qu'elle refuse de traduire, je trouve que ce nom lui va comme un gant. Herman a pris le nom chrétien d'Herman quand les missionnaires anglicans qui voulaient lui donner une âme l'ont enlevé à son village près d'Eagle et l'ont placé en internat à leur école de Carcross. Il l'a gardé jusqu'à ce jour, n'étant jamais retourné dans sa tribu pour que quelqu'un lui en rende un approprié à

ses qualités. En tant qu'Herman, il a appris l'écriture, la lecture, le dessin, l'arithmétique, l'anglais dans la Bible et la mécanique.
Nous attendons son retour.

Les jours passent, ou plutôt le même continue.
Peut-être le ciel s'assombrit-il davantage quand le soleil n'en finit pas de descendre derrière les épinettes et les sapins sans jamais disparaître, la nuit d'été est comme un jour permanent. Aussi, pour dormir, je me calfeutre au fond du buffet en fermant bien ses portes. Mon ciel de lit est son plafond de vieilles planches, les nœuds du bois y forment autant d'yeux fixés sur moi. Je tire la couverture sur ma tête et, dans cette obscurité moelleuse de cachette, j'écoute dormir Kaska et ma mère, leur respiration forte. J'écoute le vent gémir, lamenter sous les bardeaux, fouiller l'enfourchure des andouillers et lisser leur empaumure jusqu'à les faire chanter une chanson triste. À l'unisson moi aussi je fredonne *poo-poo-pee-doo, poo-poo-pee-doooo*, à voix très basse pour ne réveiller personne, mais cette berceuse ne m'apporte pas le sommeil, au contraire réveille des images, des sensations qui assaillent mon cœur. En suçant l'étiquette *Old Oregon Trail* j'étouffe mes petits sanglots, auxquels Shini répond dehors par les siens dans sa langue husky. Comment n'ai-je pas encore oublié tout ce que fut mon existence d'avant notre départ, si loin dans l'espace et le temps déchirés qui m'en séparent, pourtant si présent dès que je m'enroule dans la vieille couverture pleine d'odeurs épicées. On dirait qu'une fois enfouie dans ses plis et replis secrets tout de moi se rassemble avec une déconcertante facilité, celle que j'étais dans les confins embrumés de ma prime enfance et celle que je suis à présent réunies par les innombrables ponts invisibles que tissent la trame et la chaîne de sa vieille texture enfermant mon passé comme celui des ancêtres de Kaska, les mille rumeurs de joies et de peines, de douleurs de la vie dont ses fibres sont empreintes. Son étoffe jadis rayée de rouge et blanc, maintenant décolorée, se souvient de leur frayeur, de leur désespoir et de leur colère, de leur vain exil loin des miasmes mortels qui les contaminaient, est-ce leur triste histoire que raconte la vieille couverture, d'avoir

tant voyagé sur les pistes d'autrefois, tant entendu les mélopées qui jamais n'apaisent le chagrin.

Le mien chagrin crève la surface de l'eau, tout ruisselant d'écume et d'algues mon papa émerge des vagues. Assise sur la dune, j'enfonce mes orteils dans le sable mouillé et le regarde marcher vers moi grandeur nature, tel Poséidon dans sa gloire. Il est noyé mais son visage rayonne de bonté, son sourire joyeux et sa bedaine je les connais, son crâne chauve de méduse luisant au soleil rose, il sort des brumes d'aube de l'océan lavande pareilles aux couleurs fanées du calendrier collé au mur de notre cabane représentant une plage constellée de petits coquillages nacrés, mais moi qui ai navigué sur les flots de l'archipel Alexandre et traversé le fjord sur le chalutier de Jim, je sais que les cachalots, les saumons, les orques morts de froid et tous les marins noyés dérivent au fond des abysses, ils flottent avec les étoiles de mer congelées, parmi les os et les fanons blanchis des baleines. Là dort mon père à tout jamais, pour moi seule il se dresse la nuit.

Si les journées sont longues et très lentes, tout croît, éclôt, fleurit et mûrit d'heure en heure, l'été passe en accéléré ; les nuages, les oiseaux migrateurs à peine posés qu'envolés, oies ou cygnes, canards en colonies. Maintenant je distingue les lagopèdes des gélinottes, je sais trouver des œufs, où nichent les grenouilles et les spermophiles, je joue à poursuivre les gaufres jusqu'à leur terrier caché dans les herbes. Une fois, j'ai vu l'ours. Kaska m'a soudain arrêtée et de son doigt crochu m'a désigné une place indistincte des lisières. Le temps que je plisse les yeux, que je braque mon regard sans bien savoir où, j'ai entr'aperçu quelque chose se mouvant d'une coulée aérienne, si légère qu'on eût dit un buisson déplacé par le vent, pourtant à cette distance une masse musculeuse, trapue et furtive à la fois ; en fait, je n'ai eu que la sensation, sidérante, d'une fluidité surpuissante, athlétique, d'effroyable douceur, sitôt invisible. Ou bien je n'ai rien vu du tout parce que l'ours dédaigne se montrer aux hommes, seulement de loin parfois, afin qu'ils sachent se conduire. Si je lui parle fort, et avec respect, il ne me fera aucun mal.

C'est pourquoi, par les grands après-midi soporifiques, au lieu de faire la sieste, je ne crains pas de m'aventurer seule avec Shini au bord du lac, jusqu'à perdre de vue la cabane. Je chante fort *nindana nahohé atanké pawé ho* comme Kaska, ainsi les animaux cachés de la forêt me comprennent, tout en se tenant bien sages à l'écart. Parfois, assise sur une souche, à l'abri de tout regard, je m'organise des révélations. Je sors de ma poche le porte-plume à loupe que j'ai fauché à Mrs Allister. Mon œil collé à son œil de verre, extase, je vois des palais, des rues en arcades, des calèches, des chevaux ornés de pompons, des pigeons. J'emprunte aussi les jumelles de ma mère, sans sa permission. Au début ce ne sont que grisailles de fumées, toiles d'araignées obscures, ma vision augmentée nage dans un fouillis incroyable, puis le double halo s'éclaire et, d'une enjambée, je suis happée hors du connu. Un grossissement phénoménal des peaux grenues, langues grenadine, aubergine, polyèdres de glacier, froncement de cônes, courbes et saillies de diamants si subitement nets que, d'un recul, je manque d'en tomber à la renverse. Il suffirait d'étendre la main pour palper des doigts cette chimère de mon cerveau, où ce là-bas est-il qui me rapetisse en fourmi, me hisse au vertige de géante, est-ce ainsi que ma mère contemple son rêve, ai-je le droit de le voir ?

Le reste du temps, je me régale de mûres, de canneberges et de camarines. Personne ne me réprimande si je me tache de leur jus car Kaska réprouve qu'on dérange le lac et même le ruisseau par des ablutions superflues : s'enduire de graisse ou de boue nettoie mieux que l'eau. Celle de pluie du baquet derrière la cabane suffit à la petite toilette de loin en loin et à rincer notre linge, une fois décrassé en le brossant au sable. Il sèche sur le tas de bois. D'ailleurs il y aurait moins de tracas, critique-t-elle, si nous étions comme elle habillées de peau tannée au lieu de tissu malpropre. Elle est en train de me fabriquer une robe avec de la peau d'élan, très fine, très souple, qu'on peut doubler de fourrure de castor par grand froid. Je la regarde tailler, interdite par sa dextérité.

— Toi rien savoir faire. Toi Visage pâle, moi Peau-Rouge, me dit-elle, avec son air pince-sans-rire.

Elle me parle petit-nègre pour se moquer de moi, mais je ne lui en veux pas.

Il y a tant de choses nouvelles à découvrir et à observer que je ne sais plus combien ont passé de jours, de semaines peut-être, depuis que nous sommes arrivées à Kloo Lake le soir d'orage. À force de rester sur place au lieu de rouler sur les pistes, à force que Kaska me donne à voir ce que je vois et ce que je ne vois pas, l'endroit ne semble plus si désolant et peureux que de prime abord. J'apprends à distinguer les innombrables volatiles, non par leur nom ou leur beauté de plume, mais selon qu'ils sont ou non comestibles, faciles à leurrer ou plus malins que nous, à distinguer ce qui cancane, craille, sifflote. À leur clairon lugubre, je sais combien d'oies du Canada passent en formation au-dessus du lac, quelles invisibles bêtes à poil ricanent, jappent, brament ou hurlent, s'appellent ou chassent. Je le devine en fonction du vent, du froid, de la pluie. Qui soudain tombe à seaux. J'aime la regarder par le carreau de la vitre dont j'ai nettoyé un coin. Les paquets de nuages assaillent le versant de montagne violet, améthyste, et s'y brisent en cataracte, refluent vers la faille pour une éclaircie, de nouveau déferlent, sous les trombes d'eau le toit dégouline. Demain, notre baquet sera plein, le ruisseau débordera et sous le soleil revenu le paysage dessiné à l'encre de Chine scintillera jusqu'aux clairs lointains. Parfois le brouillard couvre le lac d'une ouatine immaculée sous laquelle dort l'eau d'encre vitreuse ; l'heure d'après cristalline, froissée de risées. J'apprivoise l'ordre des choses, changeantes et pareilles.

Au fur et à mesure, j'apprécie mieux l'idéale implantation de notre cabane, nichée au bas des monts de Ruby Range d'où sourd le ruisseau Jarvis qui s'appelle en réalité *Tsigra Chùa* emplissant notre lac avant de rencontrer la rivière Kaskawhulsh descendue de son énorme glacier qui avec la Dezadeah et toutes ses sœurs se précipite vers l'infernale Alsek et court au Pacifique par des canyons si torrentiels qu'ours, hommes ni saumons ne peuvent remonter ses rapides et l'on se souvient du temps où le verrou de l'ancien glacier a cédé, ruant à millions ses tonnes de glace et de rochers qui écrasèrent au passage tant et tant de villages riverains, hommes et enfants alors emportés comme pauvres petits eulachons jusqu'à l'océan au fond duquel ils reposent parmi les fanons blanchis des baleines mortes. De son faux air paisible, voilà vers où coule notre modeste rivière Jarvis qui, certaines aubes, coule rose comme du sang lavé par la pluie. Dans sa pente vers l'ouest, le lac Kluane déverse ses eaux glaciales dans la Donjek puis dans l'ample White River, blanche des farines de glacier, jusqu'à gonfler au nord le gigantesque fleuve Yukon. Quant à l'est, au-delà de *Shadhäla-ra*, dit Kaska, la Takhini grossie de ses affluents alimente le même Yukon nommé *Tagà Shäw*, qui en langue gwich'in se dit *Yu-se kun-ah*, duquel le flot charriant la somme de ses mille tributaires fonce très loin au nord du nord, vers le pays des premiers jours de la Terre où les âmes des ancêtres de Kaska pêchent et chassent dans les rivières et les forêts de l'éternité.

Ainsi, épousant en pensée la pente des eaux et celle du temps depuis leur commencement et leur donnant leur nom de naissance, je vois ce que je ne vois pas de l'endroit qu'elle appelle *Da'kéyi* qui veut dire "notre pays", je comprends qu'il me comprend dans son sein, si étrangère et vermisseau que je lui sois. Au centre de sa carte ordonnée, sans rapport avec la feuille scribouillée de ma mère, je situe désormais la cabane d'Herman, la plus intelligente de toutes les cabanes, judicieusement juchée à l'abri des catastrophes en surplomb du lac, offrant alentour l'essentiel de la subsistance, les ressources d'existence, ses murs et son toit contre les bêtes et les éléments méchants, telle qu'en rêvent les enfants. Avec ses rondins confondus aux couleurs de la forêt dans son retirement de lisières, tapie sous sa pelisse de buissons et de fougères, elle est quasi invisible de tout lieu alors que, du petit tertre où elle est bâtie, elle domine le pré où cascade notre ruisseau caché dans ses herbes, ses bruyères et ses ancolies, le vaste lac cerné de marais, nos berges proches envahies de roseaux, nos petites grèves de cailloux. La vue embrasse l'entier paysage si bien que quiconque sortant de n'importe où est à découvert quand nous, depuis la cabane, contrôlons l'ensemble du lopin, la forêt clairsemée, les monts de Ruby Range jusqu'au lac Kluane, la course lente de la lune après le soleil, des nuages après le vent.

En revanche, l'intérieur de ce logis est on ne peut plus riquiqui pour abriter nos trois personnes, le plus dénué de commodités, générateur ni radio comme chez Bonnie ; de baignoire n'y pensons même plus. Nous ne l'habitons que pour y dormir, mais qu'en sera-t-il lorsqu'Herman reviendra et verra que des étrangères occupent sa place ? Si Kaska a pris sur elle de nous garder jusqu'à son retour, est-ce par amitié pour ma mère de l'avoir tirée du piège, pour se racheter du sale pétrin où elle l'a mise en tant que corbeau, pour expier la mort du hideux glouton ? Il n'est pas clair qu'elle paie une dette ou attende quelque chose en retour, si elle est notre providence ou nous la sienne, si elle nous a choisies, si nous l'avons adoptée, par déveine ou par chance, par nécessité. Le fait est qu'elle ne se met pas en quatre comme Mrs Allister avec ses napperons et son service à thé, ni ne se casse la tête pour les distractions. Sa seule largesse est de prêter une de ses pipes à ma mère, qui n'a pas tardé à tomber en panne de cigarettes, ensemble elles fument en bavassant à tout va. Si dissemblables sont-elles, elles s'entendent en vraies commères.

Sinon, claudiquant encore un peu, Kaska vaque indépendante à ses mille besognes, à nous de l'imiter si ça nous chante, de l'aider s'il se peut, une fois bien observé comment elle en use. Chaque jour cueillir des baies juteuses qui mûrissent à toute allure, les écraser et en faire des pâtés à sécher au soleil, poser ou relever les collets, plumer le petit gibier, saigner, dépecer les lièvres avec le respect qui leur est dû, étirer leurs boyaux frais jusqu'en obtenir un film transparent ou, de ses doigts agiles, les rouler en minces cordelettes. Et encore allumer le brasero devant la porte, de sorte que le feu dure longtemps sans trop fumer, teindre des peaux avec le lichen jaune qu'elle se procure chez les Chilkat du fjord, et puis trimballer les seaux d'eau du ruisseau à la cabane, pétrir des galettes, les frire dans la graisse, rouler des boulettes de pemmican, tartiner sa cheville de gomme cicatrisante, pas une minute elle ne cesse de s'activer.

Avec son peigne de corne, elle démêle chaque matin ses cheveux renversés en rideau sur ses genoux, d'épais cheveux luisants noir de corbeau, dont la tresse pend dans son dos, coincée sous son chapeau melon. Elle fait tinter son beau bracelet en coquillages de dentales enfilés de perles turquoise. Elle n'a plus son aspect rebutant de la forêt. Une fois lavé de son masque de boue, son visage lisse et rond respire un étonnant air de jeunesse, si ce n'est que, n'ayant plus que de rares dents aux gencives, elle redevient vieille momie dès qu'elle rit. Ses yeux bridés aussi perçants que d'oiseau ne sont plus qu'une fente entre ses pommettes et son front, or rien ne leur échappe. Non plus à son ouïe, son odorat. Elle examine, flaire, goûte, tâte, soupèse, écoute à tout instant, l'air de rien surveille la cabane, le lopin jusqu'aux confins de la montagne. Je la crois douée d'antennes hypersensibles qui captent l'invisible, l'inaudible, comme si elle sentait à la surface des choses des filigranes fluorescents reliés aux fosses intemporelles où d'innombrables présences fusionnent et conversent entre elles, les spectres ou les âmes de tout ce qui a existé là de gens, de bêtes et d'arbres ou d'herbes, de fossiles, et même d'homoncules et d'ectoplasmes inconnus, cela n'a pas l'air de l'étonner qu'ils cohabitent. Je me demande dans quelle époque, dans quel chapitre elle vit vraiment, avec quelle horloge, peut-être pas la même que nous, mais que ferions-nous sans elle maintenant que nous sommes en panne d'essence, coincées à Kloo Lake pour combien de temps ? Malgré son esprit bizarre, presque inquiétant, et si l'on excepte la nuit où elle se calfeutre sous sa peau d'ours mitée, Kaska s'avère agréable compagne, ingénieuse, adroite, la plus experte des cartographes, des cuisinières et des braconnières.

Et de la meilleure conversation.

Durant que ma mère jacasse avec elle devant la porte en râpant des tubercules, je passe le temps à ma guise. Je contemple le calendrier fané, je m'applique à lire les feuilles de journaux qui sont à ma hauteur sur les murs de la cabane, de vieilles pages collées en épaisseur et en désordre au fil du temps. Le *Whitehorse Star*, le *Daily News of Dawson*, le *Chilkoot Press of Haines*, et même une page de publicités du *San Francisco Chronicle*. Des fragments de titres, des colonnes à demi effacées, constellées de chiures de mouches. Mis à part quelques comic strips de Jingle Jim et de Popeye qui m'amusent, le reste est de faible intérêt : horaires du trafic fluvial sur le Yukon en juin 1932, nombre de visiteurs ayant débarqué à Carmacks, Fort Selkirk, à Dawson,

Circle City ; fêtes de l'Independence Day de 1935 à Skagway, fanfares à Juneau ; départ de Mr Thumbow en déplacement d'affaires par l'hydravion de la YSAT, de Mr Clark à Watson Lake par le White Pass Plane, puis une notule piquante : "Miss Isabel Norton, fille de Mr Tom Norton directeur de mine à Keno, est rentrée de son séjour à Vancouver avec une permanente ratée par un bien mal nommé *salon de beauté.*" Cette information jouxte un tableau des records de basses températures relevées en 1937, le cours de l'or, du nickel, argent, cuivre, plomb et zinc, petites annonces, rixes, mariages, j'en ai le tournis mais je m'instruis des us et coutumes du Yukon, qui en rien n'a l'air d'un pays perdu. Réclames d'hôtels tout confort, lotions de rasage, de gargarismes, pages d'un catalogue de vente par correspondance de la HBC proposant tentes, lits de camp, fusils, canots, sous-vêtements chauds, outils, une page entière de poupées pour Noël 1934. Parmi lesquelles avidement j'en cherche une qui ressemblerait à ma chère Ginger avec ses souliers vernis et son diadème en perles – pas folle, j'avais emporté mes perles, mes bijoux et mes bagues, dit alors ma mère dehors, Misha les joue à la roulette. Bing, il réussit la transversale : onze fois la mise ! Nous étions riches ! Je lui disais : toi, tu as une chance de cocu. De fait, il l'était : ses petits collègues l'avaient vendu à Beria, une ordure paraît-il. Ils croyaient s'en tirer sans frais, ils y ont gagné une balle dans la nuque, pouffe-t-elle – je reste coite, le doigt posé sur une bulle où Popeye s'exclame : *Nom d'une pipe !*

— Forcément, poursuit ma mère sans reprendre sa respiration, tu ne connais rien à leur micmac de politique, moi non plus et on s'en fiche, mais Misha en était obsédé – Misha est le diminutif de Mikhail, de toute façon ce n'était pas son vrai nom, son ami Bogdan l'appelait Stepane –, entre parenthèses ce Bogdan, drôle de spécimen, un chimiste fanatique, plus myope qu'une taupe, des éprouvettes plein les poches, où en étais-je ? La Guépéou. De petits salopards vicelards. Procès truqués, sévices, bagnes, assassinats, qu'importe : j'ai connu Misha à une table de jeu d'Évian, flambeur en smoking de location, racé, éloquent : deux archines et dix verchoks qu'il me dit, blagueur. De vieilles mesures russes, un mètre quatre-vingts si tu préfères, tu vois l'athlète. Une classe folle. À ce moment-là, moi qui avais le cœur en bandoulière, voilà que je tombe sur le plus foutu chanceux qui soit ! Regarde-moi bien : jamais je n'aurais harponné un loser, j'en avais soupé avec mon petit mari. Au moins, ce camarade-là avait la baraka, et le caractère trempé, en digne fils d'un Kasak du Don.

— Kasak ? l'interrompt Kaska.

— Cosaque, si tu veux. Un seigneur, genre guerrier à cheval sabre au clair, couteau entre les dents, ils ont ça dans le sang : Kasak, c'est héréditaire. Alors va te faire passer pour stalinien authentique quand tu as un père tsariste enragé. Selon Misha, les agents de Beria avaient ordre de l'exécuter. Il se planquait en Suisse, logé incognito dans une pension d'invalides, nuit et jour sur le qui-vive, avec pour seul revenu le jeu. Trop tentant, le casino d'Évian ! Il feintait la frontière en traversant le lac Léman à la rame. Moi, quand la chance passe à ma portée, je l'attrape ferme au chignon : la nuit même, j'ai embarqué avec lui dans l'autre sens. Dis donc, j'avais fourni la mise tout de même ! Et puis c'était un beau mâle, un beau malabar. Étoiles, clair de lune. D'un romantique…

Ondes de silence.

Nom d'une pipe, que se passe-t-il ? D'un côté, je n'écoute qu'à moitié, les paroles des adultes m'échappent en partie la plupart du temps. De l'autre, elles se logent agiles dans mon esprit, comme quand je lis la Bible de Miss Plunkett avec une ligne d'avance. Les mots s'arriment entre eux et se greffent sur mes pensées selon des déductions, des conjectures que j'organise ensuite à mon idée, mais là, pas le temps, je dois rattraper ma mère qui en est déjà un chapitre plus loin.

— Tant qu'à faire de traverser, on a embarqué dix jours plus tard au Havre : Misha et son ami Bogdan prétendaient que l'Amérique était trop vaste pour que leur Beria les rattrape. Le Far West ! Pile où je rêvais d'aller, et depuis bien plus longtemps qu'eux, crois-moi ! On a donc pris trois billets au lieu de deux et vogue, vogue grand navire, vogue sur les flots… Tu parles, plutôt pouilleux, l'entrepont. Que des réfugiés, ça parlait en toutes langues, mouise & compagnie mais, quinze jours, c'est pas la mer à boire, blaguais-je pour me remonter le moral ; au plus bas, vu la tournure que prenaient les événements. Comme de bien entendu, le service d'immigration refoulait les étrangers suspects, communistes, anarchistes. Avec le pedigree de mes petits camarades, on était cuits. On avait pourtant feinté New York et son centre de tri à Ellis Island. Bogdan a dû fricoter avec des Russkofs du port pour nous dégoter de faux papiers : le reste du magot y est passé. Moi, je les aurais bien plantés au premier coin de rue pour écrire un nouveau chapitre en solo, seulement j'étais fauchée, ratiboisée. Et je n'entravais pas un mot d'américain. Pour apprendre ça m'a pris, allez, six mois. Eux deux bricolaient à gauche, à droite, sans succès vu que, malgré le New Deal, les files de chômeurs engorgeaient les rues, bonjour la concurrence. Des édentés affamés, pieds nus en guenilles, et puis des grèves partout, aux aciéries, aux abattoirs de Chicago, vingt cents la nuit pour un lit d'asile puant, cafards et cancrelats, la gale en prime. Question hygiène, valait mieux dormir dans les parcs. Ah, elle était belle, leur Amérique ! Quant aux syndicats, ils rançonnaient les trimards quand ils ne les vendaient pas à la flicaille ; surtout les illégaux comme nous. Finalement, c'est moi qui ai trouvé à assurer le frichti.

— Dans ces cas-là, seules les squaws sont de bonne ressource, confirme Kaska.

— Figure-toi que, par l'entremise d'une bonniche de maison huppée, j'ai trouvé à donner quelques cours de français à des gamines. Des jumelles bègues, glousse ma mère. Sur ces entrefaites, voilà que Bogdan s'amourache d'une Chinoise, ils filent à Pittsburgh où elle et sa tante tiennent une blanchisserie. Alors Misha se met en cheville avec une filiale du Barney's Circus, chapiteau et ménagerie. Avec son bagou, il leur vend son numéro de Cosaque, bibi pour sa partenaire. Fallait-il que je sois dans la dèche pour jouer la cible vivante ! Je ne lui croyais de talents que la parlotte et la martingale, mais là, chapeau, un virtuose : son paternel le dressait au lancer du couteau avant qu'il sache marcher. Chic type, il m'a appris son truc en cours de route, le coup de poignet, la rotation, tchac, tchac. J'y mettais du cœur. Et j'étais surdouée, tu l'admettras !

Kaska admet d'un vigoureux coup de menton.

— Nous voilà à l'affiche avec les singes et les éléphants, les nains, la femme à barbe, un moyen comme un autre de visiter le pays. Seulement notre attraction rapportait peanuts, et la tournée n'allait qu'en Illinois, retour au Kansas, et puis, avec la crise, les gens préféraient aller aux marathons de danse parier sur les couples de canassons, fourbus à en crever. Misha voulait nous y inscrire, j'ai dit : pas de ça, Lisette. À force de galérer dans ce bastringue, il s'est dégoûté du métier d'artiste, l'envie lui a pris de rejoindre des compatriotes au Mexique. Terminé, notre duo. De toute façon, moi, mon idée fixe, c'était la côte Ouest et cap au nord du Nord. On s'est quittés bons amis à un coin de rue, une fois partagée notre cagnotte, fifty-fifty. Par prévoyance, j'ai quand même fauché ses papiers à une collègue écuyère : Lorna del Rio, au poil pour la Californie !

J'en reste transie, abasourdie, cœur bouillant.

Tandis que dans le courant d'air les pages jaunies se gondolent, que Popeye pétune sous mon nez de renarde, tout ouïe, j'écoute le babil de ma mère parasiter les faits divers du journal, aucun ne rivalise en actualité avec ces nouvelles-là toutes fraîches à mon oreille. Bien que dépassant mon entendement. Cherche-t-elle à épater la galerie avec ses salades – en ce cas pas moi, qu'elle a complètement oubliée –, ou pour une fois dit-elle le vrai qui, je l'ai souvent observé, ressemble à s'y méprendre au mensonge le plus éhonté. Kaska doit en juger mieux que moi. Profitant d'un silence, elle pose ses collets tout près du terrier, elle appâte le gibier sans mettre le pied dans la coulée.

— Tu as connu beaucoup de gens, beaucoup de pays et d'aventures, hoche-t-elle du chef, méditative, suggestive.

— Bah ! C'est le tourbillon de la vie, fanfaronne ma mère.

Elle tire plusieurs fois de suite sur sa pipe et souffle fort sa fumée par les narines. Pourtant, l'air las de son grand galop transcontinental, décontenancée, ou bien contrariée d'avoir tant parlé.

— Ton lac Léman est très, très loin de Kloo Lake, la relance Kaska. Tu en as mis, du temps, pour parvenir jusqu'à moi...

— Ça, tu peux le dire...

Par l'entrebail de la porte, je la vois contempler le fond de la prairie comme si les années, les kilomètres y étaient écrits au compteur.

— Ah, j'en ai bouffé, de la vache enragée, t'en as pas idée, repart-elle subitement. Sur les wagons de marchandises avec les hobos, une vraie secte de clochards, et puis la route 66, trois mois avec les péquenauds empilés sur leurs tacots déglingués, des hordes de gueux chassés de leurs fermes par familles entières, la chaleur, le froid, le vent, la poussière. Seule, je m'en tirais un peu mieux qu'eux. Pompiste ou barmaid dans les postes à essence, les motels, balayeuse de poils dans un barbershop, poseuse de barbelés dans un Hooverville, et même *jaune* trois jours dans une usine en grève, j'avançais par étapes. En stop avec les camionneurs, avec les ploucs s'ils avaient une place sur leur matelas, on partageait le bout de gras, qui n'était gros ni gras, figure-toi. Là, j'ai compris le truc. Ce pays neuf, ce n'est qu'une route, la route tout droit plein ouest. Parfois une famille ou deux fait halte, pourquoi pas là plutôt qu'ailleurs, et puis d'autres s'agrègent. Contre leurs guimbardes en épi, ils montent vite fait une cabane en bois, en tôle ou en briques récupérées. Une échoppe, un garage et c'est déjà leur main street, l'unique artère d'une ébauche de ville dans l'axe même de la route ouverte au loin, qu'ils reprendront demain, ou leurs fils, pour voir jusqu'où elle conduit, si la vie y est meilleure. Elle aura pas de mal à l'être ! La route, je l'ai faite, jusqu'à l'océan, et hourra ! Pays de l'or noir et du cinéma ! Il n'était que temps de tourner la page ! Le chapitre suivant a tout de même duré cinq ans...

À nouveau, elle a l'air stupéfaite du temps passé.

— Bon, il n'était pas prévu que je reste autant. Non plus que je tombe en rade chez toi.

— Chez Herman.

— Chez Herman. C'est encore loin d'ici, Äshè'yi ?

— Selon par où on passe, selon le temps qu'il fait, qui on rencontre, homme ou bête : cinq à six journées de marche.

— Deux ou trois avec ma Dodge. Je repars dès que je dégote de l'essence.

D'après le rire de Kaska, cette idée a vraiment l'air tordante. J'imagine ses gencives édentées, ses pommettes rebondies, ses yeux malicieux devenus des fentes.

— Vers Äshè'yi, on ne roule pas, on marche. Si on peut. Aucune piste par là, pas même un semblant.

Ce paramètre imprévu tarit le bagou de ma mère.

— Tu peux marcher si la saison s'y prête, si tu connais la montagne, les cols praticables, le vent, les gués, la chasse. Si tu as de bonnes jambes. Si les morts te laissent passer.

Elle encaisse l'information en silence, puis elle se rebiffe.
— J'irai, et plus loin encore. Cap au nord.
— Au nord du Nord, tu trouveras le passé d'avant autrefois, du temps des premiers jours de la Terre.
— C'est peut-être bien ce que je cherche.
— Tu cherches ou tu fuis ?
J'attends la réponse, mais elle ne vient pas.
— On fait rarement l'un sans l'autre, concède Kaska après réflexion.
— Ça se peut, admet ma mère du bout des lèvres.
— Herman saura quoi en dire. Attendons qu'il arrive.

J'ai bien mis deux jours à digérer ce que j'avais surpris par inadvertance, pas très sûre de l'avoir vraiment entendu. Non plus, étant donné l'imagination délirante de ma mère, s'il fallait lui faire crédit, d'autant que cela se superposait à ma lecture des comics en simultané, tant d'événements mélangés, *nom d'une pipe*, dirait Popeye, comment les trier. Ne lâchons pas la main de la raison, me disais-je, réfléchissons.

Mais j'avais beau réfléchir, cette histoire n'avait l'air sortie d'un livre plein de mots illisibles, de pages déchirées, d'épisodes manquants comme les films qui n'étaient pas de mon âge et que m'emmenait voir Miss Plunkett où des géants grimacent en noir et blanc, s'enlacent, dansent des claquettes, disparaissent de l'écran. Ils cassent des piles d'assiettes, vocifèrent, un cheval hennit dressé sur ses pattes arrière, les gangsters tacataca-tac mitraillent une banque, Misha joue les perles à la roulette, rame à la brune sur un lac, la femme en collant noir marche de nuit sur un toit, la locomotive fonce sur moi en crachant de la fumée blanche, dans le blizzard blanc Charlot rigolo zigzague suivi d'un grizzli, les images fouettent mes yeux écarquillés, la lumière papillote, le projecteur s'éteint avant que j'aie rien compris. Mais des pans entiers me reviennent ensuite, énigmatiques, terrifiants, très bouleversants, un énorme gorille escalade un building, une écuyère fardée rit féroce de toutes ses dents, des freaks rampent dans la boue sous une roulotte de cirque, que de pluie, de noirceur, de peur, le miroir se brise, mille éclats de pare-brise, un faon erre dans la forêt, la biche brame au clair de lune, *Au clair de la lune mon ami Pierrot* est une chanson de France, des gamines bègues prennent des cours de français en suçant des sorbets à la framboise, frissonnant de froid au fond de mon buffet je révise, tandis que le vent fait le harpiste dans les bois d'élans.

Bien que la température tombe sous zéro la nuit, le poêle reste éteint. Pas question non plus de lampe pour nous éclairer ; du reste, il ne fait pas noir plus d'une heure ou deux. Dans la journée, l'été est si chaud que je vis en culotte, torse nu, plus besoin de m'enduire de boue : les insectes ont disparu maintenant que la pluie a cessé et que la colline est devenue une brosse de crin jaune. Kaska m'a fabriqué des mocassins, plus légers que mes mukluks, qu'il faut épargner pour l'hiver, ainsi qu'un cône de fibres tressées en guise de chapeau contre les coups de soleil. Ma peau rougit au lieu que celle de ma mère bronze, son teint prend celui d'une Indienne ; qu'elle se déclare être maintenant. Avec sa plastique exotique, sa peau basanée, ses cheveux et ses yeux de jais, il lui est facile de s'en donner l'air, comme Lorna del Rio d'une Mexicaine. Elle baratine Kaska comme quoi son vrai nom de naissance n'est pas Leslie ou Petra pas plus que Lorna, mais *Onayepa* qui veut dire Princesse de l'hiver dans la langue de sa mère indigène du Klondike.

— Princesse, qu'est-ce que c'est que ça, ne s'émeut pas Kaska.

— C'est la fille du roi, se rengorge ma mère.

— Chez nous, roi n'existe pas. Il y a des chefs du clan, des chamanes, des chasseurs et des guerriers, des sages, des branleurs et des menteurs comme ailleurs mais, roi, connais pas.

Piquée, ma mère se rembrunit. Imperturbable, Kaska en rajoute une couche :

— Onayepa non plus. Plutôt que de l'hiver, on dirait Fille du froid, ou Enfant de la neige, encore que neige a sept mots pour le dire, et neige n'est pas une qualité d'humain. Princesse, c'est une invention des Blancs. Les Blancs sont des cons.

Ma mère en convient sans problème mais ne cède pas sur Onayepa, arguant qu'elle est ainsi dûment prénommée par déclaration de paternité datée de 1904, authentifiée par un juge assermenté et que c'est écrit là, hein, que dis-tu de ça ? Elle met le certificat sous le nez de Kaska qui, de toute façon, ne sait pas lire : attendons l'avis d'Herman quand il sera de retour, esquive-t-elle.

J'observe que le certificat en question sort du même endroit que les cartes imprimées, et qu'il y retourne.

S'il te plaît, raconte-moi ton histoire d'Onayepa, quémandé-je à la première occasion, l'air de qui l'oreille traîne en toute candeur, prenant mon ton le plus anodin, le plus innocent afin de prévenir sa méfiance car je sens le sujet sensible, qu'à moi elle se confiera pas comme à Kaska, mais sa nouvelle identité, la dernière en date, et sa filiation supposément indienne m'intriguent au plus haut point. Me trouble également la réfutation catégorique de Kaska sur les seigneuries locales. Son chipotage lexical a vexé ma mère. Mortifiée d'être tombée sur un bec, elle rumine. À moi d'en tirer parti pour l'entraîner sur ce terrain de sa naissance royale, par la même occasion l'interroger sur la mienne, de laquelle je ne sais rien quasiment. Les enfants sont bien obligés de s'en remettre aux adultes pour accéder à ce temps jadis de leur commencement dont ils étaient comme absents, ils n'en peuvent savoir que ce qui s'en dit, *akoo diginuu*. Au lieu de son paternel à l'oreille déchirée, de qui l'existence irrésolue reste conditionnée au rêve, au conte ou au mensonge, je préférerais qu'elle me parle de sa mère extraordinaire à laquelle, si loin que je m'en souvienne, jamais elle n'a fait allusion. Il serait grand temps qu'elle m'en fasse la présentation : c'est tout de même un peu ma mère-grand personnelle, non ? Et puis je suppose qu'avant son odyssée sur la route 66, l'épisode du cirque et celui du casino d'Évian, avant son petit mari qui n'avait pas la baraka comme Misha le Cosaque, il y a forcément le chapitre initial datant de l'époque, bien plus récente que les mille fois mille ans des premiers jours de la Terre, où elle avait mon âge de six ans et où quelqu'un de France, *au clair de la lune mon ami Pierrot*, lui racontait sa naissance par où tout commence.

Je crois qu'elle était sur le point de me répondre quelque chose mais Kaska qui entend tout, voit tout, a mis sa main en visière. Yeux plissés, elle observe là-bas.

Nous regardons de même, sans rien discerner d'abord. J'ai pourtant bonne vue depuis que j'ai appris à cligner comme elle. Serait-ce l'ours, encore ? Non. Entre mes cils, enfin je le vois. Dans son écrin de buissons rouge violacé et ocre et rose brumeux, hors de la forêt en bas du lac quelqu'un se tient. Entier jailli de son empire d'air ou de terre, immobile dans une durée hors du temps. Pelage gris-beige couleur des orées, un orignal humant le vent, noble couronne de bois dressée, sous son menton sa cloche poilue pendouille. Aux aguets, cependant serein. Immergé jusqu'au ventre, il plonge du museau sous l'eau et broute les herbes aquatiques en seigneur. Le premier à sortir du bois, il sent le froid venir, me souffle Kaska. Ce sont les animaux qui préviennent des saisons. Les taons annoncent celle du saumon. L'orignal celle de la neige.

— J'ai vu ses laissées hier, il crotte comme toi et moi, se rit-elle. Celui-là est un curieux : il voulait voir à quoi ressemble Nez de renard, ajoute-t-elle, si sûre d'elle que je la crois de tout mon cœur en joie.

Il serait temps qu'Herman revienne. Bien que Kaska prétende qu'il n'a aucun retard, étant donné que son voyage ne se calcule pas en jours mais en pas à pas, le temps file, l'été décline, ma mère s'impatiente. Si elle n'a pas envie de moisir ici, libre à elle de partir, il me semble. Cependant le pick-up d'Archie étant hors service, sans essence et sans pare-brise, nos provisions étant épuisées, même si elle joue de la Winchester et du couteau comme une déesse, survivrions-nous si Kaska n'y pourvoyait, ne nous hébergeait ; ne nous retenait, râle ma mère dans son dos. Sa criante ingratitude me scandalise. Nous ne sommes quand même pas des prisonnières, alors qu'attend-elle pour décamper ? En même temps, je ne m'en fais pas : pour le moment, la princesse de Kloo Lake c'est moi. Je n'ai aucun joujou, rien à lire que les vieux journaux sur les murs, personne pour m'amuser, m'offrir des cadeaux, me donner des leçons de morale et m'emmener au cinéma, personne pour photographier mes fossettes, me bercer le soir quand j'ai envie de pleurer, néanmoins je ne m'ennuie pas. Je fais des progrès à pas de géant. Je commence à voir comment le temps s'organise. Jusque-là, je n'avais d'autre choix que de suivre le mouvement selon les rebondissements et les accidents, un épisode chassant l'autre, s'enchaînant sans que je puisse intervenir, mais à présent je vois comment mille événements du passé s'embringuent pour déclencher ce qui va se dérouler. Encore faut-il les connaître, au lieu de rester le nez collé sur le présent en bayant aux mouches. Dorénavant, apprendre le passé est devenu mon souci lancinant, mon cher tourment, de là tout découle évidemment.

Le mien est très bref et sans grand relief, mais celui des autres se révèle une intarissable source, pleine d'enseignements sur les mystères de nos actions et de nos destinées. Chacun dispose de passés en quantité, de tas d'histoires prêtes à débiter, même si on ne lui demande rien. À la première occasion, le capitaine Preston étale les photos de sa femme et de sa pimbêche de fille, Kostas rameute sa tripotée de cousins des îles grecques, Bonnie y va de son idylle contrariée à peine que nos fessiers posés dans son salon. Or si ma mère baratine à tout va avec le premier venu, à moi elle ne dit rien de ses tribulations anciennes, de ses maris, ses soucis, ses projets, ses secrets, rien de sa vie d'avant moi quand elle s'appelait Onayepa. Elle doit me juger encore trop petite pour me les confier. Alors quelle chance qu'un corbeau lui tire à ma place les vers du nez. Bien qu'aucun missionnaire ne l'ait civilisée comme Herman dans leur école, Kaska a l'art d'écouter, et pas sa pareille pour la causette, c'est pourquoi s'attarder encore un peu à Kloo Lake est une aubaine. Je traîne dans leurs parages, prête à cueillir au vol leurs papotages. Le problème est qu'elles s'y mettent à l'improviste, que leurs propos se chevauchent ou disjonctent, j'ai du mal à suivre, à discerner parmi la quantité d'événements le principal du facultatif : en ce qui me concerne lequel vaut-il d'être retenu, oublié, lequel est-il une information capitale, ou une simple anecdote pour boucher un temps mort de l'histoire, mais y en a-t-il qui, mort, le soit vraiment, qui ne vaille d'être enregistré ? Par exemple, quel sort faire à la permanente de Miss Norton, si ratée que le joke a fait le tour du Yukon ? Aux jumelles bègues de maison huppée, aux éprouvettes de Bogdan le chimiste, aux gueux de la route 66. Au chapitre de Brentwood, cinq ans, pffuit, expédié sans commentaires ? Suivant l'angle d'où on la prend, la vie part en morceaux, de nouveaux s'imbriquent et se combinent, tant et si bien que cela finit par faire une scène, un épisode, et une histoire avec ses chapitres au complet, mais quelle est la part d'invention et de vérité ?

Je commence à prendre la vie très au sérieux. À comprendre qu'elle se raconte. Que son récit se forge selon qui écoute, pour le séduire, l'ébahir, l'endormir ou l'égarer. Du coup, y a-t-il du vrai qui ne soit imaginé, et comment trancher si on n'a pas vu par soi-même, de ses propres yeux, en étant présent. Or, présente, qu'ai-je vu de ma naissance ? Sur la plage de Santa Monica, sur le *Prince Rupert*, à Juneau dans l'épicerie de Kostas, tu comprends, Bud ? Qu'ai-je exactement vu dans la clairière quand, en ma présence, la foudre est tombée ? Ai-je réellement vu l'ours passer aux lisières ou est-ce un mirage d'ours ? À force de ne pas prêter suffisamment attention, on finit par passer à côté des choses comme si elles allaient de soi ou étaient négligeables. À présent, je remarque le détail stupéfiant de chacune dans la lumière bleutée de la cabane qui les fait clignoter comme autant d'yeux minuscules me faisant des signes d'intelligence. Par exemple les marques d'usure du poêlon. Ses menus éclats émaillés chaque fois que Kaska l'a cogné. Les entailles du façonnage des rondins par l'outil d'Herman, la peluche rugueuse du jute d'un sac, et le résidu empoissé dans la tresse des cordes, les nœuds nacrés d'une raquette en babiche, fascinée par ces petits miracles et par le sens profond qui se dégage de leur existence secrète jusqu'à comprendre d'un seul coup le revenu capital qu'il y a à bien observer. Les objets sont les gens, ils contiennent tout de leur passé, pleins d'informations muettes qu'il suffit de questionner. Le collier de dentales de Kaska, sa vieille couverture Old Oregon Trail. Le porte-plume à loupe de Bonnie, son masque à gaz et son pilulier peint d'angelots. Le poignard, la carte foutraque de ma mère. Sa déclaration de paternité par un juge assermenté. Rangée avec les cartes imprimées dans la sacoche pleine de papiers. Ce sont de très précieux objets. À moi de les étudier, selon qu'ils me tombent sous la main. De les faire y tomber par ma volonté. Cette idée me taraude. Pour la mettre à exécution, je dois agir en bonne renarde.

J'allais m'y mettre, quand Herman est arrivé.

Bien avant qu'il paraisse, Kaska se dressa en alerte sur le seuil, la première à l'avoir entendu venir dans l'humidité brune du soir. Escorté d'un faible tintement de sonnailles, il avançait sous les arbres, pas à pas ainsi qu'elle le disait, chaque pas plus lourd, émergeant du brouillard qui noyait les bois. Tirant au mors la mule attelée à la carriole, lourdement chargée, suivie du cheval attaché derrière, il cheminait comme un fantôme fourbu dans la chiche clarté de fin d'été, feuillages corail, or et cuivre, pain brûlé, grenat, tapis rouge d'aiguilles de pin, toutes couleurs rutilantes au grand jour à présent éteintes par le nuage bas couvrant le lac, toutes formes atténuées, indécises et sombres de septembre. Maintenant il traversait la prairie, fendant lentement du genou l'herbe grise et coupante, de la même allure qu'il avait dû marcher longtemps à côté de l'attelage. Sur le seuil, nous trois l'attendions et, s'il en fut surpris du plus loin qu'il nous vit, il ne le montra pas.

Comme il atteignait le milieu du pré, Kaska se détacha de notre groupe et claudiqua sans hâte à sa rencontre, parvenue à sa hauteur s'en retourna avec lui, la main posée sur la bricole, son pas accordé au sien sans que l'un ni l'autre échange un regard dans le tintinnabulement grandissant. Herman était un homme de haute taille et forte charpente sous un long cache-poussière en caoutchouc. Fusil passé à l'épaule. Un chapeau de ranger chanci masquant d'ombre son visage, et le soir tombait. Rendu à la cabane il recula d'un pas, jarret tendu, pour freiner la mule. L'arrêt brusque fit carillonner plus fort les cantines et les bidons accrochés aux montants, qui continuèrent d'osciller d'un élan pendulaire tandis qu'il allait détacher le cheval, laissant à Kaska de dételer. Une fois la carriole déposée à l'oblique sur ses brancards les récipients s'entrechoquèrent une dernière fois, sourdes percussions chassées par le vent. L'un ébauchait, l'autre achevait les gestes brefs et sûrs d'une vieille entente pratique concernant les bêtes harassées, accomplissant sans se consulter, se toucher ni se regarder toujours, la tâche de les conduire sous la grange, de délester le cheval de la selle et des ballots, la mule du harnais, de leur donner eau et pitance, sans faire davantage cas de nous deux qui, bras ballants, restions timides dans l'expectative sur le seuil, n'osant aider de crainte de contrevenir à des usages ignorés, ni entrer de notre propre chef dans la cabane maintenant que son propriétaire était de retour.

Le ciel s'assombrissait à grande vitesse ne laissant à l'horizon qu'un filet rose vif, un couple de bécassines des marais croula dans les roseaux, d'un vol rasant traversa le lac, si lisse qu'il semblait du mercure au repos, disparut sous l'abri des sapins ; sur l'autre rive partout les feuilles pleuvaient des arbres, érables ou bouleaux, et trembles dans l'épuisement de lumière. Seule je me risquai à entrer sur leurs pas dans l'obscurité de la grange. Un bras passé au cou de Shini, sentant la crainte du chien mais m'enhardissant de son escorte, j'approchai la silhouette géante dont la tête se perdait dans les poutres drapées de toiles d'araignées ; le cheval souffla des naseaux vers moi une buée chaude. Son pelage bis et gris luisait de sueur. La main posée à son garrot, l'homme semblait consulter la forge de ses poumons, le bourdon de son sang dans ses veines, ou lui communiquer les pulsations de son propre cœur pour soulager sa fatigue. Sûr qu'il n'avait pas manqué de voir le pick-up garé tout au fond. Avec aplomb, je tirai sur son cache-poussière, et, ignorant s'il comprendrait, j'articulai de mon mieux.

— Toi tu es Herman, dis-je, moi c'est Nez de renard. Là-dehors c'est ma mère qui a tué le glouton au couteau de Cosaque, elle s'appelle Onayepa qui n'existe pas, le pare-brise est cassé, il n'y a plus d'essence, nous dormons dans ta cabane mais pas dans ton lit, nous avons cuit les eulachons et je sais fabriquer des collets. J'ai un cadeau pour toi.

Je parlais vite sans respirer me disant que, effrontée, il m'écouterait mieux que poltronne, qu'il prendrait en considération ma très jeune personne et, à défaut d'apprécier mes fossettes et mes dents de lait, serait flatté du présent que j'improvisais. Sans se départir de son flegme, l'homme prit le porte-plume en ivoire de mes doigts, le roula songeur entre les siens puis, se décoiffant, plia sur ses talons pour se mettre à ma hauteur. Je sentis alors son odeur mouillée de laine, de cuir et de transpiration fauve, en même temps je vis ses yeux, leur fente d'insondable et pâle vert. Je parcourus son entier visage, glabre aux pommettes saillantes, sa bouche en fer à cheval, oreilles pointues pleines de poils, gris comme son toupet de cheveux rares, et ses rides profondes noircies des poussières du chemin. Cou taurin, membres noueux. Une physionomie insolite, attirante, néanmoins patibulaire. Noble cependant. En fait, il me faisait peur. Malgré tout, d'emblée je me réfugiai dans son visage. Réunissant mon courage :

— Si tu mets ton œil à l'œil de verre, tu verras une surprise magique, promis-je du ton le plus engageant, battant excessivement des paupières.

Sans rien manifester, il se redressa, ficha le porte-plume dans le galon de son chapeau, qu'il recoiffa, enfoncé au ras des sourcils.

— Nez de renard mérite son nom, l'informa Kaska du fond de la grange où elle suspendait les harnais sur un chevalet.

— Ça m'en a l'air, dit Herman.

Il parlait donc notre langue. Le timbre de sa voix était nasal et maussade. Aussi bien narquois. Dans le doute, je notai qu'il acceptait mon présent. Shini s'étant trop approché, il lui donna sur la truffe un coup sec du revers de sa main, caresse rude ou rebuffade qu'il semblait connaître, qui le fit humble et ployer l'échine en couinant comme dans la clairière. Subitement, la nuit était là.

On eût dit qu'Herman l'avait emmenée avec lui, portée sur son dos de si loin qu'il venait comme une vaste houppelande de noirceur, ou qu'elle avait en embuscade attendu son retour pour tomber enfin, obscurcir toutes choses de son goudron, les renfoncements de la grange où seule luisait la croupe des bêtes, mâchonnant, ruminant, comme le dehors où le brouillard colmatait l'espace, une nuit solide presque, la soudaine extinction de l'interminable jour d'été.

Ils avaient pourtant l'air d'y voir sans peine pour rentrer d'un lent va-et-vient les paniers pleins de saumons frais, les sacs très lourds, les caisses, bidons et seaux, jusqu'au dernier paquet ficelé emplissant la carriole ; qu'ils laissèrent brancards au sol dans l'herbe. Pour la première fois depuis notre arrivée à Kloo Lake, Kaska coulissa la porte de la grange, enfermant bêtes et chargement. Excepté Shini, qui passerait la nuit dehors à son habitude. Puis, Kaska à sa suite, Herman pénétra dans la cabane, encore rétrécie s'il était possible, nous quatre encombrant l'espace clos avec l'immensité nocturne collée aux vitres. Durant que, assis au bord de son lit, tout au fond dans l'obscurité, Herman dépouillait sans hâte ses lourds habits de voyage, perdu en délibérations et ruminations moroses, durant que Kaska allumait les bûchettes tenues prêtes en prévision de son retour, ma mère et moi, timides, patientons, bougeant le moins possible de crainte de les gêner, qu'un geste déplacé les contrarie, mais ils semblaient n'avoir cure de nos personnes et de notre embarras.

La fumée satura vite l'air froid de nappes brunes, âcres, suffocantes, avant que le tuyau devenu incandescent à sa base ne l'aspire. Le poêle est posé sur de grosses pierres, c'est heureux, sinon il mettrait le feu au plancher, me disais-je. Enfin sa fonte propagea de délectables, de voluptueuses vagues de tiédeur jusqu'au moindre recoin de la cabane, il était temps qu'Herman revienne, me félicitai-je, approchant mes mains frileuses du tuyau, humant le fumet épicé du ragoût que Kaska tournait sur les cercles brûlants, curieuse de leurs retrouvailles sans effusion. Dès que rentrés, ils s'étaient mis à parler entre eux dans leur langue personnelle, sans souci de nous exclure impoliment de leur aparté mais, considérai-je, longanime, c'est bien leur droit de s'entretenir, ils en ont à s'apprendre depuis le temps que, séparés, ils sont sans nouvelles l'un de l'autre. Toutefois leur visage ni leur intonation ne manifestait quoi que ce soit, ils échangeaient par monosyllabes ou phrases si brèves qu'on eût plutôt dit un psaume qu'une conversation. À moins que dans leur langue indienne très peu de mots ne suffisent à dire énormément de choses à la fois, sans besoin de phraser, de rabâcher et de s'exclamer comme le font les Blancs.

Ce fut également le premier soir qu'on alluma les lampes. L'une accrochée à la poutre la plus basse, son halo enfermé dans le globe de verre repoussant les murs et les poutres en dôme d'ombre, l'autre posée au centre de la table. D'un côté de laquelle se tient Herman sur l'unique chaise, de l'autre les femmes sur le banc, eux trois enrobés par la clarté tremblotante, leurs seuls visages nimbés de faible lumière. Blottie au plus près du poêle, assise sur le tapis de mouflon qui pique et gratte, je dégustai à petites lampées ma ration de ragoût, chassant les moucherons, épiant par-dessus mon bol le profil perdu de ma mère là-haut, celui de

Kaska aux yeux plus plissés que jamais et, reculé dans un arrière-plan troublé de vapeur, Herman accoudé. Maintenant en caleçon de flanelle écrue, col et poignets effilochés, scié aux épaules par les bretelles de sa culotte. Non une guenille de nécessiteux mais un patchwork de gris et brun et bleu fanés soigneusement rapiécé, déteint en une harmonie résultant de contingence, d'usure et d'épargne, qui pourtant valait sur lui habit princier.

Je voulais encore l'entendre, souvent la voix renseigne sur les personnes mieux que leur aspect ; ainsi que les mains. Les siennes gercées, aux articulations noueuses, cornes d'ongle ligneuses, entouraient avec humble conviction, égard et gravité, l'écuelle fumante comme le plus précieux récipient, et il observait silence. Sans doute de longtemps n'avait-il absorbé de bonne nourriture chaude, lui avait beaucoup manqué celle que seule Kaska cuisinait pour lui. Ou, ainsi que Miss Plunkett à moi, les missionnaires lui avaient-ils enseigné qu'avant de manger Dieu doit être béni d'octroyer pitance. Ou encore ruminait-il les nouvelles qu'il venait d'apprendre et pesait-il en pensée ce qu'il conviendrait de faire de nous ? Je l'appris ce soir-là, Herman n'allait pas d'emblée à son sujet, il l'approchait par le biais puis décochait son trait, l'air de l'éviter y visait plus rapide qu'une flèche.

— J'en ai connu au moins deux, dit-il, renfrogné et comme à contrecœur. Un qui venait tous les ans trapper seul comme son père tagish de Hunter Creek le lui avait appris petit. Dès alors, on ne rencontrait plus guère de coureurs de bois comme Big Charley, marcheur endurant, entraîné à survivre en solitaire, jaloux de ses ruses de chasse et de ses caches, grand connaisseur des médecines de la forêt. Jamais il n'employait quiconque pour l'accompagner, nul ne savait où il avait ses campements secrets. En fin de saison, il rassemblait seul ses fourrures et ses peaux enfouies ici et là, tirait en plusieurs voyages son travois au fleuve, remontait à la perche avec son canoë jusqu'à Dawson et expédiait son butin par le dernier vapeur avant l'embâcle. Très bon fusil, encore meilleur au piégeage. Le loup, le castor, l'ours, le caribou, et le renard, l'hermine. Il dépeçait là où il tuait, habile à enfouir tripes et carcasses, à laver ses fourrures, découper, sécher ses peaux, racler et poncer. Pas un ne l'égalait. Une fois, on ne l'a pas vu revenir. Des chasseurs l'ont découvert l'été suivant près de la Tatonduk River, à moins de trente kilomètres en aval d'Eagle. Pris à son propre piège à ours. Au bout de la chaîne ne restait de lui que l'os de sa jambe. C'est à quelques affaires éparpillées et surtout à son fusil qu'ils ont reconnu Big Charley.

Il mastiquait son histoire avec son brouet, la déglutissait, y laissant entendre le blâme pour la mésaventure que Kaska avait dû lui rapporter dans leurs si rares mots échangés. Contrite, elle piquait du nez dans son assiette en fer-blanc.

— L'autre, c'était dans l'Idaho, mais pareil au Montana : pour tuer en grand nombre, ils sèment partout de leurs pièges d'acier à doubles ressorts, en batteries par quatre, par huit, tant et si bien qu'ils oublient où ils les ont posés, ou d'en dégoupiller le ressort en quittant leur chasse. Pas rare qu'un étourdi s'y prenne par mégarde. C'est pas drôle mais, en compagnie, on en rit. Seul, il n'y a plus de quoi. Quand on est arrivés, les coyotes et les rapaces se disputaient ses quartiers de viande. Il a fallu les abattre pour approcher. C'était le lendemain. Le lendemain, ne reste qu'à creuser la tombe.

Pour lui rendre raison de sa sévère sentence, Kaska retroussa ses jupes, découvrit l'ecchymose de son tibia et la cicatrice violacée de sa cheville, les palpa du doigt avec une grimace éloquente.

— Jusqu'au matin, j'ai vécu ma mort de ne pouvoir arracher ma jambe au piège. Colère que mon esprit corbeau vole jusqu'au sien et que, au lieu de m'écouter, elle s'ébatte dans l'herbe. Elle a la tête dure, sale caractère et elle ne sait pas faire grand-chose de ses dix doigts, mais elle m'a évité la mort. Tu lui dois ma vie, je la lui dois. Wak, wak, déclara-t-elle, solennelle, portant sa paume de chauve-souris au nez de ma mère, sanctifiée de lumière blonde.

— N'exagérons pas, protesta celle-ci jouant la modeste. Je passais par là. Secourir autrui, c'est la moindre des choses.

Sans moi, tu te serais plutôt débinée, rectifiai-je, bien pelotonnée sous ma laine de la Baie d'Hudson, respirant sa forte odeur musquée.

— Je n'exagère pas. Il s'en est fallu d'un poil que j'y laisse la peau, tu l'as dit.

— Je l'ai dit à propos du salopard qui a failli nous flinguer.

— Elle l'a tué au couteau de Cosaque.

— Dans un cas pareil, le couteau est préférable au plomb, approuva Herman. Le plomb dénonce le fusil. À son fusil, on connaît le tireur.

— Le sien est encore dans mon pick-up. C'est un beau Smith & Wesson. Si ça se trouve, tu sais qui est ce fils de pute.

— Je ne veux pas le savoir, dit Herman, connaître lui ni son arme. Mais tu as bien fait de la garder. Si par bêtise tu l'avais jetée avec lui, des semaines, des mois plus tard, un froid polaire passé dessus et dispersés les os de son propriétaire, l'un ou l'autre qui cavale à la poursuite d'un mouflon ou d'un caribou trouve son fusil dans le ravin avec ses restes. Même si ce ne sont que trois boutons de cuivre ou sa boucle de ceinture, rien ne se perd nulle part, surtout là où, croit-on, aucun n'ira se risquer. Le fusil c'est l'homme, c'est pourquoi dès demain tu le détruis : tu brûles sa crosse, tu enterres son fût, la place ne manque pas. Ensuite, rien d'autre à faire que laisser le temps faire ce qu'il sait faire.

Méditant à part soi cet adage comme s'il en avait maintes fois vérifié la justesse, Herman laisse monter sa colère.

— Il se peut que dans longtemps quelque chasseur posant son piège ou, qui sait, un forçat perçant un tramway par là comme à Whitehorse, déterre ce fût rouillé, et alors ? Ce ne sera qu'un déchet de plus parmi tous ceux que l'homme blanc jette derrière lui. Les pistes, les creeks et les sites de mines, notre territoire entier est un cimetière de pioches, batées, et timbales, poutrelles, chaudières, et roues de chariot, fourchettes, jetons de poker et pièces de monnaie, rails, boîtes de cirage, filins, rivets, godets de dragues dévorés de rouille, et même locomotive entière. Comme si ça ne suffisait pas, à présent ce sont pneus, jerricanes d'essence, canettes et tonneaux de bière, carcasses de voitures ; que les chaînes d'usine fabriquent exprès pour que rien se répare, pour casser, gaspiller et jeter. Tant qu'à faire d'imiter les Blancs en tout, les nôtres s'y sont mis : va donc voir les rives du Yukon à Whitehorse, où logent de nos frères *kwanlin dün*. Une poubelle de tôles rongées, clapiers, carrosseries désossées, vitres brisées et tronçons de ferraille, semelles, chiffons pourris, tessons, chiens crevés, alors profites-en : si quelqu'un trouve un jour le canon du Smith & Wesson, ce ne sera plus qu'une de leurs ordures parmi d'autres. Bien du temps aura passé et toi, les dents ne te feront plus mal, dit-il à ma mère.

À qui les dents ne font plus mal en effet.

À moi oui.

Parfois, mes dents de lait m'agacent. Je les sens branler dans ma bouche de six ans, je les pousse de la langue, de toute ma mâchoire je grince pour les déchausser, les déraciner, une à une je me les arrache des gencives et les donne à Kaska. Elle les garde dans un petit sac fait d'un estomac de renard accroché à sa ceinture. Avec du goudron du sabot de caribou fondu au feu goutte à goutte, plus fin amalgame que la résine, Herman les colle aux trous du dentier qu'il lui a acheté chez un revendeur d'occasions à Whitehorse et qu'à force de limer il a adapté à sa taille. Elle se le cale entre les mandibules et, avec ce dentier merveilleux, elle peut mâcher sans mal les baies, les tubercules filandreux, broyer la viande séchée du caribou, la chair d'écureuil et de gélinotte, et croquer leurs petits os. Les jours où elle ne fume pas sa pipe, elle peut à l'aise chiquer son tabac. De ce nouvel appareil elle prend grand soin car, depuis qu'elle a perdu presque toutes ses dents personnelles, jamais elle n'en a eu de si bonnes que mes quenottes et mes ratiches pointues, toutes blanches d'émail neuf, mes bonnes petites dents de lait qui lui font un rire de Shirley Temple. En attendant qu'il m'en repousse, elle m'appelle Qui donne ses dents.

Mais on n'en est pas rendus là, disait Jessie, on en est encore au premier soir avec Herman. Son repas avalé, voilà qu'il pose à côté de son écuelle un boursicot de cuir. Il le considère la mine réjouie comme d'un trésor de pirate, en tire entre deux doigts quelques chiches pincées de tabac, qu'il octroie à Kaska pour bourrer sa pipe. Puis, sous son index méticuleux, roule un tuyau de papier gommé on ne peut plus maigrelet. Le tend à ma mère avec componction. Vu qu'elle est en panne de cigarettes depuis des lunes, c'est pas de refus, dit-elle, aux anges. Dans sa hâte de l'allumer à la lampe, elle en grille la moitié, quel gâchis. Malgré tout, bouche en cul-de-poule, elle souffle sa fumée, gracieuse, aguicheuse ainsi qu'avec le capitaine ou avec l'épicier

Kostas. M'est avis qu'avec Herman, de qui j'ai vu l'œil vert dans la grange, son cinéma ne marchera pas. Il s'en roule une personnelle, aussi parcimonieuse, se la colle toute molle écrasée au coin du bec, et renoue le cordon de sa blague à tabac. Finies les prodigalités. Maintenant il farfouille dans le tas de bois, y choisit un bâton, un bien droit avec un petit broussin qui fait une bosse en son milieu. Tout en l'examinant d'une moue satisfaite, il donne un coup de menton par-dessus son épaule vers le fusil.

— Celui-là est à toi, dit-il d'un ton neutre.

Dès le premier coup d'œil, il l'a avisé pendu derrière la porte, preuve s'il en est besoin que, à lui, on ne la fait pas.

— Il est à elle, confirme Kaska, lâchant impavide de petites bouffées de son calumet.

— Sauf pour tirer, il est mieux dans son étui.

— Je l'ai chargé et gardé à portée de main, sait-on qui vient par ici, se défend ma mère, déçue d'avoir déjà fini son précieux mégot, qu'elle jette à regret dans le poêle.

— Personne ne se risque chez moi que je ne le sache d'avance.

— Ces temps derniers, tu n'étais pas là pour t'en aviser, persifle-t-elle sur un ton agacé mâtiné d'insolence, que j'éviterais à sa place. Il a un rire silencieux, ouvre son couteau et se met à éplucher le bout de bois, pèle son écorce comme d'une orange.

— Pourtant, avant même d'arriver, je te savais là. J'ai fait halte chez Murphy Nolan. Figure-toi qu'il prétendait attendre une femme avec sa gamine.

— C'est le cousin de notre ami Jim ! je m'écrie joyeuse, pointant le nez hors de ma couverture. Jim nous a recommandé son cousin Nolan de Champagne pour qu'il nous donne un coup de main en cas de besoin.

— Eh ben, le message lui est parvenu, opine Herman. Il paraît que tu venais voir quelqu'un à la ferme. La compagnie s'en tordait de rire : de ferme, à Champagne, il y en a pas.

— Je n'ai pas parlé de ferme à Jim. Seulement à Archie et Bonnie de Haines.

— Il faut croire que ce Jim a jasé avec tes amis.

— Ce ne sont pas mes amis. Ils ne connaissent pas Jim.

— Pas besoin de se connaître pour faire circuler les nouvelles. Murphy suppose que tu as dû te perdre un peu en chemin, mais pas tellement : un de ceux qui se pintent la gueule chez lui prétend que, sur la route, il a vu des traces de pneus tourner vers Kloo Lake. Aux pneus, il dit que c'est un pick-up. Qu'est-ce que t'en penses ?

— Nom d'un chien, râle ma mère, je sais même pas où est ce foutu Champagne, c'est quoi ce trou ?

— C'est le village de *Shadhäla-ra*, qui veut dire "petite montagne au soleil", au bord de la rivière, à l'intersection de toutes les pistes du pays. Là, les anciens se réunissaient dans les maisons des clans *Kajitku* et *Agunda ku*, qui sont les Corbeaux et les Loups, là était *tth'än k'e*, leur grand cimetière. Et puis un jour Jack Dalton et ses vachers y ont bivouaqué avec les troupeaux de vaches qu'ils menaient à Fort Selkirk sur le Yukon pour ravitailler en viande les mineurs de Dawson. Réjoui par son exploit, il a débouché du vin, de champagne dit-on. Depuis, le village porte ce nom. Mais toujours il restera Shadhäla-ra. Et Silver City, c'est *Män Shii'aya*, Là où le lac s'embranche.

— Rien de tout ça n'est indiqué sur ma carte.

— Sa carte vaut pas tripette, s'immisce perfide Kaska.

Cette carte nous a pourtant bien tirées d'affaire jusqu'à Klukshu, je proteste en mon for intérieur. Toute gribouillée de pâtés qu'elle est, elle est moins folle qu'elle en a l'air. Seule ma mère en la clé, elle brûle son cœur en secret.

— En tout cas, si c'est ce que tu crains, sois tranquille : je n'ai pas l'intention de faire de vieux os ici.

— Nos os, sait-on ce qu'on en fait : tu ne venais pas chez moi, pourtant tu y es, et à présent ça se sait. Ce qu'on ne sait pas, c'est qui tu es. Onayepa ? Qui t'appelle comme ça ?

— C'est écrit.

— Qui écrit ?

— Un juge de Dawson. J'y suis née. Dans une cabane. Mon père était un Français du nom d'Ardenne venu y faire fortune.

Elle farfouille dans la sacoche, en tire derechef son précieux certificat, sur lequel Herman jette un coup d'œil de biais, sans y toucher.

— Au Klondike, tant de cinglés sont venus ramasser de l'or. Tous ont foutu le camp, s'ils n'y sont morts, dit-il en faisant jaillir de petits copeaux blonds qui tombent en cascade sur la table.

— Pas tous, on dirait : mon père y a pris pour épouse la fille d'un roi indien.

— Roi n'existe pas, persiste Kaska, inflexible, suçotant le jus de sa pipe éteinte.

— C'est elle que tu cherches, alors ? demande Herman, avec une douceur pateline qui me donne le frisson.

Il y a un silence durant lequel on n'entend que les coulis du vent sous les bardeaux. Le ronflement du poêle. Craquer les arbres. Onayepa a refourré le papier dans sa sacoche. Elle tient ses mains emprisonnées entre ses genoux sous la table, comme une petite fille grondée, tout en glissant un regard battu vers moi. Probable qu'elle espère que j'ai eu la bonne idée de m'assoupir, mais pour qui me prend-elle ? J'écoute, ah oui, de toute mon âme, de tout mon tourment j'écoute palabrer ces spectres blafards qui radotent leurs vieilles histoires au fond de cet antre perdu dans la nuit glaciale à des millions d'années-lumière du premier vivant, mais je ne donnerais ma place pour tout l'or du Klondike.

— Elle est morte à ma naissance. C'est écrit *native décédée*, chevrote la voix.

— Sans blague, dit Herman, sardonique.

— Mon père m'a fait porter en France pour être élevée dans sa maison. Il n'est pas venu me reprendre. Personne ne l'a revu.

Et pour cause ! Sa canaille de père avait d'autres ours à fouetter, il préférait baguenauder dans la neige des forêts et, à l'occasion, taquiner d'un peu trop près les grizzlis du coin, me dis-je en aparté, sardonique autant qu'Herman ; qui m'est de plus en plus sympathique.

— C'est donc lui que tu viens chercher ? Pour te rendre à Dawson, il y a meilleure route.

— Je me fous de Dawson. Je vais à Äshè'yi Lake. Kaska dit qu'on n'y parvient qu'en marchant. Je marcherai. Dès demain, je pars.

— Demain, tu ne pars pas. Demain, il neige, déclare Herman. Alors, si ce n'est père ni mère, qui comptes-tu rencontrer à Äshè'yi, à part les quelques Loups ou Corbeaux qui y restent encore ?

Un autre silence, juste la chute des serpentins de copeaux, le grincement patient du couteau. Elle hésite, en colère contre lui qui s'autorise à poser question sur question, contre elle-même d'y répondre bon gré, mal gré, comme subjuguée, comme s'il n'y avait pas autre chose à faire une fois commencé, et elle ne sait plus quand elle a commencé à comprendre que quelque chose clochait, ce n'était pas ainsi qu'elle avait prévu les choses, pas du tout.

— J'ai connu quelqu'un qui a y vécu. Avec les Indiens, finit-elle par lâcher.

La suite tarde un peu, j'en profite de bâiller pour me déboucher les oreilles.

— Il y a de ça environ dix ans, un Blanc a passé deux hivers avec eux afin d'étudier leur langue et leurs mœurs, leur façon de chasser, de cuisiner, maudire et punir, leurs chamanes, leur système de clans…

— Un ethnologue, tu veux dire, la coupe Herman, flegmatique. Il en vient parfois. Aucun ne supporte de rester aussi longtemps.

— Lui si. Dans ses lettres, il me disait qu'en explorant la région il apprendrait peut-être ce qu'il était advenu de mon père, et qu'il me le ferait savoir.

La voix s'effrite. Une dernière résistance puis, vaincue, elle souffle un aveu qu'elle semble extirper de très loin, qu'elle n'avait encore fait à personne, peut-être pas à elle-même, visiblement ça lui coûte.

— Je crois qu'il me le laissait croire afin de me faire languir de lui. Afin que je regrette d'avoir épousé mon cousin d'Indochine, au lieu de lui qui m'aimait.

Si c'est le petit mari qui n'avait pas la baraka, elle aurait dû y réfléchir à deux fois avant de faire son choix. Me fais-je la remarque, suçant avec fol entrain ma vieille étiquette.

— Il voulait me punir de l'avoir fait chuter. Du haut d'un cerisier. D'en être resté boiteux, grelotte-t-elle, si bas qu'on l'entend à peine.

— Boiteux ? Boiteux, c'est Yak'mat'ahän, craille Kaska, invisible au fond de la cabane où elle s'est envolée.

— Jacques Maître-Grand ? C'est son nom, s'écrie Onayepa, suppliant des yeux l'obscurité infernale d'où provient la voix, qui derechef croasse :

— C'est Yak'matrakrän, wak, wak.

— Jacques ! Tu l'as vraiment vu ? C'était bien lui, n'est-ce pas ? Il ne m'a donc pas menti !

Son pauvre cri me transperce le cœur. De joie, de douleur, elle pleure dans ses mains à petits sanglots de chiot, aussi piteux que les miens au fond du buffet. Pleure, tu pisseras moins, me dis-je, très contente d'avoir ma revanche. D'un autre côté, conférant avec moi-même, j'accorde ma sympathie sororale à cette folle d'Onayepa fille de roi, petite orpheline née dans une cabane, égarée dans le trop Grand Nord-Ouest de son rêve hivernal.

— Jacques écrit qu'il a laissé quelque chose pour moi au village d'Äshè'yi, hoquette-t-elle, reniflant sa morve et ses larmes. C'est lui qui a dessiné la carte et me l'a envoyée pour m'y rendre un jour. C'est là que je dois aller. Rien ne m'arrêtera.

Moi non plus, rien !

Sautant d'un bond, en pensée, seulement en pensée, me voilà prête à partir sur-le-champ dans la nuit, la bise et le froid, à courir avec Onayepa jusqu'au lac qui n'existe sur aucune carte, là où le rébus la conduit depuis son enfance pour trouver le truc mystérieux qu'autrefois Jacques le boiteux a caché pour elle chez Loups et Corbeaux les Indiens ses frères, mais mon élan est de courte durée. Je suis trop petite, je n'ai pas encore l'âge de raison, et je suis frileuse. Acagnardée contre la bonne chaleur du poêle, je maudis ma déficience d'enfant chétive, velléitaire, tout est à jamais trop grand pour moi, l'obscurité des forêts comme le cœur sombre des hommes. De son côté, ma mère ne pavoise pas. Matée par cet individu dont elle ne sait rien, à qui elle ne doit rien. Si ce n'est l'hospitalité, un bienfait sans prix par le froid qu'il fait. Elle repousse son assiette pleine de reliefs du repas et fixe le vide devant elle, l'air de broyer sérieusement du noir. Qui croirait que la même personne s'élançait il n'y a guère en fière pionnière sur la piste Dalton, en route pour l'aventure ! Elle pleurniche, à présent. Il est bien temps de regretter toutes les bêtises que tu as faites avant ma naissance.

À la place d'Herman, au lieu de bricoler mon bout de bois en mâchouillant mon mégot éteint, je profiterais de ta repentance pour te faire cracher le morceau une bonne fois pour toutes, mais peut-être en a-t-il ras le bol de tes histoires sans queue ni tête. Sa longue marche l'a éreinté, il est vanné. Il a besoin de réfléchir aux complications de son retour, à tout ce qu'il vient d'apprendre de contrariant, à ce qu'il est bon ou non de faire de nous qui laissons, stupides, des traces de pneus sur sa route. Il pense aux buveurs du comptoir de Murphy Nolan. Seigneur, avant qu'il soit trop tard, faisons ami-ami avec eux ! Ah, que j'aimerais enfoncer mon coude dans leurs côtes, à leur exemple me taper sur les cuisses du périple insensé de ma mère ! Et sa ferme de music-hall, quelle farce impayable ! Encore ignorent-ils la meilleure. Dieu garde qu'ils apprennent ses talents de Cosaque de cirque. Là-haut, enrobés dans leur brouillard de tabac, ils clabaudent en ricanant, en éclusant des pintes de bière, d'alcool d'or, de vodka. Étiquetée Ryan, je parie. Ils sont hors de ma vue mais, en m'accrochant bien à leurs frusques, en me hissant le long de leurs jambes cagneuses, j'émerge du nez au ras du comptoir, alors je découvre leurs têtes de porc-épic, de crapaud, de lynx, de puma, laquelle d'entre ces bêtes de brume et de bois est-elle la plus nuisible ? Accoudé parmi eux, yeux filtrants, Herman écoute leurs ragots, il sonde leurs intentions. Avec la sienne tête, de loup gris, est-il moins inquiétant, est-il des leurs, notre allié ou notre ennemi ?

Il replie sa lame. D'un pouce las, il frotte les cals douloureux de sa paume puis, du tranchant d'une main, ramasse la sciure et les petits copeaux, les jette en pluie dans le poêle avec mes débris de sentiments, de pensées, mes alarmes, mes désirs et mes tourments qui grésillent dans les braises.

— Il est temps d'aller dormir, dit-il, soudain très abattu.

Oh non, pas encore ! Continuez de discuter à tout va, c'est ma chance ce soir, c'est ma soif, mon espoir, restez sous la lampe à parler d'amours trahies et de pères disparus, de lettres folles, de rois, de cerisiers, de cartes qui ne valent pas tripette, parlez des clans et de leur cimetière, de pistes, de forêts, de neige qui tombera demain, du juge de Dawson et de villages indiens qui se souviennent de leur nom, parlez du trésor caché au lac Äshè'yi, mais c'en est fini de leur conciliabule. Fini de les épier, de bâiller, de me démancher le cou pour mieux tendre l'oreille, blottie par terre sur le tapis de mouflon, les petits copeaux brasillent et tombent déjà en cendres, pourquoi ai-je le menton qui tremble ? Alors courbant sa taille géante vers moi et me couvrant de son ombre, sans un mot Herman glisse entre mes doigts une espèce de petit hochet tarabiscoté taillé dans la tige de bois, choisie entre toutes pour la saillie de son petit broussin. C'est donc à moi qu'il le destinait ! Je ne sais si ce troc le désoblige de mon cadeau, s'il veut m'en honorer ou m'en moquer, mais bien que son brimborion ne vaille aucun de mes jouets, je le reçois en échange équitable de mon porte-plume à loupe, cela nous met à égalité en puissance, cela bouleverse et grandit.

À présent, il souffle les lampes.

Son ombre démesurée étirée loin devant lui, noire et dense, se fond déjà dans la pénombre et moi je reste, percluse d'émotions, éperdue de ne savoir que faire ou penser de ce qui m'échoit, que j'ai surpris ou qui m'a surprise ce soir, aveuglée plus qu'une chouette. Que de nuit en moi. Eux trois vont se coucher, s'engloutir dans la poix de leur sommeil animal, rêver leurs rêves de grandes personnes et me laisser là, affamée et transie, avec pour seul réconfort le petit broussin taillé que j'agite dans le noir comme une baguette magique, ce grigri conjurera-t-il les revenants qu'ont invoqués leurs paroles ? Surgies du passé, du présent et de l'avenir, leurs silhouettes adverses se tordent et s'enlacent sous les poutres basses, se tapissent naines dans les recoins de mon buffet, les voient-ils comme moi s'évader dehors entre les bois morts des élans, jusqu'au bord du lac dans les touffes de roseaux où dorment les colverts, et sous les arbres nocturnes pleurant leurs feuilles mortes. Dans l'espace étroit, chacun pour soi apprête sa couche de fortune, le cheval, la mule et le chien comme les humains laissent le sommeil brutal s'emparer de leur âme inquiète, de leurs membres fourbus, je voudrais tant sombrer comme eux, oublier les esprits errant sous la lune blême qui de son œil dubitatif et las veille mon insomnie.

Plus tard dans la nuit, ai-je dormi ou suis-je restée yeux grands ouverts ? Je cherche à distinguer au ciel de mon lit les nœuds du bois, apprivoisés un à un chacun m'est devenu un œil tutélaire et ami, à la différence de la lune ronde et froide. Mais, au plafond du vieux buffet, rien qu'impénétrable obscurité. Cependant remuée de bruits. Le coulis du vent dans les andouillers, sous les bardeaux, un braiement de mule qui rêve, le brame d'un cerf esseulé ; ma propre respiration, trop courte. Je suffoque dans ce réduit. Avec mille précautions, j'entrouvre la porte du buffet, alors il me semble mieux entendre. Portés par la houle des sapins de Kloo Lake on dirait le ressac de flots endormis, ou plutôt les flonflons nasillards du poste radio de Bonnie, et les cris des corbeaux dans le port de Ketchikan, ceux du grand pygargue de Haines et des mouettes de Crescent Bay au crépuscule rouge, et maintenant rampants, haletants, des soupirs d'agonie émanent de source ténébreuse. Je serre très fort mon grigri et j'aiguise mon ouïe tandis que sous moi la cabane tangue, dérivant dans la nuit comme sur les eaux de l'archipel Alexandre le bâtiment fantôme aux bielles cassées, les icebergs cognent sa carcasse branlante de coups sourds, ses flancs, ses vieux os de baleine craquent et gémissent sous l'assaut montueux des vagues.

En fait, dominant tout autre bruit, ce qui gémit, grince et cogne en houle, c'est le lit d'Herman.

À peine distinct à la lueur mourante du poêle, dans le renfoncement bouché d'ombre, c'est bien de son lit en fer que sourd ce grognement, son matelas d'herbe sèche qui crisse.

La grosse peau d'ours couchée sur le lit.

Son poil hideux se hérisse, l'échine s'affaisse, se ramasse d'un branle et rugit affreusement. Est-il possible que, mort plus que mort, l'ours ait subitement retrouvé son esprit vivant d'avant les premiers temps de la Terre ? Que, ressuscité par quelque maléfice de la lune, il attaque Herman et Kaska, de ses griffes et crocs les lacère, les dépèce en quartiers de viande comme le pauvre Big Charley. Tout en se débattant, ruant, ils en râlent de terreur, de volupté. Tout cela confus, sidérant.

— C'est pas vrai, c'est pas possible ! s'effare ma mère, étouffant sa voix.

Dressée contre mon buffet, cou tendu vers le supplice là-bas, si près assise que ses cheveux agacent mon front, je sens la moiteur épicée de sa peau, son haleine chaude mêlée de tabac. Horripilée d'effroi autant que moi, elle assiste à la boucherie sans lever le petit doigt. Tue-le au fusil, je bégaie sous ma couverture, prends ton couteau, je la supplie. Tout bas, sinon le monstre va s'en prendre à moi. Toutefois, plus étonnée de l'inertie équivoque de ma mère que du phénomène surnaturel, duquel je ne suis plus très sûre, je raisonne mon affolement : si elle ne juge pas bon d'intervenir, c'est que rien n'est si grave. Ou alors tellement qu'il n'y a plus rien à faire : l'ours s'est affalé. Il est repu. Il fait le mort. À moins que, par subit revirement, il ne le soit redevenu. Sait-on jusqu'à quand ? Ma mère n'a pas l'air de s'en tracasser. Qui aurait cru ça d'eux, me prend-elle à témoin d'un murmure. Réprobatrice, peinée, ou alors envieuse. Avec un gros soupir, elle se recouche sur son matelas d'épinettes. Je me retire dans mon buffet. Il y fait une chaleur torpide. Je grelotte. Mes joues brûlent, mes yeux piquent, je ne sais si de sommeil ou de fièvre, j'éternue. À cause de la poussière, ou pour expulser ma peur.

— T'en fais pas, ils sont juste contents de se retrouver, chuchote ma mère, qui a dû m'entendre claquer des dents. Ils s'en donnent à cœur joie, ajoute-t-elle plus tard. On fait comme ça quand on s'aime.

Loin de me rassurer, son avis me plonge dans un plus grand désarroi encore. Avec des gestes d'exorciste j'agite à l'aveugle le petit sceptre d'Herman, peut-être tripoter ce grigri a-t-il le pouvoir de dompter l'âme bestiale de l'ours, de convertir à volonté son cœur méchant en un cœur aimant. Tous les êtres de la création ont-ils à parts égales la faculté de se faire du mal ou du bien, de se chérir en s'entredévorant par mutuelle adoration de carnage ? De quel amour mortel Herman et Kaska s'aiment-ils qui les fait quitter leur apparence ordinaire et s'habiller en celle de leur animal afin que son démon en transe les possède, ou qu'eux le libèrent à cœur joie et tirent volupté de fusionner leur âme commune, enfin réconciliée, enfin étreinte et mariée comme elle l'était du temps de Ts'ii deii, aux commencements des cent mille fois mille ans de la Terre. Ces noces ne sauraient advenir que dans le plus profond sommeil, bien cachées au regard d'autrui. Cela n'arrive plus que de temps en temps, prétend Kaska mais à moi, chanceuse, il a été donné de l'entrevoir à la lueur du poêle aux tréfonds de la nuit noire, me disais-je, peu à peu rassérénée, suçotant ma chère étiquette, chantonnant faiblement *poo-poo-pee-doo* dans ma tête d'enfant, me berçant. M'endormant sur ces entrefaites, car j'étais très fatiguée de toutes mes découvertes.

Et voilà que ça recommence. J'ai beau ne pas lâcher la main de la raison, savoir parfaitement que c'est un rêve, qu'en fait je dors dans le buffet sous la capuche de ma couverture pleine de poussière, je suis quand même au bord de la mer à l'aube rose et bleue, de faibles filaments d'or strient le ciel encore nocturne et la brise parfumée d'embrun, d'iode et de varech baigne mon visage tandis que mon père ruisselant se dresse à l'antique, drapé d'un péplum d'écume brodé d'algues, de coquillages, de petits crabes, où sont donc passés les pétards, les fêtards ? Une fois de plus il marche vers moi mais, lourde plus que du plomb je ne peux me lever, si fatiguée, fatiguée. Dans le sable mouillé mes orteils fourmillent, mes os glacés tremblotent et voilà qu'il s'éloigne, à regret se retire, aspiré par la marée au fond de l'horizon obscurci, j'essaie de le retenir mais, gorge nouée, je reste coincée comme tout au fond d'un puits dont seul le très haut orifice luit, ce disque est la lune pleine et blême, son œil maussade plein de dédain règne sur le monde éteint ; où est passé mon fusil, rouspète ma mère, et c'est le matin.

Son fusil, Herman l'a d'autorité renfilé dans sa housse et couché sur le linteau de la porte. Il y est en bonne compagnie du sien. Pour le moment, qu'elle aille enfouir celui du chasseur avec cette pelle. Avant qu'il fasse trop froid, que le sol ne gèle. Où elle voudra, il veut surtout pas savoir, mais assez loin d'ici. Et puis, tant qu'à faire, qu'elle brûle aussi la couverture raide de sang coagulé. Et sans traîner parce que, dit-il, si les gens savent qu'en mon absence ils n'ont pas intérêt à empiéter sur mon territoire, à présent que je suis de retour, probable qu'ils vont se ramener. Et sans tarder, je parie. Juste en voisins qu'ils diront, curieux de voir quelle tête tu as, laquelle je fais, avec quel foutu pick-up t'as réussi à arriver jusqu'ici par la vieille piste. S'ils tombent sur le fusil, ils s'en souviendront, crois-moi. Tu ferais mieux d'y aller.

Elle y va, dirait-on, Shini sur ses talons. J'entends décroître le crissement de leurs pas dans la ouate de mon réveil.

C'est le petit jour pâle.

Je me glisse frissonnante hors de ma couverture et m'en vais coller mon nez contre le carreau. Il a neigé. Cet événement n'a rien de surprenant : Herman l'a prédit hier soir. La seule neige que j'aie jamais vue est celle du cinéma aux flocons tourbillonnants, avec Charlot noir s'enfonçant dans le matelas blanc. Or, dehors, c'est très différent. Le pré, les sapins et les bouleaux, les roseaux s'estompent à peine, on les dirait juste talqués par des doigts de fée, leur palette d'automne s'adoucit en transparence, le paysage en est habillé de neuf. Insolite, magnifié. Bien que du pareil au même. Restés seuls, Herman et Kaska s'activent à rentrer la carriole, à faire un feu devant la cabane pour fumer les saumons. Bien entendu, ils ont repris leur aspect ordinaire, du pareil au même. Rien ne laisse soupçonner leur pugilat nocturne avec l'ours. Qui gît sur leur lit en vieille peluche mitée qu'il est, sa moche gueule avachie, du pareil au même. Bras et jambes en croix, le caleçon d'Herman sèche tranquille sur un tréteau près du poêle ; sur lequel m'attend mon bol de gruau tenu au chaud.

À la lumière d'aube, je peux enfin examiner le petit sceptre que je n'ai pas lâché de la nuit. Stupéfiant. Du couteau ont surgi nombre de créatures imbriquées, habilement saillies des nœuds du bois, parmi lesquels la petite bosse du broussin figure un museau de renardeau, tête chafouine ébouriffée, joues rebondies, c'est moi ! Coiffée par celle d'un corbeau yeux plissés bâillant du bec, sans dents évidemment, c'est Kaska tout craché. Au-dessus de qui un loup s'accroupit, sarcastique, regard filtrant : Herman en personne. Lui-même sommé d'un esprit aux oreilles empennées, gueule béante de grenouille ou de porc-épic, quelle couronne royale ! Cet échafaudage imite les grands totems de Ketchikan en modèle réduit, en plus rustique, en moins effrayant. En plus personnel. Ce n'est pas un hochet de bébé, une babiole pour m'amuser ou m'effrayer, mais un totem de poche à moi réservé. Mieux qu'au bord du lac quand le renard m'a reconnue renard, j'apprends que je ne suis pas une mais nombreuse, appariée à une communauté d'êtres qui m'incorpore et m'adopte, hybride et singulière à la fois ; immunisée. Cela se dit en pensée, sans besoin des mots d'une langue ou d'une autre, par simple télépathie imagée.

Alors, comète propulsée sur mon orbite céleste je survole le spectacle de K'àä Män tel qu'en lui-même enneigé, je vois avec des yeux neufs le plumet des épinettes hachurer ses berges au fusain, l'empreinte fraîche de sabots, de pattes palmées, écrire sur la neige le pas prudent de l'élan, du petit colvert, un escadron d'oies sauvages tracer un grand V à l'encre de Chine sur la page du ciel, autant de chiffres calligraphiés noir sur blanc qu'articule mon esprit délié. Planant en lévitation dans l'éther telle une grenouille ailée je vois que l'unité du monde existe tel qu'en lui-même transformé, qu'Herman et Kaska existent tels qu'en eux-mêmes incarnés, Onayepa en soi-même accouchée comme dans son rêve et ce n'est pas un rêve, c'est la réalité unique et multiple à moi révélée.

Ensuite, assise en tailleur sur la peau de l'ours plus mort que mort, bien encapuchonnée de ma couverture de la Baie d'Hudson, j'avale avec appétit mon bol de gruau. Tout en frottant ma chassie, tout en grattant mes démangeaisons, je constate que le retour tant attendu d'Herman produit les meilleurs effets. Lui, au moins, a appris à lire. Il sait déchiffrer un papier timbré d'un seul coup d'œil et sonder les âmes en perdition me dis-je. Il n'a besoin d'aucune carte pour mesurer ce que dure un voyage pas à pas et rester maître de son lopin en son absence. Il savoure en connaisseur le bienfait d'une assiette chaude à son retour, sait partager son tabac avec une parcimonie de seigneur et qu'un geste équitable vaut autant qu'une parole, quel mot porte, lequel transporte, transperce, lequel tue, mieux que balle de fusil, que couteau de Cosaque. Bien que séquestré à leur école de Carcross par les missionnaires, il a gardé intacts son esprit et son jugement. Il plie à son gré ma mère indomptable, lui offre la joie rare de pleurer d'amour et de regrets pour la douleur qu'elle chérit le plus. Il convoque la neige pour interdire son départ et, sans réplique, l'expédie enfouir le fusil du glouton en prévision de la visite que nous ne tarderons pas à avoir. Je ne doute pas de sa prédiction : les types du comptoir de Champagne vont rappliquer. Peut-être Murphy Nolan soi-même, les frères Jaquot de Silver City, les Parker de Canyon Creek, Charlie Baxter, qui encore ? Voir pour de vrai leurs têtes de porc-épic, de crapaud, de lynx, de serpent m'inquiétait, et me réjouissait à la fois car, grâce à mes fossettes, j'avais bon espoir de faire ami-ami avec eux. N'y avais-je pas réussi avec Herman ? En lui mon bon loup, en Kaska mon cher corbeau je plaçais ma foi et mon espérance ; et en ma mère toujours. Si excentrique, si lunatique qu'elle semblait, elle m'avait prise pour son équipière et par son exemple affranchie des peurs puériles, donné goût à l'aventure, communiqué sa passion d'aller de l'avant vers l'ailleurs pour rencontrer l'inconnu au-delà des dernières frontières. En fait, je jugeais ces trois personnes radicalement plus sensées que les gens absurdes de moi connus jusque-là. Avec eux, le présent si imprévisible, étrange ou dérangeant était-il, si horrible même, n'était pas vraiment effrayant. Pas davantage le crime ou le juste châtiment, la cruauté, le sang, la mort. Mais, comme le professait Miss Plunkett, il faut tenir compte qu'à mon âge tendre je n'avais pas encore de raison, foie, rein, cœur, conscience ni âme, n'est-ce pas ? Grâce à quoi j'étais tout sauf la gamine déglinguée que tous s'attendaient à récupérer, les agents du FBI, les psychiatres, les nurses. Pas toi, Bud ?

D'entrée, ils m'ont piqué mon petit totem.
Plus cons, ils pouvaient pas l'être.
Ils m'ont pris aussi mes mukluks, ma robe et ma culotte d'élan, m'ont douchée shampouinée, puis passée à la question. Ils voulaient que je sois gentille, que je collabore. Ils voulaient que je cafte, tu comprends, Bud ? Mais, après le sale coup du totem, ils ont eu beau me promettre la lune, s'escrimer à me cajoler, me bourrer de chewing-gums, de hotdogs et de Coca-Cola, me tarabuster, menacer, ils n'ont rien tiré de moi. J'étais immunisée. Vaccinée, blindée. Réfractaire, sur toute la ligne : dissimulatrice, disaient-ils. Sûr que je l'étais, et comment ! Ils ont fini par diagnostiquer l'aphasie, l'amnésie. Stress psychique et métabolique dû au grand froid, à l'insécurité, aux peurs refoulées. À part ça,

rien à signaler. Le seul truc suspect, c'étaient mes oreilles percées. Mutilation rituelle, disaient-ils. Comme s'ils les trouaient pas pareil à leurs morveuses. D'accord, j'avais les ongles craspouilles, la plante des pieds plus dure que du sabot de caribou, quelques poux, mais pas un rhume, pas de ganglions. On ne m'a décelé d'amibes ni d'anémie, aucune affection cutanée ou carence alimentaire, mes dents repoussaient. J'étais en pleine croissance, en bonne santé, normale. Preuve criante que quelque chose tournait pas rond. Ne les a pas effleurés que j'avais pu être heureuse là-bas, ils préféraient me traiter en arriérée, cataloguée enfant sauvage. De justesse, ils ont zappé les électrochocs. Commode pour mater les récalcitrants, mais un peu risqué avec les enfants, leur cerveau, leurs cartilages. En réalité, ils craignaient moins les séquelles que les emmerdes. Avec qui, je me demande.

Finalement, se faire de la publicité sur mon cas était plus rentable. Ces sommités ont défilé à la barre pour appuyer les juges et la tripotée d'avocats des fumiers de Ritals qui, au motif de mon aliénation mentale et de ma minorité flagrante, intriguaient pour s'adjuger la fortune et le manoir et les cinémas de feu mon papa, en tant qu'associés. En tant qu'actionnaires. Durant qu'ils diagnostiquaient, plaidaient et magouillaient à mes dépens, je poireautais dans diverses cliniques de luxe, sans cesse palpée testée, radiographiée, shootée aux sédatifs, nuit et jour fliquée par des filles à leur botte déguisées en nurses qui se relayaient : ils avaient la pétoche de la sacoche. Que d'une manière ou d'une autre j'en sache quelque chose, que je crache le morceau, tu comprends ? L'envie ne devait pas leur manquer de me supprimer. Techniquement, c'était plutôt dans leurs cordes mais, comme le FBI m'avait passée à la moulinette, sans succès, ils ont dû trouver que ça ne valait pas la peine de se mettre en frais. Je suppose. En tout cas, une fois le procès bouclé, mon cas n'intéressait plus personne. Comme j'encombrais le service, pour finir, on m'a licenciée. En l'état. Tu vois le tableau ? T'en fais pas, je vais super bien, pleurons pas sur mon sort.

N'empêche, à ce moment-là, je me demandais bien en qui placer désormais ma foi et mon espérance, tu comprends, Bud ?

Cette question, Jessie me la posait tout le temps. Une piqûre de rappel au cas où je ne l'aurais pas crue, où je ne l'aurais pas assez bien écoutée, de crainte que mon attention ne flanche. De fait, son récit m'ensommeillait. Ou plutôt il me mettait dans cet état engourdi d'entre veille et sommeil, celui-là même que procure la lecture, où l'esprit s'évade en même temps qu'il s'absorbe en tensions variables, entre révision rapide du déjà lu et supputation de la suite. Il arrive alors qu'on manque quelque chose d'essentiel, on traverse ou plutôt, tel l'oiseau de mer rase la surface, on survole un paragraphe, une page, sans que faiblisse pour autant la vigilance seconde, et ce sont souvent ceux-là, passages endormis, qui s'impriment le mieux dans notre mémoire. C'est ainsi qu'on lit le mieux, Jessie, dans cette légère absence à soi, c'est ainsi que mon oreille t'écoutait le mieux, distraite par intermittence mais impatiente de comprendre ce dont tu n'étais pas toi-même certaine. Davantage qu'à moi, c'est à toi que tu adressais ta question, c'est un tel tourment de chercher ce que l'on était, est ou est devenu, d'écouter ce qu'on ignorait avoir à raconter, et c'est ainsi qu'existe le récit tel qu'en lui-même il se transforme, lettre à lettre, ligne à ligne, comme sur le clavier de ma Remington portable je tape mot à mot ce dont je me souviens que tu disais : j'ai été heureuse à Kloo Lake.

À ce stade, je me serais plus sûrement contenté que tu t'en tiennes au factuel. J'avais envie d'apprendre au plus vite ce que tu entendais par "j'ai besoin de toi", mais plus j'en avais envie moins j'étais pressé, peu à peu rattrapé par la flèche lente et rapide que ton inflexible regard d'enfant m'avait décochée quand j'avais tourné le dos, fichée entre mes omoplates plus sûrement qu'un couteau de Cosaque, tu comprends, Jessie ?

Une fois ma pâtée avalée, disait-elle, j'ai rempoché mon petit totem et me suis chaussée pour aller tâter un peu du mukluk la fabuleuse meringue neigeuse chapeautée de chantilly. Mais Herman et Kaska ne m'ont pas laissé le loisir de béer devant les beautés. Ils m'ont embauchée au transfert des provisions de Whitehorse de la grange à la cabane. Je peux te dire ce qu'il faut pour que deux personnes tiennent un hiver sous ces latitudes sans supermarché à côté. Outre saumons, eulachons, corégones, petit et gros gibier, écoute bien : deux cents kilos de farine de seigle, autant de maïs, d'avoine, cinquante de riz, de lentilles, vingt de sucre et de sel, dix de café, des pommes de terre en quantité, trois kilos de fruits secs, deux caissettes de lait en boîte et du chocolat en poudre, plus, gourmandise d'Herman, un bon petit pochon de tabac brisé. Et pour Kaska trois oranges du plus bel orange. Toutes choses civilisées que je n'avais plus vues depuis des mois et qui me parurent des plus fastueuses. Pour deux le compte est bon, estimais-je, mais pour quatre ? Herman supportera-t-il très longtemps que des parasites telles que nous dilapident les denrées qu'il s'est donné tant de peine à convoyer, desquelles dépendent sa subsistance, sa survie et celle de Kaska ? Ce calcul d'intendance tempérait le plaisir de ma première neige meringuée, mais mon optimisme ne se laissait pas si facilement ébranler : pour ce qui est d'affronter les imprévisibles vicissitudes de l'existence, me disais-je, cet homme a plus de sagesse et de discernement que le capitaine Preston nanti de ses galons d'opérette ou que le fringant Archie de ses bretelles à ressort. De ses doigts calleux, il m'a fabriqué un petit grigri magique, des plus pratiques pour converser d'égal à égal avec les esprits. Or, à ma grande déconvenue, Kaska ne montra que dédain pour mon totem de poche. Nous autres gens du peuple gwich'in, me disait-elle, tout en me pelant une orange, n'avons que faire d'effigies gravées, de figurines, de masques ou de peintures. Nous avons uniquement des visions, des songes imagés, des récits d'entourloupes, d'embrouilles et de meurtres, de charmes, de métamorphoses, autant de liens imaginaires avec les esprits qu'on ne peut nous confisquer, ni les brûler, comme les missionnaires l'infligent aux autres tribus. Cet argument imparable me donnait à réfléchir ; sans entamer pour autant le prestige d'Herman. Sans m'empêcher de me régaler avec les petits quartiers juteux.

Comme de bien entendu, les voisins ont rappliqué.

À quelque temps de là, une semaine peut-être, sur le coup de midi, ciel de plomb, deux cavaliers se sont détachés minuscules à l'orée du bois, bien en vue comme pour montrer de loin leurs intentions pacifiques, progressant à l'oblique, laissant toute leur durée d'approche aux gens de Kloo Lake pour leur manifester s'ils étaient ou non d'humeur à les recevoir. Dans ces solitudes, les conventions de prudence sont de mise entre qui vient et qui voit venir, l'espace découvert est un champ de transaction où se négocient neutralité, hostilité ; il en va de la vie parfois. À leur lenteur de promenade, leur allure circonspecte, fusil ostensiblement rangé dans l'étui de selle, il était clair que les visiteurs mettaient retenue à leur ambassade.

— Tiens, voilà les Parker père & fils, m'a dit Kaska.

Sans même lever le nez des saumons qu'elle vidait, triant avec dextérité œufs et arêtes, accrochant un à un leurs filets sur la claie au-dessus du feu de bois. Se calquant sur elle, Shini feignait de pas avoir vu non plus les intrus approcher, d'attendre plutôt, langue pendante, son régal de tripes. Accroupie près du feu, à leur exemple je pistais en coin les deux silhouettes tanguant au petit pas des chevaux chargés de sacoches, enfouis jusqu'à leurs canons dans la neige bleutée du pré. Vêtue de mes habits neufs, douce peau d'élan, mantelet ainsi que bonnet doublés de chaude fourrure, j'étais on ne peut plus fringante, pourtant le cœur me battait de leur découvrir la tête que je redoutais, de chacal ou de glouton. Mais ce n'étaient que de banals Blancs bouffis de graisse, caparaçonnés de cuir, face plate congestionnée de froid sous le bonnet à oreilles, mousse de givre prise à la barbe, aux sourcils. Ils ont arrêté leurs montures à dix bons mètres de nous, soufflant la vapeur de leur haleine, dans l'expectative. Observant Kaska fumer ses saumons comme s'ils n'avaient jamais vu pareille curiosité. Ils ne se sont décidés à descendre de cheval que quand Herman les y a autorisés en sortant, pas lourds, de derrière la cabane, mains rouges de sang. Lui aussi les avait vus venir de loin, et laissés approcher sans se montrer. Comme le vieux Parker attachait son cheval à un pieu, celui-ci a fait un écart, l'a heurté de la croupe. Manquant de s'étaler, il s'est raccroché furieux à la selle et lui a rendu sa bourrade.

— Crénom de putain de nom de Dieu, a-t-il sacré.

— Amen, a dit Herman, imperturbable.

Le jeunot, face blême acnéique, s'est esclaffé, en signe de vil copinage. En même temps, il me jetait de petits coups d'œil de travers. Se mordant l'intérieur des joues, ayant bien cherché et ne trouvant rien de plus diplomate à dire :

— En voilà une petite rouquine, a-t-il fini par faire la remarque.

— On l'appelle plutôt Nez de renard, a dit Kaska sans cesser d'éfileter.

— Toi, bouge pas et tais-toi, m'a-t-elle soufflé très bas.

Je n'ai pas bougé. J'ai pris sans peine une expression idiote, béant langue dehors ainsi que Shini.

— N'en fais quand même pas trop, a pouffé Kaska dans un murmure, attisant le feu avec sa palette en plumes.

— J'aimerais faire une suggestion, si je peux me permettre, a dit Herman, ramassant une poignée de neige et s'en savonnant les mains, aspergeant la place à ses pieds de glace sanglante.

— Bien sûr, a dit le vieux, on serait ravis de l'entendre.

— Je débite ma chasse, là-derrière. J'ai pas trop de temps à perdre et, si vous voulez vous épargner de prendre au retour ce qui va tomber, alors faisons vite.

— Quoi va tomber ? a encore rigolé le jovial Junior en clignant vers le ciel vide, main en visière.

— Quoi tu as chassé, s'est enquis Senior en même temps, l'air de l'amateur de gibier sincèrement intéressé.

— L'élan, il a chassé. Un beau sujet, crénom de putain de nom de Dieu, dit Kaska en jetant une poignée de tripes de poissons au chien.

— Il va tomber gros, pas plus tard que d'ici une heure ou deux, dit Herman. Ton père devrait le savoir, ou alors il perd la boule. Vous feriez bien de vous en retourner en vitesse, si je peux me permettre.

— On retourne pas à Canyon Creek, on va à Silver City. Si t'en as plus besoin, on peut ramener sa mule à Buck Dickson. On va ramener sa mule à Buck, qu'on s'est dit en passant, ça épargnera à Herman d'y aller. Par le sale temps qui s'annonce.

— C'était précisément ma suggestion : vous prenez la mule, et vous y allez.

— On pourrait penser que t'as pas tellement envie de nous voir, mon petit vieux.

Il avance la lippe, à s'en toucher le nez. Sa fine boutade frise la menace mais Herman, visage fermé, farfouille dans son boursicot de tabac, en tire un billet usagé, qu'il déplie d'une chiquenaude.

— Cinq dollars, je lui dois, à Buck. Les voilà. Avec mon bonjour là-bas.

Senior, bien obligé de déganter sa grosse moufle, se gèle les doigts. Avant d'empocher le billet, il le porte à son nez, le renifle.

— Humm, il se délecte. T'as rapporté du tabac frais de Whitehorse, hein ?

M'étonnerait qu'Herman en offre à ce tas de gras.

— Sûr qu'on s'y fait moins arnaquer que chez Murphy, rigole Senior, mais, près de deux cents kilomètres, c'est pas la porte à côté pour s'en procurer. Se payer l'aller-retour à pied, faut être un rustique comme toi. Y avait du beau monde en ville ? Des gars en goguette ? T'as fait de bonnes affaires ?

— Puisque c'est le pick-up que vous voulez voir, parce que c'est ça qui vous amène, qui vous démange vraiment, même si je sais pas trop ce que ça asticote chez vous autres tous de le zyeuter de vos yeux, alors c'est par ici, allons-y.

— T'es vraiment pressé.

Coup d'œil oblique vers la grange, il empoche le billet parfumé, regante sa moufle.

— Cet élan, dit Kaska, il a donné sa mort en seigneur, sans broncher ni baisser le regard. Y a pas beaucoup de gens polis comme lui. C'est dommage que vous avez vraiment pas le temps d'admirer ses bois et ses beaux sabots.

— Un autre comme lui, et j'ai ma viande en suffisance, crache Herman dans la neige. Bon, on y va ?

— Puisque tu insistes, dit Senior, un peu gêné. Tu viens, fiston ?

Au ton de son père, le fiston doit sentir qu'il y a un lézard. Il hésite, et puis il renonce, laissant les deux hommes coulisser la porte de la grange.

— Ta maman est par là ? il me demande, les traits empreints d'une affabilité mielleuse.

À présent, je le sais putois, putois comme deux et deux font quatre.

— Nez de renard comprend pas ta langue, intervient Kaska. Parle-lui gwich'in. Si tu peux. Sa mère, c'est Fred Astaire. Tu la connaîtrais pas, des fois ?

— Moi, non, marmonne fiston en se grattant un vilain bouton au menton. J'ai juste entendu dire. Il paraît que c'est elle qui conduisait le pick-up.

— Sans blague. Et pourquoi pas moi ? rétorque Kaska en plissant ses yeux, on ne sait si de rire ou de la fumée que le vent rabat.

Elle lance un autre paquet de tripes, cette fois au ras des pieds de Junior, aussitôt Shini bondit pour récupérer sa bonne pitance de poisson, ce faisant il attaque méchamment des crocs le bout des bottes. À leur place, je m'attarderais pas. J'emmènerais la mule et basta. Le temps que les deux autres s'enfoncent sous la grange, le jeunot va faire pipi à l'écart dans la neige. L'air de rien croit-il, il jette des regards furtifs à l'arrière de la cabane, vers la bécosse, vers les bois.

— Tu la trouveras pas là, dit Kaska. Elle s'en est allée.
— Où ça ?
— Peut-être à *Yänlin Chemi*. Ou alors à *Chegar Män*, va savoir.
— Ça se dit comment pour nous, ces endroits ? s'enquiert-il sans se retourner.
— Si toi tu le sais pas, pourquoi je le saurais, moi ?
— C'est où qu'ils se trouvent ?
— Par là-bas, dit Kaska, montrant nulle part ; du coude, ayant les mains pleines d'œufs de saumon.

Il se rajuste, chaloupe vers nous, tout en se tenant prudent loin de Shini qui, assis sur le seuil, interdit l'entrée de la cabane. Les chevaux renâclent, cognent du sabot, ils en ont marre de faire du sur-place.

— On se demande ce qu'elle a bien pu venir faire dans le secteur, finit-il par lâcher de son ton le plus anodin.

— *Tu* te le demandes, mon petit lapin. Nous, on demande rien. Demander, c'est pas poli.

Parker junior en reste béant, mais lui ne fait pas semblant, il est vraiment en panne de conversation. Il passe d'un pied sur l'autre comme qui danse dans une assiette. Si empêtré que Kaska charitable lui vient en aide.

— Je crois qu'elle cherche Ts'ii deii.

— C'est qui ce gars-là ?

Kaska a raison, les Blancs sont des cons. Celui-là sait même pas comme moi que Ts'ii deii n'est pas une personne mais le temps jadis des premiers jours de la Terre, tellement hors de portée qu'il est là tout autour invisible et visible en esprit, peuplé de nous tous qui sommes morts et vivants sous nos habits changeants, uns et multiples pour l'éternité. Mais, me dis-je, soudain illuminée par la répartie de Kaska, mais c'est exactement là que ma mère veut aller ! Si elle croit qu'elle court après Jacques son amour perdu, après le cadeau secret qu'il a caché pour elle chez les Indiens du lac Äshè'yi, c'est qu'elle n'a pas encore tout à fait compris que sa quête du Grand Nord-Ouest de son rêve d'enfance est Ts'ii deii, vers là que droit devant elle va cherchant et fuyant, c'est la même chose souvent.

Sur ces entrefaites, Senior sur ses talons, Herman est sorti de la grange en tirant par son licol la mule docile, bien brossée, toilettée, une couverture sanglée sur le dos avec son bât. Son braiement de contentement résonne jusqu'au lac. Elle a hâte de rentrer chez elle après que Buck l'a prêtée, ou plutôt louée cinq dollars cash à Herman, afin qu'il aille avec mule et carriole, son cheval en appoint s'il est fatigué, vendre les peaux et les fourrures de ses chasses de l'année à Whitehorse, un patelin très lointain. Là-bas, il se fournit en articles et denrées que Murphy Nolan n'a pas à son comptoir de traite, ou alors des produits périmés, éventés, de la pure arnaque. En revenant pas à pas avec son chargement sur la route de terre, après avoir traversé la rivière Takhini par le bac, Herman s'est arrêté à Champagne boire un coup avec l'engeance locale, tendre l'oreille aux nouvelles dans le capharnaüm du magasin, puis il a fait halte à Dakwäkäda, le très ancien carrefour indien. Là il troque avec les pêcheurs de la tribu dän de gros saumons rouges de frais pêchés que ceux-ci lui réservent, étant donné que, à Kloo Lake, ne vivent que des corégones. Ces cousins blancs du saumon sont poissons sédentaires qui ne se plaisent qu'à l'eau douce et froide des lacs, leur chair est goûteuse mais impropre à la fumaison, elle se délite en flocons car bien moins grasse que celle des eulachons, et des saumons d'océan qui remontent les rivières pour frayer en cette saison. C'est pourquoi, en prévision du très long hiver,

Herman s'en procure chaque été en rentrant de Whitehorse, et que chaque été, avec Shini tirant le travois, Kaska s'en va par le col Chilkat jusqu'au fjord chercher quantité de très bons petits eulachons – ainsi que des oreilles-de-mer pour ses bijoux. Chacun va de son côté. À pied. Durant des semaines. Considérant la fainéantise incurable des Indiens, pas de risque que Parker père & fils comptent leur peine pour du travail. Eux se croient très futés de prétexter le service rendu à Herman pour empiéter sur son territoire de Kloo Lake, y fouiner, s'informer sur ce qui s'y passe et s'avantager du renseignement auprès de Buck, des frères Jaquot & Cie mais que leur diront-ils ? Que la Dodge est en panne, une carcasse, rien à en tirer, que la petite rouquine demeurée ne parle que gwich'in et que sa mère est supposément partie rencontrer Ts'ii deii dans les contrées. J'en glousse d'aise.

Mais au fait, où ma mère est-elle passée ?

Disparue, dirait-on. Escamotée, plutôt.

Un nouveau tour d'Herman, je parie.

De quoi n'est-il capable ? Il devine les tourments secrets et déclenche la neige à volonté. Il sait que, quand la forêt roussit et brunit et que l'élan s'y confond, c'est le temps de la meilleure chasse. Alors il disparaît en raquettes avec son fusil et, trois jours plus tard, sort des bois avec, en place de la sienne, la tête de l'élan arborant sa ramure de roi, sa grosse tête mélancolique, naseau proéminent, yeux noisette voilés de taie bleue, longs cils de soie. Le lendemain, il retourne avec le travois charger sa viande. Herman sait comment berner l'élan, l'attirer en tapant sur les troncs avec un os d'omoplate, le séduire et l'aborder par ruse, le tuer sans l'offenser. Il a mille flèches à son arc. Pour le moment, il tapote les joues de la mule, la grattouille entre les oreilles en signe de merci et d'au revoir, tandis que la paire Parker se hisse à cheval. Qu'ils dégagent, bon vent. Longtemps Herman reste droit campé devant sa cabane à les regarder tracer leur sillage dans la neige jusqu'à la lisière, s'éloigner sans se retourner, rapetisser. Bien après qu'ils sont hors de vue, il attend encore. Un corbeau énorme en vigie sur le toit croasse dans le silence du paysage parfaitement blanc, blanc hormis l'étage inférieur de la forêt brune et grise, ciel cendreux. Sûr qu'il va de nouveau neiger, et pas qu'un peu.

— Ils vont s'en prendre un paquet sur le paletot, avant d'arriver à Silver City, ricane Herman. Encore seront-ils chanceux si Buck traîne par là, si les frères Jaquot sont à leur entrepôt. Quoique, avec ce temps, peu probable qu'ils tentent la traversée du lac depuis Burwash Landing : L'ù'àn Män doit méchamment remuer son dos. Sais-tu qui sont les Jaquot ? demande-t-il tout à trac.

À qui pose-t-il la question ? Kaska en sait autant que lui ; alors à moi ? Il tire une longue inspiration du fond de sa poitrine.

— La ruée les a charriés du Québec au Klondike avec les Yankees et toute gent d'Europe affamée d'or, un business plus juteux que la traite des peaux et fourrures. C'est ce qui se disait alors, quand Skookum Jim et Dawson Charlie ou alors Henderson, va savoir, ont découvert leur filon phénoménal à la Rabbit Creek. Les *cheechakos* ont foncé à Dawson pis que mouches sur la charogne y cribler le caillou, la boue, tamiser les pépites, mais les plus malins ont vite compris qu'ils tireraient meilleur profit de miner le mineur, de lui fournir contre ses sacs de nuggets ce qui lui manque le plus dans son dénuement de forçat : matériel, chiens de traîneaux, barbier, blanchisserie, et saloons, femmes, tord-boyaux et cigares, tables de jeu. Et bonne chère. Les Jaquot excellent en boulange, en pâtisserie. Sans doute ont-ils hérité ce talent de leur mère cuisinière de Lorraine et, de leur pays de mines, le goût de fouir et d'extraire. Dans le voyage, chacun s'emporte tel quel.

Moi, telle quelle, je n'avais pas grand-chose à emporter, me fais-je la réflexion.

— Alors, rage-t-il soudain, que ne sont-ils restés s'enrichir à Dawson au lieu de venir ici ? Meilleur filon, auront-ils entendu dire ? De ces rumeurs les font se ruer d'un site de mine à l'autre, remonter les rivières avec leurs tentes, armes, chevaux et batées, s'enfoncer toujours plus loin en pays vierge encore inconnu d'eux tous. Mais pas de nous autres, qui y vivons de beau temps avec nos guerriers, avec nos coutumes de chasse, notre façon de parler, de juger. Et de préférer le cuivre à l'or, trop mou pour marteler poinçons et couteaux, moins beau que l'obsidienne et l'agate pour nos ornements. Mœurs de primitifs stupides que ton Jacques Maître-Grand est venu disséquer à son scalpel de savant. Au moins lui ne traquait-il pas les Indiens d'Äshè'yi, ne les corrompait ni ne les exploitait. Peut-être a-t-il compris qu'il y avait plus à écouter d'eux qu'à les asservir en leur inculquant la Bible et en leur cassant l'échine. On peut le supposer, sinon l'auraient-ils toléré si longtemps parmi eux sans le brimer, le faire fuir ? Il est reparti de son propre chef voilà bien des lunes, alors que ne le cherches-tu plutôt dans les écoles et les villes où il est retourné à raison, au lieu de venir chez moi, qui dois te nourrir et te porter assistance ?

Brusquement, Herman met à ce reproche un si cinglant mépris que me traverse l'idée, glaçante, que sa générosité envers nous n'est qu'un masque biface des plus redoutables ; j'ai compris plus tard le vrai sens de son blâme, et ce qu'il lui en coûtait de le proférer à voix haute.

— Parce qu'il semble, poursuit-il sur sa lancée, que Murphy Nolan, quoique cousin irlandais de ton ami Jim, les Jaquot pas plus que les Parker & Cie ne sont tes copains, sinon pourquoi n'es-tu allée direct leur réclamer vivre et couvert, protection ? Ces deux jean-foutre ne te voulaient pas que du bien, crois-moi.

Tu peux sortir à présent, ils sont loin.

J'attends que ma mère sorte de sa cachette mais, apparemment, elle s'y trouve bien. Kaska, impassible, évente son feu, Shini se lèche le poil. Leur silence semble engager Herman à poursuivre.

— Si le cadenas est à l'entrepôt, ne leur restera pour abri que les cabanes vides de la ville morte, ricane-t-il. Ou les vieux clapiers de renards argentés, pleins de rats à présent que Morley a laissé tomber son élevage. Celui-là trouve plus plaisant de faire le guide avec Charlie Baxter ou Tom Dickson pour les riches clients des Jaquot. Baxter les conduit en camion jusqu'au lac qu'ils traversent vers Burwash Landing et de là partent durant des semaines abattre en quantité l'élan, le mouflon, l'ours, la chèvre des montagnes. À défaut, flinguer la marmotte ou le rat musqué.

Durant un instant, Herman remâche cette orgie bestiale.

— Malgré tout, concède-t-il du bout des lèvres, ce Morley est plutôt brave type. Authentique homme d'espace, bon cavalier, bon guide. Et gros lecteur de journaux. Il en reçoit de Skagway,

Juneau, de San Francisco et même de Londres. Il les empile chez lui. Parfois, il les jette. J'en colmate mes murs. C'est bien le seul avantage que je tire de son voisinage.

Il serait temps que Morley en jette de nouveaux car je commence à connaître par cœur ceux qu'Herman a collés ; lui poursuit sa diatribe sans désemparer.

— Jusqu'alors, gronde-t-il, hormis Dalton et ses vaches, n'avaient passé par ici qu'un ou deux pasteurs galeux, un coureur de bois ou quelque négociant russe égaré hors de ses pistes d'Alaska. Et voilà qu'en 1904 ils rappliquent, qui du Klondike, qui de Forty Mile, de Juneau ou de Sitka. Sam McGee bâtit un pont en bois à Canyon Creek et y ouvre un poste. Avec Gilbert Skelly son partenaire, il élargit notre piste jusqu'à notre village de pêche de Män Shii'aya, sitôt renommé Silver City, derrière eux la police montée, un bureau minier de district, scierie, dépôt postal, et sitôt ratissent tous eskers, plateaux et canyons, jalonnent Christmas Creek, Slims Creek, Bullion, Ruby, Beaver et Pine Creeks, Burwash Landing Creek, du nom du registreur de mines. Ainsi changent-ils à leur usage l'appellation de nos lieux. De même, ils nous disent *Indiens*. D'où sortent-ils ça ? Tu es indienne, Kaska ?

Kaska n'est plus là.

Elle est partie chercher du petit bois, Shini sur ses pas. Restée seule à écouter Herman, je n'ose m'esbigner comme eux, de peur d'augmenter sa colère.

— Ça commence toujours pareil, fulmine-t-il. Un comptoir de traite surgi du matin, ou la palissade d'un fortin militaire comme à Selkirk, Egbert et Fort Yukon, Fort Reliance… Et puis s'agglutinent autour trois bâches grises sur des perches, demain vingt, bientôt cent, une rue à trottoirs en planches et, s'il y a de l'or, c'est une boomtown telle que Nome en Alaska, Dawson au Klondike ou Dyea, devenues depuis des villes fantômes, où ils ont laissé leur âme en souffrance. S'ils en avaient une.

Il médite ce verdict, le temps de reprendre sa respiration.

— Ici, ils ont été bien floués de trouver davantage d'argent que d'or, surtout du cuivre, alors ils ont quitté leurs cabanes de Silver City pour se ruer autre part. Mais les frères Jaquot, eux, ont pris racine.

Enfin, me dis-je, revenons à nos moutons Jaquot. Revenons à ma mère, qui me tirerait fort d'embarras si elle avait la bonne idée de réapparaître pour donner la réplique à Herman.

— Eugène a épousé Ruth, la fille métisse de son associé Dickson, Louis celle de Copper Joe, fils d'un chef du Tanana devenu guide des prospecteurs dans le bassin de la White River. Les Blancs prennent nos squaws quand aucune des leurs n'épouse de nos hommes, que je sache. Ce sang-mêlé de nos deux peuples, seul le leur en a bénéfice.

Quand je serai grande, j'épouserai Kluk, promets-je à Herman de tout mon cœur. En mon for intérieur, car je n'oserais l'interrompre tant qu'il n'a pas vidé son sac d'amertume.

— Les Jaquot prospèrent en famille, très doués en tous métiers, de charpente, de forge autant que de boulange, trafiquants, éleveurs de chevaux, jardiniers de choux et de navets, s'appropriant le pays sur des centaines d'hectares, et teigneux. Gare au rival, maintenant qu'ils attirent les bandes de chasseurs yankees à leur pourvoirie. Il en vient aussi d'Europe, d'Australie, qui y trouvent le couvert et bonne table, pain blanc, vol-au-vent, tartes de myrtilles. Beaux livres reliés, phonographe, en prime le portrait du roi George V sous cadre. Les Jaquot leur procurent tentes, bêtes de selle et de bât, matériel de chasse avec équipes de métis disciplinés à leurs écoles pour rabattre le gros gibier et porter leurs trophées, en laissant les dépouilles pourrir sur place. Aux corvées de larbins, ceux des nôtres qui végètent alentour. Qu'Eugène juge stupides, loqueteux. À qui, dit-il, les missionnaires feraient mieux d'inculquer l'hygiène avant la religion. Et l'épargne, attendu qu'ils dilapident le moindre gain en babioles.

Herman en perd le souffle, sa voix n'est plus qu'un raclement de rocaille.

— Les Jaquot ont fait d'eux leurs *Indiens*, rugit-il. Moi, je ne le suis pas. Je suis plus que ma jambe, mon bras, mon cœur, plus que mon poil, ma dent, mon foie, mon nombril, mon œil, plus que ma flèche et mon couteau, je suis plus que moi en tout et parties, je suis Da'kéyi.

Bientôt, nous repartirons.

Mains haut croisées sur sa poitrine, campé devant sa cabane, Herman apostrophe l'orée du bois où ont disparu Parker & fils, à qui adresse-t-il sa harangue, à la fin ?

Pas à eux, trop loin pour entendre. Pas à Kaska sa pareille, ni à Shini qui se sont carapatés. Alors à moi, accroupie muette près du feu, mais qui suis-je pour recevoir sa parole ? Plutôt à ma mère, toujours invisible.

À moins qu'il ne tutoie le paysage blanc délivré des intrus qui l'ont troublé de leur présence, la Terre entière qu'il prend à témoin de son mépris et de son courroux. Il s'adresse à ses habitants, qu'étaient autrefois l'ours et le castor géants, le terrible lion des cavernes, à l'ancêtre de la baleine et du lézard, il parle aux mastodontes antiques, au mammouth laineux dont parfois un crâne, défenses, ossements affleurent la Terre. Il parle aux peuples fabuleux du *Kwändur*, ces récits d'anciens transmis de bouche à oreille par générations depuis les mille fois mille ans de leur histoire, desquels les héros, tout en parcourant le monde neuf, accomplissaient les prouesses et les actions bénéfiques qui ont rendu la vie mieux aimable aux humains, tel *Tachokaii* ou *Tsa Wëzhe*, ou *Ch'atailyuukaih*. Sous ses noms changeants, le même Voyageur arpente l'espace des commencements sans toucher ses confins obscurs d'eau et de vent, de ciel et de terre.

À moi Kaska raconte comment il est dit que Tachokaii réduisit les animaux colossaux à leur taille actuelle afin que, moins puissants, moins terrifiants, ils puissent devenir adversaires égaux de l'homme, partenaires de chasse et saine subsistance d'organes et de viande, pourvoyeurs de fourrure, de cuir et d'os, de tendons, fraternels de toute leur âme commune dans le meurtre saisonnier. Lui encore qui, au bord du fleuve Yukon, inventa le canoë afin que l'homme lent sur ses courtes jambes glisse aussi rapide que l'eau et circule à son gré sur l'infini réseau de ruisseaux, d'étangs, lacs et rivières les plus indomptables. Tachokaii révéla le secret dont il se façonne, la légère, lisse, malléable en même temps que résistante, et imperméable, la noble écorce du bouleau qui se détache du tronc en rouleaux, assujettis de joints en racines d'épinette, cueillies et bouillies par les femmes, calfatés à la résine d'épinette encore car, de cet arbre, il s'en trouve par merveille à profusion au bord de l'eau qui, de toute sa mystérieuse mémoire, recueille les spores déposées par la semence d'étoiles. De tous ces bienfaits, le Voyageur a doté Da'kéyi, le pays des hommes. Au nom de qui Herman proteste.

Afin que je l'entende, il a parlé en américain et pas dans sa langue.

J'ai bien entendu.

— Tu peux sortir maintenant, dit-il plus fort à ma mère.

Où l'a-t-il planquée, à la fin ?

Au fond de mon buffet ? Dans la bécosse, plus loin à l'abri dans la forêt gelée, parmi les roseaux du lac ? Sous son tapis en peau de mouflon. C'est à lui qu'il parle. Plus précisément au plancher. Y aurait-il une cave là-dessous ? Pas possible.

Aucune cabane n'a de soubassement. Pour en creuser un, il faudrait attaquer le pergélisol plus dur que granit, qui casse les meilleures pioches, les bras et le courage des hommes. La glace ne fond qu'à grand renfort d'eau chaude ou de vapeur, comme s'y échinaient les damnés du Klondike dans leurs puits de mines. Au mieux, on évide une saignée où caler quatre troncs d'équerre en support des murs de rondins, car si un été la terre dégèle tant soit peu, gare que le bâti prenant du gîte ne s'effondre et, au plancher qui risque de vriller et de se fendre, on préfère la terre battue, parfois jonchée de sciure ou d'éclats d'écorces. Or la cabane d'Herman possède un plancher bien d'aplomb. Sous lequel une cave, donc ?

À quoi lui sert-elle puisqu'il a ses caches sur pilotis pour défendre ses viandes des prédateurs ? À s'y cacher lui-même ? Mais quelle menace, quel danger craint-il pour fouir un terrier pareil ? Et s'il ne se sent en sécurité à Kloo Lake, pourquoi s'y installe-t-il avec Kaska après avoir tant d'années pérégriné, se tenant en parias à l'écart de tout voisin honni, aussi bien des leurs, parentèle de clan ou de village, vivant seuls sur ce lopin retiré. Cette cave que rien ne laissait soupçonner, loin de me rassurer, m'angoissait comme d'une mine sapée prête à nous engloutir tous, telle une tombe béant sous nos pieds. Si Herman dit vouloir partir, c'est que son trou ne suffit plus. En ce cas, où iront-ils, eux qui ne possèdent qu'eux-mêmes, bras, œil et cœur. Comme les migrateurs, ils ne séjournent ici ou là que par consentement des éléments, élection et mutuelle révérence entre hommes et animaux qui chaque saison reviennent par hardes et colonies pourvoir aux besoins, ainsi en va-t-il de toujours par les forêts giboyeuses, les rivières, les lacs poissonneux, par les immenses plaines de toundra et les monts forestiers moins vacants, moins inhabités que le croient les Blancs acharnés à asservir, à s'arroger sur tout monopole où qu'ils mettent le pied. De ce prédateur-là, aucune cave ne les sauvera. Voilà ce que j'entends du discours courroucé d'Herman. Sa cachette a tout juste servi à y fourrer ma mère. Qui, en dépit de son commandement, quand bien même nos ennemis sont partis de longtemps, ne se décide pas à sortir. Il a fallu l'en extraire aux forceps.

C'est derrière la cabane, derrière le tas de bois que se trouve la trappe bien dissimulée par laquelle on accède à la fosse, un antre obscur, coffrage de gros bardeaux mal écorcés que tapissent, pour ce que j'ai pu en apercevoir, des racines livides aux tentacules gluants du plus saisissant effet. À grand-peine, ahanant, Herman arrache ma mère à ce cachot lugubre, plus glacial que le meilleur réfrigérateur de Californie. Inanimée, raide momifiée, elle se laisse exhumer au grand air. Son teint d'Indienne a viré bleuâtre, cils givrés, à ses lèvres d'albâtre un rictus de corégone tiré hors de l'eau. Tout autour répandus, les quartiers équarris de l'élan, son sang pourpre fige noir dans la neige. Sa grande peau velue s'écartèle, crucifiée sur un palissage de pieux. Sa tête décapitée, yeux mi-clos, rêve sur un billot. De ce carnage, elle ne voit rien, quasi moribonde. Herman aidé de Kaska la traîne, la porte jusque dans la cabane, ils la déchaussent, la dépouillent de ses habits glacés et la calent contre le poêle pour la faire fondre. Ils la frictionnent, la pincent, la talochent, puis l'entortillent dans la fourrure de l'ours plus mort que mort qui, bénévole, remplit son office de manteau. Et de la moucher, de la mignoter. Même Shini, bien que moitié loup par nature, se couche gentiment sur ses pieds, de son gros poil les réchauffe de son mieux. Mais ce qui la requinque, la ressuscite carrément, c'est un bon coup de vodka ; de la vodka Ryan, cela va de soi.

Elle s'étrangle. Tousse, et puis grelotte, gémit, enfile une autre lampée. Défaille de nouveau. Pour une petite heure d'enterrement, non mais, quel cirque elle nous fait !

Personnellement, j'approuve Herman de l'avoir, volontaire ou non, enfournée là-dedans, quitte à la congeler. Il a bien fait de prendre les mesures qui s'imposaient. Dès le premier soir, il l'a jaugée. Ses talents de Cosaque, ses feintes, ses mensonges, son cran, sa détresse, son invincible vaillance, et son grain indubitable. Sans sa présence d'esprit, qu'aurait-elle encore inventé ? Fêlée comme elle l'est, manquait plus qu'elle flirte en midinette avec Parker & fils, les baratine, leur réclame de l'essence, des clopes, un coup de main confraternel, quoi encore ? Sans rancune pour l'épreuve infligée, elle chevrote des mercis penauds à Herman, à Kaska pour la mixture tonique qu'elle lui enfourne à la becquée. Même Shini y a droit, au titre de bouillotte. Par extraordinaire, bien qu'interdit d'y entrer, même le bout d'une patte, personne ne l'expulse de la cabane. C'est dire si, en la circonstance, on a tous intérêt à se serrer les coudes. Quoi qu'on en veuille, l'alerte montre on ne peut plus clairement que, du simple fait de nous admettre sous son toit, et la Dodge dans sa grange, Herman est gravement compromis. Peut-être même en danger, de représailles ou pis encore. Il a éloigné les deux visiteurs, mais jusqu'à quand ?

Soudain, une nuée de moustiques énerve les orées, couvre le lac noir de mousseline, puis millions de frelons grossissant à vue d'œil s'abattent par vagues en grumeaux énormes, aveuglant le lointain de leur profusion jusqu'à ne plus former qu'un écran de ouate compressée, dilatée, que la bise brasse de courants gazeux, écumeux, coagulés en ressac, plus rien à voir, que du blanc. Pas même les perches à saumons que Kaska a vidées aux premiers flocons, rien que tornade livide plaquée à la vitre brouillée de givre. À laquelle j'écrase mon nez, abasourdie par la furie neigeuse, formant le vœu peureux que nos bons murs de rondins résistent au froid et au vent, à cette invraisemblable ruée d'avalanche. J'imagine Parker & fils bloqués sous un banc de neige, solidifiés en bonshommes de glace au milieu de la route, la morve gelée leur pendant au nez en stalactite. Bien fait pour eux. J'en frissonne quand même. Non de compassion, mais de ce qu'on se caille aussi dans la cabane. Excepté tout près du poêle. Duquel la fumée refoulée s'accumule en gros nuage au plafond, bientôt on n'y verra pas plus dedans que dehors, la nuit blanche nous engloutira.

— Juste un petit atchoum du glacier, lâche Herman, placide.
S'il pense me rassurer, c'est raté.

Sans doute devrais-je l'être de le voir, paisiblement attablé, s'attaquer à effiler du couteau de minces lanières dans le cuir frais de l'élan, Kaska transvaser de son côté des poudres et ingrédients variés d'un récipient à l'autre, toute sa panoplie de fioles, petits pots de terre, calebasses. Comme si rien n'était du cataclysme dehors. De ma pétoche, ils se moquent. Dans ces conditions, je me replie dans mon buffet, me fourre sous la couverture de l'Old Oregon Trail. Entre deux pans, j'observe ma mère fondre goutte à goutte sous la peau de l'ours, une flaque grandit à ses pieds. En silence. Et le temps passe. Ou plutôt il se paralyse, gelé lui aussi, tout souci suspendu, question ou alarme. Le monde s'évanouit, vidé de présences, propices ou hostiles, indifférent au jour, à la nuit indistincts, au basculement dédaigneux des astres, et au battement de mon cœur en éveil. Attentif. Entre mes doigts craintifs, je roule mon totem de poche, l'approche de mon nez. Tel qu'il se présente, têtes en bas, voilà que loup, corbeau, moi renardeau, porc-épic ailé ont disparu. Ce sont à présent créatures autrement inamicales, genre harpie, gnome, rapace. Wolvérine ricanant de toutes ses dents pointues. Une compagnie affreuse de succubes. Inverser la position neutralise leur malfaisance. Louchant de mon mieux, je renouvelle l'expérience. Apaisante, jouissive. L'ambiguïté réversible m'enchante, ça marche à tous les coups. Kaska a beau dire, quel génial pense-bête, *pense-bête* vraiment.

Bon à penser, bon à savoir.

De soi et des autres, bêtes et humains peuplant le monde équivoque, instable et constant par simple retournement, envers, endroit. La science et l'esprit farceur du petit totem me donnent d'être toutes les Jessie à la fois, unique à l'être en personne, analogue à moi-même, grandie de mes animaux intérieurs, prémunie, surarmée. Quelle flamme joyeuse s'allume en moi ce jour de blizzard où, chair de poule, claquant des dents, je laisse crouler les éléments sur ma tête d'enfant.

Dès le lendemain, ciel dégagé, grand soleil bas languissant. La neige est montée si haut cette fois qu'elle s'étale en marée jusqu'à l'horizon. Cependant des mamelons s'effritent déjà en fondant, crissent et craquent sous la tiédeur, relative, la température restant sous zéro. Les hauteurs pelissées de pure blancheur, le lac devenu patinoire, l'entier paysage semblent vitrifiés de stupeur, mais épinettes, roseaux et buissons se redressent alentour, leurs têtes bronze, pourpre, bleuie de baies blettes, émergent en bouquets du matelas neigeux. D'où fusent des gaufres, qui s'élancent en glissades pataudes, de nouveau disparues ; quelques poules d'eau plongent sous la neige à la recherche de nourriture, s'ébrouent des ailes, poussent de petits cris outrés et s'égaillent au loin. Les mèches de cristal pendouillant au bord du toit recueillent les éclats du soleil bas, elles s'égouttent en pluie, accélérant la fonte devant la cabane où Kaska, de ses belles bottes fourrées, piétine la gadoue glacée. Sans désemparer, elle a rallumé le feu de bois sous ses filets de poissons, Shini aux aguets hume leur fumet. Herman est parti en raquettes à la rencontre d'un autre élan, d'un ours peut-être ?
Recroquevillée contre le poêle, acagnardée sous la fourrure, ma mère se ronge les ongles. Légèrement égarée. Vraiment sonnée. De temps en temps, elle tressaille, se rendort. Son séjour sous terre lui a filé un sérieux coup de bambou. Il a ruiné son mental d'acier, déjà passablement ébranlé depuis l'interrogatoire en règle d'Herman. Serait-il de mon ressort d'y remédier ? De l'arracher à sa torpeur, de lui rendre son bel allant, sa vitalité, sa jactance et sa foi inébranlable en sa bonne étoile ? Avant qu'elle ne récupère, serait-il pas plutôt indiqué d'en profiter, d'en abuser, bref : de m'accorder en toute licence, en toute impunité, d'explorer un peu sa sacoche. Puisque paraît-il l'occasion s'empoigne au chignon, passons à l'action. Ni une ni deux, furtive, silencieuse, j'emporte ma prise en bonne renarde et me musse tout au fond de la cabane, entre cinquante kilos de lentilles et

cinquante de riz. Mon cœur cogne, si fort que son tambour doit ébranler les rondins. Mais non. Dehors Kaska continue de s'enfumer, Shini de guetter son occasion personnelle de tripes ; ma mère de piquer du nez.

J'avais tripoté des liasses de fric, du caca de mulet, d'autres saletés encore mais, un colt, jamais. C'était la première fois, tu comprends, Bud ? J'ai palpé sa forme lisse, dense, intimidée par son contact extraordinairement catégorique, une jouissance inédite en même temps que la sensation, glaçante, d'un reptile intelligent adoptant aussitôt ma paume, mes doigts d'enfant, s'y lovant sans peine, engageant, pour ainsi dire enjoué, d'une tentation mortelle. Je ne sais ce qui l'emportait de ma répulsion ou de mon plaisir. J'ai eu du mal à m'en séparer. À le coucher loin de moi sur le plancher, sa petite gueule froide tournée vers le mur. Quant au reste, farfouiller, je m'y entendais. À moi la sacoche et ses petits secrets. Vu son gros ventre, elle devait en contenir un paquet. J'ai eu vite fait d'écarter les cartes géographiques, d'aucun intérêt, l'enviable et néanmoins futile trousse à maquillage, d'aller direct au plus convoité, au plus captivant, par chance le premier à tomber sous ma main rapace : ce maudit papier qui me passe sous le nez chaque fois qu'il est de sortie, l'attestation de paternité – en même temps que de trépas de l'anonyme *native* – alors que vois-je, que lis-je en toutes lettres calligraphié de mauvaise encre, dansant la sarabande sous mes yeux papillotants, le nom, le nom de leur déclarée fille ma mère : Anaïs, Onayepa Ardenne. Onayepa, passe encore mais Anaïs, ça alors !

Qu'a pu penser Herman de cette incongruité baptismale ?

Qu'importe, me dis-je, voilà décidément son nom, son authentique nom de naissance formellement certifié, janvier 1904, par un juge MacCoy, tampon du district de Dawson City. Une caution pareille, j'en suis comblée. Aussitôt assaillie du doute planqué en embuscade. Ce nom qu'elle revendique avec tant d'obstination, d'orgueil, en reniflant, en pleurnichant, n'est-il pas aussi usurpé que celui de Lorna del Rio, barboté à l'écuyère de Chicago comme aux autres Leslie Doll, Petra Apostodès, à Peggy Anderson, deux ou trois encore, une Gloria Minelli, une Jana Novak – l'inventaire donne le tournis –, de qui je compulse, stupéfaite, les portraits défraîchis parant les cartes d'identité américaine, canadienne, tchèque ou italienne, en voilà une panoplie ! Vilaines cartes, fripées d'avoir traîné dans des valises en carton, des sacs à main de quat'sous, coincées dans le bustier douteux, souillées d'avoir passé entre des mains graisseuses de gargotiers, de flics, de douaniers véreux ? De Ritals, de Polacks ou de Russkofs portuaires, de pompistes, de ploucs en guimbardes sur la route 66, de maquereaux de cirques ou de cinéma ? Ces noms folkloriques qu'elle jette au culot à la tête des gens de rencontre ne sont donc pas le fruit de son esprit facétieux, ils appartiennent à de véritables personnes, qui ont une existence à elles, une histoire, une destinée, me dis-je, quand ont-elles croisé la route de ma mère, qu'est-il advenu d'elles une fois délestées de leurs précieux papiers ? Rien n'indiquant que l'une ou l'autre de ces filles ait une gamine de près ou de loin me ressemblant, alors de moi qu'en est-il, je proteste, indignée des prénoms d'occasion à moi adjugés quand, Jessie Campbell, je suis bel et bien, moi. Mais le suis-je plus ou moins que cette collection de doublures louches, et pourquoi lui faut-il en nantir sa sacoche en prévision d'un départ, bien avant mon anniversaire et la noyade d'Oswald sur la plage de Santa Monica ?

Ce jeu de cartes biseautées m'intriguait, me troublait mais n'entravait pas ma hâte, tant que j'y étais, de piller le reste, d'inventorier ce trésor de guerre trimballé sur les routes dans sa fuite, or je suis restée sur ma faim avec le gros maroquin. Perplexe, déroutée. Quel intérêt pouvait bien présenter ce monceau de relevés, de bordereaux avec colonnes de chiffres à zéros faramineux, courriers dactylographiés, manuscrits, anonymes ou à en-têtes de sociétés, d'agences d'avocats ou de studios, et même de menus griffonnés de messages, des coins déchirés de nappes de cabarets alignant listes de noms, numéros de téléphone, de comptes bancaires biffés de rouge, avec points d'exclamation, d'interrogation.

À mon âge, il s'en fallait de beaucoup que j'en pige le quart du tiers, mais cette fraction suffisait à exaspérer ma curiosité, ma fièvre, car si j'avais pu voir, sans y porter attention, traîner de ces trucs quand ma mère, crayon passé à l'oreille, fume-cigarette au bec et whisky de contrebande à portée de main, "travaillait" dans le bureau d'Oswald, cette fois mon flair de renarde me prévenait qu'à mes risques et périls je maniais un matériel hypersensible, genre nitroglycérine en flacons tel qu'en promenait Bogdan le chimiste, pour autant que pouvait m'enseigner ce fatras, Bud ?

J'ai renoncé au maroquin et me suis rabattue, butin plus abordable, sur un petit vrac de photos glissées d'une enveloppe. Je m'en suis repue, sans pour autant satisfaire ma fringale, parce qu'enfin les photos anonymes n'apprennent rien à qui ne sait déjà, elles prêtent moins à voir qu'à décevoir si l'on n'a la clé, la légende, le mot de passe. Quelques-unes me disaient pourtant quelque chose.

Mon père décravaté un soir de nouba, crâne en sueur, moi chevauchant son gros genou, youpla, tralala ! Quatre ou cinq ans, hilare de toutes mes dents de lait, et dans sa gloire Lorna del Rio debout derrière nous en robe de gala, si profond échancrée que ses seins de déesse nous font chacun une auréole derrière la tête, ses bras aimants une mandorle, quelle sainte famille nous formions.

Celle-là, c'est Oswald à dada rigolard sur un canasson de studio, elle en croupe, entourés de figurants, cow-boys et Peaux-Rouges de western fauché ; tout au fond parquées en épi des Lincoln, des Cadillac, des Buick, pare-chocs rutilant au soleil d'Hollywood.

Lorna encore, très dévêtue d'un fourreau de satin sur un voluptueux canapé de bordel à fanfreluches. Pour rire ou pour de bon, elle a toujours aimé jouer les vamps publicitaires.

Une grande tablée, fin de ripaille, bambochards à mirlitons : la bande des Ritals gominés surexposés au flash ravageur, cernant de près Oswald qui trône en nabab, regard de baleine éthylique ou d'otarie paniquée. Tout cela, subodorai-je derechef, en rapport direct avec les chiffres à zéros astronomiques.

Lorna encore, jouant en bikini les sirènes de ballets aquatiques, bibi en culotte à volants, nous deux grimpées sur le plongeoir de la piscine turquoise ; à vrai dire bleu pisseux, et rosâtres mes bouclettes rousses, le Kodachrome se décolore déjà. À cette altitude, tout en frimant de mon mieux, je crève de trouille, saute, saute, qu'elle disait. Miss Plunkett avait quelques solides raisons parfois d'engueuler ma mère. Je ne sais quelle nausée déteint ces images toxiques, clinquantes, fausse gaîté, fausse complicité, faux amour, suintant la turpitude, clownesques à vomir. Plus corrosives que la soude caustique, elles défigurent mes illusions enfantines emballées sous papier doré, je les déchirerais, je les foutrais dans le poêle si ce n'était trahir mon forfait.

L'une d'entre elles glisse, cliché pâlichon de photomaton. Un trio se presse dans la cabine, à qui coulissera le mieux sa binette dans le cadre, têtes de tocards à la fête foraine, rires torves, ils se papouillent, ils se font les fouilles, ou quoi ? Je reconnais ma mère, boudeuse, mais lequel des comparses mal nourris, mal rasés, est Misha le Cosaque, lequel Bogdan le chimiste ? Sous cet angle, les héros de l'épopée transatlantique, vogue, vogue grand navire, ne sont pas des plus reluisants.

Parmi ce maigre tas de photos il y en avait encore deux, sans légende, date ni noms de lieux ou de personnes, d'un ocre pâli, sépia des vieux tirages ; celles-là d'un chapitre d'évidence plus ancien, à ce titre des plus alléchantes. Dans un enclos qui semble assez vaste, frondaisons et vaches paissant au loin, trois vieilles groupées près d'un puits, à l'ombre d'un arbre éploré. Calé sur les genoux osseux de l'une, ce poupon flou bouffi de dentelle est-il la petite Anaïs Onayepa, est-ce elle, nourrisson, dans les jardins de son père en France, *mon ami Pierrot* ?

L'autre, même enclos en arrière-plan, est d'une gamine, fille de ferme ou domestique posant bras croisés sur le pas d'une cuisine. Menton rentré, regard en dessous, elle retient un rire de gêne, ou de franche malice. Peignée à la diable, bottines mal lacées, et robuste, gros poignets, forts mollets dépassant la robe de deuil qui l'étrique, l'air gauche. Pourtant le port d'une reine. Je ne sais quoi d'elle rayonne de vitalité, de sa personne chevaline émane une sorte de colère joyeuse, de férocité amoureuse, de bonté magnétique, dangereuse, quelque chose d'excessif, inquiétant et attirant à la fois. En rien son extérieur ingrat n'évoque ma mère, sa séduction, sa beauté fatale, or elles sont pareilles.

Alors, une parente pauvre ?

Leur ressemblance de sœurs me fascine, celles des contes où l'une disgraciée par les fées, l'autre parée de tous les attraits, partagent sous leurs visages dissemblables le même empire en secret. Qui sont ces femmes de qui les photos jaunissent et s'estompent dans leur troublant anonymat. Elles brûlent mes doigts, bien davantage que les pièces comptables. L'impression de toucher au plus intime, au plus ancien d'une histoire, une énigme sans solution qu'occulte la résille d'ombre et de lumière sépia.

Mais la dernière des dernières, la trouvaille qui me transporte, annule toutes les autres, c'est notre cabane de Kloo Lake un jour de neige comme aujourd'hui.

Sur son seuil, un homme barbu harnaché de peaux, encapuchonné de fourrure et chaussé de raquettes en babiches, présente, ostensiblement sanglé de lanières à son torse, un bébé engoncé dans son berceau portatif. Orné, semble-t-il, de plumes et de perles. Leur couple ne fait qu'un. *François Ardenne et sa fille* est-il écrit en toutes lettres au bord du carton.

Voici donc, dûment autographiée, la photo du père voyageur perdu corps et biens qui jamais ne revint chercher sa fille. Enfin surgi de ses limbes de nuit et d'hiver le voici, revenant des forêts légendaires, impénitent arpenteur d'espaces et trappeur d'élite à l'oreille arrachée, grand chasseur devant l'Éternel, grand pourfendeur de féroces grizzlis qui, fantôme, nous devance ou nous suit sur les routes de notre fugue à en perdre haleine – *écoute, pas sûr que c'est mon père, pas sûr que c'est un grizzly non plus, peut-être n'est-ce qu'un rêve.* Alors vaut-il mieux croire que cet homme des neiges serait une vue de l'esprit, une fable, une chimère ? Plus sûrement l'obsession d'une absence dont la photo suggère l'empreinte incertaine, même consistance instable et brumeuse que des orées, même inquiétude que des contes transmis de bouche à oreille aux enfants en mal de merveilles, aux orphelines en mal de père, pas sûr que ce soit lui, même s'il l'atteste, le prétend de son écriture couchée, dont le tracé penche et glisse en ligne de fuite vers son horizon fictif, énonçant une promesse, un mensonge, et quand les pères sont-ils sûrs de leur paternité, les enfants de leur filiation, comment est-on sûr des histoires et où donc est-on chez soi en son jardin que l'on cherche tant à en partir, à se rejoindre au plus loin, demain où l'on s'attend, où nous réclame l'ancien pays du passé qu'est l'enfance, mais si ce père à l'indiscernable visage, aux traits brouillés de barbe et de nuit n'est le tien vraiment, au moins la cabane l'est, assurément la tienne, la mienne, indubitables murs de rondins, toit emmantelé de neige, c'est l'universelle cabane, la nôtre aujourd'hui.

Cœur étreint, je me suis longtemps escrimée à loucher sur cette photo mal contrastée, pellicule grise décollée du carton, à interroger les maigres informations, qu'elle refuse, son écriture bancale ampoulée de hampes – mais que révèle une graphie moitié effacée –, à scruter l'anonymat des visages, trop flous pour être caractérisés, et quel renseignement espérer d'un visage de bébé, le même en tout point de la terre dans sa faible ébauche, évanescent autant que celui du prétendu père du Klondike qui, le brandissant tel un trophée, le proclame comme sien, du geste et de la signature.

Joues écarlates, yeux brûlés, trop absorbée par mon étude j'en ai oublié toute prudence, notion de l'heure et du lieu, alors la peau d'ours se redresse, géante, chancelante.

À contre-jour de la porte qui cadre l'éblouissant neigeux du dehors, aussi aveuglant que celui de la photo, obstruant le jour de son ombre ma mère se lève et moi, tapie dans mon réduit, je cesse de respirer. Je m'attends à ce que, dans la seconde, de toute son ire vengeresse elle fonde sur ma scélérate personne, et l'étrille, et la batte comme plâtre. Elle qui pas une fois n'a levé la main sur moi, pas une seule tapette, juste un pinçon taquin parfois, aurait cette fois de quoi me passer à tabac, admets-je. Bien pire, après une telle félonie je ne mérite plus d'être son cher trésor, sa fière équipière, elle m'abandonnera, me répudiera ai-je le temps désespérée de calculer. Tout en constatant qu'elle me tourne le dos. Ignorant mon pillage infâme, ignorant que gisent épars sur le plancher son terrible colt et les secrets en vrac de son infernale sacoche, elle titube vers la porte, aussi méconnaissable que Peau d'Âne sous sa vilaine pelisse d'écurie. Qui cherche-t-elle, somnambule ? Les Parker père & fils, Kaska ? Moi peut-être ; aussi bien le diable. Ou alors son amoureux Jacques le boiteux ?

À grande hâte, je renfourne les objets du délit dans leur contenant d'origine, effrayée du bruyant froissement de papiers, de ma maladresse, de ma lenteur, pourtant d'une prestesse surnaturelle ; mon totem de poche n'y est sûrement pas étranger.

Quand, ointe d'innocence et de pure candeur, je sors à mon tour sur le pas de la porte, je la trouve accroupie dans la fumée tourbillonnante des perches à fumaison en train de téter une pipe d'herbes médicinales que lui a préparée Kaska. Un truc euphorisant, voire carrément hallucinogène car, à peine deux bouffées avalées, dopée d'un optimisme fortement opiacé, béate, elle rit aux anges. Il y a de quoi ! Splendide est le paysage hivernal, tolérable est la météo, encore que frisquette, d'excellente humeur Kaska, appétissants ses saumons et rassasié Shini de leurs rebuts. Quant à moi, indemne, je bénis la concorde et l'harmonie qui règnent, ici-bas comme au Ciel. Amen.

C'était bien la peine de me décarcasser à cambrioler son trésor, d'en prendre inconsidérément le risque et de me mettre martel en tête avec mes découvertes car dans la foulée, bien qu'encore souffreteuse de sa réclusion dans la cave et malgré quelques pannes de tonus, ma mère s'est soudain mise à récapituler de mémoire le contenu de sa sacoche : pas besoin d'y fouiller, elle avait la totalité en tête. Tout en s'adonnant au radar à de menues occupations convalescentes comme, extatique, lisser son étole de vison, ranger, maniaque, les fioles de Kaska par ordre de grandeur ou, d'un peigne furieux, démêler ma crinière ensauvagée, elle a vidé son sac en vrac. Heureusement pour lui, Herman était à sa chasse. Il lui aura été épargné de l'entendre passer en revue les chapitres de son ancienne et récente existence, ses tribulations transcontinentales, ses hymens, ses enfances, ses amours mortes et ses crimes, rabâcher les épisodes, avec variantes, devant son seul public disponible, Kaska, Shini et moi réunis pris en otages de son incontinence verbale, de son récitatif tantôt morne, tantôt fulminant, larmoyant, apostrophant les partenaires de ses visions frénétiques, on ne savait si réels, inventés, morts ou vivants, les criblant de ses flèches comme s'ils fussent cloués aux poteaux de couleurs dans la prairie enneigée de Kloo Lake. Tour à tour disculpés, exécutés tacatac et du même souffle graciés, ces absents de jadis et naguère survoltaient sa mémoire en surchauffe, pauvre Onayepa, petit démon au cœur insurgé, repentant, au cœur déchiré, sans doute les grisantes vapeurs de la pipe d'herbacées, agrémentées de généreux gorgeons de vodka, achevaient-elles d'enfumer son cerveau ou, au contraire, dégageant ses sinus, le purgeaient de ses miasmes et lui déliaient la langue.

— Chut, me disait Kaska. Écoute-la : elle rêve.

Deux jours durant elle a débloqué sans répit sauf, épuisée, pour en écraser sur son tapis d'épinettes, et c'était reparti pour un tour.

Espérons que le Comptable de nos vilenies faisait la sourde oreille là-haut.

Kaska la faisait ou le feignait, tout en s'affairant à boucaner ses derniers filets de poissons, à racler le poil de l'élan décédé, étirer les lanières découpées dans son cuir, apprêter un steak de son tendre flanc, sans interrompre la litanie, sans rien manifester : à croire que cette transe verbale lui semblait des plus normales suite à son traitement fumigatoire. Quant à moi, j'endurais stoïque le supplice du peigne, je caressais avec elle son vison en emmagasinant de mon mieux, sans la lâcher d'une semelle de peur de louper un nom, un épisode, un détail scabreux, sans m'interposer non plus de crainte de lui faire perdre le fil de son rêve, des plus embrouillés, ou que, brusquement sortie de son hallucination, elle ne pique une crise d'épilepsie.

Ainsi le fait, dit-on, la somnambule qui déambule yeux grands ouverts, tout en proférant d'absurdes propos, à la fois absente à elle-même et d'une extrême présence d'esprit. D'une audace insensée, ignorant obstacles et dangers, elle traverse un pont branlant au-dessus du vide, roule à tombeau ouvert sur une corniche à flanc de montagne, d'un équilibre parfait, d'une absolue pondération quant à ses gestes mais, si jamais on la réveille, elle tombe dans les pommes. Ou bien elle tue. Précipitation ni panique, du plus radical sang-froid. Du poignard éclair, slash, poignarde le chasseur, du même mouvement allume une cigarette, souffle d'impavides volutes parmi les épilobes en fleur. De même quitte la plage du crime où gît la méduse échouée, et part en roue libre dans l'aube d'or rose. Elle joue du couteau, du colt, d'instruments plus horribles encore, puis prend tranquille la tangente, laissant derrière elle la boucherie, le carnage et, hop, tournons la page, attaquons un nouveau chapitre ! Combien d'atrocités Anaïs a-t-elle commises depuis que sa nourrice diabolique l'envoûtant de son conte et la couronnant Princesse de l'hiver, lui donnant à téter le miel et le sang de son petit doigt sorcier, lui enseigne la méchanceté. À égorger la beauté sur le billot, à fracasser l'amour au bas du cerisier et fendre un crâne avec le bronze d'un encrier, ah, ah, ah, riait-elle. Le vieux chapitre du jardin d'en France avait l'air des plus tordants mais, moi, je ne riais pas. J'étais sa proie écartelée entre les cimes d'arbres crissant et m'engloutissant au fond de l'abîme. Qu'elle m'y précipite. Avec mon assentiment.

Tout compte fait, non.

Je n'avais plus du tout envie du grand plongeon. Que cette branquignolle cavale hors d'haleine après ses rêves barbares, qu'elle dorme yeux ouverts ou pique une crise de nerfs, qu'elle ferraille de la cave au grenier avec ses épouvantables spectres, je m'en fichais. Je ne voulais plus rien écouter de ses sales secrets, fouiller sa sacoche ni apprendre qui elle était, d'où elle venait, ce qu'elle avait fait et ferait. Pourtant, je l'avais prise en affection. Il se peut qu'en mon for intérieur je la haïssais. J'aurais voulu lui arracher sa perruque, puis la consoler et la bercer dans mes bras, la fesser, la griffer, l'adorer, et lui crever les yeux avec des ciseaux. Comme à ma poupée Ginger.

Je l'aimais, tu comprends, Bud ?

Quoi qu'il en soit, la pipe d'herbes de Kaska s'avéra le plus fameux remède d'apothicaire, antidote puissant, dépuratif et analgésique à la fois, désinhibant, stimulant et, mentalement s'entend, cicatrisant. Les bienfaits curatifs s'en faisaient sentir à vue d'œil : peu à peu la fièvre est tombée, la délirante s'est rassérénée. D'un dernier somme de brute, elle est sortie fraîche comme la rose du matin, ayant retrouvé ses esprits et un allant tout neuf.

— Brrr, disait-elle, j'ai bien failli choper la crève dans cette glacière. Comme villégiature, tu me la paieras ! Il est passé où, Herman, par ce froid de canard ? Sans lui, on fait quoi maintenant ? Ces Parker m'ont tapé sur le système. Qu'ils nous croient pas leurs *Indiens*, comme leur copain Jaquot traite tes collègues de Burwash Landing. S'ils se pointent encore, ils trouveront à qui parler. J'ai du répondant. J'ai mon poignard, mon colt, ma 54 et des munitions, j'ai du fric en quantité, t'en fais pas, Kaska. Ces pitres, on leur fera leur affaire. Quand est-ce qu'il revient, Herman ? On a vraiment besoin de bifteck encore ? Mon trésor, disait-elle, en as-tu une jolie robe d'élan, c'est très seyant. Tu as chaud là-dedans ? Fais-moi confiance, on s'en sortira. On va pas rester les deux pieds dans le même mukluk, hein, Nez de renard ? Fais-moi des risettes avec tes fossettes. Cornebleu, fais voir ? Mais cette dent de lait est prête à tomber ! Veinarde ! La petite souris va passer ! Je parie que tu connais pas ce truc, hein, Kaska ? C'est une invention de Blancs. Quand j'étais petite…

Dit-elle à sa propre surprise. Incrédule, elle regarde la prairie de neige bleu nuit déjà ; le jour d'hiver est extrêmement court sous nos latitudes.

— Quand j'étais petite, reprend-elle, voix dormante, fondante, je mettais ma quenotte sous mon oreiller, bien pliée dans mon petit mouchoir de linon. Dans la nuit, la fée souris la volait sans faire de bruit afin qu'une autre bien solide me repousse. À la place, je trouvais en cadeau un petit soldat de plomb peint de couleurs, un porte-plume à loupe, une page d'Atlas nouée d'un ruban. Une timbale en argent. Une fois, une boule à neige avec une petite cabane dedans.

Elle fond en larmes.

Qu'on se rassure : ce n'est pas une rechute de syndrome post-dépressif. C'est juste un réflexe émotif bénin, typique du souvenir d'enfance. Moi aussi, quand je repense à ma poupée Ginger, à ma ferme d'animaux et aux caniches jumeaux, je pleure de petits sanglots en suçant l'étiquette de ma vieille couverture de l'Old Oregon Trail. Quand mon père couvert d'algues et de coquillages sort des vagues en Poséidon fatigué, moi aussi je pleure.

Certainement pleurerai-je un peu moins maintenant que, grâce à la prodigieuse pharmacopée de Kaska, j'ai enregistré des informations de première sur la biographie de mon papa, telle que tout cru relatée par Lorna. En ai-je appris sur sa jeunesse de voyou brisant le cœur de sa pauvre veuve de mère maraîchère en salades à Salinas, adepte de Ligue de tempérance foudroyée d'embolie au bruit tacatacatac de ses trafics d'alcools prohibés et de pépées platinées crantées, swing & pianola. Providentiel trépas qui lui évita de connaître la carrière éclair de son glorieux fiston dans la pègre locale, promu patron de la came, toutes variétés au choix, blanchisseur du flouze dans le marché de l'or noir et les combines du cinéma, des plus florissantes en pleine crise boursière puis, les affaires, les affaires, s'achetant une respectabilité de façade en finançant l'élection truquée d'un tocard politicard et – deal de maître chanteur ? – en épousant la fille unique de ce malfrat sans foi ni loi, natif écossais de surcroît. Très éphémère idylle car, patatras, voilà-t-il pas qu'à peine accouchée la très récente Mrs Campbell passe l'arme à gauche ! Requiem, grandes orgues, snif snif *et cetera*, mais qui saura si elle périt accidentée, suicidée ou couic, zigouillée par les enfoirés de Ritals, féroces rivaux du petit Oswald qui le tenaient aux couilles, ne rigolaient pas sur le partage des dividendes, de la rente, du pactole. Ce magouilleur de mes deux s'imaginait quand même pas les doubler !

Ah ! quel portrait flatteur faisait Lorna del Rio de mon papa, l'endeuillé de neuf qu'elle harponnait un soir de tombola où, friponne Betty Boop, elle faisait serveuse à pompons, entraîneuse intérimaire ou simple décoration atmosphérique. Lui talonné par ses adversaires mafieux, elle zonarde sans un dollar en poche, sitôt tombés en amour, sitôt bague au doigt : coup de foudre authentique ou authentique coup monté par les petites frappes de Ritals ? Pour qui la nouvelle Mrs Campbell tenait-elle la caisse ?

Là-dessus Lorna, pudique, ne s'étendait pas.

Et moi dans tout ça ?

Moi, à l'état quasi larvaire, je vagis seulette à la nurserie dans mes langes d'orpheline : ce poupon au biberon quel embarras, quel tracas pour mon gros papa de tout frais remarié ! Qui d'office, et sans mon consentement éclairé, m'adjuge, zou, à la suppléante au pied levé, à Miss Plunkett en sous-traitance. Moi Jessica Iris Campbell – appelle-moi Njyah, Bud, je préfère –, maternée, si l'on peut dire, par Lorna la flibustière durant, mais oui n'oublions pas : cinq, cinq, disait-elle, le chapitre hollywoodien a duré cinq ans, c'était pas prévu qu'il dure autant. Cinq et j'en ai six à ce jour.

Adoncques Lorna n'est pas ma vraie mère.

Quel émoi, stupeur, torréfaction, enfer et damnation. Abus de mineure au berceau, de quoi finir à Sing Sing, mes lascars. De ma prime enfance mystifiée, il y avait de quoi être liquéfiée, carbonisée. Mais avais-je le choix entre joie, joie, pleurs de joie d'être sa fille adorée parmi naïades soûlardes, pétards et fêtards ou, pleurs d'effroi, juchée sur le tremplin de la piscine, nez coincé entre ses seins parfum gardénia, chouchoutée, pourrie gâtée, zibeline et youpla saucisse ! Moi fardée, pincée, fossettes, risettes aux flashs pour la photo, et pleure, tu pisseras moins ! Mes tifs rouges c'est donc à la défunte épouse écossaise que je les dois. Évidemment pas à toi la cow-girl brevetée mexicaine, pas à toi l'Indienne royale fille de François Ardenne, ce cauchemar barbu en raquettes de babiches, la détonation percute à retard mon tympan de six ans.

Fusillée. Je suis morte, mais ce n'est pas grave.

Hop, je me relève au milieu de la cabane en rondins de sa boule à neige, sautant parmi les flonflons, flocons, tourbillons. Un peu étourdie, mais d'aplomb.

Elle était pas folklorique mon enfance, Bud ?

Et un peu, que je valais de l'or ! Unique ayant droit en ligne directe de papa Oswald, juteuse rançon en cas de pépin, sûr que j'étais son plus cher trésor, autant sinon plus que son pacson de dollars pour protéger ses arrières. En route pour l'aventure, fillette ! C'est que ça commençait à chauffer dans les beaux quartiers de Brentwood : qui sera le suivant sur la liste des noyés par accident de la plage de Santa Monica ? Il n'était que temps de mettre les voiles, Lorna de mon cœur. Les petites putes aux cartes d'identité fanées n'ont pas eu l'à-propos d'en faire autant, agnelles tombées bêlantes dans la gueule des loups-garous des Jolis bois de houx, Petits Chaperons Rouges des orgies cocaïnisées, éthylisées, viande écartelée, femmes-troncs éviscérées des terrains vagues, qui les réclame à la morgue ? Fuyons cet égout puant, fuyons ces cancrelats, disait-elle, marchons sur les plages à déferlantes, à brouillards d'écume, parmi les buissons brûlés de mesquite et de jojoba du désert de Mojave et respire l'air du grand large, fillette. Mais, ces virées, c'était juste pour te mettre en jambes, rien n'était jamais assez loin. Alors cap au nord du Grand Nord-Ouest de tes rêves avec tes munitions de première nécessité, ton fric et ton colt, ta kidnappée sous le coude et ta précieuse sacoche pleine de papiers très compromettants, très préjudiciables, de quoi gangstériser les gangsters s'ils s'avisent de te coller aux mukluks. De toute façon, avec tes zigzags et tes embardées routières, maritimes, forestières, pas demain la veille qu'ils te rattrapent, ou alors ça va sérieux barder pour leur matricule – tu parles d'un tourbillon de la vie ! – cette dent de lait, quand elle tombera, qu'est-ce que tu en feras ?

S'enquiert subitement Kaska au milieu du bruit et de la fureur de mon monologue intérieur.

— Toutes ses dents de lait, Nez de renard t'en fera un collier, je réplique.

Pas un brin prise au dépourvu, je les lui lègue d'avance. Autant par sincère libéralité – j'ignorais qu'elle les convoitait pour son dentier –, que par représailles envers mon ignoble marâtre.

— Si tu me les donnes, la petite souris ne passera pas, me prévient gentiment Kaska.

— Ce truc de Blancs, c'est du chiqué. Ni toi ni moi on est assez bêtes pour y croire.

— Moi non plus je n'y croyais pas, s'immisce Onayepa sans qu'on la sonne. La souris, je savais que c'était Lottie, ma petite nourrice chérie. Aucune surprise ne m'a ravie davantage que sa boule en verre, envoûtante de féerie neigeuse. M'en séparer, autant m'arracher le cœur. Pourtant, je l'ai donnée à Jacques. C'était le prix pour le guérir du mal qu'il souffrait par ma volonté, afin qu'il m'aime et ne soit qu'à moi. Ah si j'avais su quel effet mon cadeau produirait… Si j'avais su quel ingrat serait ce méchant Jacques Maître-Grand…

— Wak, wak, Yak Matrakrän, croasse Kaska.

— Articule un peu correctement son nom, se fâche Onayepa. Dès qu'il a pu claudiquer entre ses cannes, il s'est taillé le plus loin possible. Ensorcelé par ma petite cabane sous la neige. Mon rêve est devenu le sien. Il me l'a volé. Au lieu de m'enlever à la brune, il m'a abandonnée dans les jardins de mon père comme une vieille savate. Ça, il me l'a payé. Quand il est rentré de ses études à Chicago, la place était prise. J'avais pour fiancé mon petit cousin d'Indochine, tout cru plumé dans ma gibecière. Il en a fait, une tête !

Pouffe-t-elle à ce souvenir. Y a-t-il vraiment de quoi ?

— Yak Matrakrän n'était vraiment pas rancuneux. Il t'écrivait des lettres, l'asticote Kaska en grillant les steaks d'élan sur le reste des braises. Et il t'a dessiné une bien belle carte. Si fausse qu'il y avait de quoi te perdre cent fois. Très malin de sa part.

— Me perdre, tu m'as vue me perdre ? Et malin, Jacques Maître-Grand, tu l'as connu malin, toi ?

— Pour parler les langues, très, très malin. Et donner des médecines. Il savait mieux que le chamane guérir les maladies de peau. Pour chasser, bancal qu'il était, pas tellement. Pour ce qui est des femmes, non plus.

— Des femmes ? Quelles femmes ?

— Nous autres squaws choisissons les hommes selon notre envie. Il leur plaisait, elles le lui montraient, lui fabriquaient de beaux habits en peau brodés de perles, en fils de couleurs. Elles entraient sous sa tente, mais il n'en voulait aucune. Le chef s'en est offensé. Il a dû lui offrir un fusil, une boussole, beaucoup de tabac et de café. Très cher pour faire la paix.

— De tes squaws, Jacques s'en foutait. Il n'aimait que moi. Il a laissé quelque chose pour moi à Äshè'yi Lake.

Elle rabâche mais sa rengaine manque de conviction, d'enthousiasme, d'émotion. Elle a perdu l'accent d'espoir du premier soir, elle ne croit plus à sa passion, à son rêve, peut-être le doute la gagne-t-il, la lassitude de sa fuite sans fin, ou bien la nuit noire étendue à toutes choses étreint son petit cœur en peine. Le vaste ciel s'enténèbre, bientôt plus que l'ultime rougeoiement des braises, leur reflet sanglant dans la boue piétinée, qui recommence à geler ferme. Les dernières fumerolles chahutées par la bise se dispersent alentour dans l'obscurité, le froid automnal assombrit l'âme et invite à battre en retraite dans notre cabane où ronfle le poêle, nous rentrons.

Depuis trois jours, Herman est reparti seul dans la grande forêt glaciale. Être seul par une température aussi basse est très dangereux. Cependant propice au gibier maintenant que le rut est passé ; avant, il est moins goûteux. Et il n'est pas seul, il a son cheval. Avec son épais manteau en cuir de caribou, avec son fusil, bien chaussé, bien emmitouflé de mitaines fourrées, sûr qu'il est en sécurité. Il veille tranquille près de sa flambée. Pour laquelle il a choisi une place abritée du vent, adossée à de la roche ou au bas d'un esker, en lisière de forêt, sûrement pas sous un arbre ! Par temps de neige, ne bâtis jamais ton feu sous un arbre ! Sa chaleur monte, la neige amassée sur les branches dégèle, se décroche en bloc et tombe d'un coup sur tes flammes. D'un foyer noyé, le feu ne repart pas. Pour en bâtir très vite un autre, il faut réunir des pierres afin d'isoler le foyer de la neige et tourner en rond, patauger en quête de nouvelles brindilles, mousse, feuilles mortes, de copeaux d'écorce, de bris de bois gardés secs sous un repli de roche, tout cela harassant a pris une heure de plus, le froid inhumain écourte le souffle, gèle les orteils, racornit la face et colle les paupières. Les mains transies échouent à amorcer une jeune flamme, à la couver, l'alimenter sans l'étouffer avec du bois de plus en plus gros, les membres insensibles durcissent, le sang reflue, le cerveau s'éteint. Paralysé dans la neige, on ne reste pas longtemps vivant. Herman connaît ce danger suprême.

Assis en tailleur près de son feu ardent qui projette haut des escarbilles d'or, il est sa propre vigie, car il n'est plus grande seigneurie que de soi-même. Écoutant les bruits, les craquements, le vent, le silence peuplé de présences invisibles, lui-même animal épousé à la forêt, il rêve sa chasse. Dormant d'un seul œil. L'autre, aux aguets, scrute les ténèbres, quand reviendra-t-il ?

— Il ne lui est rien arrivé, n'est-ce pas, Kaska ?
— Mais non, que veux-tu qu'il lui arrive ?
— S'il rencontre un loup...
— Il connaît le loup, le loup le connaît.
— Ou alors un wolvérine.
— Rien n'arrive à Herman que mon esprit corbeau ne m'en prévienne.

Je la crois. Un peu.

Ma robe remontée, fesses collées au poêle, je hume la bonne odeur de viande cuite, de résine brûlée, la sève d'épinettes et la farine fraîche dans les sacs de jute, l'odeur de café mais, au lieu de m'en réjouir, en mon for intérieur je trépigne d'impatience, jalouse qu'il aille sans moi par les forêts avec pour unique guide ses sens éduqués à en percevoir les signes selon la science des siens, de longue étude, savant usage et sage commerce. Moi qui n'en distingue encore que quelques-uns parmi leur innombrable alphabet, mon appétit s'aiguise pour cet ailleurs sans ressemblance de l'espace nordique, je vais à lui ou il vient à ma rencontre, me réclame de son emprise magnétique, vastitude où seront absents tous confins, où l'homme voit s'ouvrir et se dérober tout horizon hors des périmètres connus, cartographiés et bornés, où Herman est-il à cette heure ?

Lui n'est pas l'ignorant blanc-bec imbu de lui-même qui, au mépris des savoirs élémentaires, sera en perdition au moindre faux pas, bête surgie sans bruit, feu noyé sous l'arbre, couteau perdu, entaille infectée ; on meurt de bien moins dans la forêt. Herman ne sous-estime aucunement ces dangers, il les garde à l'esprit à travers montagnes, toundras, lacs et rivières, règle la lenteur ou la célérité de son pas, celui du cheval ou du traîneau selon la nature du terrain, qualité ou quantité de neige, interprétant bruits, cris et odeurs, pliant la grandeur surhumaine à son échelle intime, organique et mentale, telle qu'il l'imagine, la sent, la rêve, l'éprouve de son souffle, de son muscle, il est son propre adversaire et son seul allié. Pour quoi je l'aurais suivi, et Kaska sa pareille, n'importe où yeux fermés. Ainsi, quand nous avons quitté Kloo Lake, n'ai-je ressenti aucune crainte de l'inconnu, seulement le déchirement du départ, et cela n'avait plus rien à voir avec celui de Brentwood. Je n'étais plus du tout Jessie Campbell, tu comprends, Bud ?

Appelle-moi Njyah.

Rencognée dans mon buffet, tandis qu'elles dorment à poings fermés, je pense aux commotions et révélations de ces derniers jours, aux abominations que j'ai apprises, épatée d'en être si peu secouée moi qui, élevée sous cloche, devrais en perdre la boule, or je raisonne. Du point de vue comparatif j'observe que, bien que novice en lecture, les vieux journaux de Morley collés aux murs de la cabane, leurs articles et leurs réclames périmées, et même les comic strips, les satanés papiers et les photos de la sacoche me sont plus édifiants que la bible de Miss Plunkett et ses livres d'images débiles pour m'instruire sur l'existence de Dieu et sur les turpitudes de ses créatures ici-bas, sur les aléas, les dangers, et moyens de m'y adapter. La neige de Kloo Lake s'avère plus époustouflante meringue que celle du cinéma avec ses blizzards de pacotille, les habitants du Yukon ne sont pas des emplumés de westerns ringards, et le bosco est plus sûr ami que le Charlot des films rigolards, moi plus dégourdie que le Kid en tant que moussaillon d'occasion. Mon bref passé d'enfant ignare s'emplit d'expériences imaginaires et sensibles d'un revenu capital. Ma mère ne l'est pas, mais elle l'est quand même puisque je l'ai adoptée de naissance.

Voilà ce que je décide, de par ma volonté. Je n'ai que six ans d'âge, mais j'ai engrangé bien plus de passé avec ma vie d'aventures et la panoplie de gens nouveaux rencontrés en cours de route. Leur existence intègre ma jeune mémoire, car eux-mêmes sont détenteurs d'histoires récupérées d'autres raconteurs, intégrées à la leur jusqu'à croire qu'elles leur sont personnelles alors qu'ils ne sont que le dernier chaînon en date. Depuis notre départ, en ai-je entendu raconter de piquantes, flippantes, extravagantes qui, de près ou de loin, s'agrègent à la mienne et s'y appareillent à présent. Tout en tripotant mon petit totem, qui à lui seul m'est déjà une famille entière, je récapitule celle qui m'échoie par ouï-dire de bric et de broc.

À compter de ce jour, j'adopte aussi les vieilles biques près du puits sépia et Lottie la nourrice au petit doigt sorcier, genre jument carnivore ; la tempérante et désespérée maraîchère de laitues à Salinas, et ma défunte génitrice écossaise – celle-là anonyme autant que la *native* du Klondike qui mit bas Onayepa – *de profundis* dirait Miss Plunkett. Au catalogue, ajoutons Jacques le voleur de rêves boiteux, pas malin avec les squaws, et l'aïeule gwich'in de Kaska de qui j'hérite la couverture mitée pleine d'histoires tristes. Également les frères Jaquot de Lorraine avec leurs sabots dondaine et leurs épouses indigènes préemptées sur le cheptel local, plus toute la gent régionale, Buck loueur de mule et Morley amateur de papier journal, l'impayable paire Parker,

Murphy Nolan cousin maternel de Jim Donegan natif de Clifden et marin sur le fjord, ainsi que son ami Kostas, épicier en éponges des îles remorquant toute sa parentèle d'Arménie, de Turquie, et mon petit bosco jumeau de Charlot ! De même la vieille mormone ronchonne de Crescent Bay ayant pour voisin Salomon le garagiste noir de nature et de cambouis, et puis mon cher petit Kluk à l'harmonica, si joli quand d'émoi il pique un fard en vrai Peau-Rouge. Sans compter François Ardenne qui se la joue féroce chasseur de grizzlis – mais peut-être celui-là n'est-il que rêvé. Ne l'est pas le hideux chasseur à Smith & Wesson vautré dans la clairière, d'où ce glouton sort-il donc ? Il y a encore les filles paumées des cartes d'identité volées, mon fiérot capitaine Preston roulé au poker par les grues de Juneau, et Bogdan le terroriste, copain de Misha beau malabar à martingale, et encore son valeureux papa Cosaque du Don. Ainsi que celui, moins martial, de Bonnie & sisters anémiées de Boston. Bonnie et Archie, n'oublions pas les éternels fiancés de Fort Seward ! Non plus Mickey et les jumeaux danois chasseurs émérites, le juge MacCoy de Dawson City qui tamponne à l'étourdie des attestations douteuses, en ai-je des gens fabuleux pour peupler mon passé tout neuf de six ans !

J'ai plus de souvenirs que si j'en avais mille. La tête m'en tourne, un vrai carrousel de foire, cuivres et cymbales, c'est le tourbillon de ma vie à moi.

J'observe également que, en un rien de temps, j'ai plus appris d'Herman et de Kaska que d'Oswald en six ans de chevauchées sur sa grosse cuisse d'escroc. Kloo Lake est mon royaume. J'aime mieux mon frère renardeau que les caniches jumeaux. À ma mère naturelle, finalement je préfère, et de loin, la mère criminelle à moi échue par accident. Si barjo qu'elle soit, elle au moins est vivante, de sang chaud. Elle a des seins, des fesses de déesse parfum gardénia, des yeux d'amadou et des rires d'amoureuse. L'autre m'indiffère royalement.

Suis-je normale ou dénaturée ?

Mais qui aurait la nostalgie d'une absente pareille, un leurre sans substance, visage, voix ni odeur, pas un seul portrait d'elle ne traîne au manoir de Brentwood, aucun album, pas un bijou, une robe, une paire de gants. Conjuration du silence sur l'épisode matrimonial, pas un mot ne leur échappe, un soupir, une larme. Pas même de tombe ? Somme toute, ils ont bien fait de radical tourner la page. Je lui dois la vie ? En quoi naître est-il une dette ? C'est plutôt elle qui me serait redevable de signaler son improbable existence par mon excès de pigmentation capillaire, la seule marque distinctive qui lui vaille un strapontin posthume dans cette histoire. Elle ne me manque en rien et il me plaît énormément d'être à ce jour sans parents, orpheline de mère et de père à l'instar d'Onayepa, mais si cette mythomane se prend pour une princesse issue de roi, pas moi.

Moi, fille de personne.

Moi enviable. Avantage absolu.

T'en fais pas pour moi, Bud, de toutes les pauvres petites filles riches d'Amérique j'étais la plus heureuse, acclimatée à la grande sauvagerie forestière. Là-bas, plus de crapules, de frimeurs, de maîtres chanteurs, plus de maquerelles et de morues. J'avais licence d'adopter les équipiers qui me plaisaient, d'élire ou de destituer à volonté. Par exemple, bien que perruche biblique, Miss Plunkett remontait dans mon estime d'avoir engueulé Lorna à bon escient, et pas qu'une fois ! Depuis qu'il avait pété sa bielle, mon capitaine Preston avait perdu du galon. Également Bonnie, de si bassement calomnier les Indiens. En revanche, Oswald avait gagné de mon indulgence malgré ses vilaines actions. Maintenant que noyé, il était bien plus beau qu'avant, tellement plus épatant en tant que papa depuis qu'il prenait l'habitude de sortir des vagues en péplum d'algues, tout auréolé de splendeur océanique aurorale. Je sais, la cause en était le calendrier fané où l'on voyait une plage, d'un cachet de chromo publicitaire pas bien artistique, d'accord, mais nettement plus poétique que celle de Santa Monica avec son barnum pyrotechnique, son jazz-band et ses gueulards éméchés, cette plage-là a effacé l'autre.

Si elle a jamais existé.

Tu ne peux savoir combien je chérissais cette image conchiée par les mouches, en raison justement de sa naïveté d'aquarelle l'idéale transposition du rêve dont j'avais besoin pour planer en rasant ses vagues écumeuses avec les mouettes, les pétrels géants et les macareux au bec orange, plonger vers les baleines

aux fanons blanchis, les orques et les cachalots et les marins noyés des grands fonds glacés, pour en tirer au treuil mon père dans sa gloire ruisselante jusqu'à ce que, honteux, pénitent, il frôle mes orteils enfouis dans le sable et me supplie pardon de ses ignobles enfantillages. Je réfléchissais s'il était bon ou non de lui accorder rémission. Tout en suçant la délectable réglisse de ma vieille étiquette. Tout en chantonnant *poo-poo-pee-doo*.
En tout cas, plus question de le pleurer, ça non !
Mais qu'entends-je soudain ?

Qu'entends-je ?

Souvent dans le silence des nuits tintent à mes oreilles des bruits d'antan réverbérant à mon tympan l'écho philharmonique des choses perdues, percussions, ondes vocales, instrumentales, basse tessiture, aigus discordants, murmures ou cris, klaxon, hélicon, fredons et flonflons mêlés à la harpe du vent lamentant, détonation. Ils se brassent et rivalisent entre eux mais, là, maintenant, cette plainte nonpareille, soupirée, aspirée des tendres lèvres à l'anche, je la reconnais entre toutes, c'est l'harmonica de Kluk ! Son zinzin de marin qui donne le blues n'est pas un chant de sirène ou un acouphène, il est là tout près. Comme de frotter la lampe magique, son génie bleu a surgi. Il m'a donc suffi de penser à lui, une petite pensée entre deux virgules dans la flopée de mes personnages, d'invoquer son image en esprit pour qu'il atterrisse, fakir sur son tapis volant, si proche, si présent que, possédée, je jaillis du buffet en criant son nom dans le noir de la cabane. Surprise en plein sommeil, ma mère se dresse sur sa paillasse, Kaska repousse sa peau d'ours, elle craque une allumette : c'est Kluk, je leur crie, c'est lui !
Notre lampe-tempête ne vaut pas celle d'Aladin mais en éclairant leurs visages ébahis, nos murs de rondins, la lueur jaune me rétablit céans dans l'ordre des réalités. En même temps fait taire la cacophonie des bruits dissidents. Ne reste que le plaintif trémolo, l'entends-tu ?
Écoute.

Là-dehors, spectral derrière la porte, quelqu'un joue de l'harmonica.

Prodige et stupéfaction, grandeur nature c'est Kluk en personne !

Et, s'il est bleu en effet, c'est de froid.

Dans l'obscurité, il se tient transi sur le seuil, flanqué de Shini. Qui n'a aboyé ni montré les dents. Shini dédaigne de faire le chien de garde, il sent à distance qui lui agrée ou saute à la gorge de qui lui déplaît, sans souffrir l'avis d'un humain. En bon ange gardien, il soutient le pauvre Kluk, frêle écureuil empaqueté d'une capote trop grande pour lui, blanc comme un iceberg ambulant, botté de glace jusqu'aux genoux, chapeauté de neige, son haleine givre sur ses lèvres gercées, je lui saute au cou. Car il n'est un fantôme ni un revenant spirite mais, en chair et en os, le plus frigorifié des petits Kluk surgi de l'horrible nuit venteuse. Transportée de joie, je bats des mains, qu'il entre, vite qu'il se réchauffe, cher petit glaçon.

Moins enthousiaste que moi Kaska rechigne, que vient faire ici ce morveux-là, à cette heure les gens dorment, qui est-il, d'où sort-il ? Encore que fort interloquée, Onayepa rétablit la situation. Elle s'empresse de mentionner que ce jeune homme en rade est le second de l'ami Jim, un gentil garçon de sa connaissance et, les présentations étant faites, de lui infliger sans délai le traitement dont elle a bénéficié en circonstance analogue, de l'extirper de son habit gelé, le frotter, le souffleter à bras raccourcis. Posé dans un coin de la cabane, son caban roide de glace se tient debout en homme-tronc, telle une cosse sinistre à côté de laquelle Kluk en caleçon, grinchant de froid, paraît encore plus fluet, timoré, dépaysé mais, ses joues reprenant des couleurs, il ressemble de plus en plus au vrai Kluk de mon souvenir.

À part moi, je note que, malgré ses dons de corbeau ésotérique et son radar à antennes télépathiques, Kaska n'a pas détecté son approche. Peut-être, son semblable en tant qu'Indien, Kluk lui est-il invisible, imprévisible, devinerait-elle mieux la présence d'un étranger que de ses pareils ? D'un autre côté, me rassure qu'elle soit prise en défaut. Moins infaillible qu'il y paraît. En quelque sorte une personne normale. Ne s'est-elle laissé prendre au piège, pigeonner par la lune mal lunée ?

Tout en bougonnant sa contrariété, peut-être sa peur, elle s'affaire à tisonner le poêle, à touiller un remontant de son cru, non sans jeter de noirs regards à l'intrus qui, pour le moment, se laisse cajoler. Moi, en adoration. Confite en dévotion pour cette apparition d'un passé que je croyais à jamais perdu dans le tumultueux sillage de notre voyage. Je croyais ne jamais revoir Kluk, l'entendre jouer sa musiquette, ni l'embrasser, or il m'a retrouvée ! Tellement je devais lui manquer qu'il a quitté Juneau, traversé tout seul le fjord et les forêts malgré la nuit et le froid, uniquement pour me jouer son air en aubade. C'est sa manière pudique de s'annoncer, de me prévenir de sa présence par son signal musical, la seule langue qui parle de l'âme à l'âme, dans quel danger était-il d'être accueilli au fusil si je n'avais reconnu son harmonica ! Mais il savait bien que je ne pouvais oublier ce qu'il soupirait en guise d'adieu amoureux sur la jetée de Haines au moment de se quitter, que je volerais à son secours avant qu'on ne lui fasse du mal. Il n'en a pas été besoin. Ma mère, si bravache quant à la réception qu'elle réserve aux prochains visiteurs, n'a pas armé son colt ou son fusil avant d'ouvrir la porte, ni dégainé son poignard. On ne tire pas sur qui joue de l'harmonica dans la nuit. La musique est magicienne, elle désarme les cœurs les plus endurcis.

Ah mon cher petit Indien, que je t'aime d'amour d'être venu jusqu'à moi.

En fait, Kluk ne portait pas de bonnes nouvelles.

Une fois gavé de tambouille et de pâte de canneberge, une fois réchauffé, il s'est adressé aux grandes personnes ; pas à moi. J'en suis mortifiée, mais qui s'intéresse à ma vie intérieure ? Pas de temps à perdre avec ces broutilles : Kluk déclare d'emblée que Jim l'envoie en émissaire, et de la part de son ami l'épicier Kostas, prévenir Mrs Apostodès que des gens malintentionnés sont sur ses traces.

— Comment sur mes traces ? Des gens, qui cela des gens ?

Demande Onayepa de sang-froid, son cerveau de nouveau branché carbure à tout va, elle s'assoit.

— Explique-moi ça.

Nous voilà donc sous la lampe, nous trois bien réveillées pendues aux lèvres de Kluk, d'un joli vermillon, joues pomme d'api. À présent que sustenté, il reprend du poil de la bête, son œil vif se plante droit. Lui si modeste transi tout à l'heure bombe son maigre torse, plein de son importance de messager qui accomplit la mission secrète à lui confiée, fier de son exploit d'être arrivé à bon port selon le plan de Jim Donegan, en cinq jours seulement, encore a-t-il été un peu retardé. Cinq jours ! Moi qui nous croyais à des semaines, à des années-lumière de Juneau et du reste de l'univers ! En avons-nous perdu de temps sur la piste Dalton au lieu de filer d'une traite à son exemple, d'enjamber montagnes et forêts ainsi que Poucet grâce aux bottes de sept lieues fauchées à l'ogre ; ou ainsi que Tachokaii le Voyageur qui arpente les étendues arctiques de son pas hardi, plus leste qu'une flèche. Alors que comptent lieues, kilomètres, miles nautiques ou terrestres s'ils peuvent être franchis en une seconde-lumière ? Si ce qu'on croit avoir quitté est juste là, à deux pas derrière le mur, contre la porte ?

Cette contraction ou cet étirement élastique d'espace et de temps chavire follement les échelles de grandeur. La mienne, lilliputienne qui de surcroît vais pieds nus ou en mukluks sans rien enjamber de plus vaste que les touffes d'herbe ; et celle du monde illusionniste à géométrie variable qui éloigne ou rapproche à son gré ce que l'on craint, espère ou regrette de jadis et d'antan, nous le rend actuel et prochain terriblement. Peut-être, comme à la jumelle, me disais-je, le jardin d'Anaïs en France lui est-il tout voisin, à portée de main, prêt à l'empoigner au chignon et à la reprendre malgré sa longue traversée d'océan, vogue, vogue beau navire, de continent et de contrées excentriques alaskiennes. Malgré les chapitres dont elle tourne si vite les pages, lointain et passé restent proches à la toucher, elle a beau fuir vers le pays antipodique où elle sera hors d'atteinte espère-t-elle, l'ailleurs se dérobe continûment devant elle, et voilà que des gens sont à ses trousses. S'il les a devancés, Kluk n'a rien enjambé par magie, il n'a de tapis volant ni de bottes d'ogre géant.

En cinq jours, il arrive tout bonnement par bateau au port de Skagway, de là par le train du White Pass à Whitehorse, puis avec Baxter en camion par le chemin de roulage en compagnie des chasseurs qui l'ont loué à Juneau en tant que portefaix, coursier, cireur de bottes, barbier, éclaireur, indigène à tout faire, chose courante que d'en louer au port.

— De préférence un Chilkoot, réputé endurant mieux que bétail de bât pour porter le fardeau du Blanc, ricane Kaska.

— Aucun Blanc ne met le joug au Chilkoot, s'encolère Kluk. En réalité, c'est lui qui a de longtemps monopole du commerce, dicte ses conditions et ses tarifs, habile marchand avec les Tlingit de l'intérieur, les Tutchone et jusqu'aux Hän du Nord…

— Tu parles des vieilles générations, l'arrête-t-elle dans sa lancée. Aujourd'hui les Chilkoot et les Chilkat plient l'échine, toi le premier, fils du clan de Klukwan.

Choqué, Kluk réfléchit s'il doit polémiquer avec cette vieille chouette.

— J'ai pas eu à la plier, se rebiffe-t-il, vexé. D'abord, j'étais en service commandé. Et puis ces gros fermiers des plaines du Saskatchewan étaient plutôt coulants, brutaux ni méchants, joyeux de se rendre en bande à Burwash Landing pour une partie de chasse qu'ils se promettaient épique en cette fin de saison. À l'heure qu'il est, ils sont sûrement rendus à pied d'œuvre. Mais, pas de bol, ils devront se passer de moi pour leurs corvées : je leur ai faussé compagnie, s'avantage-t-il, outrecuidant.

Il attend compliment sans doute, mais nous nous taisons.

— Je devais le faire à Champagne, reprend-il, or Baxter me lâchait pas, j'ai dû regrimper dans le camion jusqu'à Män Shii'aya. Une fois là-bas, nuit noire, je décharge les bagages et tout leur barda de chasse sur la grève. Dans quel pétrin je suis si je dois aussi franchir le lac avec eux ! Mais, par chance, la barque a du retard. Sans s'en faire, Baxter leur explique qu'Eugène a dû probablement faire un détour au large, à cause des bancs de glace qui commencent à bloquer les rives. En l'attendant, comme ça gèle sévère, il leur bâtit une grande flambée avec du bois flotté. Contents d'avoir un si bon guide, ils le regardent faire, plaisantant entre eux du plaisir à venir, des fameux coups qu'ils espèrent, cassant la croûte pour patienter en se cuisant aux flammes, guettant sans trop s'en faire le falot de la barque et le bruit du moteur ; ils m'ont complètement oublié. D'abord assis à l'écart, je m'éloigne comme pour un petit besoin, en quelques pas déjà fondu dans l'obscurité. Quelques bonds, et je suis rendu aux cabanes en ruine du vieux Silver City. J'y reste une minute aux aguets, reluquant entre les planches au cas où l'un ou l'autre s'aviserait trop tôt de mon absence, mais non. Leurs grandes ombres gesticulent autour du gros foyer flambant alors, sans attendre mon reste, je prends par l'épais de la forêt, rapidement hors d'atteinte, sale bâtard d'Indien, fuyard, renégat, les imaginer furibards me faisait tordre de rire. Sans perdre de vue le chemin de roulage, mon seul repère, hein, je marche vers l'est. Refaire la distance, si vite couverte en camion sur la neige damée, me prend le reste de la nuit, puis je dors quelques heures entre des souches. Dès que retombée la nuit je marche encore, c'est comme ça que j'ai perdu deux jours pour venir...

Pauvre petit musicien errant comme un Poucet sans ses frères dans la noirceur des forêts, et comme il est gai de s'imaginer les dangers passés quand on est bien au chaud près du poêle ! Alors, alors la suite, Kluk ?

— C'est que j'ai bien cru ne jamais trouver ce maudit chemin de Kloo Lake ! Murphy Nolan s'est bien moqué de toi à la halte de Champagne, que je me disais. Il parade dans son foutoir de matériel pourri et de denrées, mais il t'a bien enfumé avec son tuyau truqué. C'est qu'il était censé m'indiquer l'endroit où vous étiez avec la mioche quand je lui aurais dit le mot de passe de la part de Jim.

Mioche, dit-il ? Attends d'un peu mieux connaître Nez de renard, mon petit Kluk, me promets-je en aparté.

— Ces deux-là ont beau être cousins, je ne l'aurais pas deviné si Jim ne me l'avait décrit. Ne m'avait prévenu que Murphy fait son triple en hauteur et en tour de taille. Et qu'à l'oreille il porte un anneau, souvenir de sa jeunesse, baleinier au Labrador, des campagnes de pêche qui lui ont fait préférer à tout jamais le plancher des vaches...

— Le plancher des ours, rectifie Kaska en humoriste désabusée.

— Tu vas bientôt me dire qui sont ces types ? s'interpose Lorna, que ce discoureur commence à agacer un tantinet.

— J'y viens, j'y viens mais sachez d'abord, Mrs Apostodès, que mon patron n'a rien négligé : dès notre retour à Juneau, Jim a fait savoir à Murphy qu'il verrait arriver – peut-être parce que, d'après lui, vous êtes une belle bluffeuse – qu'il entendrait probablement causer d'une Blanche bien roulée – sauf votre respect Mrs Apostodès –, étant donné qu'il lui avait recommandé son poste de traite au cas où elle se perdrait. Ce qui, d'après lui, vous pendait au nez. Dès qu'il en a eu vent, comme convenu, Murphy l'a informé que vous étiez, non pas à Champagne, mais possiblement à Kloo Lake chez Herman, au dire d'un gars qui s'arsouille à son comptoir. Cet Herman, lui a fait savoir Murphy, possède une cabane et un cheval en propre, un à qui on n'écrase pas les panards sans risque, pas du genre à frayer avec les Blancs ; encore moins avec une Blanche…

— Murphy n'a pas tort, dit Kaska.

— Jim était pas de cet avis. Un Indien de ce nom, il y en a qu'un dans tout le Yukon et, d'après lui, celui-là est un drôle de caractère, un original, du genre réfractaire à rien faire comme tout le monde. Jim l'a personnellement jamais vu, mais son ami Burnt Nose lui en a tant et plus parlé comme d'un grand sage, un grand philosophe…

— Pas mal vu non plus, opine Kaska.

— Attends, attends, s'énerve ma mère, c'est qui ce Burnt Nose ?

— C'était un jeune un type instruit, venu de Portland avec la ruée, Ewan MacTrevor de son vrai nom. En plein hiver, le Chilkoot Pass lui a cramé le nez, vous pigez son sobriquet ? Il a aidé l'ingénieur Macaulay à construire son tramway au bord du Yukon à Miles Canyon, précisément le chantier où Herman faisait mécanicien… Mais vous qui n'êtes pas d'ici n'en comprendrez rien si je ne vous explique Miles Canyon…

— Explique pas trop longtemps, menace Kaska, qui bout autant que ma mère.

— Ce terrible canyon, pas fous, les Kwalin Dün le contournaient de longtemps par leurs sentiers de portage à travers *thè mbäy*…

— Tu ne dis pas Grey Moutain comme les Blancs ? le titille-t-elle.

— Les premiers colons les ont empruntés aussi, poursuit Kluk sans se démonter, ils se sont installés au débouché mais, jusque-là, c'était rien que des trappeurs, des négociants russes ou des agents québécois de la HBC en petit nombre. Puis voilà qu'en 1897 le fjord s'emplit de steamers crachant jour après jour les hordes du rush à Dyea et à Skagway pour foncer à Dawson. Ceux-là connaissaient rien du pays, ils avaient besoin de guides. Mon père les a conduits sur la piste du Dead Horse Pass…

— Au lieu de garder secrets leurs passages de montagne comme de jadis longtemps, les Chilkoot ont pactisé avec les Blancs, ils les ont laissés piller, se répandre pis que la gale, trop avides d'avoir d'eux calicots, et bouilloires, haches, fusils et farine, et tabac, trop contents de se frotter à eux et de les singer en tout…

— Possible qu'ils ont eu tort, soupire Kluk. En tout cas, les nôtres les ont mis sur la piste de ce col. Un vrai coupe-gorge, le pire enfer de pierres et de glace. Voilà le cadeau des Chilkoot, il rigole. L'endroit est encore jonché de squelettes de leurs bêtes jetées agonisantes au ravin, éventrées, pattes brisées. Mon père a même vu un cheval se suicider, courir au vide et y sauter de sa propre volonté d'homme. De ces types pris de folie se mettre nus, se taillader la chair, se pendre aux arbres…

— Bien fait, bien fait, se félicite-t-elle.

— Ensuite, les survivants avaient hâte de descendre le Yukon pour se ruer au Klondike. Leurs flottilles s'embouteillaient par milliers à Carcross, et surtout à ces terribles rapides de Miles Canyon, qu'il leur fallait passer à tout prix. Leurs rafiots s'y fracassaient, naufrages, biens perdus, noyés par centaines…

— Pas assez, pas assez, dit Kaska.

— Certainement, approuve Kluk longanime, mais ça ne tarissait pas l'afflux. C'est alors que cet ingénieur Norman Macaulay, tout juste arrivé de Dyea, a eu l'idée de construire un tramway sur la rive droite du canyon, avec l'aide de Burnt Nose qui s'y connaissait en gros travaux. En trois semaines, ils ont posé des billes de bois en guise de rails pour les plateformes, tractées par les chevaux jusqu'au débouché. Macaulay y a aussi bâti son grand roadhouse pour les chercheurs d'or en attente, cuisines et atelier de maréchal-ferrant, poker, alcool à gogo. Il s'enrichissait de charroyer les migrants, trop heureux de ce transport à pied sec en aval des rapides. C'est là qu'a poussé Whitehorse, ainsi nommé à cause des remous pareils à la crinière d'un cheval emballé. Ces gueux ignoraient que d'autres rapides tout aussi mortels les attendaient plus loin aux Five Fingers. Ils y fonçaient sur leurs rafiots : pour le Klondike, pas d'autre voie que le fleuve. Quand la ligne de Skagway a été enfin percée, avec toute la batellerie à aube, c'est devenu facile d'aller à Dawson. La belle société s'y est précipitée. Cantatrices d'opéras, canaris en cage, fauteuils articulés de dentiste, miroirs de Venise, pianos, parfumeurs, mercerie de luxe, et même le cinématographe...

Cette évocation des fastes d'antan semble emplir Kluk de convoitise rêveuse. Moi qui ne lui croyais d'éloquence qu'à l'harmonica, je bée d'admiration pour sa verve de marchand d'histoires.

— Seulement, Dawson c'était fini, se réveille-t-il. Pfuitt, Whitehorse a périclité. Plus besoin de tramways, de vapeurs. Comparé à Juneau, c'est plus qu'un trou, dédaigne-t-il d'une moue, juste un terminal du tortillard. Quoique, à présent, avec le nouvel aérodrome, Jim prédit que les fléaux vont s'abattre direct du ciel pire que grenouilles, mouches et sauterelles de l'Exode...

Dit-il, enchanté par cette prophétie cataclysmique.

— À propos de Whitehorse, tu en étais à Burnt Nose, cherche à l'aiguiller ma mère, qui n'en peut plus de ronger son frein.

— Dégoûté de la course à l'or, il s'est embauché maître d'œuvre chez Macaulay. Puis chez Hepburn, un concurrent qui construisait son propre tramway sur l'autre rive. Celui-là payait mieux. Mais les rivaux ont fusionné, acoquinés pour baisser les salaires des traminots, qui travaillaient parfois vingt-quatre heures d'affilée pour évacuer cette foule avant l'embâcle. Ça a déclenché la révolte, l'émeute, la grève pour finir. Herman était de ceux qui réclamaient une augmentation. C'était qu'un gamin mais, en tant qu'Indien, il a écopé de cinq ans de prison...

— Abrège, gronde Kaska, qu'assombrit visiblement le souvenir de cet épisode.

— C'est lors de cette grève que Burnt Nose l'a connu. Là qu'il a vu sa bravoure, comment on le tabassait et l'entravait. Écœuré par ces exploiteurs, il a quitté le merdier du tramway, d'ailleurs vite désaffecté. Il s'est mis industriel à Juneau, petites mécaniques pour les mines, et puis sa marotte de justice l'a repris, il a créé un journal. On le dit wobbly parce qu'il défend parfois les ouvriers du syndicat Industrial Workers of the World, mais reste que c'est un patron. Depuis le temps qu'il s'active au Yukon, il connaît la population sur le bout des doigts, les tordus, les vendus et les braves gens. Eh bien, le seul homme qu'il tienne en estime après tout ce temps, c'est Herman. D'après lui, un esprit supérieur. Fortiche en mécanique, en arithmétique, en lecture. Burnt Nose dit qu'il aurait pu faire ingénieur. Voire député, ou alors leader de l'IWW. S'il n'avait été indien. S'il n'avait maudit son instruction…

— Les missionnaires qui la lui ont inculquée, et pareil les briseurs de grève, crache Kaska par côté.

— Après la prison d'Edmonton, Herman a disparu à l'aventure durant des années, supposément au sud dans les États yankees, mais ça n'a pas dû lui plaire non plus, hein, Kaska ?

— Ça ne lui a pas plu du tout, confirme-t-elle.

— Probable puisque, il y a quelques années de ça, Burnt Nose l'a croisé à Whitehorse où il vient une fois l'an vendre ses peaux, qu'il lui a dit, et là il a su tout ce qui lui était arrivé, comment il avait roulé sa bosse, content d'apprendre qu'il était de retour. Alors, quand son cousin Murphy a cité Herman, Jim s'est dit : si c'est vraiment sur le copain indien de Burnt Nose que la petite dame est tombée, si c'est chez lui qu'elle crèche, il faut pas…

— Mais, à la fin, vas-tu me dire qui sont ces gens sur mes traces ? explose la petite dame, cognant du poing sur la table à en faire sauter la lampe.

Interloqué, Kluk reste en panne de son exposé historique et considérations annexes.

— Ben, puisque vous voulez savoir, reprend-il drapé dans sa dignité offensée, il y a que, la semaine passée, on a eu de la visite spéciale à Juneau.

Il laisse un suspens, en représailles d'avoir été bousculé.

— Nous autres du port distinguons sans mal ceux qui se croient incognito. Le touriste, vite vu. Ce spécimen-là descend aux mêmes hôtels, se rue dans les boutiques se faire arnaquer en fourrures et babioles indiennes dernier choix, il prend des photos, flâne deux ou trois jours puis repart sur son ferry de croisière. Ensuite, le traîne-misère qui cherche du travail aux mines ou aux entrepôts. Souvent seul, parfois avec femme et mômes malades, il loge dans les taudis des bas quartiers et se fond dans la population.

Puis l'autre, plus varié, à l'affût d'affaires dans l'Archipel. Tout son avoir sur le dos, il fait la côte et les fjords en solitaire, plus ou moins expert en trafic de peaux et fourrures, éleveur de renards bleus, ou exploiteur de quelque filon qu'on lui aura vanté. Celui-là quitte pas les quais, en quête d'un passage au moindre prix en jouant sur la concurrence, mais nous Indiens du port servons de rabatteurs aux patrons qui se passent le mot sur le tarif. Entre nous, Mrs Apostodès, vous êtes plutôt vernie que le bosco et Kostas vous aient recommandée à Jim Donegan sinon, croyez-moi, vous auriez payé un bras la traversée jusqu'à Haines…

— C'est le capitaine qui payait, dédaigne l'intéressée. Eh bien, ces types, de quelle catégorie sont-ils ?

— Aucune. Ils logent à l'hôtel, mais se fichent du tourisme. Cherchent pas non plus d'emploi. Ils fouinent au port et dans les boutiques, mais pas pour négocier un passage ou marchander des bricoles en souvenir : ils interrogent le tout-venant. Ils enquêtent avec méthode, par deux, ou seuls. C'est comme ça que le lendemain, ils perdaient pas de temps, l'un d'eux se pointe chez Kostas. Il s'incruste sans rien acheter, parlote import d'épices et d'éponges, blablabla, questionne, insinue, finalement lui colle sous le nez la photo d'une vamp plutôt canon. Même si telle qu'emplumée vous aviez du chien, strass, satin et tout le tintouin, il a pas fallu une seconde à Kostas pour vous remettre, Mrs Apostodès. Sûr qu'il vous préférait en caban de marin quand vous aguichiez le capitaine Preston et sirotiez chez lui son petit ouzo en lui faisant du genou. C'est ce que prétend le bosco : cette pirate-là, elle a froid aux yeux ni aux fesses, sauf votre respect…

— Mon respect, fous-lui la paix une fois pour toutes, le rembarre ma mère.

— Kostas non plus est pas né de la dernière pluie, il en faut davantage pour l'intimider. Il a pas mouchardé qu'il vous avait vue mais s'est bien douté qu'il y en aurait pour cracher le morceau, vu que vous n'êtes pas passées inaperçues, vous et votre petite rouquine. De votre classe, à Juneau, on n'en voit pas des masses. Alors lui et le bosco ont vite prévenu Jim, se doutant fort qu'avec le renseignement qu'ils glanaient les trois types tarderaient pas à apprendre qu'il vous avait embarquées pour une traversée du fjord et que, une fois alpagué, ils lui feraient passer un sale quart d'heure de confesse. Or Jim avait déjà ouï que ces teignes-là ratissaient serré. On sent vite l'indic qui renifle, pour son compte ou de mèche avec la flicaille, étant donné que nos territoires servent de planque aux types en cavale, taulards évadés, escrocs de tous poils. Avec un peu de chance, il leur arrive de les serrer. S'ils sont pas déjà passés au Canada. Si quelqu'un trouve son compte à les vendre. Certains des plus notoires croupissent à la prison de Juneau en attente de transfert. Dans l'heure qu'il a appris la nouvelle, Jim a eu dans l'idée que s'imposait une grande virée de pêche vers l'île Kodiak, m'est avis plus loin encore. Pas demain qu'il est de retour. Une fois que vous êtes par là-bas, vous trouvez de bonnes raisons d'y rester. J'y serais bien parti avec lui…

Étonné que personne ne lui coupe le sifflet, il se le coupe lui-même.

— Bref, avant de s'éclipser, sa combine était de vous informer au plus vite. Il m'a désigné volontaire pour me fourguer comme porteur aux chasseurs du Saskatchewan qui en cherchaient un sur les quais. Meilleur moyen de voyager ni vu ni connu jusqu'à vous, Mrs Apostodès. En tout cas jusque chez Murphy. Et pour moi, en tant que second, d'échapper également aux types qui vous tracent…

— Sûr qu'ils t'auraient joliment raclé la couenne, confirme Kaska. Un chien de Kluk comme toi, ils t'auraient arraché les couilles.

Kluk roule des billes d'effroi rétrospectif en mauvais comédien de cinéma muet. Moi j'en tremble pour de vrai, bien qu'ignorant quelle pièce anatomique désigne ce vocable peu biblique. Ma mère ne s'émeut guère des soucis de Kluk, éventuels ou réels.

— Arrête de m'appeler Mrs Apostodès, s'exaspère-t-elle. Mon nom, c'est Onayepa.

— C'est quoi ce nom-là ?

— Princesse de l'hiver, il paraît, l'informe Kaska qui, la veillée s'éternisant, s'est allumé une pipe.

— Alors, à quoi ils ressemblent, ces racailles ? Des freluquets balafrés, des gommeux chafouins à lunettes noires ?

— Moi, je les ai pas vus mais, d'après le signalement de Kostas, c'est plutôt du gabarit de boxeurs, la gueule taillée au pic à glace…

— Alors, c'est pas des Ritals, estime Onayepa. Ou bien des barbouzes à leur botte.

— À cause du poêle en surchauffe, celui qui est venu chez lui a ôté sa chapka. Il a de grandes oreilles. Mais alors de très, très grandes, très poilues. Des oreilles de mammouth laineux.

— C'est Mickey ! je m'écrie. C'est un des chasseurs descendus du *Prince Rupert* à Wrangell.

Leur attention se reporte sur moi, qu'ils avaient totalement oubliée en tant que figurante facultative de leur colloque.

— Nez de renard mérite son nom, apprécie Kaska en plissant ses yeux de corbeau derrière sa fumée.

— Les deux autres, ils seraient pas blonds quasi albinos ? demande Onayepa.

— Aarne et Magnus, les jumeaux danois ! Magnus a un petit as de pique tatoué là, je précise, désignant mon futur sein gauche, fière d'enfin livrer mon petit secret, et à bon escient.

— J'ai pas attendu de faire leur connaissance, ni qu'ils se mettent torse poil, s'excuse Kluk, agacé par cette enquête d'identité, oiseuse à ses yeux. Au train où ils collectent le renseignement, ils sont à moins de trois jours derrière moi. Vous non plus devriez pas attendre de voir de plus près les oreilles de Mickey et l'as de pique du tatoué, prévient-il, lugubre.

Sur ce, silence lourd de méditations.

Comment se fait-il que tout soudain notre logis bien clos, tapissé de papier journal piqué de chiures de mouches, avec son bric-à-brac d'articles rustiques enfumés, que cette bonne petite cabane inoffensive en rondins chauffée au gentil poêle en fonte n'est plus seule au fond des bois d'hiver bien cachée, une île forestière atmosphérique, une caverne onirique dotée de buffet hermétique, un refuge antiatomique.

C'est que le Comptable de nos vilenies nous a débusqués. Il nous tient dans son viseur.

Tels les flics des films braquant leurs phares sur la planque des gangsters traqués, Dieu qui de son œil unique voit tout en tous lieux à tout instant, jusque-là distrait, s'est soudain avisé de jeter sur notre cabane le faisceau surpuissant de sa torche électrique à cent mille volts, son grand projo blanc de lune aussi terrifiant que la foudre du premier soir, orage et grondements, badadram boum colériques, il nous a dans sa mire. Vous êtes faits, rendez-vous, jetez vos armes. Sortez bras en l'air, et pas d'entourloupe ou je vous bute !

Ma parole, il nous parle comme à des chiens.

Louons Dieu, disait Miss Plunkett. Aimons-le pour ses bienfaits. Qui ne sont pas universels, il semble. À l'angle mort de son œil unique échappent quand même quelques petites iniquités. De flagrantes ignominies. Cela ne me rend pas joyeuse de voir combien Dieu autorise de saloperies, d'atrocités, de carnages rien qu'en détournant son œil négligent, maussade et froid comme la lune. Mais alors, mais alors s'Il est vraiment bigleux, au lieu de nous rendre bras en l'air, aurions-nous pas quelque chance de pouvoir filer à l'anglaise, de sortir par la porte de derrière en feintant son projo de ciné policier. Y a-t-il une petite porte de derrière à notre cabane ? Non. Seulement une cave congelée. On n'y rentrera jamais, nous trois, Kaska, ma mère et moi, sans oublier Shini, plus Kluk même fluet, plus Herman quand il reviendra. Et le cheval ?

Nous sommes faits comme des rats.

C'est à quoi nous méditons en silence.

— Tout ça, c'est des conneries de Blancs, dit Kaska en conclusion. Herman saura quoi en penser. Il arrive. Mon corbeau l'a prévenu.

— Et moi je suis King-Kong, plaisante faiblement ma mère.

Fatigué d'avoir phrasé au long cours pour des prunes, Kluk jouerait bien de son harmonica mais les circonstances n'ont pas l'air de s'y prêter. Il piquerait bien un somme après son long périple d'émissaire clandestin pédestre, compromis à son corps défendant dans une affaire qui ne le concerne pas et peu satisfait, en l'absence d'Herman son partenaire désigné, de tomber sur ce trio de squaws qui lambine à piger la situation. Peut-être maudit-il Jim, le bosco et l'ami Kostas de l'avoir embarqué dans cette galère, lui aussi se tirerait bien par la porte de derrière. À défaut de quoi, soucieux, il contemple dehors par la vitre.

— Oh, s'écrie-t-il, le ciel, venez voir le ciel !

Il renfile presto son caban en cours de dégel, nous de lui emboîter le pas.

— Bonté de bonté ! bêle Onayepa béate, mains jointes.

Nom d'une pipe, le grand jeu ! L'extase cosmique ! La lune au zénith occupe l'entier firmament, refoulant à l'ouest toutes étoiles, toutes ténèbres, son foyer lumineux forcissant à vue d'œil a gagné l'ensemble du ciel mué en noir laiteux secoué de frissons tel un colossal, silencieux orage, faisceaux d'éclairs fugitifs parcourus de corail, saphir, anis, plus souvent pur émeraude, pur diamant, éteints, ranimés. Du halo fusent en tous points cardinaux de longs traits magnétiques, de souples traînées qui s'évasent en volutes, en anneaux jusqu'à l'extrême horizon, puis la ceinture luminescente renaît toute puissante au nord, ondulant de ses amples franges irisées, gigantesques tentacules liquides pendus aux cintres nocturnes comme mille méduses psychédéliques.

— Regarde bien, fillette ! Mais prends pas ça pour un miracle des missionnaires, me souffle Kaska dans le cou, m'étreignant fort dans ses bras.

C'est bien la première fois. Sa poitrine brûlante me communique son frisson, d'un seul coup un trop-plein déborde mon cœur, si petit cœur démuni devant la beauté inouïe de la vie et l'insondable tristesse de sa finitude – il m'arrivait d'avoir des accès de blues existentiel infantile –, Kaska a dû le sentir. Elle se secoue les plumes, la voix un peu rauque d'une émotion subite, ou elle est en train de s'attraper la crève par ce froid polaire.

— Écoute. Autrefois des cent mille ans de la Terre, ce truc inspirait la pétoche aux anciens, une panique sacrée, ils disaient y voir les âmes mortes s'agiter là-haut. Peut-être avaient-ils pas tort. Aujourd'hui, il paraît que c'est un phénomène météorologique saisonnier local. Ça se peut aussi. Attention, regarde quand même pas trop longtemps ce dragon extraterrestre. Tu vas en oublier qui tu es. Tu vas te croire pousser des ailes – elle me pinçote les omoplates –, t'envoyer en l'air guerroyer d'égal à égal avec les étoiles, le soleil et la lune sa rivale. Wak, wak, rigole-t-elle, les aurores boréales, il y en a que ça rend dingo. Garde tes petits petons sur terre, Qui donne ses dents.

— Je croyais que tu t'appelais Nez de renard, se gausse Kluk, la tête renversée, pas du tout ému par les prophéties de Kaska ; ou jaloux qu'elle me serre dans ses bras.

Kaska me charrie mais elle est sérieuse. À présent, je sais que, tantôt facétieuse, tantôt raisonneuse, elle éduque mon esprit à ne pas prendre les vessies pour des balivernes, le vent pour un pet de glacier, l'ombre de l'homme pour son âme et le corégone pour un eulachon. Sa leçon de choses boréale me galvanise, je n'ai plus peur d'être repérée traquée par une lampe de poche biblique. Plus besoin de cave ou de porte de derrière, la preuve : Herman sort du bois. Le voilà. De l'orée il se détache, sous le ciel folâtre empli d'éclairs muets en technicolor, il avance, tenant à la bride son cheval, noire silhouette sur la blancheur phosphorescente de la neige et je ne prends pas son apparition pour un miracle de missionnaire.

En vérité, je crois en Kaska mon corbeau aimé, wak, wak wak.

À force d'écouter Jessie raconter, je retombais en enfance. La mienne, évidemment. Non que je l'avais oubliée, pas de risque, mais son récit me faisait retrouver de neuf cette voix qui bégaie bloquée dans l'oreille interne, refoulée dans ma vieille gorge en arrière des amygdales, entre les dents de lait, que langue ni palais ne parvient plus à articuler telle qu'enfant je m'entendais la parler, tous échos diffractés de longue fréquence brouillés comme d'un vieux microsillon qui tourne sous le saphir usé, zipp et scratch dérape, parasites lancinants, mieux vaudrait le silence. J'étais pas loin de l'obtenir quand Jessie a débarqué chez moi. Quoi qu'on en veuille et prétende au sujet des enfances, de l'enfance telle que chérie, béatifiée en socquettes et culottes courtes, je tenais pas tellement à y revenir. Heureusement, impossible de se téléporter à volonté, de se retrouver soudain dans la peau de ce gnome hostile, avec sa langue écorchée, son sentiment du monde étranger plein d'étonnement, d'effroi, brèves joies, plaies, colères froides et pleurs ravalés, nausées ; pitié. Je préférais ma surdité. Colmater mon oreille avec la friture ondes courtes du présent plutôt qu'écouter ma voix des commencements. J'aurais dû rembarrer Jessie avant qu'il soit trop tard. Pendant qu'elle parlait, je m'écoutais en train de l'écouter, je devenais attentif à moi-même, ça fait que j'ai peut-être raté des choses qu'elle disait mais pendant ce temps je me retrouvais, et voilà qu'à cause d'elle le vieux refrain montait en volume ; j'étais un enfant facile, docile, dressé à l'être, d'espèce sérieuse, silencieuse. J'avais père et mère, tous deux sans famille. Que nous trois. Lui commis chez un quincaillier en ville, elle femme au foyer. De fait, elle tenait nickel notre intérieur tel que sorti de neuf du magasin, elle ne faisait que balayer, torcher, lessiver, cirer lino, plancher et souliers, cuisiner, coudre mes habits et les siens à sa machine Singer à canettes et pédale qui trônait sur le palier. Son intérieur à elle, son âme je veux dire, j'en ai jamais rien su, peut-être qu'elle le nettoyait pareil.

On habitait la banlieue sud-est d'Ottawa, une maisonnette retapée que mon père payait à tempérament. Façade en bardeaux, un étage à deux chambres, porche sous auvent, jardinet clôturé sur rue et courette derrière servant de débarras où je jouais, fabriquais des bricoles, lisais et relisais ma collection de comics avec des héros aviateurs ; mes devoirs, je les faisais au sous-sol. S'y trouvait une buanderie avec des bacs à linge à l'eau courante où, petit, ma mère me donnait le bain et, grâce à mon père qui l'avait récupéré à la quincaillerie, un calorifère RUUD pour le chauffage central au gaz, un luxe à cette époque. Chaque pièce avait sa bouche d'air chaud, avec des clapets qu'on pouvait ouvrir ou fermer à volonté, j'arrêtais pas de les actionner, sauf celui de la cuisine son domaine, que ma mère m'interdisait. On ne prenait de repas ensemble que le dimanche, sur la nappe cirée. Mon père à un bout de table, moi à l'autre, ma mère debout. Même si elle y mettait son couvert jamais plus d'une minute assise et encore, de biais, prête à se relever comme si la chaise lui chauffait les fesses.

— Asseye-toi un peu, Olympe, feignait-il de s'irriter de sa modestie.

Au fond, satisfait qu'elle s'en tienne à son rôle, quasi enjoué, tout en aspirant slurch son potage. Même quand il a été cloué malade d'emphysème au lit, elle n'arrivait pas à poser son fessier tant que quelqu'un, moi seul désormais, était assis à cette table, coincée entre la cuisinière et le garde-manger grillagé, personne que nous trois y a mangé, jamais d'invités. C'est pour ça, je pense, qu'elle a toujours eu une bestiole de compagnie. Chien ni chat qui vadrouille, ni d'oiseau qui fait du bruit, plutôt des bêtes silencieuses et sédentaires, hérisson, tortue, cochon d'Inde, lapin, pour finir elle a plus eu que des hamsters. Elle adorait le hamster. Lui rencontrait ses collègues et ses copains dehors à son magasin, au ball-trap, aux parades lors des fêtes, il allait lire le journal au snack-bar. Il m'y emmenait parfois. Pendant qu'il buvait sa bière en causant au barman, il me juchait au coin du comptoir sur un haut tabouret et m'offrait un malted milk avec une grande paille, que je sirotais discret, l'air de pas y être. Ça trompait que moi. Il me conduisait aussi au barbershop me faire raser la boule à zéro. Du fauteuil, je le voyais dans le miroir fixer ma nuque avec rancune. À son gré, mon feutre repoussait toujours trop vite. Dès que sur le trottoir, je le sentais me chatouiller le crâne, il repoussait déjà. Comme il refusait que j'aille à l'école séparée, il m'a inscrit dans un quartier éloigné de chez nous. On était deux pareils dans la classe. Pour éviter de me battre, de copains je n'en voulais pas. Aucune voisine réglementaire n'étant candidate, ma mère non plus parlait à personne. De relation, de connaissance : aucune. Ou alors en cachette Basilique, la domestique des Bissonnette, deux maisons plus loin semblables à la nôtre, qui gardait leurs enfants en bas âge. Cette fréquentation déplaisait à mon père.

— Tu t'es élevée au-dessus de *ça*, disait-il. Entre toi et elle, il y a *nuance*.

Par là, pas besoin d'un dessin, j'entendais : toi originaire de Virginie – je crois que son grand-père était mort dans une plantation –, toi du quartier nègre de Brandon, contre l'avis de ma tripotée de famille de Rapid City Manitoba je t'ai donné mon nom, je t'ai sacrifié ma réputation, ma carrière à l'armée, ma part de la ferme revenue à mon abruti de frère, on vit à Ottawa loin du KKK – selon lui, les flics canadiens traquaient les communistes avec plus de zèle que le KKK local, aussi peinard qu'en Alabama –, tu as une belle maison, le confort, un foyer honorable, alors tiens-toi bien, Olympe Cooper, va pas me manquer à présent. Basilique, c'est pas quelqu'un de ton rang, elle est pas de ta condition, *nuance*. Hop, mets ta casquette, Bud, on va au Louxor.

Au Louxor, il n'y avait pas souvent de Noirs, dans la salle ni sur l'écran, ou alors décoratifs, grooms, trompettistes, benêt de service. Mon père nous plaçait à l'orchestre pour voir si on viendrait lui signaler qu'en ma compagnie fallait monter au jungle corner de l'étage. Une fois, on a vu *Naissance d'une nation*, à la fin enthousiaste la salle applaudissait, j'ai cru devoir faire comme tout le monde, c'est la seule fois qu'il m'a giflé. Il m'emmenait dans des endroits interdits comme la piscine, des parcs publics, certains bus, il cherchait le *casus belli*, l'occasion d'en découdre devant moi avec quelqu'un, mais avec sa femme il sortait pas, dans la rue ni dans les magasins, ni à l'église des Frères Unis en Christ où elle allait prier le dimanche matin. Les ouailles y étaient de couleur aussi visible que la sienne et tous répondaient aux Blancs dans la langue petit-nègre qu'ils leur parlaient ; histoire de les rassurer que, oui, ils étaient bien les nègres qu'ils pensaient. Même notre épicier voisin Nicaise, bien qu'éduqué à pas avaler les *r* du vocabulaire, parlait encore negro du Sud et roulait des yeux blancs pour me faire rire, complice de je savais quoi. C'était mal qu'elle m'y envoie m'acheter un ice-cream ou un soda dans le dos de mon père. Quand l'institutrice frottait ostensiblement ma tête devant la classe, j'espérais qu'elle y resterait collée des doigts, à cause qu'il me la tartinait de sa brillantine Wax pour me faire tenir une impossible raie de côté.

Je crois qu'il s'aimait de nous aimer ma mère et moi comme sa plaie secrète, un genre de maladie honteuse qu'il se chérissait d'avoir chopée, j'avais de la peine pour son orgueil contrarié. Son dernier jour, il me serra sans force le poignet de ses doigts exsangues bouffis d'œdème, je ne sais s'il pleurait ou riait que je le lui retire. Non que ça me dégoûtait, j'ignorais seulement la conduite à tenir. Épouvanté, je nous vis elle et moi dans la vitre fumée suivant côte à côte son corbillard, deux Noirs en noirs habits de deuil comme une indélicatesse ultime envers son amour blessé, même une fois mort je restai son nègre, pétri de sa peur blanche pour ma couleur, vilain petit garçon, méchant, fais taire cette voix, voilà ce que j'entendais en écoutant Jessie qui, bien mieux que moi, avait appris à se congédier, à s'adopter, wak, wak, appelle-moi Njyah.

Avant de mieux comprendre ce qui lui était arrivé, je l'enviais, je lui en voulais. Je me disais : elle, une petite Blanche vernie de Californie, elle avait tous les atouts dans sa manche pour s'en sortir. Malgré les avanies pas ordinaires qu'elle avait encaissées étant môme, même brinquebalée et chahutée par la vie, sa fortune carottée et son lourd passé pédiatrique, elle avait le ressort inoxydable que donne d'être des leurs, dispense définitive d'avoir à se déclarer élu de la Création puisque, par divin décret, ils le sont. Si j'avais pas découvert de moi-même ma *nuance*, mon anomalie distinctive handicapante, ils se chargeaient de me l'inculquer en classe, dans la rue, à la Polytechnique, mais je dois reconnaître que j'y avais d'abord été dressé par mon père, héroïque pédagogue, strict ségrégationniste à domicile, sacrifié à la bonne cause de sa mauvaise conscience canadienne qui, à se choisir une négresse pour esclave conjugale, s'élisait blanc pur sang mieux que, banal bouseux du Manitoba, de marier une bouseuse de ses voisines ; mieux que de se constater chanceux troufion canadien au front en 1917 où les Yankees expédiaient leurs negros se viander en première ligne, ça il l'avait bien vue, la différence, entre lui et eux.

Comme je l'ai vue en 42 dans la neige et le blizzard du chantier de l'Alaska Highway, même neige dans les Ardennes de 44 où, sur fond d'égale blancheur, par idéal contraste s'efface toute nuance entre noir absolu d'ébène, cirage, chocolat, demi-tons dégradés de métis, mulâtre, quarteron ou terceron qu'ils savent pourtant si bien discriminer : dans la neige, on était tous très noirs pareils. Plus de sang-mêlé, d'hybride café au lait qui tienne, bien qu'estampillé natif canadien j'étais negro à la même enseigne. Et pas un chas d'aiguille par où se faufiler, pas de porte de derrière pour battre en retraite, s'absenter, se faire oublier d'eux, pas d'autre issue que foncer tête la première en première ligne, que d'être comme Herman teigneux le meilleur de ma classe en lecture, en arithmétique, chant choral, saut en hauteur, aux avirons, technicien d'élite sorti flambant major de ma promo. Quand j'aurais dû m'écraser, je suis passé maître dans l'art de me distinguer, meilleur pilote d'avion, de char, seul de ma brigade à pas me cogner une mine, seul à tirer mon épingle du jeu, leur jeu à eux, au service de qui on gagne jamais que d'être leur meilleur nègre, tu comprends, Jessie ? C'est comme ça qu'ils m'ont choisi pour aller te récupérer, je faisais l'affaire, bingo.

Là, Jessie frottait le feutre de mon crâne, mes oreilles, fouissait mon cou de son nez de renarde et passait ses bras sous ma parka, sous ma chemise, m'enlaçait serré à m'en étouffer. Contre sa peau douce la mienne chaude fondait, s'électrisait, tu vois pas que tu nous fatigues avec tes histoires à la noix, Bud ? Et puis arrête de m'appeler Jessie, ou je te flingue.

Herman ne prenait pas les nouvelles de Kluk pour des balivernes. Une fois entendu son rapport, résumé au strict minimum, le commentaire de Kaska comme toujours lapidaire, les remarques pour une fois succinctes de ma mère, il a jugé qu'il fallait partir, et sans traîner. Sans s'attabler une dernière fois, prendre l'avis de l'un ou de l'autre, pas même de Kaska, comme si avant même d'être posée la question était résolue : notre petite bande s'activait au départ. Ça m'a d'abord paru facile, disait Jessie, sans doute du fait que, n'étant pas mise à contribution, la tâche incombait aux seuls adultes qui, à mon grand étonnement, s'exécutaient sans hâte ; même si le temps pressait il pressait plus encore de le prendre, comme Kaska l'avait fait dans la clairière. Leurs gestes brefs semblaient coordonnés par magie pour réunir les affaires du voyage, décider du facultatif et du nécessaire parmi toutes choses qui, soudain requalifiées de capitales en accessoires, rectifiaient leurs valeur et fonction intrinsèques par configuration astrale du grand chambardement, ou par révision mentale des données. On croit que posséder confort, si sommaire soit-il, mobilier, poêle en fonte, outils, literie, ustensiles, subsistance de l'année, tous articles utilitaires un à un acquis à grand mal qui pèsent, chevillent, enracinent, que ces précieuses possessions empêchent de tout quitter d'une heure à l'autre, c'est raisonnement absurde, disait-elle. Absurde, je confirme. Moi aussi, quand ça me prend, j'embarque les quelques bricoles, les livres auxquels je tiens, mes frusques du jour, et *ciao*. Un peu plus compliqué à cinq personnes que seul, d'accord. Pourtant, disait Jessie, en rien de temps, on était prêts au départ. Sûr que ça urgeait d'abandonner la cabane, de tout laisser derrière nous. Ou plutôt selon Herman, très sombre, c'est que l'heure en était venue à présent. Elle s'était déclarée cette nuit, tel qu'il l'avait de longtemps pressenti, et peut-être attendu, déjà prévenu de sa venue par son esprit vigilant au sein des forêts pleines d'ondes inaudibles, sauf à son oreille, à celle de son cheval ; averti surtout par la pyrotechnie boréale qui saturait le ciel, signe de grand changement imminent de levant en couchant.

Partir, Herman en avait protesté une fois mais je ne l'avais pas vraiment cru tant me semblait enviable d'avoir élu avec Kaska ce petit coin idyllique de Kloo Lake, ignorant tout de leur vie nomade, de leur habitat libre ou contraint en des lieux provisoires, ce qui les faisait les choisir ou les quitter. C'est seulement le silence des préparatifs, leur rapidité, qui me firent réaliser à quel point notre intrusion chez eux avait foutu en l'air leur tranquillité, les menaçait jusqu'à les faire raturer d'un trait leur vie d'avant, quel sacrifice c'était pour eux de devoir renoncer à leurs biens et de se jeter en fuyards dans la nuit à cause de nous. Ils ne manifestaient pourtant que détachement, moins résignés que résolus à déguerpir, par notre faute, me disais-je, par celle de ma mère spécialiste pour déclencher les catastrophes. Pourtant cela ne semblait leur inspirer pas de reproche, de peine ou de rancune, comme si nous n'entrions en rien dans la décision, n'en étions que le prétexte ou le facteur contingent. Plus sûrement le signal occulte de longtemps suspendu à quelque éventualité ou accident propice ; lequel se présentait maintenant.

Longtemps après je me suis raconté que la rencontre de Klukshu – le piège du chasseur ou de la lune mal lunée dans lequel était tombée Kaska –, loin d'être fortuite, constituait le rendez-vous fatal qui devait les jeter ensemble à l'avenir inconnu des pistes. Qu'ainsi la collision frontale de leurs trajectoires propres réorientait les chapitres de leur vie – les leurs erratiques d'Indiens, et ceux tout aussi hasardés que ma mère enchaînait depuis son jardin d'enfance – jusqu'à mélanger leurs pages respectives au milieu de rien dans les forêts sans cartes d'Alaska et du Yukon, tricotant avec épisodes et péripéties une nouvelle histoire et, nouant inextricablement les mailles de ce qui leur était arrivé jusque-là à elle comme à eux, travaillait à faire enfin se croiser les immémoriales légendes du Grand Nord amérindien avec le vieux conte d'une nourrice d'en France qui, bien que conjugués au passé antérieur des plus arbitraires et obscurs à démêler, concouraient du plus loin à leur inéluctable coïncidence.

À ce moment-là, personne n'avait à l'esprit de chercher le qui-pourquoi-où-comment-quand de la circonstance, quels pouvaient bien être la cause de l'effet, le début ou la fin de ce qui était en train d'advenir, comme s'il en était besoin afin qu'entre-deux se produise quelque chose de substantiel et que, si possible, cela file bon train du point zéro jusqu'au dénouement, l'air de couler de source alors qu'évidemment rien n'en coule, la vie ni les histoires. Pas de point zéro, rencontre ou naissance, qui tienne en guise de commencement, disait Jessie, et de mort non plus, de mort en guise de mot de la fin, pas de point final. On a beau revenir en marche arrière toute, sauter en avant comme un cabri, s'adonner au feuilletage en cherchant follement quelle page perdue avec notes en bas de page donnerait le sens et la direction, la situation actuelle, éventuelle, arbitraire comme on voudra, était celle-ci à ce moment de la nuit nordique : en moins d'une heure, on pliait bagage.

Bien que réduit au strict minimum, ledit bagage pesait lourd son poids de réalité, ce n'était pas du cinéma. Shini attelé tout seul au traîneau, ma mère et Kluk au travois, véhicules de transport rudimentaires mais, sans discussion, supérieurs au chariot par temps rigoureux et sur les pistes qui nous attendaient – oublions la Dodge d'Archie à son fatal destin d'épave –, entassé par là-dessus le lot indispensable de vivres, couvertures, peaux en quantité, pieux émincés, équipement de bivouac à tirer, traîner, à porter pour le cheval sellé, surchargé, tenu à son mors par Herman, Kaska ployant tout autant sous l'énorme sac à dos hérissé d'ustensiles, chacun emmitouflé sous toutes épaisseurs de fourrure disponibles, et ceinturés ferme, muselière de cuir contre le vent glacé, raquettes et fusils en bandoulière, et moi, piétonne excédentaire à remorquer.

— Bien au chaud dans tes mukluks, tu marcheras comme la grande fille que tu es, hein, Nez de renard ?

Avoir à être grande immédiatement m'a fait peur. Quelque chose inconnu de fou qui abolit tout. Tout c'est tout, et on ne peut imaginer tout, même si on lâche la main de la raison, comment faire semblant d'être ce que je ne suis pas ? Demain, l'ordre sera rétabli comme avant, demain je serai encore petite, me promettais-je. Mais ça ne marche pas comme ça, ça ne revient jamais en arrière et devant il n'y a rien. Seul existe le présent et, de l'affreux présent, on ne peut se ficher. Le plus compliqué était que je devais me dépêcher de lacer mes mukluks mais les lanières résistaient de manière incompréhensible, coincées dans des replis dont j'ignorais l'existence et pour une raison que je ne pouvais m'expliquer la fenêtre à quatre carreaux de vitre s'était mise à monter et descendre en lévitation, il était évident que d'un instant à l'autre elle allait se briser, tout le reste avec. Étais-je la seule à réaliser que la cabane était en grand danger, que sans nous toutes choses abandonnées allaient refroidir en vitesse, glacer dedans comme dehors, plongées dans le noir dehors et dedans mortel absolument. Plus de flammèches aux lampes, de flammes au poêle, de niche dans mon buffet, plus de fumets de cuissons, de chanson du vent dans les bois d'élans. Le problème avec mes lacets ne faisait qu'empirer mais d'une certaine façon cela retardait l'instant où je devrais être grande comme s'il n'était pas inéluctable, tandis qu'eux avaient l'air de s'accommoder du départ précipité, sans se rendre compte que c'en était radical fini et à tout jamais du temps de Kloo Lake. Je suis sûre que sans rien en montrer Kaska et Herman en avaient eux aussi la colique de panique, des tranchées aux tripes à tout dégobiller.

Elle a noué mes lacets, et nous sommes partis.

Ce n'étaient pas de gentils Indiens, Bud.

C'était juste des personnes qui, en responsabilité, décence commune, altruisme et noble désespérance, en auraient remontré à plus d'un des cuistres sectaires qui ont ratiociné sur la cotation en humanité des peuples nordiques colonisés, qualifiés de "cannibales", capturés en échantillons pour les salons et cabinets de curiosités d'Angleterre, persécutés en bétail d'abattoir depuis les premiers raids arctiques d'un Frobisher ou d'un Hudson cherchant le mythique passage vers la Chine et l'Inde, prédateurs féroces desquels de nobles baies portent le nom ; depuis la pénétration et la mise à sac systématique du continent quadrillé des postes de traite de leurs Compagnies rapaces, jusqu'à la confédération canadienne, jusqu'au magistral recensement sélectif en cinq couleurs zoologiques de 1901. J'ai lu dans sa totalité l'*Indian Act* de 1876 leur déniant identité, citoyenneté, ses révisions successives et cent autres actes canadiens de même encre. J'ai passé ma dernière année de fac à dépouiller les minutes de procès intentés à ces "créatures sauvages", criminalisant leurs danses et chants coutumiers comme "manifestations de débauche", prohibant le don du potlatch, Clause 3 de 1895, exécutoire jusqu'en 1951 – c'est hier, Bud –, empêchant mariage mixte, libre déplacement, vie clanique, instaurant le pensionnat forcé de leurs enfants, l'expropriation de leurs terres, liguant dans leur persécution méthodique pasteurs et curés, policiers et commissaires aux Affaires indiennes. Les doctes juristes et experts scientifiques – encore ceux-là venaient-ils les "observer" comme Jacques le boiteux –, auront-ils tant et plus débattu, exclusivement entre eux, de l'origine, de la *nuance* du spécimen amérindien : les peuples inupiaq et gwich'in sont-ils de même race, athapascan ou mowack, haïda, tagish, tutchone, et mi'kmaq ? Assurément pas de la leur, de la plus pure blanchitude caucasienne, dont la stupéfiante valeur d'étalon nulle part ne se discute quand, depuis des millénaires et sous toutes latitudes, l'engeance occidentale dont ils sont issus copule, s'hybride, panache ses fluides, ses humeurs, ses pigments, son sang et s'étripe équitablement, s'extermine au feu grégeois, aux gaz, à la bombe H – mais ceux-là c'était que du Jap, du "jaune" n'est-ce pas ?

T'emballe pas avec ces foutaises, Njyah.

Je m'emballe pas, Bud, je révise.

J'avais besoin de me mettre ça sous les yeux avant de me tirer, de mieux savoir ce qui se passait l'année de mes six ans quand je vivais avec eux innocente, ignorante, quand Herman et Kaska ont dû prendre la piste dans la glu de la nuit par moins vingt avec la Princesse de l'hiver et sa rouquine, de comprendre que si leur fuite était criminelle au regard de la loi, américaine ou canadienne, ils n'avaient pour dessein que de se soustraire, et nous avec, à ceux qui les traquaient de toujours au nom de leur scélératesse légale.

Au bord du lac Aishihik, Jessie parle à l'eau, aux roseaux, aux trembles et aux bouleaux, pas à moi.

Elle s'adresse au paysage solitaire empli de présences, aux habitants de Da'kéyi, au peuple du *Kwändur* et de ses cycles transmis de bouche à oreille par générations de mille fois mille ans, au Voyageur qui arpente l'espace des commencements sans toucher ses confins obscurs d'eau et de vent, de ciel et de terre, qu'elle prend à témoin de son mépris et de sa colère.

Nous venons d'amerrir au nord du lac, là où elle voulait que je revienne avec elle. Non loin de la rive, mon hydravion bleu et blanc flotte sur ses patins, bien amarré au mouillage. Grimpé en équilibre sur la proue, j'ai jeté l'ancre, puis inspecté mon tableau de bord au point mort et bien assujetti le panneau de cale sur notre emport d'essence. Ensuite nous avons transféré notre matériel de brousse dans mon petit canot gonflable, trois coups de pagaie et nous accostions sur un rivage de sable et de cailloux, le mieux dégagé des roseaux et des troncs échoués encore glacés de l'hiver. Une fine bruine tombait, si légère et mousseuse qu'on l'eût plutôt dit monter du lac et des arbres clairsemés, tout perlés d'humidité, le paysage entier fondait dans cette poudre d'eau du soleil de mai, au travers de laquelle mon Norseman semblait un insecte géant au repos.

Nous y sommes rendus, Jessie.

Partis au petit matin de Tok, radieux temps de printemps, nous avons dû survoler quelque part la frontière américo-canadienne, peut-être la tranchée taillée en no man's land dans la forêt, à perte de vue. Voler me donne toujours la même euphorie d'apesanteur, délestage des fatigues de corps et de mental, même avec son tonnage mon petit hydravion se cale du ventre en équilibre comme sur un bon matelas, je me fie à ses ailes, ses flotteurs, son moteur comme d'un ami. Faut quand même pas oublier de faire gaffe aux manettes mais, là-haut, c'est la splendeur assurée, aucun parterre à vaches n'offre ça. Jessie ne partageait pas ma bonne humeur. Elle fixait à s'en brûler les yeux le triomphal lever du soleil comme son ennemi personnel. Nous avons remonté quelque temps la rivière White, l'écheveau aplati de ses mèches laiteuses étirées entre les plateaux encore couverts de neige, faisant le gros dos dans les brumes à l'infini du nord.

De là-haut, le paysage est lent, immobile presque. Il change moins vite que derrière les vitres d'une voiture, ça donne le temps d'y réfléchir. Enfin s'est ouvert devant nous, d'une netteté de gemme incrustée au pied des chaînes du mont Elias, cristal rosé d'aube, le miroitement du lac Kluane encore pris de glaces par endroits, à cette altitude marbré de turquoise, bleu marine, céladon selon hauts-fonds et courants ; nous étions trop hauts pour localiser Burwash Landing à cheval sur le cordon grisâtre de l'Alaska Highway, défoncée après chaque hiver, que je suivais à peu près depuis le décollage. Au fond du lac, j'ai viré de l'aile au-dessus du delta de la Slims River qui, en dégorgeant ses eaux de glacier, embourbe son large lit de sédiments livides, soulevés en nuages de farine par des vents tourbillonnants jusqu'au-dessus de Silver City.

Du doigt, à cause du boucan, j'ai désigné à Jessie les quelques bâtiments disséminés au bord de sa grève, anciens entrepôts des Jaquot ou maisons de leur descendance, pas de raison qu'ils aient renoncé au coin. J'ai fait un cercle à faible altitude, quasi en rase-mottes, pour qu'elle aperçoive les cabanes en ruine enfouies dans le maigre moutonnement forestier, qu'au moins elle distingue, quasi abstrait par le surplomb aérien mais malgré tout visible, l'emplacement de l'ancien village des pêcheurs de Män Shii'aya, effacé mais pas oublié ; le nez collé à la vitre de la cabine elle regardait en bas, visage fermé. Que pensait ou ressentait-elle de surplomber cet endroit duquel elle n'avait qu'entendu parler par Herman jadis, où Kluk se vantait d'avoir nuitamment faussé compagnie aux chasseurs, quinze ans avaient filé – une nanoseconde pour l'éternel temps de la Terre au-dessous de nous déployée sur ses strates précambriennes. Quant à la petite paire de siècles de suprématie blanche qui avait mis la région en coupe réglée, on n'en voyait que la route grisailleuse percée par les Yankees et le pont enjambant la rivière Slims, les quelques toits délabrés de Silver City.

J'ai repris de l'altitude pour naviguer plein est, réjoui par le bourdon allègre de mon moteur 450hp Wasp Jr, quel génial moulin, amical, nerveux, increvable, hardi partner et cap sur Kloo Lake ! Très vite en vue, que sont trente kilomètres sous nos ailes, d'un sombre vert vitreux dans l'écrin roux du marécage, distinct par son étrange découpe des vingt autres petits plans d'eau trouant la moquette forestière. Depuis nos soirées à Anchorage, l'envie me tenaillait d'aller jusqu'à sa fameuse cabane voir un peu où elle en était, et tant qu'à faire l'épave rouillée de la Dodge, juste une heure de pèlerinage pédestre, me disais-je. Mon coucou n'a pas peur des courtes distances, je pouvais le poser sans peine dans l'axe du lac, cinq cents mètres environ, mais à l'approche, comme je contrôlais mes lacets au palonnier, elle a compris mon intention, farouche elle a fait non de la tête. Non et s'est reculée au fond du siège, aussitôt geyser lacrymal. J'ai cabré et remis les gaz, on a vite retrouvé le palier de croisière.

— Bon, je gueule pour dominer le bruit du moteur, si tu préfères t'éviter de savoir ce que subsistent de vestiges, quelles ruines, traces restent de ta putain de cabane, ou bien aucune trace, aucun signe, pas même un éclat de bois d'élan harpiste, pas une écaille de saumon rouge ; ainsi que tu t'es épargné de suivre la Haines Highway afin d'ignorer à quel point la page d'alors est définitif perdue, si tu préfères n'en garder que ton souvenir en bocal stérilisé, d'accord, on descendra pas voir. À tes ordres, Njyah. C'est toi qui paies. Mais alors, nom d'un chien, mon Norseman et moi, on se demande ce qu'on va bien foutre à Aishihik Lake.

— Äshè'yi Män, elle corrige furieuse en criant de même, reniflant.

— Sur ma carte, sur mon plan de vol, c'est écrit Aishihik, je maintiens, inflexible.

Notre petite bisbille a pas duré mais je l'avais mauvaise. Autant de ma frustration que de lui donner raison : j'aurais dû laisser l'agence vendre la maison. J'aurais pas dû revenir dans cette rue à jardinets d'Ottawa, entrer dans ce couloir désert qui puait le renfermé, dans cette cuisine avec la table coincée entre la cuisinière et le frigo – il y avait un frigo à la place du garde-manger grillagé, de la poussière sur la nappe cirée, mieux aurait valu que je voie pas ça. Le reste non plus. Au fond, Jessie avait raison, faut pas atterrir, et c'est pourtant ce qu'on allait faire. À présent on fonçait à cent trente nœuds plein nord, survolant à trois mille pieds les montagnes de Ruby Range striées de neige en pleine fonte, entaillées de profonds canyons noircis d'ombre matinale entre sommets vitrifiés et mille serpents de rivières et ruisseaux et petits lacs, trous d'eau cloués dans la toison brun-gris des forêts, vert-gris des lichens et des mousses tapissant le sol marqueté de plaques rocheuses. Sous la carlingue c'étaient, avalés en moins d'une heure sur mon tapis volant de fakir bleu, en une seule enjambée géante de mes bottes de sept lieues, les quelque cent vingt kilomètres que leur petite escorte avait franchis quinze ans plus tôt à pas de fourmis par moins vingt sous zéro.

De loin, j'ai repéré ce que je m'attendais à voir, l'échancrure de terrain ratissé en zone plane, la piste de l'aérodrome que les Yankees ont implanté au nord du lac en 44, une base militaire comme en dix autres endroits paumés le long de leur Alaska Highway, contre laquelle piste se détachaient les quelques bâtiments de bois mal en point, toits de tôle vert sapin, hangars et tour de contrôle peints rouge brûlé. J'étais plutôt content de constater que pas un signe de vie, pas un gus, une jeep, pas un appareil en vue sur le tarmac, la manche à air prenait du gîte avec sa chaussette déchirée, probable qu'à moitié désaffectée la base n'avait plus qu'un personnel intermittent et ne tarderait pas à tomber en ruine. Jessie a fait semblant de ne pas voir ce chancre greffé aux solitudes qu'elle avait connues quinze ans plus tôt, que j'avais connues aussi quand j'avais dû choisir au pif mon axe d'amerrissage, la proie d'un vent tournant assez méchant, casse-cou partant en piqué parce que, pour me poser chez les Indiens en visiteur invité ni annoncé, j'étais censé avoir une avarie. Je savais très bien obtenir de mon moteur des ratés, des hoquets, avant de caler complètement juste à l'endroit prévu, ça n'avait que trop bien marché.

Dans l'instant, je me suis revu débarquer non loin de leurs nasses à saumons posées en vue de la migration. En ce début d'août, c'était déjà une profusion automnale de rousseurs et d'or et de rouges parmi le hérissement d'épinettes noires, sous laquelle, non loin de la rive, le camp d'été, d'où une bande d'enfants et de chiens attirés par l'événement surgissait, s'enhardissait à ma rencontre et parmi eux, nom de Dieu, j'en avais encore le cœur chaviré, cette grande gamine maigre à cheveux rouges.

Quinze ans plus tard, j'ai posé mon Norseman à peu près au même endroit, désert.

Dans ce retrait ouest au nord extrême du lac, on a glissé dans la double gerbe d'eau des flotteurs comme des as de ski nautique, j'ai coupé les gaz tandis que la flotte dégoulinait sur le pare-brise. Un amerrissage au plus court, de toute beauté et là, silence. Silence du moteur qui nous avait assourdis depuis le départ, silence quand j'ai ouvert le panneau avant, une monumentale paix brute à l'état naturel, et puis, comme amplifié à nos tympans et douloureux presque, a éclaté en tonnerre le fruissement des roseaux, des épinettes et des bouleaux caressés de vent tiède, le ressac accalmi de l'eau, enfin le cri dégoisant, piaillant et craquelant de volatiles invisibles outrés par le vacarme de notre survenue ; d'un soudain envol s'éparpillant à tire-d'aile loin sur le lac.

— Bernaches, lagopèdes, souriait Jessie dégrafant sa parka, yeux mi-clos, humant l'air longuement. Puis elle a fredonné *nindana nahohé atanké pawé ho*. Comme si elle me donnait le mot de passe pour entrer dans son rêve.

Cinq à six journées de marche, avait dit Kaska ; c'était une estimation d'été. Plein hiver, c'était autre chose. Sans comparaison plus praticable, il y avait la piste régulière remontant le torrent Yänlin Chemi qui dévale du lac Äshè'yi mais c'était un très long détour. Pour l'emprunter, il fallait d'abord aller par le chemin de roulage jusqu'à Dakwäkäda, où logeait de la compagnie, et puis jusqu'à Canyon Creek, et là forcément passer sous le nez des Parker, puis au-delà du pont de bois qui enjambe Otter Falls traverser en cours de route le village de Chemi où seraient peut-être encore quelques pêcheurs : autant claironner à tous les carrefours notre départ de Kloo Lake, combien nous étions et où nous allions en cette saison où fou qui pérégrine se fait rare. Autant courir à la rencontre des types de Juneau et se jeter dans leurs bras. Pas d'autre choix que de passer par le plus court mais le plus périlleux, quitter Kloo Lake par le nord à travers la montagne inhabitée, affronter ses cols, le gué de ses rivières et ses marécages, ses ravines, tailler une piste où personne de sensé ne passe et y perdre nos traces ; la neige y travaillait. Elle s'est remise à tomber dès notre départ à l'aube, aube tardive d'hiver si faible qu'elle est déjà sans transition crépuscule de nuit, à tomber, épaisse et douce, moelleuse. Ayant choisi son camp, elle recouvrait le sillon du traîneau et du travois, les sabots du cheval, nos empreintes. Seule escorte au-dessus de nos têtes, une bande d'énormes corbeaux silencieux se posant à la fourche des arbres et se relayant en lourds claquements d'ailes noires.

Je ne sais à quoi ressemblait notre groupe s'éloignant solitaire entre épinettes et sapins, sitôt perdus de vue le lopin, la cabane et le lac gelés de ouate lugubre, si vite refermé derrière nous l'enserrement de forêt ensevelie de blancheur. Pourtant, une fois partis, notre lente marche vers l'inconnu n'était pas triste, disait Jessie, inquiète ni hâtive, grave seulement. Chacun s'appliquait en file à mettre ses pas dans ceux du précédent ; marcher dans son empreinte épargne la fatigue d'enfoncer dans la poudreuse pour son propre compte. Herman allait devant avec le cheval, il se repérait, non au jour, au soleil ou aux astres absents de notre horoscope, mais, comme il le savait, à tous signes et indices de l'alentour immédiat, évaluant du muscle et de l'œil animal le terrain pentu, tout en suivant leur lit s'écartant du bord traître des ruisseaux, l'eau y courait encore sous la glace instable, prenant plutôt le versant par l'oblique et toujours montant entre les rochers affleurant, sûr qu'on s'élevait, que le dévers était rude dès qu'atteinte la gorge de plus en plus étroite entre hauts murs de roc. Longtemps nous avons avancé en silence à la file, économisant la forge des poumons, retenant l'haleine sous le bâillon de cuir, sitôt roide de gel, mais je n'aurais chouiné pour rien au monde, décidée à être grande, à en remontrer à tous – à Kluk en particulier –, au bout de quelques heures Herman m'a hissée d'autorité sur la selle, et sans discussion.

De ce premier jour de marche j'ai peu de souvenirs, sinon la sensation inouïe du froid comme un solide refusant l'avancée, corps arc-bouté face au bloc glacé qui pourtant reculait à chaque pas, crissement de chaque pas gagné contre l'asphyxie du vent, contre la paralysie des membres rabougris sous la fourrure.

Le premier bivouac, nuit noire, fut au fond d'une combe, au-delà de laquelle le dos d'une croupe abrupte, et ce fut facile, magique, disait encore Jessie, comment en un temps record fut dressée la tente, que tirait Shini sur le traîneau, amples peaux de caribou en un tour de main arrimées de lanières aux pieux dressés en faisceau, sitôt allumé un gros feu ; et pas sous un arbre, ça non ! La bonne chaleur de ses flammes nous rôtissait la face tandis qu'à l'abri du vent nous dévorions la viande séchée, bannique et confiture de canneberges, strictes rations allouées par Kaska préposée à l'intendance, et puis un café brûlant. Ah ce n'était pas vol-au-vent, tarte de myrtilles, style festin des Jaquot ! Encore trois jours de marche comme celui-là, me disais-je, naïve, et nous serons enfin rendus là où de si longtemps veut aller ma mère, où la conduit la carte folle de Jacques son amour d'enfance, et celle de son destin – un coup de vodka, proposa-t-elle, brandissant crânement la dernière bouteille d'Archie.

À l'insu des autres, j'en ai avalé une petite lampée, ou il allait de soi que j'en méritais ma part en tant qu'équipière endurante. La vodka gelée m'a semblé seulement de l'eau amère, d'ailleurs ivre de fatigue je dormais déjà à moitié, laissant filtrer entre mes cils le pétillement des braises, rêvant ce campement sommaire tel que le lieutenant Allister décrivait le sien jadis à Bonnie, alors peut-être verrais-je l'homme des bois dénaturé surgir des fourrés ou le père à l'oreille déchirée réclamer pitance. Ou bien plutôt *Shih Han*, le grizzly dont Kaska dit que, rendu fou de faim, il se roule dans l'eau afin que le froid cuirasse son poil de glace, se métamorphosant ainsi en terrible *Ch'atthan*. En cet appareil barbare il est invincible, flèche ni balle de fusil ne transperce son armure plus résistante que d'acier. Il se déplace vite et furtif, il sent à longue distance, mais il y voit mal, peut-être est-il myope, tu comprends ? Cependant, tu ne dois pas mal parler à la lignée de l'ours, médire de lui, c'est peut-être ton grand-père ! Il t'écoute, même s'il est en train d'hiberner au fond de son antre, il sait de longtemps ce qu'est être un homme. S'il t'approche, prie-le juste poliment de s'en aller, dis-lui que tu ne veux pas le tuer, ou alors suis-le dans sa tanière ! Celui qui s'y réfugie s'endort pour tout l'hiver. Voilà : maintenant, tu sais comment attraper le sommeil s'il te manque, riait-elle. Sous nos fourrures d'ours et de loups, nous dormions. Est-il possible de dormir dans pareil endroit, par ce froid ?

En compagnie d'Herman, on le peut.

Par deux fois, nous avons croisé de fantomatiques pilotis, lambeaux de cuir craquant au vent, civières et mâts lugubres émergeant de la neige bleue, sur lesquels nous attendaient les corbeaux, perchés en vigies comme s'ils en défendaient l'accès. Sans les regarder, Herman silencieux passait au large, au prix d'un détour qui compliquait notre avancée. C'est au troisième jour, comme nous progressions par temps clair, à mi-pente sans trop de mal, qu'il a brusquement décidé de quitter le défilé à découvert, d'attaquer la paroi plus escarpée et, malgré l'obstacle des rochers glissants, d'atteindre le couvert des arbres. Entravé de racines, de branches cassées, d'épineux gainés de glace, l'inextricable sous-bois freinait traîneau et travois dans la pente de plus en plus rude, entre les troncs noirs de maigre futaie plus de perspective distincte qu'à quelques mètres, ce changement de direction était des plus absurdes mais, objecter, personne n'a osé, Herman sait toujours ce qu'il fait. Il le savait. Moins d'une demi-heure et il s'est arrêté, de toute façon impossible d'avancer plus loin. C'était, à l'extrémité du raidillon, une étroite saillie en impasse, juste assez large pour nous y tenir groupés ; geste sec, il a ordonné la halte. D'un tacite assentiment, Kaska a dételé Shini, entassé nos fardeaux contre la paroi, mais on n'a monté la tente, ni allumé de feu. Elle s'est assise en tailleur sur des branches, on en a fait autant. Empaquetés de nos fourrures, hors d'haleine d'avoir si vite grimpé, d'un seul élan, on n'a plus bougé. Même le cheval ne bronchait, oreilles rabattues, croupe basse sous sa couverture. D'une échancrure d'arbres, on dominait l'entier du vallon par où nous étions venus. Là, Herman s'est posté accroupi, son fusil au creux du coude. Shini assis à son côté, si droit qu'on eût dit de granit sa belle fourrure de husky. Et nous avons attendu.

Quoi on ne savait. Lui, oui.

C'était si parfait silence que le moindre craquement proche ou lointain semblait un fracas détonant, bien qu'engourdie j'en tressaillais. Les grands corbeaux tournoyaient noir très bas en survol de la combe, sans un cri. Je ne sais au bout de combien de temps, ils sont apparus. Tout en bas à l'entrée du défilé, deux nains s'enfonçant dans la neige, sur nos empreintes fraîches dans la neige. Sans barda comme nous, ils avaient marché plus vite, normal. Deux, me suis-je dit, où est le troisième ? Ils se sont arrêtés. Ils ont déposé tranquillement leur paquetage. Ont armé leurs fusils, examinant nos traces, inspectant alentour à la jumelle, dos à dos. Ils se consultaient. Du tranchant de la main, Herman nous a intimé silence, immobilité. Puis d'un soudain essor les corbeaux ont disparu à tire-d'aile, puis schh, zic, zic, grêle de ricochets secs dans les arbres, détonations en rafale, une déflagration irréelle, feutrée et comme ralentie par l'éloignement, sitôt dupliquée par son écho fracassant. C'est dans notre direction qu'ils mitraillaient, vers le promontoire où nous étions réfugiés. Pas vraiment au jugé, tir ciblé au contraire, bien groupé, en guise de semonce, d'ultimatum, sans sommation, sans reddition. Le silence est retombé. Ils rechargeaient. Sans hâte, sûrs de leur coup. Herman accroupi au bord du vide n'avait pas eu un sursaut malgré le vacarme.

Pas armé son fusil. Pas un mouvement.

Nous pareil, pétrifiés hors du temps. Temps gelé sans avant ni après, sans histoire.

Dans cet intermède où il ne se passait rien, à vitesse paradoxale, la situation a changé du tout au tout. Ils n'étaient plus seuls, deux chasseurs de prime armés, de la neige aux genoux. Cinq, et puis huit personnes entières étaient là, surgies en même temps et de nulle part, à l'orée en bas des pentes, au creux de la combe, huit loups puissants gris et blanc, torse d'homme, sombre silhouette de fauve découpée sur la neige mais de tête claire, épaulée à l'échine musculeuse, sautillant avec une grâce de danseuse leur petit pas de côté, puis à l'arrêt, comme s'ils réfléchissaient en gens de raison ; soudain comme un seul fonçant sur les nains, qui tiraient en pagaïe. En défense cette fois, de visée trop courte, désajustée à la cible multiple attaquant de toutes directions, déjà assaillis au corps à corps d'hommes plus grands qu'eux, les renversant sous leur meute. On n'entendait ni hurlement houhou que font les loups dans les films, ni cri de terreur et puis râle étranglé que pousse la proie fouaillée aux crocs, lacérée, déchiquetée en dépit de son cuir et de ses fourrures, cela a duré si peu qu'on eût dit une hallucination au lieu de la réalité.

Or la réalité était, indubitablement, deux corps sans vie enlacés grotesques l'un à l'autre et, posté autour, le cercle des grands loups soufflant leur buée d'haleine, assis sur leur train, en paix et en dignité ; sept à présent, parce que l'un gisait plus loin, d'une élégance de nageur fourbu étendu sur le sable, wak, wak, wak, croassaient les corbeaux subitement revenus en nombre, de leur vol noir couronnant le champ de mort. Wak, wak, a répondu Kaska, et, à son signal, nous nous sommes ébroués, tirés de l'engourdissement de sommeil rapide, à l'exception d'Onayepa. Adossée au rocher, elle dormait encore. Renversée vers le ciel d'étain, joues piquetées de petites étoiles rouges. Herman a ployé sa haute taille, retroussé du revers de la main sa toque de fourrure, puis l'a rabattue avec une sorte d'aboi de poitrine, long wouwhahoooo de loup à peine audible, celui-là venu du tréfonds de ses entrailles d'animal blessé.

Pas plus que dans la clairière, je n'ai compris ce qui se passait. J'ai cru ma mère un peu égratignée d'avoir crapahuté, estourbie du genre cataleptique tirée de la cave, et qu'elle sortirait de sa syncope bientôt. Je l'ai cru quand nous avons repris la marche et jusqu'au bivouac suivant, où on l'a descendue de la selle du cheval sur laquelle, sanglée à plat ventre, elle avait balotté sans mot dire, et là j'ai vu que morte elle était bel et bien, tel le glouton poignardé, tels les nains déchiquetés. Je n'en ressentis rien. La béance glaciale du froid, la morne kyrielle de mes compagnons reprenant la marche, leur silence, l'enveloppement de nuit, tout cela anesthésia le moindre sentiment ; ou bien Miss Plunkett avait raison de dire que j'étais encore sans cœur ni cervelle. Quoi qu'il en soit, tant qu'il s'agissait de prendre le chemin inverse, de redescendre à grand-peine entre les arbres, de tirer et de freiner tout le chargement sans s'entraver ni le renverser, je n'avais guère loisir dans l'immédiat de me soucier du sort de ma mère. Je me réjouissais seulement du bon dénouement de notre mésaventure et, une fois de plus, j'admirais la sagacité excellente d'Herman qui, avant quiconque, avait décelé la venue des tueurs lancés à notre poursuite. Ces bâtards croyaient profaner impunément le territoire des ombres, à présent ils étaient morts, et comment ! Bien fait pour eux. Sûr que les Loups et les Corbeaux étaient des fantômes ou des esprits car, une fois rendus sur la scène du carnage, tous avaient disparu, nulle trace, nulle empreinte, désert blanc. Au milieu duquel Mickey. Ça, on ne pouvait s'y tromper quand Herman a dégagé du crâne sanguinolent son oreille poilue, mais alors très. De mammouth laineux, Kluk avait dit juste. Quant à l'autre, authentique Danois albinos, il aurait fallu bien éponger son poitrail détérioré pour y chercher un as de pique. Si ce n'est Aarne c'est donc son frère, me disais-je, mais où l'autre est-il donc ? Jamais des jumeaux ne se séparent, pas plus les caniches Tic et Toc, que les jumelles bègues de Chicago. Voilà ce qui m'occupait entièrement, une fois redescendue dans la combe.

Nous y avons laissé la paire en l'état, sans creuser de sépulture à ces crevures, va t'y coller dans le pergélisol. Sans les recouvrir de neige non plus, pas la peine de se fatiguer : fort entamés déjà, ils allaient faire le régal des fauves affamés par l'entrée de l'hiver, à l'affût de protéines avant d'hiberner, le glouton, l'ours, les lynx et les petits rongeurs qui devaient se pourlécher les babines tapis aux lisières, sans compter les charognards ailés, tous dépeceurs de première. D'eux, peut-être resterait-il, pas mal éparpillés, leurs fusils, quelques osselets, lambeaux d'étoffe, boucle de ceinturon, boutons de corne ou de cuivre comme du pauvre Big Charley, mais peu probable que quelqu'un plus tard passe de nouveau par là, il fallait être aussi bête que ces deux-là, ou alors aussi instruit qu'Herman des terribles secrets du Grand Nord.

Ma mère n'était pas une morte de leur espèce puisqu'elle restait avec nous, elle nous accompagnait, cela me rassurait. Bien que muette et froide, moins vingt degrés sont très congelants, elle continuait sa route vers Äshè'yi Män comme le prophétisait son rêve au jardin d'en France. Comme la carte folle de Jacques le dictait à son cœur amoureux, elle poursuivait son voyage commencé en barque à la brune, puis en train, et vogue, vogue en transatlantique, en roulottes de cirque, guimbardes de ploucs, en Cadillac, cargo puis chalutier, en Dodge défoncée, à cheval et puis à pied, pas à pas elle progressait vers son but, il s'en était fallu de peu qu'elle n'y parvienne entière et vivante. Il s'en fallait zic d'une balle perdue ricochant au fond d'un vallon entre quelque part et nulle part. Moins perdue qu'elle en a l'air, la balle a son cachet, propulsée à la vitesse des balistiques elle quitte l'âme du fusil, long trait de feu, et aligne déjà sa trajectoire à son lointain point d'impact, bien que partie de très, très longtemps jadis, vogue, vogue grand navire, elle atteint sa cible, ou plutôt sa destination, la tendre tempe d'Onayepa s'incline pour la recevoir, étrange surprise, c'était sa destinée ; ou son destin si on aime les histoires.

Les derniers jours, nous avons entamé la lente descente vers les bords du lac Sekulkum, tributaire à son nord d'Äshè'yi Män, il avait moins neigé dans cette dépression que sur les hauteurs. La zone spongieuse de tourbes, de marécages et de trous d'eau solidifiés par le grand froid offrait terrain plus facile à notre cohorte épuisée, nous avons pu passer à pied sec le gué gelé du dernier ruisseau, bloqué en palme de cristaux sous les eaux déjà prises du petit lac. Dernière halte somnambule, dernier sommeil transi avant d'atteindre enfin un lieu habité, le village d'été qui s'annonçait à distance par des langues de fumée dont l'odeur virulente, délectable parfum de fumaison poussé par le vent, venait à notre rencontre, puis ont paru dans le brouillard givrant, à peine distinctes des arbres dénudés, quelques huttes de peau scintillantes de gel, près desquelles et groupées autour du foyer quelques femmes en train de boucaner les derniers poissons. Ne m'étonnaient ni leur abord impassible tout le temps de notre approche, qu'elles ont d'abord semblé ignorer, ni leur aspect en tous points semblable au nôtre. Engoncées de couvertures rayées sur les pelisses fourrées, gantées de moufles, chaussées des mêmes mukluks en gros cuir lacé, occupées à la même tâche de fumage des filets, elles nous observaient venir avec une gravité placide, visage luisant de graisse, yeux aussi plissés que de Kaska. Cinq vieilles et, minuscule frimousse rubiconde, un bébé serti dans son berceau portable, bien acagnardé sous une peau en auvent, la nuit tombait ou le jour ne s'était pas levé, ciel éteint de sombre lueur, immense frisson aquatique, tous bruits étouffés. De la suite, je ne me souviens que d'avoir marché encore, même si cela n'a pas duré il me semble longtemps, vers le camp d'hiver en retrait du lac, peut-être au-delà de la base militaire actuelle mais, grelottante, anéantie de fatigue, enfin couchée sur le travois que tiraient les femmes soudain jacasses, croassantes, je dérivais déjà vers les grands fonds glacés parmi les fanons blanchis des baleines mortes.

Du fond de mon sommeil, je distinguais parfois dans une clameur d'océan l'harmonica de Kluk, les voix d'Herman et de Kaska reconnaissables entre toutes autres confuses, jappements de chiens, trimballages de ferblanterie, tambour sourd, crécelles ; lorsque j'émergeai enfin de ma torpeur de marmotte, grand monde était là réuni. Au moins vingt femmes jeunes et âgées, et une bande d'enfants ébahis, dégoûtés de me voir me jeter sur la nourriture. Se comporter ainsi est vil, signe qu'on est esclave de son ventre, c'est-à-dire réduit à moins que rien. Je l'ignorais, mais comment réfréner ma faim dévorante ? En tout cas, c'est en mastiquant vorace une semelle de steak fumé que j'ai perdu ma deuxième dent de lait ; sitôt empochée par Kaska. Qui, à mon grand soulagement assise en tailleur près de moi, fumait sa pipe sous sa précieuse peau d'ours mitée, bonne vieille peau, le meilleur des équipements de survie sous ces latitudes.

C'est alors, seulement une fois un peu assouvie ma fringale, que m'a assaillie la pensée, l'atroce pensée de ma mère morte. C'est donc cela morte : des étoiles rouges à ses joues, elle est froide et ne parle plus, ne me voit plus. Elle ne démêlera plus mes cheveux, jamais plus je ne serai son cher trésor, sa poupée, son équipière – sitôt terreur que Kaska m'abandonne elle aussi. Maintenant que retrouvés les siens, que suis-je pour elle avec ma laide peau de lait, mes cheveux rouges ? Nez de renard ou Qui donne ses dents ne valent pas mieux que Daisy, Heidi ou Ginger pour me donner tant soit peu droit d'existence, ce sont des noms pour en rire et pas pour en vivre, je ne suis plus personne. Mon sort m'a paru terrifiant. Moi qu'enchantait il y a peu d'être orpheline, cette fois j'avais perdu le dernier être en qui placer ma foi et mon espérance, ma mère m'avait quittée sans retour, définitivement répudiée, radicalement punie d'avoir fouillé sa sacoche, d'avoir jalousé sa beauté et de l'avoir si mal aimée, si mal protégée d'elle-même, elle qui n'avait que moi pour la chérir. Elle ne m'avait pas enserrée de ses bras, jamais bercée et apaisée d'un conte ou d'une chanson avec une voix douce, rassurante, je le voulais désespérément à présent. Émergeant à peine des grands fonds de mon sommeil glacé, j'y sombrais de nouveau, non en rêve mais dans la réalité brute, et pas d'issue pour m'absenter de ce cauchemar-là, ma mère est morte, morte. L'épouvante m'a terrassée.

Déferlante de sanglots comme jamais, jamais je n'avais sangloté ainsi, non de petits hoquets de chiot mais un séisme aride, sans larmes, sans chagrin, un brame incoercible, trop grand pour ma poitrine, pour ma gorge en feu, si bien que, ouste, Kaska a chassé les petits curieux, aussi indignés, aussi écœurés de mes pleurs que de me voir manger. Prestement, elle a dépouillé sa peau d'ours et m'a roulée très serré dedans, un étau de chaleur si intense que, suffoquée, je me suis tue, écoutant les surpuissantes ondes animales de l'ours se propager au tréfonds de mon être et délier l'angoisse mortelle, puis tenant mon menton tremblant dans sa main elle a chanté une mélopée douce fondante, envoûtante ; cette fois, exténuée, j'ai dormi d'un long trait, enfin anéantie d'amour et de paix nonpareille.

Le lendemain, ayant un peu repris de mon allant, j'observai mieux la hutte délabrée que Kaska et moi partagions avec deux vieilles impotentes, l'air de taupes tant leurs yeux ne déplissaient pas. Tantôt assises en tailleur, tantôt couchées sur leur tapis, elles somnolaient en marmottant avec de petits cris de bêtes.

— Chut, disait Kaska, écoute : c'est leur animal qui rêve.

De temps en temps, elles rechargeaient en tourbe le chiche brasero, qui nous enfumait affreusement. C'est leur façon d'hiberner : au printemps, elles seront aussi boucanées que deux vieux eulachons, les raillais-je pour me défendre du sentiment très déplaisant qu'elles traitaient Kaska en esclave, lui laissant désormais entretenir le feu, préparer notre nourriture, la leur servir sur leur tapis et nettoyer celui-ci de leurs crachats dégoûtants. Par représailles envers ce traitement scandaleux, je faisais à part moi des comparaisons à notre avantage : ma couverture de la Cie de la Baie d'Hudson est sans discussion plus belle que les leurs usées à la corde, effrangées, décolorées ; leurs colliers d'osselets moins beaux que celui de Kaska, ces invalides sont trop loin du fjord pour se procurer comme elle des nacres de dentales irisées de riche rose et vert ; nos fourrures sont moins mitées que les leurs, ma robe d'élan fourrée plus seyante que leurs pantalons de peau en loques ; ainsi me consolais-je.

Car me mortifiait de nous voir des pauvresses, maintenant que perdue notre cabane de Kloo Lake qui, bien que rustique riquiqui, était un palais à côté de ce taudis. J'appris plus tard – j'ignorais tant de choses – que les indigents n'inspirent aucune pitié aux Tutchone, tant pis pour celui qui par imprévoyance, paresse ou pas de chance, est réduit au secours des autres, le plus dégradant et risible des états. Si ces vieilles ne nous manifestaient égards ni commisération c'est que, trop âgées pour assurer leur subsistance, piéger, pêcher, stocker des provisions et, pire des conditions, sans parenté pour y pourvoir, elles-mêmes étaient des moins que rien, des parasites. En fait, nous loger sous leur tente revenait à nous ravaler à leur rang, plus bas s'il est possible. Aussi Kaska devait-elle les servir. Encore y mettait-elle le moins d'entrain possible et souvent ignorait leurs récriminations chuintées entre vieilles gencives. Sauf quand elles rêvaient à voix haute, alors Kaska tendait l'oreille. Le reste du temps, elle fumait sa pipe et regardait obstinément dehors par l'entrebail de l'unique ouverture, l'air de dire allez vous faire foutre. Comme je l'avais observé, Kaska était une championne de l'adaptation.

Dehors, il ne se passait pas grand-chose.

Tu vois, disait Jessie, dehors c'était là. Ce n'est plus là et c'est ici, juste un peu plus loin que là où tu as planté notre tente de camping. Aujourd'hui plus rien, plus personne mais, c'est étrange, bien que cette image soit aussi légère qu'une bulle de savon, aussi impondérable qu'un rêve, il me suffit de fermer les yeux pour revoir le village aussi actuel qu'alors. Chacun vaquait à ses occupations, partout des feux, des fumées rasantes tourbillonnant entre les huttes, rabattues par le vent dans le permanent crépuscule d'hiver. Je me suis enhardie à explorer les environs, curieuse de ce campement et de ses habitants, surtout des gamins qui s'affairaient par petits groupes dans la terre glacée, inquiète et rassurée à la fois qu'ils ne me prêtent pas attention. Je leur ressemblais à s'y méprendre. Mes cheveux rouges enfouis sous ma chapka à oreilles, mêmes effets d'hiver et, munie comme eux d'un bâillon sur le nez, je n'aurais pas à essayer de leur parler, peut-être pouvais-je me mêler à eux. Je brûlais qu'ils m'y invitent. N'ayant connu aucune compagnie de mon âge, élevée sous cloche par la seule Miss Plunkett, accessoire décoratif bichonné en Shirley Temple les soirs de gala, leur bande dépenaillée me fascinait. Sans chercher à en comprendre règle, finalité, échec ou réussite, j'aurais tant aimé partager leurs jeux de cailloux, crécelles, osselets, d'équilibre ou de dextérité mais, à mon approche, ils se sont éparpillés comme si j'avais la peste. Vexée de leur fuite, j'ai tourné les talons, drapée dans mon chancelant quant-à-soi. Les jours suivants, je n'ai pas réitéré l'imprudence. Je suis restée blottie contre Kaska, suçotant mon étiquette, tripotant mon cher totem de poche, à l'endroit, à l'envers, somnolant entre deux soupes piquantes, le brouillard et la neige de l'étrange voyage refoulant tout passé dans une antériorité confuse, toute angoisse ou douleur anesthésiée par l'attente sans objet, seul existait le présent, immobile. Je ne me doutais pas à quel point notre survenue bouleversait celui du village.

Il m'a fallu quinze ans de plus, Bud, pour réaliser ce qui s'est passé ici, en prendre la mesure, et comprendre comment je suis devenue Njyah.

Émergeant du brouillard telle une cohorte de spectres de sinistre équipage, harassés, mais armés, cuirassés de glace comme de féroces *Ch'atthan*, notre bande aurait eu de quoi effrayer les âmes les mieux trempées, or les femmes au bord du lac n'avaient manifesté frayeur ni même appréhension ; pas davantage ensuite le chef, le chamane et les hommes du clan. Ainsi que les vieilles de notre hutte, ils nous traitaient avec une froideur circonspecte, le seul Herman avait droit à quelque déférence comme si nous avoir sortis à peu près sains et saufs de ce périple lui valait certain prestige, en tout cas considération ; toutefois avec une extrême réserve. Je ne savais démêler l'équivoque de leur attitude. Herman serait-il pas bien inspiré, selon le précepte d'Archie, de faire ami-ami avec eux, me disais-je, en leur offrant, à défaut d'alcool dont il ne restait plus, par exemple du tabac de son boursicot, du café dont Kaska avait encore un peu, ou alors carrément la 54 et le colt puisque, estimais-je, ma mère n'en aura plus besoin à présent. Mais lui savait aussi déplacé qu'inutile de prétendre amadouer nos hôtes de si grossière façon. Les Tutchone méprisent ces offrandes opportunistes et celui qui les fait, quand elles ne les blessent gravement.

Il me semblait pourtant aller de soi qu'Herman, Kaska et Kluk, bien qu'appartenant à d'autres clans et familles, si lointains étaient-ils, pouvaient être accueillis comme des leurs. Que parler la même langue à peu près suffisait à leur mériter sans contrepartie l'hospitalité ; à moi par protection. Or ils manifestaient plutôt un abord brutal et hautain, très antipathique. Cela me choquait, mais c'était moi la malapprise parmi eux, car ces gens n'étaient des rustres ni des asociaux. Juste des personnes vivant entre soi, en une communauté qui comme n'importe laquelle comprenait des gens d'honneur, avisés, savants pour certains mais aussi, j'en ai connu, quelques brutes, de faux jetons, des gamins insolents et des pécores à gifler. C'était surtout des gens qui appliquaient aux intrus que nous étions leur tradition et leur morale, et cela leur posait de très sérieux problèmes, plus qu'à nous s'il est possible. Herman le savait.

Dès notre départ de Kloo Lake, il ne savait que trop bien quelle épreuve personnelle l'attendait sur la route de son retour vers ses terres du Grand Nord, de surcroît en remorquant à sa suite ces deux indésirables en surnombre.

Ce jour-là où je risquai mon nez dehors, je ne vis qu'enfants jouer, femmes s'affairer entre les huttes, les hommes avaient tous disparu. Ils s'étaient retirés à l'écart du village dans la plus spacieuse maison, un solide bâti en rondins. Je ne sais plus où elle pouvait bien se trouver. Quelque part par là, il me semble, disait Jessie, montrant vaguement par-delà la frange d'arbres derrière nous, aussi déserte que la rive. En tout cas, la maison du clan se distinguait de tout autre bâti par sa façade arborant de grands masques patibulaires, mais loin était le temps où ces figures m'effrayaient. Celles-là, énormes yeux sans paupières, cruelles gueules endentées, serres et becs acérés, pattes de batraciens, n'étaient pas érigées en mâts-totems comme à Ketchikan mais peintes en décor de couleurs, avec en leur centre l'unique porte occultée d'un rideau de peaux, où pendaient nombre de breloques empennées, serties de cuivre, ourlées d'hermine. C'est là-dedans que se tenaient des pourparlers d'importance concernant ma mère, de qui la présence les heurtait au plus haut point. Certes ils donnaient raison à Herman d'avoir fait ce qu'il avait fait, parce qu'un cadavre sans sépulture souille le territoire et outrage ceux qui y vivent, sa parentèle, ses alliés comme ses adversaires, ceux qui l'ont connu mais également tous les êtres, vivants et morts au même titre. Hormis s'il s'agit d'une personne vile, d'humain pas plus que d'animal tué de bonne chasse on n'enjambe la dépouille, ni ne la foule du pied, on la cache aux yeux et aux dévorations bestiales. D'un gibier, on enfouit ce qui est incomestible, ce qui de viscères, d'os n'a d'utilité, chair corrompue au grand air est infecte. Enfin, Herman s'était comporté selon l'usage en emportant ma mère sur le cheval. Seulement un défunt des leurs posait déjà nombre de questions épineuses quant à la manière convenable de s'en séparer, que faire d'un qu'on ne connaît pas ?

Cela exigeait réflexion, et d'abord peser s'il était indiqué ou non d'y associer celui qui, en apportant la mort au village, irritait les esprits. De surcroît, étranger au clan, avait-il autorité à être consulté, à savoir était-il ou non d'une maison, en ce cas de quelle *moitié* par sa mère, était-il un "humain véritable" qui peut *donner en son nom*, ou un individu ordinaire, exclu de l'échange rituel ; ou alors un moins que rien dont l'avis ne compte pas. Avant la question du cadavre celle-là, cruciale, devait être tranchée. Ce qui donna lieu à vives controverses avant d'obtenir consensus, auquel contribua fortement le chamane par voix prépondérante. Puis il fallut former délégation de quelques-uns des contradicteurs afin que l'accord ne paraisse pas résulter d'une chicane. Ainsi pouvaient-ils garder la face en portant la décision unanime à Herman car, dans le doute de qui il était, mieux valait ménager son amour-propre – avoir été objet de discorde pouvait à juste droit le froisser –, lui présenter comme une faveur de le consulter, tout en lui laissant entendre qu'elle était conditionnelle.

Durant les deux jours qu'ils eurent débat, Herman feignit de n'en connaître pas la teneur, sachant que ce temps, apparemment perdu en arguties, en gagnait, que la diplomatie résout les litiges mieux que sang versé et qu'à ce rituel présidait la sagesse acquise des anciens, selon laquelle chaque homme aspire en son tréfonds à la justice et à la paix, pourvu que son honneur soit sauf. Ils sont donc venus, disait Jessie, en leurs habits de cérémonie, prier Herman de délibérer quoi faire de ma mère ; et d'abord établir qui il était. Tout ce que j'ignorais d'eux alors, disait Jessie, ce qui se tramait dans la maison du conseil et les subtilités de leur politique, le sens hiérarchique qui règle les rapports et l'interrelation des clans, leur intelligence de la mort, et de la vie, de la vie, je l'ai appris en lisant Jacques Maître-Grand.

À San Francisco, la bibliothèque de mon université avait la collection de tous ses ouvrages.

Crois-tu que le boiteux après qui courait ma mère m'était passé de l'esprit durant ces quinze dernières années ? Que j'avais oublié son histoire de chute d'un cerisier, de boule à neige, et son abandon *comme une vieille savate* dans son jardin de France avec les vieilles biques et sa nourrice ? Crois-tu que j'allais lâcher cet olibrius carapaté si loin de ses pénates – comme l'avait fait, paraît-il, le damné trappeur paternel –, que j'avais mis mon mouchoir sur l'éminent ethnologue qui avait vécu deux hivers dans le village où j'ai passé celui de mes six ans ? Ah oui, j'ai lu tout le grand œuvre de Yak Matrakrän, wak, wak !

Il était temps que je me plonge dans sa production de chercheur, prioritairement pour y trouver, je l'espérais, une allusion, un indice soit-il anecdotique concernant ma mère, quelle cruche ! Un tel savant plane dans des étages stratosphériques, à cette altitude il théorise et polémique, avec ses pairs exclusivement – des postes, des titres sont en jeu ! –, il ne tombe pas aux bassesses de l'autobiographie. Eh bien, il a grandement tort. D'abord parce que le choix de sa discipline, le motif de son étude y sont viscéralement liés, chacun ferait mieux d'être au clair avec ça – pourquoi es-tu devenu pilote, Bud ? Ensuite parce que j'y aurais trouvé trace des enfances et des anciennes amours trahies – on ne se refait pas, toujours ce besoin d'histoires, pas vrai ? Enfin peut-être aurais-je un peu mieux connu Onayepa, du moins de son point de vue à lui, l'infirme par sa faute, l'épistolier assidu, lui le farceur gribouilleur de cartes folles.

Rien de rien, évidemment.

En revanche, je me suis instruite en long et en large sur les Tlingit et les Tagish, les Tutchone desquels le distingué professeur Maître-Grand a fait sa spécialité, de préférence au peuple haïda, terrain déjà très labouré. Sur les Gwich'in, peau de balle. Sur les Inuits, davantage. Ceux-là, on dirait le *nec plus ultra* du spécimen original, l'absolu de la quintessence du *naturel* propre à fasciner le Blanc caucasien de base, quelle aubaine pour l'ethnologue "de terrain" qu'explorer le Grand Nord du Nord arctique où ses orteils et sa pellicule acétate gèlent, un peu qu'ils y sont allés "s'immerger", observer, filmer, et comment !

Attends, tu permets, là ?

Hop, je saute du film dans la salle, sur la scène au pied de l'écran, c'est trop beau, laisse-moi voir ça d'ici ! Bien que, d'ici, en bas de l'écran, ça parte en vrille, angle aigu pointé au plafond, vu de mon coin en contre-plongée le rectangle lumineux s'anamorphose en losange mais, là-haut, le film continue de défiler sautillant noir et blanc et d'intertitrer muet sur mes rudes mœurs de Nanouk l'Esquimau, caractérisé facétieux bon enfant, ainsi que ma femme Nyla *la souriante* et nos joyeux loupiots, pas frileux les petits bougres. Gros plan sur capuchon à fourrure avec ma tête toute plissée graissée à l'huile de phoque, pince-sans-rire je me laisse filmer à genoux plan moyen, qu'on me voie bien faire l'acteur avec trident devant trou d'eau harponnant un morse, le dévorant cru sanglant noir et blanc gros plan, piéger le renard arctique en pantalons d'ours blanc puis crapahuter plan d'ensemble, moi construire igloo avec lucarne de glace translucide *veduta* nordique, moi astucieux ! Mais moi mordre disque parce que pas en croire mes oreilles de primitif qu'une voix sorte gramophone de grand sorcier blanc. Flaherty s'est bien gardé de filmer nos fusils, nos ustensiles en ferblanterie trop modernes usinés civilisés, mis à part une cuillère standard, par étourderie ; plutôt mon redoutable coutelas d'ivoire, mon harpon en os, mon fouet de lanières, ma litière de peaux animales : tels quels, on est intemporels authentiques documentaires et à la brune nos chiens de traîneau hurlent paraît-il à *la mélancolie du Grand Nord*, je m'en gondole de rire. Tiens, vaut mieux que je retourne dans le film d'un bond, hop, au moins j'y serai aux premières loges pour gros plan me déculotter, je vais me geler mes fesses de Nanouk mais que la caméra Bell & Howell en prenne plein la vue de mon cul. Il y a eu un moment où ils sont venus si nombreux en missions ethnographiques nous observer vivre que, notre private joke, c'était de dire : chez nous autres d'Inukjuak la famille normale c'est un père, une mère, des enfants, ET un ethnologue. Ils nous aimaient tellement en tant qu'indigènes qu'on est devenus furieusement mode, comme "Y a bon Banania" un slogan publicitaire avec notre bonne bouille d'hommes des banquises, et n'oublie pas : l'*esquimau* ou le *nanuk* est en Europe un cornet de glace parfums au choix, et l'*anorak* ou la *parka*, la parka mon cher, telle que tu la portes, copiée sur la mienne dès les années 1920 ; je m'égare.

Pas tellement.

Parce que c'est en devenant studieuse que j'ai mieux compris qui étaient les gens d'Äshè'yi Lake et leurs semblables, ce qui m'était arrivé à mon âge de six ans pour être ce que je suis et, de fil en aiguille, m'est venue l'idée que je n'avais d'autre choix que de te retrouver pour que tu me conduises ici, y revenir avec toi, regarde-moi, Bud. Y a-t-il quelqu'un au monde qui puisse le faire ?

Voilà ce que je me suis demandé : qui ?

J'ai cherché autour de moi, et j'ai vu personne. Tu sais ce que ça veut dire, Bud, quand personne c'est personne, pas même un hamster. J'avais besoin de quelqu'un qui me regarderait comme tu l'as fait une fois avec ces yeux-là, une dernière fois croyais-tu, et qu'en me tournant le dos tu serais quitte de ce regard-là. Je n'étais pas sur la chaise de ta cuisine, coincée entre la cuisinière et le garde-manger grillagé, j'étais coincée sur la chaise en skaï des agents du FBI, aussi solitaire, traquée, éperdue de colère, aussi bafouée que le petit negro d'Ottawa. C'est bien ce que tu as vu, je l'ai vu dans tes yeux, je ne cherche pas la guerre, regarde-moi je t'en prie. Je ne me venge pas, je ne te veux pas de mal, je veux juste que tu sois avec moi jusqu'au bout de notre mutuel regard, s'il te plaît, Bud.

Je ne savais pas où la regarder.

Pas encore au visage, pas tout de suite ses yeux de sombre gris, plutôt loin devant moi l'inaccessible arrière-plan du lac, mon Norseman flotter, le plumeau des épinettes sévères, un nuage seulet, moutonnant, le bout de mes bottes en bougeant mes pieds dedans, plutôt la limaille sablonneuse de la grève, léchée de lichen, une touffe d'épilobes, rose inadmissible dans les glaives de soleil, gros plan la fermeture Éclair de sa parka, le vent se renforça, le cordon de sa capuche s'envola cinglant à petit bruit sec, du pollen doré s'envola, tellement vide à l'intérieur que j'avais du mal à respirer, pour ne pas éclater en sanglots j'ai fermé les yeux, et je n'ai plus rien vu.

Parfois, me disait Jessie tout en déballant notre équipement de brousse, j'avais pu me demander pourquoi Herman habitait en solitaire loin de tout sur les bords de Kloo Lake. Qu'il eût pour principe de limiter au strict minimum le contact avec ses voisins blancs de la région, leur être le moins redevable possible, en peu de temps j'en avais assez entendu et vu pour le comprendre et, de mon point de vue d'enfant, lui donner raison sans concession. Mais qu'il se tînt avec autant de rigueur, de constance ombrageuse à l'écart des siens – si ce n'est par exception, une fois l'an, loger plutôt qu'à Whitehorse chez les Kwanlin Dün, au camp abandonné de Canyon City et, au retour, troquer des saumons avec les pêcheurs de Dakwäkäda –, qu'en dehors de ces rares occasions il n'eût aucune relation avec une parentèle de clan ou de village, pour seule compagne Kaska sa semblable, qu'eux deux résolus mènent cette vie d'ermite échappait à mon entendement. Ils avaient beau s'aimer d'amour en domptant l'âme animale de leur ours, de leur corbeau ou de leur loup, fusionner leurs démons en transe tel que du temps de Ts'ii deii, en tirer félicité, volupté, même s'ils célébraient à cœur joie leurs noces au tréfonds de la nuit, ils se conduisaient en parias me disais-je. Or si la Terre, qui s'appartient en propre, laisse libres ses territoires poissonneux, giboyeux, elle met l'homme à sa merci pour en obtenir sa rudimentaire subsistance, lui inflige à son gré abondance ou famine ; tâche rude, dangereuse, que de survivre et de durer seul, à tu et à toi avec ses éléments implacables. Aussi depuis la nuit des temps les hommes ont-ils appris qu'il leur faut être nombre et grégaires, pactiser, s'obliger mutuellement de défense, de commerce, de filiations, s'emplir l'âme des présences tutélaires des ancêtres et, avec les vivants de leur lignée, les honorer.

Mais Herman allait seul, pas de frère, d'enfant, pas d'ami.

Depuis que séquestré par les missionnaires à leur école de Carcross, au lieu de s'enfuir et de retourner à son village d'Eagle il s'en était éloigné au contraire, mécanicien au chantier du tramway puis, libéré de la prison d'Edmonton, il avait pérégriné en hobo farouche au Montana, en Idaho, au Nebraska peut-être, fuyant toujours plus au sud, et cela ne lui avait pas plu, pas du tout, disait Kaska. À la fin, il s'en était retourné vivre sur ses territoires, que les Canadiens nommaient Yukon mais qui, dans la langue des siens, avaient bien d'autres appellations, d'eux ignorées, raturées. Les Blancs croient que les noms s'attachent comme un chien à son piquet, qu'appeler Hunter ou Bonanza le ruisseau fait qu'il appartient exclusivement à celui qui l'intitule ainsi, alors que les noms de lieux ou de personnes ne sont pas des jalons univoques mais des fluides qui circulent et se fécondent les uns les autres. De même leur juridiction avait taillé, entre USA et Canada, une frontière en ligne droite au 141e méridien ouest, *leur* ouest, sans souci des reliefs, fleuves et tributaires, rivières, ruisseaux, au mépris des couloirs de migrations animales, des circulations de peuples ou de nations, de leurs tribus, familles ou clans qui y vivaient nomades selon leur histoire et traditions propres, transmises par voie orale de longue mémoire et dont les cycles couvrent l'espace sans bornes jusqu'au plus grand nord – vers où Herman avait commencé de revenir quand je l'ai connu à Kloo Lake.

Arrivant cet hiver-là au village d'Äshè'yi en fugitif plutôt qu'en homme libre de sa volonté, remorquant une compagnie qu'il n'avait pas choisie, il allait en fait à sa propre rencontre. Par une circonstance qu'il avait évitée ou différée tout au long de sa vie d'errance il avait rendez-vous avec lui-même ; bien des hommes s'épargnent cette épreuve parfois salutaire, désespérante souvent.

Pour le comprendre, il m'a fallu lire ce que Jacques Maître-Grand avait tiré d'enseignement de son séjour chez les Tutchone, découvrir que, somme toute, ainsi que le supposait Herman, il avait dû mieux les écouter que chercher à les asservir en leur inculquant la Bible ou l'arithmétique, l'hygiène et le travail civilisateur. Ce qu'il décrivait de leurs mœurs et usages, plus ou moins entaché de malentendus, de préjugés coriaces, m'a donné de mieux connaître ceux qui, avec tant de défiance, traitaient de prime abord Herman en paria – qu'il était de fait à leurs yeux, comme aux siens. Cependant, non avec l'outrecuidance des Blancs qui s'arrogent la charte des coloris discriminants mais par le souci, c'en est un suprême, de lui conférer sa qualité d'homme.

Il importait au plus haut point d'en convenir afin qu'accomplir les rituels dissipe le grand trouble où sa survenue les avait plongés, à cause de la mort qui leur incombait alors, de la froide et muette dépouille qui exerce malveillances et représailles envers les vivants tant que son âme et son ombre ne sont pas séparées, tant que son humeur irascible n'est pas apaisée par des funérailles au cours desquelles l'âme gagne le royaume du Loup à l'ouest, ou celui du Corbeau au nord, tandis que l'ombre repose près de sa tombe.

C'est par l'ombre, disait Jessie, que se maintient la relation avec les vivants, à elle que sont destinées les offrandes pour *en finir* avec la mort, mais on n'en a jamais vraiment fini parce que l'âme esseulée, divagante, peut toujours revenir s'unir à l'ombre et reconstituer l'être disparu, ou bien en créer un nouveau dans l'asile d'un corps nouveau, d'homme ou d'animal, ainsi par ces rencontres rêvons-nous parfois de notre vie antérieure, de quelle autre de tes vies rêves-tu, Bud ?

Tout cela, Jacques le formulait dans une langue qui ne devait qu'approximativement approcher la leur, toute traduction égare l'esprit dans la lettre, perd ce qu'elle croit gagner en équivalence, quand elle est asservie à l'aune de ses propres représentations ; il en va de même pour nos rêves qui ne trouvent à se raconter qu'en une langue étrangère à la leur. Malgré tout, mes lectures à la bibliothèque de San Francisco m'ont permis d'entrevoir ce qui se jouait dans la maison du clan sous l'auguste protection des grands masques peints, et il s'agissait bien de langage, de trouver les mots qui assignent à dignité d'être. De savoir si Herman avait un *Nom* : à quelle moitié appartiens-tu de Loup, d'Aigle ou de Corbeau, t'appartiens-tu à toi-même c'est-à-dire à une *maison*, à des ancêtres et à une terre natale qui te l'ont prodigué et reconnu pour tien, as-tu un *Nom* ?

Ici, il ne se transmet pas comme dans les dynasties d'Europe par privilège immuable de titres, nobiliaires et fonciers, par le sang, ici roi n'existe pas, princesse n'existe pas comme en protestait Kaska. Si noblesse se marque, elle n'est pas un état et le nom peut changer selon qu'on se comporte, on peut en être dépossédé, le perdre ou le racheter par son existence, tout homme est ses actes, de preux ou de couard, il est sa richesse ou sa pénurie, ce qu'il peut amasser et dilapider, par là s'assoient son autorité, son honneur et son identité, quel *Nom* portes-tu, Herman ?

À cette question critique, le temps était venu de répondre, il le savait en quittant Kloo Lake. Mais le risque qu'il prenait à cause des chasseurs de prime lancés aux trousses de ma mère, le risque où elle l'avait mis, où il s'était mis en l'hébergeant, et celui du périple par moins vingt à travers un territoire sans pistes, n'étaient rien en regard du danger d'avoir à dire enfin à soi et à ses semblables qui il était.

Alors maintenant je sais quelle colère, quelle angoisse le submergent quand, de son discours véhément, il congédie Parker & fils et leurs pareils Jaquot, Murphy Nolan ou Morley, rappelant pour mémoire l'histoire de leur invasion. Je sais à quel point le désespère l'inique confiscation des noms de lieux, qu'il énumère et restaure à toute force en incantant leurs anciennes appellations ; combien lui est intolérable l'atteinte à son intégrité à travers celle infligée au territoire, combien ce viol le dépossède de lui-même, je sais quel homme malheureux il est.

Dès lors qu'enlevé par les missionnaires, éduqué tant par leçons abstruses que par traitements brutaux comprenant impunément sévices et abus, est rompue la chaîne matrilinéaire des ancêtres qui fonde sa raison d'être, dès lors condamné à errer avec son nom chrétien d'Herman en toutes terres d'exil. Si l'on ne devient pas malade de telle violence, si l'on n'en perd pas la raison – perdre son nom épouvante comme de perdre son âme – c'est qu'au fond de soi résistent, plus folles encore, la foi et l'espérance que quelqu'un le lui rendra, par là raison de vivre, de se respecter, de s'aimer – appelle-moi Njyah.

Herman s'est rendu en cérémonie au conseil du clan et si, du moins à mes oreilles d'enfant, rien n'a filtré de ce qui s'y est débattu en grand secret, il dut réussir la manœuvre puisqu'il en est sorti drapé d'une couverture et d'une coiffe rituelles en compagnie des sages d'Äshè'yi. Ceci en dépit de ce qu'il s'était fait l'otage ou le vassal des Blancs en vivant avec eux, puisqu'il lisait et comptait selon leur méthode, mais loin était le temps de ces jugements à l'emporte-pièce. De plusieurs générations, ils trouvaient trop bénéfice à commercer, à troquer fusils et munitions, soieries, mercerie, machine à coudre, savon et denrées, médicaments. Et puis, non négligeable, Herman s'accompagnait d'une femme gwich'in au caractère trempé, rétive au joug des vieilles, fort ombrageuse, peut-être bien chamane, et donc redoutable par ses pouvoirs ; mieux valait la ménager. Quant au jeune garçon, à ses dires originaire de Klukwan, pas encore initié visiblement, il semblait plutôt, non un esclave, la loi des Blancs l'interdisait désormais, mais une sorte de serviteur à lui attaché ; du moins en adoptait-il l'attitude soumise de chien battu – pauvre petit Kluk, il a perdu sa superbe et son goût de l'harmonica, me disais-je.

Quoi qu'il en soit, pour toutes ces raisons cumulées je suppose, Herman avait pu racheter à ses yeux et à ceux des sages son nom perdu, mais ne va pas croire que cette faveur lui fût accordée par bonté d'âme. Ce sentiment n'a pas cours, même avec leurs proches parents leur altruisme a des limites, ils honnissent l'inférieur. Eux pour qui être à merci d'autrui est odieux – sur ce sujet leur susceptibilité est extrême –, non, ils ne lui auront pas fait de cadeau.

Ils auront plutôt agi au nom de leur intérêt, à leur manière brutale, cynique aux yeux des civilisateurs – de qui elle heurtait la sensibilité si raffinée –, mais dont le revenu est une efficace pondération de l'ordre social basée sur la division, la domination, rien à envier à nos hommes politiques. En fait, ils calculaient que réhabiliter Herman les tirait fort d'embarras : ils pourraient *en finir* avec la mort. Surtout avec les fâcheuses privations alimentaires et sexuelles de mise tant que le défunt n'est pas en cendres. En qualité de chef du deuil, il pouvait accomplir le rituel, bref : les délester de ce fardeau. Après tout, c'était bien justice qu'il s'en chargeât, lui qui les en avait si détestablement incommodés.

Je n'avais pas revu ma mère depuis le soir de notre arrivée, je ne savais ce qu'on avait fait d'elle, roide et muette, et je ne m'en suis pas inquiétée tant l'enveloppement énergique de Kaska avait eu de vertus curatives, analgésiques, cicatrisantes autant que ses mélanges d'herbacées pour requinquer ma mère, sûr qu'elle était chamane, sûr qu'elle avait des pouvoirs, wak, wak. Adoncques, ils ont tiré ma mère du coin à l'écart des huttes où on l'avait reléguée, il paraît que ça aide à couper les liens, à préparer l'ombre et l'âme à l'idée déplaisante de se séparer. Lorna del Rio ne se ressemblait plus guère, toute fripée comme momie grise, pire congelée que dans la cave. Les femmes l'ont déshabillée, ce n'était pas facile. J'ai eu tout le temps d'examiner sa plastique de Betty Boop flapie, de regretter le bain moussant chez Mrs Allister où je m'étais glissée contre sa nudité de déesse, énamourée d'adoration érotique, de penser à ses seins entre lesquels elle glissait la carte de Jacques, toute pliée froissée embaumée de son parfum gardénia au soleil du Dalton trail, au bâton de rouge qu'elle passait sur ses lèvres pour vamper le capitaine sur le pont du *Prince Rupert*. J'ai repensé à ses merveilleux mollets dorés musclés arpentant élastiques le désert de Mojave, à quand elle chevauchait la grosse cuisse d'Oswald et lui mordillait l'oreille, à ses séances de bronzage devant la cabane en bavassant à tout va avec Kaska dans la fumée des eulachons, et aussi qu'elle m'avait dit dans le noir, chamboulée, envieuse : *on fait comme ça quand on s'aime*, et aussi de l'avoir vue pleurer comme une petite fille punie quand Herman lui tirait les vers du nez en sculptant mon petit totem, et comment elle fumait sereine une cigarette dans les épilobes sitôt, tchac, poignardé le *nhatryah*.

Enfin j'ai eu tout le temps de réviser pendant que les femmes la lavaient d'eau tiède fumante à odeur de tisane, peignaient ses longs cheveux de jais en nattes d'Indienne parfaite, puis elles l'ont habillée d'une seyante robe de peau brodée et chaussé ses pieds de mukluks neufs bordés d'hermine, comme il n'y en avait pas en vente au magasin général Sheldon de Haines. Elles ont peint son visage de pigments ocre, blanc et noir, plus d'étoiles rouges à ses joues comme dans la combe mais là, rendue à ce point de la métamorphose, ce n'était carrément plus la même personne. Leslie Doll, ou Petra Apostodès, Peggy Anderson, Lorna del Rio avaient disparu, et même la supposée Anaïs Ardenne du papier de Dawson, elle avait l'air d'une absolument vraie Onayepa dans sa gloire, de la femme logée en elle depuis son enfance qui s'épanouissait, se révélait en toute beauté définitive. Celle-là, que je ne connaissais pas, comme je l'aimais ! De tout mon cœur, sans réserve, ah que m'a plu d'assister aux préparatifs de ma mère, que cela m'a fait de bien !

Aux flics du FBI, aux psychiatres pas plus qu'aux nurses fielleuses je n'aurais pour rien au monde raconté que j'avais assisté à ces rituels mortuaires, ils en auraient glapi d'horreur. Aussi bien ils auraient expédié la police montée du Canada persécuter les gens du village, les inculper, les mettre en prison ; des leurs y allaient pour bien moins que ça. Encore mes ravisseurs ne tenaient-ils pas trop à ébruiter leur infiltration extra-frontalière par hydravion privé, pas des plus régulières je présume. De toute façon, je l'ai bouclé, amnésique, aphasique. Pas davantage raconté aux sœurs Plunkett, elles m'auraient appliqué la Bible en cataplasme ou auraient convoqué un exorciste. J'exagère. Chères taties Plunkett, paix à leur âme.

Mon silence m'a carrément sauvée d'eux tous, de la folie peut-être, tu comprends, Bud ?

Ensuite, ils ont remisé ma mère au fond d'une cahute un peu déglinguée, à défaut d'avoir une hutte personnelle il lui en fallait une pour attendre ses cadeaux. À tout cela assistaient les gens du village, les enfants, et même les chiens nombreux, souffreteux galeux. Ils n'avaient pas la noble allure de Shini qui était là aussi et montrait les dents si l'un d'eux m'approchait, ses crocs de demi-loup entre ses babines retroussées étaient aussi effrayants que d'un fauve, mais à moi il fourrait gentiment sa truffe sous l'aisselle. Kaska restait devant la hutte des vieilles taupes, tournant des osselets et ses dentales sur le sol, non qu'elle se désintéressait du sort de ma mère, je crois au contraire qu'elle prenait soin de son ombre, car il allait falloir qu'à présent elle se tienne tranquille près de sa tombe sans venir harceler les vivants à tout bout de champ, enquiquineuse comme elle l'était.

Il m'a fallu quelque temps pour réaliser que, au même moment qu'il rhétoriquait pied à pied pour recouvrer son Nom, Herman établissait en dignité celui d'Onayepa si obstinément, passionnément revendiqué par ma mère, tant contesté, tant raillé. À savoir que cette dépouille jetée en travers de son cheval n'était pas d'une étrangère mais comme, sans y toucher, il l'avait lu de biais sur le papier du juge MacCoy, la fille d'une *native*, possiblement de la tribu des Hän qui vivaient au Klondike depuis des siècles avant la ruée.

Certes, *Onayepa*, ce n'était pas très conforme. Assurément pas Princesse de l'hiver fille de roi, non plus Princesse de la neige mais, en imputant le script fantaisiste à un juge obtus ou à un déclarant négligent, en tant que Nom, ça pouvait marcher. D'autant mieux que ce compromis levait aux yeux du conseil la crainte d'une crémation délictueuse, brûler une Blanche ! Herman tablait là-dessus. Cependant peut-être ne plaida-t-il si bien que pour avoir fini par prêter foi au dire de ma mère, ébranlé au fond de lui-même par sa détresse, son fol entêtement à se déclarer Indienne, troublé par l'ascendant qu'elle avait pris sur lui, qu'il lui avait laissé prendre, va-t'en sonder l'âme d'un homme. Soit, je le pense aujourd'hui, je l'en bénis, qu'il l'obtenait pour moi. Afin que, ayant assuré sa filiation maternelle, je sois moi aussi reconnue pour une des leurs malgré mes cheveux rouges, sienne et de Kaska autant que je pouvais l'être, de leur moitié Loup ou moitié Corbeau. M'affiliant par ce biais matrilinéaire aux gens du peuple hän ou gwich'in au nord-ouest du Grand Nord, ils m'adoptaient pleinement, pouvaient-ils m'octroyer plus bienfaisant, plus intelligent réconfort ?

Tu penses bien que je n'allais pas raconter ça aux agents fédéraux qui d'office me fauchaient mon totem comme une saloperie de sauvages, me tarabustaient pour que je moucharde leurs mœurs dépravées, que je charge ma mère comme quoi elle était bien, oui, ma persécutrice, preneuse d'otage, odieuse kidnappeuse d'enfant, la criminelle recherchée, dangereuse aventurière maîtresse d'un communiste en cavale complice d'un terroriste russe spécialiste d'explosifs, voleuse de coffre-fort, de cartes d'identité à ses probables victimes, et l'assassin avéré d'Oswald Campbell sur la plage de Santa Monica. Comme si ces pourris de Ritals avaient eu besoin d'un coup de main. Comme si mon papa était l'honnête fils d'une feue maraîchère en laitues de Salinas, comme si l'argent sale des orgies du cinéma coulait pas à flots jusque dans la poche revolver des flicailles de Brentwood. Hors de question que je lâche un mot à ces ordures.

Ce qu'il est advenu de ma mère, ce que je suis devenue, c'est mon secret à moi, ma propriété et ça, j'étais tranquille, ils pouvaient toujours courir pour la retrouver, en cendres qu'elle était avec ses secrets. Ils pouvaient surtout se gratter pour mettre la main sur ce qui les intéressait au plus haut point, sa satanée sacoche dont ils avaient tous l'air de redouter ce qu'elle contenait, comme d'une ampoule explosive de Bogdan le chimiste.

Car vois-tu le merveilleux est que, une fois dûment apprêté, le défunt est incinéré au bout de quelques jours au cours desquels s'accumulent autour de lui les offrandes, objets de valeur sacrifiés par le clan, plats de cuivre, masques en bois ornés de nacre et de fourrure, vanneries ouvragées, tapis, auxquels veillent les femmes, tandis que les hommes préparent le bûcher derrière sa maison. Assises en rond autour de ma mère, elles ont fumé des pipes en sa compagnie, elle qui manquait de cigarettes a dû aimer humer ces dernières bouffées de tabac. Puis ce sont chants lamentants, mélopées, cris aigus et tambours, crécelles, commentaires nourris sur la vie du défunt – je ne sais ce qu'ils ont bien pu trouver pour louanger la sienne. Ça aurait pris des lunes de leur raconter son histoire d'Anaïs Ardenne en son jardin de France, ses tribulations, sa bravoure et son grain, indubitable, son esprit d'invention, inépuisable, ses prétendants d'Indochine française ou de Russie soviétique, ses talents d'artiste de cirque, ses ruses de flibustière, ses faits d'armes et ses exploits qui, tout considéré, valaient bien ceux du plus valeureux guerrier, du plus courageux chasseur de grizzly. En tout cas, elles ont bien chanté. Quoique lugubres, me ravissait que mon Onayepa ait droit à ces beaux cantiques. Puis ils ont sorti sa magnifique poupée par l'arrière de la cahute déglinguée, qui avait bien rempli son office de dernier logis, l'ont transportée au bûcher sur pilotis et y ont mis le feu.

Mais auparavant, juste avant la crémation, en sus des cadeaux, ils ont entassé sur elle ses objets personnels pour qu'ils l'accompagnent au royaume des morts, afin qu'elle ne s'y sente pas trop seule. À savoir tout ce qu'elle portait d'effets de voyage, parmi lesquels son étole de vison, la plus riche parure qu'elle possédât ! Sa chemise à carreaux, avec dans sa poche de poitrine la carte folle de Jacques, dûment chiffonnée. Mais encore son colt, et le 54, son beau fusil d'aventurière ! Qui n'avait tiré, *pow, pow*, qu'une seule fois à vide. Cet objet ne lui appartenait pas vraiment, attendu qu'Archie l'avait fourni à crédit, mais on n'allait pas chipoter pour si peu. Certes des armes de ce prix pouvaient les tenter mais, en tant qu'attribut du défunt, nul ne se les serait arrogées sans enfreindre le rituel et surtout, eux comme Herman savaient que, au fusil, on connaît l'homme ; le garder présentait trop de risques. Enfin, ils n'ont pas négligé, quasi son seul bagage dans notre fuite, son inséparable inestimable sacoche dont les flancs pansus contenaient, qui d'autre que moi le savait, ses cartes incomplètes du Yukon et d'Alaska, ses petits calculs à zéros astronomiques et sa panoplie de cartes d'identité chouravées, l'acte de sa présumée naissance au Klondike et les photos de sa folle vie hollywoodienne, le photomaton canaille, les vieilles sépia près du puits et sa nounou infernale, et même, campé devant sa cabane, le trappeur à l'oreille déchirée, ça on saura jamais ce qu'il en est étant donné que cachée sous le bonnet : tout est parti en fumée.

Y compris sa trousse à maquillage.

Y compris son gilet acheté au magasin Sheldon. Si fait.

Tu n'imagines quand même pas que j'avais oublié la petite séance de couture chez Bonnie la veille de notre départ, lors de laquelle ma mère planquait nuitamment son magot. Voilà, voilà : puisque, au titre de chef du deuil, Herman était chargé d'apprêter les effets de la défunte Onayepa, à lui j'ai révélé en secret à son oreille que, dans les replis de la doublure, dans les goussets surpiqués du gilet étaient cachés, le meilleur des matelassages, des liasses de billets, des dollars en quantité. Je croyais vraiment faire un geste loyal, un cadeau royal, le combler de mes bienfaits. Or, à mon grand étonnement, cette information l'a plongé dans des abîmes de réflexion. De perplexité, de contrariété. Pour ainsi dire j'ai déclenché une tempête sous son crâne d'Herman.

Ce n'était pas qu'il croyait l'argent souillé par l'ignoble patte crochue du diable. De ce croquemitaine qu'invoquaient les prédicateurs pour son salut chrétien, il n'avait que faire.

Non plus que cette somme d'argent, phénoménale, l'intimidait. Il n'en avait jamais vu autant de sa vie, j'en suis sûre – à part le revenu de sa pelleterie, vite dépensé en achats, son billet de cinq dollars pour payer la location de la mule, il n'avait pas d'argent –, mais cette fortune ne l'impressionnait nullement.

Il ne craignait pas davantage en s'adjugeant ce pactole, fort probable d'origine douteuse, d'encourir poursuites, châtiment, de cela il n'avait cure, et il avait raison : dans le coffre d'Herman, qui était à sa discrétion, Lorna del Rio n'aurait jamais entreposé de coupures neuves. Givrée elle était, mais pas folle, la guêpe : que du cash usagé, de si vieille circulation que toutes les polices américaines et canadiennes réunies n'auraient pu en lister les numéros.

En fait, son cas de conscience, torturant, était s'il devait ou non accepter ce cadeau tombé du ciel – du Ciel ? De leur ciel, rien ne tombe sur la tête aux Amérindiens comme des Gaulois. Il s'y passe beaucoup de choses étranges et des plus complexes, y compris des aurores boréales, mais il n'en vient rien de ce genre. Non, la question était de savoir si cet argent effaçait la dette. La dette à lui échue depuis que lui tombaient sur les bras ces deux routardes en cavale avec leur Dodge en rade.

Dès qu'il en avait appris la nouvelle au poste de traite de Murphy Nolan, il s'était su rattrapé par un qui-pourquoi-comment-quand, quelque chose comme une *circonstance*, dont la survenue détraquait gravement l'ordre antérieur à grand mal défendu jusque-là ; en tout cas, depuis qu'il vivait à Kloo Lake. Aussi, tout le temps qu'il cheminait pas à pas avec la mule attelée et son cheval, qu'en tintinnabulant il approchait sa cabane, ruminait-il le sombre agencement de la fatalité, troublé, alarmé. Le cadeau impromptu de la gamine, ce moucheron effronté, l'avait franchement déstabilisé, un défi qu'il prenait au sérieux : le don provoque mais refuser offense. Il avait enfilé le porte-plume à son chapeau afin de ménager sa susceptibilité, on ne sait qui elle incarne, de qui elle est l'animal – à la curieuse couleur de ses tifs on pouvait la supposer renarde, ainsi que le suggérait Kaska. Qui, sitôt qu'entré dans la cabane, lui apprenait comment la femme blanche l'avait libérée des dents d'un piège et arrachée à ce péril, mortel souvent. Il en était tombé accablé sur son lit dans la pénombre, délibérant, ruminant. Raconter l'histoire de Big Charley en guise de reproche ne l'avait pas soulagé, ni ne conjurait la menace, et Kaska d'insister, de montrer la blessure de sa jambe : *elle m'a évité la mort, tu lui dois ma vie, je la lui dois.* Une fois énoncé le fait à voix haute, trop tard : il était l'obligé de l'étrangère, non plus elle de lui, comment Kaska pouvait-elle y souscrire ? Par-dessus le marché, elle semblait apprécier sa compagnie, de la petite surtout, cette connivence irrégulière le déroutait. Mais elle qui l'avait en sa protection depuis son retour du Sud, elle qui avec son pouvoir de chamane voyait souvent plus loin que lui, peut-être avait-elle pressenti que cette femme venait changer leur vie, leur rencontre dans la forêt n'en était que le prélude, et voilà que celle-ci l'entraînait dès le premier soir dans son histoire personnelle ; écouter quelqu'un livrer ses secrets est tentant, mais très dangereux. Quand il croyait la pousser dans ses retranchements, elle le prenait en otage, et il n'avait su s'en défendre, trop occupé à bien tailler le bout de bois, à y mettre le plus d'intention possible – faire à la fois deux choses qui chacune mérite réflexion n'est pas bon non plus.

C'est que le petit totem n'était pas rien, en échange du porte-plume.

Nez de renard s'en rendrait sûrement pas compte mais, envers elle au moins, il était quitte du cadeau. Envers la femme il ne l'était pas, pris au piège, aussi humilié, ulcéré que Kaska entravée à celui du chasseur. Voilà ce que lui réservait le retour de son raid à Whitehorse. Puis les Parker étaient venus en reconnaissance, forcément, puis ce vaurien de Kluk portait les mauvaises nouvelles de Juneau, qui foutaient en l'air sa dernière chasse, et tout s'était ensuivi, l'enchaînement inéluctable le précipitait lentement mais sûrement à ce point de non-retour, au rendez-vous tant redouté avec soi, homme du Da'kéyi. De son pays, il s'était lui-même banni, traînant son infamie et sa colère au long des routes, jamais assez loin. Il avait voulu faire le désert en lui et ça n'avait pas marché. Ce qu'itinérant il avait connu quinze ans durant de mépris et de brimades, ne lui avait pas plu. Non plus, du tout, ce qu'il avait vu des Indiens des Plaines, épaves parquées, éponges d'alcool délirant leur démence de misère et, comme si ça ne suffisait pas, le lynchage des petits fermiers blancs par les gros propriétaires yankees ivres de sang et de haine ; et puis la Dépression, qui le jetait au chômage, déclassé avant tout autre. Ne restait qu'à regagner d'étape en étape son ancien pays ; devenu depuis propriété des Blancs. Fuir, revenir, même calamité. Voilà ce qui lui était arrivé, et ce n'était pas fini, non, à présent il lui fallait fuir encore. Il avait été assez présomptueux pour croire les sauver, se sauver, en osant pénétrer le territoire hanté des seules âmes des morts, ce no man's land que nul vivant ne traverse sans encourir leur ire. En présumant de lui-même, il avait courroucé les esprits, et parachevé sa perte.

Depuis plus d'une heure, il entendait se rapprocher les tueurs lancés sur leurs traces, les pas sur les pas déjà tassés crissent plus fort que dans la neige profonde. Sans bête ni barda, ils avançaient vite. Alors rien d'autre ne se présentait plus que d'escalader l'escarpement sans issue, de se précipiter avec sa suite dans l'impasse du promontoire, impasse de toute sa vie. C'était son triomphe, le perfectionnement ultime de son exil inutile, là vaincu il ne restait qu'à mourir. Mais comme il l'avait souhaité, en avait appelé à eux de toute son âme épouvantée, ses Loups étaient venus. Quand il désespérait de lui-même, ses ancêtres les grands Loups avaient répondu à son appel, noble poitrail d'homme, tête fière, denture et griffes d'acier. Sûr que les Corbeaux de Kaska, qui ne les avaient pas lâchés depuis le départ, y avaient mis du leur. Les corbeaux sont imprévisibles, duplices, rancuniers, mais ils avaient su voler vers eux, les prévenir, et pactiser, ce qui n'est pas toujours gagné entre eux. Ce signe propice aussi comptait, signe qu'il n'était pas le réprouvé qu'il se croyait, puisque ses Loups s'étaient chargés du carnage. S'ils laissaient la balle atteindre le front de la femme, c'était leur obscur dessein. Peut-être le prix à payer pour avoir traversé le champ sacré des sépultures. Il n'aurait pas cru souffrir à ce point de la voir morte. Il l'avait portée jusque chez ceux qu'elle voulait tant atteindre. Il lui avait obtenu de dignes funérailles en tant qu'Onayepa, fille du peuple des Hän Hwëch'in. Maintenant, il était enfin quitte.

Alors ce présent, tout cet argent que la gamine, encore elle, lui offrait de sa main de renarde, devait-il ou non l'accepter sans être encore piégé ? Le considérer comme une nouvelle créance par-delà la mort, ou pour solde libératoire de la dette, par quoi se compense la blessure d'amour-propre et qu'ainsi, n'étant plus redevable, il était de nouveau maître de l'échange, et sauf son honneur.

Tu vois ce que j'appelle une tempête sous le crâne du pauvre Herman ?

Une entière journée à retourner thèse et antithèse, à cogiter, se torturer les méninges mais, après mûre réflexion, ayant tout bien pesé, Herman s'est résolu à découdre le gilet, et basta. Je suis contente qu'il ait accepté le magot, autant que les Ritals n'auront pas raflé. Ainsi aura-t-il pu se mettre en dépense honorable pour sa part des offrandes, et même dédommager équitablement le chef de tout le tracas et le tremblement de la mort qui avait troublé les esprits, empêché plusieurs jours les gens du village de manger et de faire l'amour à leur guise. Ainsi aura-t-il quitté Kloo Lake avant que l'Alaska Highway ne défonce les anciennes pistes et sera-t-il revenu chez lui à Eagle, non comme un réprouvé mais en "homme véritable" doté de biens d'échange, méritant de retrouver un nom approprié à ses qualités qui efface l'ancien affront d'en avoir été privé. Tout compte fait, avoir rencontré ma mère était la meilleure des choses qui pouvait lui arriver.

Attends, Bud, je te fais une happy end, là.

J'ignore si Herman et Kaska auront vraiment survécu à la loi du plus fort qui de si longtemps s'exerce contre eux, échappé à l'implacable destruction de leur monde par la spoliation, l'exploitation des gisements miniers, au refoulement systématique des nations du Grand Nord, brimées, laminées par la haine blanche. C'est une chose insensée mais je veux les imaginer hors de portée, sauvés par leur capacité à se soustraire, à s'adapter, indemnes pour le restant de leurs jours en quelque endroit inaccessible aux prédateurs. J'en rêve, mon vœu ou mon rêve est que ça se soit passé comme ça. Peut-être, si je le fais très fort, et toujours le même, il se sera réalisé pour de bon dans le passé où l'on ne peut revenir ni rien changer, mon rêve d'à présent a peut-être le pouvoir magique d'intervenir pour qu'au futur antérieur cela ait eu lieu. Oh oui, en réalité cela aura été, crois-tu ? Les rêves ont-ils ce pouvoir ?

Ainsi celui qui obsède Onayepa, sa naissance royale, sa cabane dans la boule à neige et ses forêts où pérégrine à jamais son paternel – *pas sûr que c'était mon père, c'était probablement un rêve*. Suggéré par le conte de sa nourrice infernale, son rêve des ailleurs prémédita sa vie plus sûrement qu'intention, raison, calcul, volonté. Il plia les épisodes et les péripéties de rencontre à sa prémonition idéale de sorte que, au gré des circonstances, la trajectoire de son existence, jetée de son lointain jardin de France vers les contrées tant convoitées du Grand Ouest nordique, la conduise où elle s'attendait en rêve ; en réalité, elle y est parvenue. Même roide et muette réduite en cendres, elle y repose, et si son âme vient parfois rendre visite à son ombre peut-être rêvent-elles ensemble au futur du passé que cela aura été. Cela aura eu lieu, le crois-tu ?

Herman dit qu'avant de chasser il doit *rêver* sa chasse, l'imaginer très fort, éveillé ou endormi la mimer en songe afin d'incorporer ce que le moment donné exigera de lui quand, en réalité, il devra choisir de ne pas voir son gibier, de le voir sans bouger, d'être seulement vu de lui ou de le tuer. Rien n'est sûr de ce qui adviendra mais rêver prépare le qui-vive qui donne sa chance à la chasse, peut-être l'animal fait-il de même, s'il veut ou non dans son rêve être vu, consentir au meurtre ou se refuser. Il faut rêver sa chasse : ça marche pas toujours mais, sinon, ça marche pas du tout dans la réalité.

Cela marche-t-il quand Kaska rêve que son Corbeau vient claquer de l'aile contre le pare-brise, qu'il se plante en sentinelle pour voir venir les signes de l'imprévisible avenir, quand elle écoute ma mère rêver sa vie et délirer à voix haute crois-tu qu'elle soit chamane spirite extralucide ou ne fait-elle qu'articuler le langage par lequel, pour peu qu'on s'y fie, toute perception déchiffre le monde sensible comme une page ouverte, mais qu'est-ce que rêver, pour nous, pour les Gwich'in ? Pour Nanouk d'Inukjuak, pour les vieilles taupes d'Äshè'yi ? Chacun invente-t-il ses hiéroglyphes à lui réservés, desquels il est le seul scribe, traducteur et lecteur, ou bien est-ce une langue commune, inintelligible entre toutes celles qu'on n'apprendra jamais, dont aucune philologie ne vient à bout, mais la même que des contes, des légendes et des récits par lesquels nous transmettons le message crypté des mille fois mille ans de notre histoire dont on croit ne pas se souvenir, sauf quand on perd vraiment pied dans les grands fonds glacés où dorment nos vieilles baleines mortes, sous la terre où reposent nos vieilles défenses et nos crânes de mammouths laineux, nos âmes antérieures visitent-elles nos ombres pour se dire les unes aux autres qui nous étions, qui nous sommes en réalité, en quelle langue s'entretiennent-elles, que nous entendons sans la parler ? Crois-tu en tes rêves, Bud ?

Crois-tu que les rêves transforment l'avenir dont on ne sait rien ?

Moi, je montais la tente, ça me connaît, j'aime plutôt ça.

Tout en dissertant à voix haute, Jessie faisait des ricochets sur l'eau du lac, zic, zic, zic, les cailloux cinglaient sa peau lisse, bleue comme le ciel inversé, soulevant des gerbes d'oiseaux affolés à chaque giclée.

— Fais quand même gaffe à mon coucou, j'ai crié.

— Tu as peur qu'il s'envole comme eux ? On serait dans de beaux draps !

Son rire, sa voix me manquent, tout d'elle me manque.

Sa chaleur, l'odeur petit pain chaud de sa peau, sa tignasse de rouquine et ses bras de renarde autour de moi, ses mains désirantes, son amour, jamais, jamais l'amour ne sera plus grand qu'à présent, de l'avenir on ne sait rien quoi qu'on en imagine ou en veuille. Je n'en sais rien et toi non plus, tout ce que tu sais est à présent, en deçà est passé, au-delà rien n'existe, c'est maintenant qu'est notre plus grand amour, de cela uniquement nous sommes sûrs, rien ne peut nous arriver de plus certain, de plus absolu et d'ultime puisque nous sommes arrivés là, à cet endroit, à cet instant, garde-moi dans ta main. C'est dans ta main que tu me tiens, jamais tu ne me tiendras autant qu'à présent, je ne pars pas, je ne te quitte pas comme tu le crains, je reste avec toi, c'est comme ça qu'elle a disparu de ma vue, mais pas de ma vie.

Quand elle en a eu assez de faire des ricochets, Jessie est venue voir où en était la tente et comment on allait pouvoir camper puis, pendant que je bâtissais le feu, elle est allée inspecter un peu les environs.

— C'est clair : ils ne vivent plus là, plus aucune trace du village d'hiver, m'a-t-elle annoncé au retour, mais ils ont encore leur camp d'été. Ils y reviennent sûrement à la migration du saumon de juin à septembre, la base américaine ne les a pas fait fuir, ils sont chez eux, quand même, viens voir.

Un peu plus loin sous les bouleaux, fleurs argent bleu des épinettes, il y avait quelques mauvais bâtis en préfabriqué barricadés, cadenassés, moitié ensevelis sous des rebuts de nasses moisies, bois d'élan livides, autour plantés des mâts de bois mort boursouflés de gros broussins, l'allure d'animaux totémiques, tout cela assailli de jeunes pousses perçant les broussailles d'hiver avec l'incroyable vigueur de l'éclosion printanière, si brève qu'elle est déjà l'été. Ce camp abandonné, rien à voir avec le village qu'elle avait connu. Le garde forestier confirmait : évidemment, que le site était fréquenté l'été, le nord du lac est le coin le plus poissonneux mais à présent, disait-il, les Indiens du coin quittaient leurs gourbis des bois pour s'installer sédentaires à Haines Junction. Avec le trafic sur l'Alaska Highway, le carrefour était devenu un centre d'importance, presque cent habitants, magasin général, petit motel, banque, snack-bar, une église moderne, cabinet médical, bureaux d'administration. Les autochtones, on dit plus tribus aujourd'hui, y avaient leur quartier à part. Leurs gosses allaient plus ou moins s'instruire à l'école, les parents bossaient là ou là, main-d'œuvre d'occasion, des bricoles de leur ressort, à la scierie, à l'entretien de la route, cabossée chaque fin d'hiver.

— Sûr qu'avec le pipeline, il y aura du boulot, mais la plupart font rien. Ils attendent que leur tombent les subsides de l'État. Au compte-goutte peut-être, mais tout le monde en a pas autant qu'eux. Tout va bien pour vous ?

Il avait surgi du fond du lac en canot pneumatique à moteur, son poste de surveillance était par là, vers Chemi. De temps en temps, il faisait un tour d'inspection, histoire de jeter un œil à la base. Pas qu'il craignait le vandale : le climat se chargeait tout seul de ruiner. Serait quand même temps que les Amerlos en finissent de squatter le district. On n'en prenait pourtant pas le chemin : à présent, il était question de construire un pipeline du port de Haines à Tok avec stations de pompage, vue l'altitude, mais le tracé ne concernait pas le lac. Heureusement, tout ce coin-là resterait intact pour ses chasses. Il profitait de ses rondes pour se faire un petit repérage. Pas mal de volaille déjà, vous avez dû voir, hein ? Ça migre, ça migre, les oies, canards, lagopèdes. Il avait même entendu le brame d'un orignal, début du rut, et ça n'allait pas tarder que les gros bestiaux sortent de leur hibernation, affamés, gare aux ours. Ils ont rien bouffé de l'hiver, la fringale les rend agressifs. Laissez pas traîner de vos déchets, vous baladez pas trop nez en l'air dans le bush. Une flambée les éloigne mais faites-y attention aussi, avec tout ce combustible un incendie est vite parti. Il en brûle des milliers d'hectares tous les ans. Remarquez, ça revigore la forêt, elle connaît pas d'autre débroussaillage. Merci pour les conseils, me disais-je, mais on est au courant, pour qui ce type nous prend-il ? Tout à l'heure, le bruit proche de l'avion l'avait alerté, rien qu'au ronron il avait reconnu un coucou de ce genre, alors voilà, il était venu voir.

— C'est pas courant des touristes par ici, ce coin attire personne. Les gens filent d'une traite de Whitehorse ou de Haines à Tok, à Fairbanks ou alors, plus tard en juin juillet, il en vient pêcher, faire du kayak sur les rivières. C'est sportif, hein, et ça leur plaît de venir se "ressourcer dans la pure nature", qu'ils disent. Moi, ils me font marrer avec leur nature. Mais, sur ce lac, il y a rien de rien à faire. Vous êtes en panne, besoin d'un coup de main ?

Il lorgnait notre tente, notre équipement, puis regard de biais vers moi, comme s'il pouvait vraiment pas s'empêcher :

— On dirait que tu es du Sud, toi.

— Nuance, dit Jessie, Bud est du Sud-Est. Sud-est d'Ottawa.

Il encaisse son bras d'honneur tartiné d'amabilité, ou il n'a pas bien saisi la *nuance* qu'elle y met. Elle ajoute, mutine :

— Moi y en a être Longue et maigre, et toi ?

— Moi je suis de Carmacks, si vous voyez où c'est. C'est là que je suis né. Mon père tenait un roadhouse dans le secteur.

— Ton nom, je voulais dire.

— Kovács. Dany Kovács. Mon père, c'était Seven. Ils étaient si nombreux frères et sœurs, quinze ou seize, que son vieux les appelait par numéros. Il était venu de Hongrie, si ça vous dit quelque chose, s'établir fermier dans la prairie, vers Calgary. C'est le désert, par là-bas. Remarquez, ça le changeait pas beaucoup de sa puszta natale : que du vent, de la poussière, rien y pousse que la marmaille, et rien à bouffer, rien. À douze ans, mon père a suivi des types qui passaient. C'était ça, à l'époque : la route, droit devant, plus loin ça peut pas être pire. En fait, il s'appelait Sandor, mais au fronton il avait écrit *Seven's Roadhouse*, c'était sa fierté. Il y a foutu le feu et puis il est mort. On m'a dit, parce que j'y suis pas retourné voir. Moi j'en suis parti à huit ans avec ma sœur aînée qui en pinçait pour un maréchal-ferrant de Champagne, un gars venu de Gaspésie je crois. Seulement, de chevaux, y en avait déjà plus beaucoup, le camion les a remplacés, ça allait plus vite sur le chemin de roulage. Le beau-frère a perdu son job, ils sont allés s'embaucher à Whitehorse, ouvriers à l'usine de saumons. Avec le trafic, ils auraient mieux fait d'ouvrir un petit poste à essence. Vous avez vraiment pas besoin d'un coup de main, alors ?

— Non, ça ira, merci bien.

Moue déçue, puis il contemple mon Norseman au mouillage, émet un sifflement poli.

— C'est un bel engin. Avec ça, les routes on s'en fout, hein ?

Cligne-t-il. J'avais qu'envie qu'il nous lâche au plus vite mais Jessie avait l'air partie pour tailler une bavette avec ce malotru, combinaison imperméable, jumelles au cou, les joues brique. Le pif fleuri de veinules, canine en or.

— Ton petit moteur hors-bord est pas mal non plus, elle le complimente. C'est intéressant, garde forestier ?

— Je fais ça que quelques jours par mois. J'ai mon élevage de visons à Haines Junction. Du temps que je bossais au chantier de l'Alaska Highway, c'était un bled pas plus grand que Champagne, quinze habitants maximum. Les Amerlos y ont installé leur QG, ils ont amené l'électricité, le téléphone, maintenant c'est comme qui dirait une bonne petite ville.

— En 42, j'y étais aussi, sur le chantier, me suis-je risqué, sitôt me mordant la langue.

— Ah le merdier, il s'esclaffe. Je crois bien qu'il y a pas eu depuis hiver plus froid que cette année-là. Moi, je remblayais vers Klukshu et toi, t'y faisais quoi ?

— Pourquoi il a foutu le feu, ton père ? coupe Jessie, battant des paupières.

Kovács m'oublie, manifestement ce sujet alternatif le branche davantage.

— Il y a eu que personne s'arrêtait plus dans les roadhouses. Quand il a ouvert le sien, ça désemplissait pas. La voie du fleuve, c'était bon trois mois l'an, le reste du temps, pour aller de Whitehorse à la capitale, y avait que l'Overland Trail. Cinq, six jours de piste en pleine forêt, de la neige par-dessus la tête, verglas, blizzard, traverser les rivières, la Pelly, la Stewart prises d'embâcle, avec les câbles de rappel, hein, il y avait pas encore de ponts ! Tout ça par moins quarante, des fois. Le thermomètre ? On accrochait la bouteille de Perry Davis Painkiller à une branche : si elle gelait dans la minute, c'est qu'il faisait trop froid pour mettre bêtes et gens dehors. Fallait pourtant bien transporter le courrier postal, les voyageurs, et les prospecteurs qui voulaient aller à Dawson, et plus loin encore à leurs mines. Ils s'entassaient à douze sur les Concorde, le seul transport en commun. À ressorts, pour le confort, s'il vous plaît. Étant môme, en ai-je vu arriver de ces gros traîneaux empaquetés de neige. Derrière la vitre, j'attendais d'entendre la corne du conducteur beugler dans la nuit. Nom de Dieu, j'en ai encore le frisson.

Il s'accorde un petit répit de nostalgie amusée.

— Fallait voir ces gars-là, des forces de la nature. Les meilleurs conducteurs c'étaient Hobo Bill et Ed Spahr. Pas de Code de la route qui tienne, hein, gare en face, je fonce. Il y avait bien des sections étayées de madriers, toujours à rafistoler, mais entre ? Rien du tout. Le vent vous déplaçait la piste d'un jour sur l'autre, repères enfouis sous la neige, et la boue glacée à la fonte des eaux ! Si un ressort à lames métalliques gelait, ça cassait sans prévenir. En pleine pente, fallait garder son sang-froid pour pas culbuter. Et puis dételer, remplacer le ressort, et puis pelleter pour dégager les congères. Les gens s'embarquaient quand même, peur de rien en ce temps-là. Manteaux d'ours, de bison, grosses laines, protections de nez et d'oreilles, la boîte à charbon de bois sous les pieds et en route, fouette cocher ! Bien contents de trouver tous les vingt, vingt-cinq miles un relais comme celui de Seven's Roadhouse, s'y réchauffer les arpions et y passer la nuit au sec. Hamac pour homme seul : un dollar la nuit ; cabine privée pour les dames : deux dollars. Pas du chichi de palace, hein. Un grand bâti en rondins, ses dépendances, une écurie, les chiens dehors. Les chiens d'ici, ils survivent à tout, c'est des loups. Toit en bardeaux colmaté de mousse, mobilier en gros bois d'épinette. Éclairage ? La bougie ou la lampe à pétrole, et un poêle, ça oui. Le gros poêle en fonte, rouge d'enfer nuit et jour, le bois manquait pas ! Cinquante cents le verre de Seagram's Rye. La bouteille, deux dollars. Même prix le repas : fèves au lard, caribou rôti, pattes de castor, patates dégelées, regelées, carbonisées. Mon père se servait de la même fourchette pour se curer ses caries et faire frire la barbaque des clients, riait Kovács, et valait mieux veiller sur ses affaires, on savait pas avec quel voisin on pieutait. Bon, la piste s'est améliorée en chemin de roulage pour les véhicules à moteur, les camions, les Caterpillar des mines vers Dawson, vers Keno : fin des années 1920, c'était fini. Le vieux a pas supporté. Il a mis le feu et s'en est venu mourir à l'asile de Whitehorse.

— Le ressort à lames a cassé, compatit Jessie.

Kovács opine, la comparaison lui semble juste. On doit remonter dans son estime, et puis se confier aux gens les rend sympathiques. Il paraît la cinquantaine mais, sauf son nez fleuri de probablement cajoler la bouteille, il a la robustesse fruste des gens qui vivent au grand air.

— Et Murphy Nolan, il tient toujours son poste de traite à Champagne ?

Demande Jessie, ton léger, comme pour entretenir la conversation par simple urbanité.

— Tu as connu Murphy ?

Elle rit de l'incongruité, elle seule peut comprendre.

— Pas moi, non. J'ai connu des gens qui sont passés par là dans le temps. Il avait la réputation d'arnaquer un peu le client, non ?

— Forcément ! Attendu qu'il était le seul pourvoyeur à la ronde en tout et n'importe quoi, il craignait pas la concurrence. Murphy, il est mort, et de moche façon. À l'époque, ça a marqué les esprits. Un crime par ici, c'est rare. Nous autres Canadiens, on n'est pas des cow-boys comme les Yankees.

Jessie confirme en hochant du chef, l'air dégagé de qui n'en attend pas davantage, la meilleure manière d'appâter.

— Un client l'a flingué, il y a environ quinze ans de ça, se rengorge Kovács.

— Un client pas content, je dis, compréhensif.

— Ouais, on peut le dire comme ça.

Il se tâte, mais la perche tendue le tente trop.

— Un hiver, trois types débarquent chez lui, on sait pas d'où sortis. À pied paraît-il. Qui croirait ça ? Le fait est qu'ils arrivent gelés de vers Whitehorse. Bien équipés, bien armés. L'allure de qui part en chasse, on se demande laquelle. À la saison, on en voyait pas mal passer qui allaient s'en payer une tranche chez les frères Jaquot à Burwash Landing, Baxter les y conduisait en camion. Il leur faisait toujours faire halte chez Murphy, un deal entre eux pour faire tourner la boutique, bakchich compris, hein. Ceux-là arrivent tout seuls. Ils jouent des coudes pour se faire une place au comptoir, se rencardent sur les environs en bombant le pectoral, parlent aux gars comme à des ploucs, ces malpolis. Les habitués aiment biberonner tranquille et qu'on leur cherche pas des poux. Pas qu'ils sont chatouilleux, c'est juste dans leur nature. Histoire de les épater, et de se réchauffer le gosier, les types commandent du rye, de la vodka, de la bonne. Au prix que Murphy vend la bouteille, ils renardent, mais ils paient cash, et vas-y les tournées. Puis voilà que, un peu brindezingue, il y en a un qui zip dérape dans la sciure mouillée du plancher. Dans sa chute, il entraîne un pieu de mine en fonte qui crac, lui pète la jambe. Le tibia lui pointait sous le falzar. C'est pourtant épais, le molleton. De ce fait, les deux autres dessoûlent. Stupéfiés, furibards, ils hésitent pas beaucoup : ils décident de le laisser là. Ils avaient vraiment le feu au cul, pour repartir sans le camarade. Murphy, il fait débit de tout ce qu'on veut, du gros matériel au bouton de culotte, mais il est pas taulard, et lui voilà sur les bras ce connard qui braille, qui beugle, et qui gueule. On peut comprendre. Avec sa guibole en travers, il devait dérouiller sérieux. Tout ce que Murphy trouve à lui offrir, c'est une banquette de vieux chariot, qu'il lui dégage au fond du magasin, d'entre les trommels, les traîneaux et les crics de camion. Il allait quand même pas lui filer son matelas ! Le lendemain, on en est au même point. Un truc pareil se répare pas tout seul, il faut remettre l'os d'aplomb. Vous imaginez qu'on avait un toubib sous la main ? Le charroyer à l'hôpital de Whitehorse, cent bons kilomètres, voyez un peu la promenade. Si encore Baxter avait été par là, ça aurait pu se faire. Seulement il était passé deux jours avant avec des clients des Jaquot. Ça prendrait bien la quinzaine qu'ils s'en retournent et du roulage, l'hiver s'annonçant, y en avait pour ainsi dire plus. Un jour de mieux et déjà le type délire, toujours braillant, chiantant, poussant des gueulantes à réveiller les morts. À faire fuir la clientèle, oui ! Et puis sa jambe lui tourne noire cloquée, vilain, vilain. Méchant, la gangrène. Gazeuse, paraît-il. Il réclame du rye pour s'en foutre dessus, à pleines rasades, et que je te me rince les bouteilles à la file, il se met à voir des loups, des grizzlys : ils ont décidé de lui couper la jambe. Autrefois, quand ça urgeait, loin de tout sur les creeks, au fond des bois, on faisait avec les moyens du bord. Extraire un chicot, scarifier un furoncle, amputer un pouce ou une oreille gelés, fallait s'y résoudre, mais une jambe ! Pas un de ceux qu'étaient là avait encore eu l'occasion. De scies, de couteaux, ça leur manquait pas, seulement, pour cette boucherie-là, faut avoir l'estomac bien accroché. Bon, d'accord, ils se sont un peu encouragés au tord-boyaux, et ils ont voulu aussi encourager le type de la même façon, ou alors l'estourbir carrément mais il s'est rebiffé, le salaud. Le voilà qui défouraille son revolver, il le braque sur Murphy et il tire, comme ça, à bout touchant, sans sommation, rien. Les gars l'ont roué de coups, mais alors là ils l'ont bien esquinté, ce fumier, et puis qu'il en crève, de sa guibole avariée. Ce qu'il a pas tardé à faire. Il a râlé le nez dans la sciure, tout seul sous sa banquette de chariot. Murphy, lui, il a mis dix jours. Une balle dans le bide, c'est pénible. Comme il pesait plus du quintal, ils l'ont laissé couché sur son plancher, là où il était tombé, et ils sont restés avec lui, jour et nuit. Les gars voulaient assister à ça. C'est un plus beau spectacle qu'on dit de quitter la vie, le mal de chien que ça donne pour y arriver, respect. Puis ils l'ont enterré, bien comme il faut. Pourtant, par ce froid, creuser le pergélisol, faut du cœur à l'ouvrage, croyez-moi, et pour Murphy fallait vraiment un gros trou. L'autre, il s'est conservé dehors, raide congelé derrière l'écurie, en attendant que la police montée voie un peu le cas, quand elle finirait par s'amener. Il y avait meurtre, tout de même. Finalement, on a rien su de qui c'était, ce chasseur. À part ses tifs blanc de blanc et son as de pique tatoué au nichon, quelques dollars : rien sur lui, pas un papier. Restait qu'à l'enterrer aussi. Pour lui, ils ont attendu le dégel. Comme les autres sont pas revenus le réclamer, c'est resté une croix sans nom au cimetière, pas même un berceau en planches. Pour Murphy, c'était moche. Le roi de l'arnaque mais régló au fond, brave type, loyal, pas de femmes, pas d'alcool, juste son commerce. Il serait resté dans la baleine au Labrador, qu'il serait encore en vie si ça se trouve. C'est bizarre, le destin.

Silence. Nous respectons les pensées profondes de Kovács. Son éloge funèbre l'a plongé dans l'affliction. Il se mouche du pouce contre sa narine en fleur, prend un grand bol d'air, refait surface.

— Il semble que Murphy avait un cousin quelque part vers Juneau, mais c'est pas un pays où on porte les faire-part. Avant d'avoir une couronne sur l'estomac, ça laisse le temps de brouter l'épilobe par la racine. On n'est pas des cow-boys mais, par ici, c'est quand même un peu le Far West.

Nous en convenons.

Également que Murphy Nolan a été bien mal remercié de ses bonnes intentions chirurgicales. Pour le reste, on n'ira pas expliquer à Dany Kovács, il comprendrait pas, que c'est aussi une belle fin de western pour les tueurs à gages, dézingués en toute équité, sinon en bonne justice. Non plus le contentement de Jessie d'enfin savoir lequel d'Aarne ou de Magnus aérait ses tripes et poumons dans la combe à côté du collègue Mickey. Des jumeaux ne devraient jamais se séparer. Ils ne devraient pas se distinguer l'un de l'autre par des coquetteries tatouées, ça attire la poisse. Surtout l'as de pique, enseigne néfaste, couleur de malheur. Les passagers du *Prince Rupert* auraient mieux fait de pas prendre le même bateau que Lorna del Rio, de pas se porter candidats pour la ramener *dead or alive*. Leur partie de poker se serait sûrement mieux terminée. Si ça se trouve, ils seraient encore en vie. C'est bizarre le destin, hein, Kovács ?

Notre garde forestier a fini par prendre congé, nourrir ses visons n'attendait pas. Il a relancé au quart de tour son moteur, viré de bord au large du Norseman en une courbe impeccable, bras gracieux en étendard d'au revoir. Alors même qu'il avait disparu, on a longuement regardé le sillage houleux du canot froncer le lac, laissé les derniers ressacs, dernières ridules mourir sur la grève, attendu jusqu'à tout silence retombé. Songeurs, on ne l'était pas vraiment. Plutôt allégés, en vague lévitation dans l'air clair du crépuscule, vastes nuages rose et mauve criards déployés sur les monts enneigés, toison citronnée des jeunes feuilles, velours moucheté des bouleaux. Griserie du vent. J'ai relancé le feu, un peu oublié, et nous avons fait frire des œufs au bacon, torché la poêle avec des morceaux de bannique, red beans sur les braises direct dans la boîte de conserve, et puis un café lavasse, tout comme au bon vieux temps des trappeurs d'antan. Jessie se taisait. Teint de lait, traits lissés, imperceptible sourire sur ses lèvres enfantines, je ne sais ce qui se passait sous son front, dans son cœur, elle rayonnait de joie simple, ce genre de plénitude rare qu'on ne voit pas venir, trop précieuse pour l'abîmer dans les mots.

J'en avais ma part.

Je me disais : j'y suis un peu pour quelque chose. C'est toi qui paies, ma belle, mais ce qu'on fait ensemble n'a pas de prix, ce boulot n'est pas coté en Bourse. Tu commandes avec tes foutus dollars, avec ta volonté et ton obstination d'accidentée pédiatrique, mais j'excède ta demande, ton vœu ou ton désir ignore encore la puissance du mien, sa déraison, son tourment. C'est moi qui vais à ta rencontre, quand tu me cherches je t'attends déjà, je n'offre plus mon dos lâche et fuyant, je ne suis plus celui-là, nuance. Je soutiens ton regard de sombre gris, à présent je le peux, j'ouvre ma poitrine et mes bras et tu y viens, tu viens dans mes bras contre ma poitrine, c'était si incroyable que j'y ai cru sur-le-champ, j'y crois même si tu es devenue folle, mais fou on ne peut pas le devenir *à ce point-là*, on ne peut pas. On ne peut non plus dire l'exultation des corps, beaucoup s'y essaient qui se paient de mots au lieu que le silence double la surprise royale des voluptés, la liesse des sens et l'ineffable, la suppliciante tendresse, il était temps mon amour que tu m'apprennes qu'*on fait comme ça quand on s'aime*, que sous notre tente au grand nord-ouest de mon rêve tu me baptises au bonheur.

Le lendemain, nous sommes partis explorer les environs, c'est par là disait Jessie qu'ils avaient porté les cendres de sa mère, à leur cimetière secret isolé au fond des bois afin que son ombre y repose durant une année avant le potlatch de funérailles. Un an plus tard, ce sont grandes festivités avec nombre d'invités, du village et de clans voisins, cadeaux, nourritures en excès, destruction de richesses accumulées par ivresse de pouvoir afin d'en finir avec la mort, en finir, en finir, mais de ce qui s'est passé un an plus tard je ne sais rien, je n'étais plus là pour voir ce que Kaska me promettait. Si on retrouve l'endroit, peut-être y restera-t-il quelque chose, la panière de ses cendres, son ossuaire déposé dans la case funéraire, ou bien rien si le cimetière est abandonné, déplacé ou détruit maintenant que ceux d'Äshè'yi sont partis vivre à Haines Junction. Se souviennent-ils encore que les anciens du peuple dän nommaient Dakwäkäda ce carrefour à l'intersection des pistes, qu'ils y mettaient en cache leurs provisions de chasse ? Où enterrent-ils leurs morts, à présent ?
Nous avons beaucoup marché, assez loin et en tous sens en quadrillant à vue de nez un quadrant angulaire ouest-nord-ouest qu'elle estimait l'emplacement du cimetière indien, pour se souvenir d'y être allée une fois avec Herman, une heure de marche environ disait-elle, maximum deux kilomètres à la vitesse où l'on

progresse dans ces endroits ensauvagés. Mais, une heure, c'était une approximation relative aux jambes courtes d'enfant qui évalue mal distance et longueur de temps, suit son guide sans faire attention au trajet, se fatigue ou muse en cours de route. Avec un renseignement aussi précis, on n'est pas sortis de l'auberge, et on n'aura pas le choix entre chemin des aiguilles et chemin des épingles, ai-je objecté, sans que Jessie renonce à son idée. J'y mettais une insouciance de bon aloi, pour pas l'inquiéter, mais cette équipée forestière ne me disait rien qui vaille. Dire que d'aucuns, comme en rigole Dany Kovács, croient retourner à la pure nature, se donner le frisson de la wilderness, jouer à la cabane primitive en planifiant leur fausse pénurie, leur frugalité d'hommes frustes, sachant qu'au moindre pépin, rage de dents, foulure, on se rapatrie fissa à sa base urbaine. Adeptes d'un Emerson, d'un Thoreau ou du naturaliste John Muir, dévots forestiers d'une "nature" poétisée avec mode d'emploi des éléments comme berceau de toute virginité, de toute innocence, ces disciples modernes, sans renoncer aux profits du capitalisme, escomptent que leur cure les console de leur petit malaise de civilisés et requinque leur virilité en panne –, mais je n'allais pas bassiner Jessie avec ma vieille rogne hors sujet, elle qui n'avait en tête que de retrouver son fichu cimetière.

Nous avons donc quitté notre camp, bien chaussés équipés, enduits d'anti-moustiques – ces bestioles voraces pullulent au printemps –, sacs calés au dos, avec casse-croûte et impedimenta de rigueur. Au-delà de la base militaire, que nous avons contournée au large, commençait l'épaisse taïga ; rien à voir avec la jolie sapinière dont s'illustrent les contes. Un chaos végétal hargneux, fouillis d'épinettes et de conifères, maigres feuillus, pins tordus entravés de bois morts en pagaïe, d'un peuplement si dense que leur rivalité forcenée étrangle les sujets, les rabougrit en espèces naines, épineux, arbustes racornis intriqués de fougères, bruyères et mousses dans l'humus spongieux de la fonte printanière – proche du réseau lacustre, la zone avait aussi des trous d'eau, des places de tourbières. Y crapahuter équivalait à se perdre dans le Labyrinthe. Mais la forêt boréale n'est pas un jeu d'enfant ou une spéculation de salon, un dédale mythique d'embranchements, impasses, carrefours et bifurcations. Aucun architecte n'en a conçu le principe ni prévu de guide, rhizome ni écheveau à démêler, pas de fil à suivre qui conduise à la sortie et le centre impénétrable est partout, de n'importe où peut surgir la terrifiante gueule d'un minotaure local. Mais, à tout prendre, l'apparition d'un monstre animal serait moins atterrante que consolante, orignal géant au profil préhistorique, bison des bois mastodonte, ours hirsute, lynx ou glouton aux effroyables muscles masticateurs serait préférable terreur à l'énigme sans langage, écriture, carte ni plan qu'est la forêt boréale, aucune solution à la devinette n'existe qui serait bêtement égarée, qu'il suffirait de résoudre en bonne logique de héros d'Attique. La réponse est sa propre question et quelle est-elle sinon la folie de la poser, pire épouvante n'existe que cette forêt, sauf à celui qui l'habite depuis le fond des âges.

Ne lâchons quand même pas la main de la raison, décidai-je, matamore, soyons prudents. Personne ne viendra nous tirer de là si nous nous perdons, c'est arrivé à plus d'un et des mieux aguerris qu'on n'a pas retrouvés, pas même un tibia comme de Big Charley. Moi, Petit Poucet résolu, d'écorcher du couteau de grosses encoches dans le tronc de tel arbre un peu repérable parmi la foule innombrable des autres semblables, mais c'était semer cailloux en pure perte, on ne repasse pas par où on est venu, ou alors à deux mètres et sans rien voir, mieux valait me fier à ma montre, ma boussole, à l'orientation du soleil, j'avais connu assez d'entraînement militaire pour savoir ça. Seulement, ici, c'était mission impossible.

Tu peux toujours trouver belle la lumière persillant l'obscurité, les lances de soleil taillandant l'air bleu du sous-bois, la canopée compacte fausse ses rayons résorbés en tous sens par la profondeur moite ; malgré le nord de la boussole, on se désoriente vite. Nous avons tourné en rond sans déboucher dans une clairière, une éclaircie de forêt indiquant que des hommes avaient pu y dégager quelque lieu consacré à un ossuaire ou des sépultures, à chaque enjambée les déchets forestiers, pugnaces, intriqués de pourriture détrempée, nous entravaient aux genoux ; acharnée à avancer, Jessie n'avait pas l'air de s'en soucier. Elle croit en moi, me disais-je, c'est gentil, mais elle a tort. Elle me prend pour guide d'élite mais je ne suis pas Superman, je ne suis pas Herman. L'inquiéter à quoi bon, je ne vais pas lui annoncer ça tout de suite mais, égarés, nous le sommes pour de bon et la nuit va venir, l'épaisse poix nocturne de la taïga et merde, on n'a même pas emporté de torche. Je calculais déjà qu'avec ce bois mouillé, sur ce terrain dégorgeant l'eau à chaque pas, aucun feu ne prendrait, crampe d'angoisse à m'en vriller les tripes. Quant à grimper à la plus haute branche comme Poucet, va-t'en trouver un gros arbre à ramure par ici, et le petit malin d'Icare manque à l'appel pour nous sortir du piège à tire-d'aile. C'est pourtant du ciel, miracle, qu'est venu le signal. Le grondement d'un chasseur en train d'atterrir nous a donné la lointaine direction du camp militaire, un petit Fireball, ai-je eu le temps de supposer. Il n'était que temps de nous rapatrier à notre base personnelle, deux heures de marche supplémentaires, exténuantes.

— On n'a rien trouvé, mais on a fait une belle promenade, pas un seul ours mal léché n'a pointé son museau, plaisantai-je en m'affalant près de la tente.

Mais ma bonne humeur de façade n'a pas réussi à dérider Jessie.

— C'est sûrement par là, s'obstinait-elle avec son air buté, on y repart demain, Bud.

Moi je tendais l'oreille, savoir si le Fireball était là en villégiature ou s'il faisait juste une halte technique, si on aurait du voisinage, aussi bien la visite d'importuns en uniforme US. Quand il a redécollé en grondant pis qu'un bombardier je m'en suis félicité, et aussi le pilote qui, vu l'état de la piste, avait dû se prendre un sacré tape-cul. On y repart demain, Jessie, d'accord. On est là pour ça, hein ? Pour *en finir* avec la mort. Comme si c'était possible. C'était pourtant bien ce qu'elle cherchait, son idée fixe fichée à sa nuque depuis les mois de son enfance séquestrée dans les cliniques de luxe, là qu'elle voulait revenir, elle n'allait pas lâcher pour une journée de fichue. Mais le lendemain, pareil, en pire. Le soleil chaque jour plus ardent chauffait la forêt humide en pleine fonte, de la vapeur d'étuve montait un vibrion affolant de moustiques, taons et mouches noires, minuscules brûlots surtout, desquels la morsure semble une escarbille de feu, suceurs capables de mettre en sang dans l'heure – le plus endurci des coureurs de bois abhorre ce fléau légendaire plus que n'importe quel fauve, plus que le blizzard. Ne restait qu'à déguerpir, et vite, à rebrousser chemin, si l'on peut nommer ainsi la vague tranchée couchée par notre passage – ainsi naissent les pistes, et meurent si un pas d'homme ou d'animal ne les foule continûment. Fuyant l'assaut des insectes piqueurs au pas de course, autant que le permettait le terrain, nous avons dû dériver hors du quadrant fixé par Jessie, nous déporter vers le sud-est plus clairsemé, mieux venté, moins infesté, et c'est ainsi qu'à moins de cinq cents mètres de notre camp de fortune nous sommes tombés sur la ruine.

Du fier bâti qui avait pu se dresser là, ne restait qu'un énorme monceau de détritus sous bois morts et broussailles, pans de murs en planches brisés rabattus les uns sur les autres, recouverts d'une robuste mousse vert menthe, lichen jaune soufre, dôme vermoulu cerné par le dense rempart d'épinettes, une apparition surnaturelle chatoyant au soleil dans l'écrin tacheté des bouleaux. Cela n'avait pas la grandeur des nécropoles péries, la mélancolie des ruines antiques dans leur noble écroulement minéral, ce n'était qu'un amas de décombres dévorés par l'invasion végétale et rongées de larves, la décrépitude d'humble matériau naturel qu'accélère le rude climat et retournant au terreau originel. Ce n'était pas non plus le vieux cimetière que Jessie cherchait éperdument – s'il n'était le fruit de son imagination ou d'un souvenir erroné, il devait être en même état –, mais cette trouvaille avait quelque chose de poignant, de joyeux et de navrant à la fois, la grâce fantomatique d'un échouage dans la vibrante lumière du plein après-midi.

Sans doute la cabane de Kloo Lake, comme celles de Silver City, les innombrables bâtis de rondins abandonnés depuis deux siècles au fond de la forêt connaissaient-ils semblable sort, donnant du gîte, s'effondrant sur eux-mêmes en silence dans les solitudes, rien ne résiste ni ne dure dans ces régions hostiles. Rien ne s'y érige que de putrescible, huttes de peaux comme rudimentaires fortins de bois, pourtant se dégageait de cette ruine une qualité d'être mystérieuse, un caractère immuablement auguste, on eût dit hanté.

— C'est leur maison de danse ! s'est écriée Jessie, frappée de stupeur enfantine.

Abasourdis, paupières alourdies de sueur, nous avons contemplé l'étrange monticule, mais elle n'est pas longtemps restée bras ballants. Aussitôt d'enjamber d'un bond le tas de bois putréfié, d'avancer en équilibre instable parmi les décombres qui se délitaient, ployaient sous elle, arrachant mousses et lichens, viens vite voir, aide-moi, Bud ! Un archéologue prend plus de précautions à investir un site. Circonspect, il ne piétine pas les vestiges, il les prélève un à un à fin d'examen. Jessie n'avait que faire de ces minuties, trop pressée de s'assurer que c'était, oui, c'était bien la maison des cérémonies, du conseil, je ne sais comment la nommer, l'endroit consacré aux danses, aux festivités d'hiver, j'y ai assisté une fois, regarde !

Triomphante, elle brandissait un pan de bois moisi extrait du fatras, épave lessivée par gels et dégels, ruissellement des fontes, des pluies, et brûlures de soleil. Décollant de ses doigts impatients la peluche de lichen, elle libérait la couche de peinture d'autrefois ternie d'usure, écailles de vieux rouge, vieil ocre, vert-de-gris et noir cendreux, une seule particule blanche, nacre intacte, résidus qui ne figuraient plus rien des masques de frayeur et de superbe ornant la façade, seulement la palette éteinte de leurs anciennes couleurs, qu'elle palpait, à présent timide, de pieuse douceur, riant pour refouler ses larmes et retenant sa respiration comme si, sous ses doigts, allait renaître des fibres du bois la beauté profanée. De pareille dévotion ont pu être effleurées les fresques de Pompéi ou les gazelles rupestres du Tassili par leurs inventeurs éblouis, peureux de les effacer, de les faire tomber d'un souffle en poudre.

Mais déjà il nous fallait fuir en hâte l'affolante effervescence d'insectes soulevée par son intempestif piétinement du bois pourri, mouches noires, brûlots en essaim fanatique, telles d'Érinyes qui se seraient faites gardiennes de la ruine et persécutrices de ceux qui osent l'outrager. Leur zinzin frénétique nous a poursuivis tandis que nous courions vers notre tente, chassant comme des possédés le nuage d'insectes par de vains moulinets de bras ; pour y échapper, il n'y aurait eu qu'un plongeon dans le lac. Mais, un : étant donné la température des lacs de glacier, trois-quatre degrés, l'immersion est déconseillée à tout baigneur doué de raison. Deux : Jessie avait pour répulsif l'imparable méthode de Kaska, l'excellente boue des berges, duquel onguent nous nous sommes tartiné le visage, le cou, les mains, peau de caïman, peinture barbare sur son museau de renarde, sur mes joues et mon front de negro, tous deux semblables Peaux-Rouges *how-how* sur le sentier de la guerre. Kovács aurait peut-être pas trop aimé nous voir comme ça, barbouillés en vrais sauvages.

Quoique, par ici, c'est quand même un peu le Far West, non ?

Dans notre fuite, Jessie n'avait pas lâché son bout de planche. J'ai cru qu'elle s'y cramponnait avec la fierté enfantine du trophée arraché d'un jeu, ou celle du visiteur d'un site qui subtilise un quelconque tesson de terre cuite comme si cet infime éclat lui revenait personnellement depuis le fond des âges, petite victoire sur soi, sur le vertige du temps, prise ou larcin dont la vanité compense parfois des défaites, des échecs et des pertes indicibles ; mais il ne s'agissait pas de cela. Il ne s'agissait pas d'une revanche sur notre fiasco forestier, ni d'un talisman emporté en souvenir, c'était le souvenir même. Sa sidération de souvenir, transport mental impossible à décréter comme à juguler, qui d'un bond suffocant inverse l'ordre du temps, l'attraction de la gravité, rétrocède violemment à la mémoire ce qu'elle croyait avoir à jamais condamné.

Oui ce bout de bois lui rend, jaillie intacte du gouffre de l'oubli, formelle à en trembler, la vision des danseurs gesticulant dans le fracas de percussions, timbales et crécelles, hululements, la vision des grands mannequins à forme d'ours, de loups, de corbeaux géants, piétinant, claquant des dents d'obsidienne, de cuivre, clouées de nacre d'haliotide, énergumènes embarbouillés d'hermine, de crin, de babiche teinte et fouettant l'air de leurs flagelles rouge sang, des longues franges de leurs couvertures et branlant du chef casqué d'herbes, de plumes, de cornes de chèvres des montagnes. Chancelants, ils s'étalent au sol presque, et d'un ressort rebondissent, battant des ailes ou des pattes griffues, grondant du museau pointé derrière la tête. Ou bien non, le cri provient de leur ventre tambour. Il émane du fronton, des cloisons, hurlements, aboiements sortent d'une trappe, invisible jusque-là soudain bâillant en gueule d'ombre, sitôt refermée d'une glissière tandis que deux, trois autres portes dérobées avalent les acteurs, les recrachent d'un saut athlétique sur l'aire de danse. En un clin d'œil, tel volet du masque change le personnage en un autre, la coulisse retentit de bruits innommables, comme si mille esprits furieux enfermés s'y débattaient pour en jaillir à l'air libre et trémousser de transe le corps des danseurs, capes et jambières blasonnées de peintures trémulant à chaque pas. Ce n'est pas une parade grotesque, c'est une cérémonie sacrée, proteste Jessie, un ton trop haut, comme si elle s'adressait en colère à tout un amphi, et sa voix s'enroue.

— Jacques Maître-Grand dit y avoir assisté, insiste-t-elle. Il a vu la même chose que moi. Eh bien, lui ne prend pas ça pour des contorsions de primitifs drogués. Il estime que l'art des Tutchone n'a rien à envier aux exorcismes de nos carnavals, et même aux fêtes anacréontiques. Bon, plaisante-t-elle d'une voix blanche, mettons qu'il charge la barque, histoire d'en remontrer à ses pairs. Ce genre de bluff universitaire vaut bien celui des Indiens exagérant leurs prouesses de chasse, non ?

De quoi veut-elle me convaincre, voix de fausset qui cherche à contenir la panique, le gris de ses yeux pâlit, tout son visage se crispe.

— OK, Jessie, c'était un foutu spectacle, ai-je eu le tort de dire un peu légèrement, le tort d'en sourire.

— Tu ne comprends donc pas ! Je te dis que j'ai, j'ai vu, elle se met à bégayer, le chamane, sa langue – les fantômes parlent par sa langue, invisible sous son masque, il voyage vers les esprits. J'ai vu le masque boiteux – Kaska me tient à la nuque, comme ça, et du doigt me désigne, elle me montre – *ce danseur, regarde-le bien, c'est Yak Matrakrän ! Attention, il va disparaître ! Regarde !*

D'un râle sauvage, elle s'est jetée sur moi, agrippée à mon torse, son front brûlant mon dos et ses bras ceinturant ma taille, m'emprisonnant de ses bras pour que je ne me retourne pas, que je ne voie pas son visage, les pleurs ou le rire rauque qui défigurent ses traits, je sais qu'il faut parfois cacher ce visage-là, même à soi dans le miroir. Mais pour peu qu'on puisse avoir mal pour un autre autant que pour soi, son rire ou ses larmes sont les miens, et cent fois plus désespérants la peine et l'effroi de ne savoir les empêcher, mille pensées ennemies s'entrecroisant dans l'esprit comme sabres à cruelles étincelles, c'est rien, Jessie. C'est juste un souvenir, j'ai dit pauvrement, enserrant plus fort ses bras des miens, retenant ses mains à ma taille, l'emprisonnant à mon tour.

— C'était le masque de Jacques, Bud. J'ai réellement vu son masque, hoquette-t-elle et sa voix s'étouffe dans ma chemise, étranglée par celle de la petite fille, si longtemps refoulée au fond de sa gorge.

Cette voix n'est pas d'outre-tombe ou de sorcier, mais l'entendre me fout en rage alors, d'un bond, je l'ai chargée sur mes reins comme on fait hue dia aux enfants et, sans lâcher ma prise, j'ai sauté sur place avec elle pour secouer le rire et les larmes et la rage à la fois, claudiquant une danse en hurlant, hennissant, en chantant à tue-tête *nindana nahohé atanké pawé ho* ou à peu près, quel piètre exorciste je faisais. Pourtant il me semble qu'à un moment nous avons décollé, lentement, au ralenti d'un élan si lent qu'on a dû planer ensemble en apesanteur, un instant parfait dans l'air tendre du soir, hors gravité, sans plus rien penser, et puis nous avons roulé dans l'herbe enlacés, fourbus, fusillés. Il a fallu une éternité, yeux fermés, pour décélérer notre souffle, nez à nez nous respirer, nous baiser des lèvres barbouillées de boue, en vrais sauvages que nous étions.

— OK, c'est rien qu'un souvenir, a-t-elle murmuré au bout d'un grand silence, couchée sur ma poitrine. J'entends ton cœur, Bud Cooper.

Il y a heureusement la contingence matérielle pour se remettre la tête au carré. Rien de mieux que de bâtir un feu, se disputer à qui s'y prend le mieux pour entretenir la flambée, casser du petit bois, et la croûte, mastiquer avec entrain, tenir entre ses paumes le mug de café brûlant, lavasse toujours, mais vas-y doucement, Bud. Fais gaffe, de ces télescopages de mémoire bousillent le moral, dire qu'il y en a pour croire que se souvenir est facile. Si tu supportes pas, Jessie, pas la peine d'en parler, me disais-je, laisse tomber. Mais elle récupérait, plus vite que moi peut-être. Elle a relevé la capuche de sa parka pour se protéger du vent qui couchait les flammes, qui couchait les herbes dans la lumière limpide du long crépuscule de mai. Elle s'est pelotonnée frileuse contre moi, encore ébranlée par la secousse.

— C'est inimaginable, Bud. Tout à l'heure, j'ai bien cru à une hallucination en revoyant cette danse. Totalement oubliée. Figure-toi que, de ce jour-là, je ne me rappelais qu'y avoir eu les oreilles percées ! Vois, il ne m'en reste même pas la cicatrice !

Elle écarte sa capuche et, incrédule, se tâtant les lobes :

— À la fin des festivités, au soir de cette longue journée abrutie de clameurs, de folles gesticulations, Kaska m'a conduite en cérémonie au chamane pour m'inciser les oreilles. Un vieux hareng plus ridé tanné que Jim, le front ceint de lanières en cuir, narines bordées de rouge, vraiment rebutant. Très habile, toutefois : à peine une petite cuisson, et c'était fini. De jolies petites billes de cuivre luisaient, incrustées à mes lobes. J'en crevais d'orgueil. Mais ce qui m'a le plus frappée, très impressionnée, c'est la pompe qui entourait le rituel, la gravité des assistants ; surtout de Kaska, qui avait dû m'obtenir cette faveur. Il arrivait à mon corps un événement nonpareil. Pour être bénigne, cette excision n'était pas du genre coupure au genou, piqûre d'insectes, écorchure ou engelure, mais une entame qui avait le don magique de métamorphoser ma personne entière, ma chair était mon esprit et inversement, j'en étais transportée. Tu vois, j'avais mieux compris de quoi il retournait que ces crétins du FBI poussant des cris d'orfraie à la vue de ma *mutilation* ! Cette émotion a tellement saturé ma mémoire qu'elle a complètement effacé le reste de la journée. Et cette scène où, parmi tous autres danseurs possédés, Kaska me désignait, me pressait si ardemment de regarder celui-là, une espèce de vilain cyclope imitant la claudication, ébouriffé de fourrure de castor, oreilles cliquetantes de piécettes trouées. Ah, je le vois si clairement à présent ! Ce n'est pas une chimère, Bud ! Un masque à œil unique et bombé, serti dans le cuivre comme d'une monstrueuse paupière, aveuglé de flocons – son gros œil, c'est la boule à neige d'Anaïs ! Cette vision ! Sidérante. J'en ai pris dix mille volts dans les méninges. J'en reviens juste pas que la mémoire fonctionne comme une passoire. Qu'on puisse oublier à ce point-là.

Rien oublié, Jessie. Juste soigneusement remisé, camouflé au fond d'une galerie obscure du cortex primaire ce qui insupporte, ou torture, trop tourmentant pour être pensé, qui empêcherait de continuer à vivre comme si de rien n'était. Si je commence à fouiller ma vieille mémoire, il va m'en sauter à la figure, des souvenirs de ce genre, d'atroces, d'épouvantants. C'est pourtant ce que je fais en écrivant, jour après jour je descends à la mine, sondant les couches les plus glacées de mon pergélisol mental, il y fait si froid, Jessie.

Les braises ne rougeoyaient plus qu'à peine et nous restions encore à veiller le foyer, elle emboîtée entre mes genoux remuant son souvenir, en défroissant les plis comme Lorna de sa carte chiffonnée ; j'en profitais pour respirer en contrebande l'odeur mandarine de sa peau au creux de sa nuque et chatouiller mon nez à ses petits cheveux.

— Du coup, un autre truc me revient à présent. Il y a une note à ce sujet dans un de ses bouquins. Je ne sais plus lequel mais j'en suis sûre : entre autres vantardises sur son séjour, Maître-Grand se prévaut d'une effigie totémique à son image. En tombant là-dessus, l'an dernier, je me suis juste dit : mais quel poseur, ce type ! Et puis j'ai zappé. Au lieu d'y voir la pépite autobiographique que j'espérais. Qu'est-ce qu'on peut être myope, parfois…

À la jumelle, à la loupe, on a beau dilater sa pupille, les images lui parviennent à retard, surtout si on n'est pas prêt à voir. Pareil les idées et les souvenirs. Et les remords.

— Je me demande ce qui a bien pu lui mériter d'être ainsi honoré par les gens d'Äshè'yi Män… Être doué pour les langues ou leur filer des pommades ne suffit pas. Il a dû manifester quelque autre qualité mémorable, sinon il n'aurait pas été gratifié d'un masque. Sûr qu'il pouvait en tirer orgueil : rarissime qu'un étranger à leurs clans y ait droit. Remarque, s'incruster deux ans chez eux, Herman lui-même trouvait que ça relevait de l'exploit…

Petites vagues de silence. Moi, ce n'était pas le passé que j'interrogeais mais l'infinie réserve de lendemains, de jours et de nuits à venir que promettait l'amoureux présent, si indu, si parfait, que j'aurais préféré le silence.

— Rien qu'à cause de ça, s'entêtait-elle, sa légende sera passée dans le folklore local. Y compris sa boiterie. Et sa boule à neige ! Un bidule aussi loufoque colporté dans son barda n'a pu que les intriguer. Leur inspirer de la crainte, du respect. Ou des moqueries. Par blague, ils la lui plantent en pleine figure : n'y voir que d'un œil est une caractéristique de l'ethnologue en visite. Les Tutchone ont l'humour féroce à l'occasion. Quoi qu'il en soit, le fait est que Jacques la leur abandonne. S'il y tenait tant, avoue que c'est pas ordinaire...

Au lieu de remuer l'inintelligible passé, Jessie, regarde plutôt venir la nuit, la belle nuit sans lune, bien ou mal lunée, qui nous recouvre de son impénétrable noirceur charriant depuis le fond des âges les myriades de corps célestes, tels qu'ont dû les contempler avant nous tant d'hommes inquiets, fascinés par leur prodige et leurs présages. On finit par l'oublier dans les villes électriques mais ici, tandis que les dernières braises s'éteignent, je ressens l'émotion du vieil animal que nous étions et je referme mes bras plus fort sur ses épaules tandis que, opiniâtre, elle s'acharne à chercher réponse aux insolubles questions.

— Le chamane a pu la lui réclamer à son départ par défi de potlatch, justement parce qu'il a l'air d'y tenir. Ou, tout simplement, il est temps pour lui d'y renoncer. J'aime bien l'idée de ma mère que Jacques lui a volé son rêve. Que les flocons ensevelissant la légendaire cabane en rondins de tous les Wild West lui inspirent son projet d'atteindre les dernières frontières : de ce bibelot, il fait le fétiche de sa vocation d'ethnologue. Dès lors qu'il l'est devenu, la boule à neige a atteint sa destination, nulle part au monde elle n'a plus idéalement sa place que chez les Tutchone... Peut-être Jacques suggère-t-il quelque chose de cette sorte à Anaïs dans ses lettres, et quoi de plus tentant que d'y joindre sa carte folle pour l'attirer sur ses pas, l'égarer, ou la reconquérir... Même s'il ne le sut jamais, il y aura réussi au-delà de ses espérances. Tu comprends, Bud ?

— On peut surtout comprendre, Jessie, qu'on n'entre dans la tête des gens que par les trous de serrure qu'on se choisit. Il te plaît d'imaginer Jacques assez fleur bleue, ou assez retors, pour faire miroiter à Anaïs qu'il l'aime encore. Qu'à ce mirage puéril de l'objet caché à son intention, elle se laissera prendre. Mais en a-t-elle jamais eu besoin pour cavaler à travers océans et continents ? Elle n'écoute que sa volonté, son désir forcené, sa folie plus sûrement. Le monde qu'a enchanté sa nourrice n'existe plus, n'a jamais existé. Äshè'yi Lake est juste le nom qu'elle lui donne. Le nom d'une chimère. Que sa fichue boule à neige, s'il s'agit bien de la sienne, ait pu rouler jusque là-bas, elle n'en a pas la moindre idée.

Je ne devrais pas bousculer Jessie avec mes raisonnements à deux balles, ça risque de déclencher un nouveau maelström, mais non, bien blottie du dos contre moi, elle poursuit résolument les siens.

— Une au moins en est sûre. Dès que ma mère évoque la boiterie de Jacques, Kaska croasse wak, wak, son nom de Yak Matrakrän, tel que les Indiens du lac l'ont adapté à leur usage, sous lequel il a vécu parmi eux quelque dix ans plus tôt. D'ouï-dire, ou pour l'avoir réellement vu en quelque occasion, elle sait qu'existe chez eux son masque à œil de verre. Alors aucun besoin de lire le papier du juge de Dawson pour croire Onayepa sur parole. Pour savoir que la femme rencontrée dans la clairière de Klukshu n'est pas une allumée ou une Fred Astaire en jupons, mais une que son destin conduit là où elle doit aller et que, de cela, sa vie dépend. Si aberrante soit son équipée, folle, on ne peut l'être *à ce point-là*, et si celle-là croise sa route c'est que son Corbeau la lui a choisie.

Jusque-là, disait Jessie, rien ne lui était arrivé de grave. Son errance loin des siens, sa vie avec Herman, ce n'était que le tourbillon de la vie. Quand elle se prenait le pied au piège, ce n'était pas très grave, la lune était mal lunée mais son Corbeau la tirait d'affaire. Il s'ensuivait que le chasseur, les Blancs sont des cons, déboulait dans la clairière, mais ça non plus n'était pas trop grave, seulement fâcheux. D'ailleurs, Herman trouvait judicieux le poignard plutôt que le fusil, il taillait un totem à la petite et courait à sa chasse comme d'habitude. La visite des Parker non plus n'était pas bien grave, abrutis qu'ils étaient, non plus du gamin à l'harmonica, un petit phraseur facile à moucher. Les ennuis commencèrent vraiment, nuit noire, quand l'aurore boréale apparut, signe de changement capital. Là, on ne lâche pas la main de la raison. On écoute l'âme des morts donner la direction. Seule à savoir qu'à Äshè'yi Män, il y a bien un masque à l'effigie du passant français, après qui court désespérément ma mère, malgré les obstacles, les dangers, malgré la défiance et les craintes d'Herman, elle accomplit le dessein que lui assigne son Corbeau wak, wak. Et puisque la mort est survenue dans la combe, afin d'exaucer le vœu d'Onayepa, afin d'apaiser son âme et son ombre malheureuses, de son doigt de chauve-souris à moi sa fille elle désigne entre tous le danseur boiteux, possiblement l'unique occasion de me le faire voir à sa place : *regarde, celui-là regarde-le bien, c'est Yak Matrakrän, il va disparaître.*

Je n'aurai vu qu'une seule fois l'avatar à l'œil de verre mais peut-être cela suffit-il à consoler l'âme inquiète de ma mère, à ce qu'elle achève sa course en paix et en finisse avec la mort. C'est ce que je voulais accomplir en revenant ici, ignorant que cela avait déjà eu lieu. Il fallait que tu y viennes avec moi, que nous trouvions la ruine de la maison de danse pour que je m'en souvienne, et le sache.

À la fin, de tout cela ne reste que cette médiocre planche, ce bout de bois décati. Ce n'est pas grand-chose, crois-tu ? Pourtant, il m'a réveillée. Il contient en puissance l'insurrection de tout passé, ses cycles involués en mémoire latente pressés de se déployer, prêts à surgir au moindre frottement tel le génie bleu de la lampe magique, résurrection d'aucune mort, résurgence d'aucune source, commencement ni fin, cela aura eu lieu puisqu'ainsi cela peut se raconter, s'inventer ou se rêver et, autant qu'en savoirs avérés, s'y puiser une connaissance de soi qui donne raison de vivre.

Nous ne fouillerons pas la ruine à la recherche de la boule à neige, Bud. Pas question de servir de bifteck aux brûlots, mouches noires et autres vermines et, de toute façon, on pourrait tout renverser, on ne trouvera rien, elle n'y est plus. Ce ne sont plus que cloisons, poutres effondrées, pourriture. De longtemps les Indiens du lac ont abandonné leur maison de fêtes et leur camp de pêche ; ou ils en ont été chassés. J'espère qu'ils ont entreposé ailleurs leurs capes et leurs tabliers de cérémonie, peaux, fourrures et masques rituels, qu'ils ont leurs caches où les conserver maintenant qu'ils vivent au quartier réservé de Haines Junction. J'espère qu'ils en transmettront le secret aux petits enfants qui vont apprendre l'arithmétique et la lecture à l'école, et qu'à leur tour ceux-ci le raconteront à leurs enfants par la voie orale, qui perdure hors du temps plus sûrement que l'écrit.

Pour ce qui est de la voie orale, crois-tu qu'il était besoin de demander à Kovács si Parker & fils se trouvaient chez Murphy ce soir d'hiver, quand les chasseurs de prime ont débarqué au poste de traite ? Au moins l'un des deux y est, j'en mets ma main à couper. Qui d'autre rencarderait-il si bien le trio de tueurs pour qu'ils soient si vite sur nos traces ? Murphy en sait long mais bien qu'arnaqueur, loyal, brave type, il ne trahirait pas son cousin Jim de Clifden, ni le petit Kluk qu'il vient d'envoyer chez Herman. Les autres se taisent : ils aiment pas que les Yankees les traitent de haut. À mon avis, plutôt que son père matois, c'est ce niaiseux de Junior. Je le vois d'ici ricaner de travers avec sa gueule acnéique, leur filer le tuyau, et à l'œil encore ; même s'ils lui parlent en plouc, qu'il est, leur certifier que la Dodge, plutôt raplapla, est bien garée à la cabane de Kloo Lake mais, vu que sa conductrice est repartie on ne sait trop où chercher un type du nom de Ts'ii deii, ils ne trouveront là-bas que deux Indiens mal embouchés et une mioche rouquine demeurée.

Voilà ce qu'il a dû leur rapporter, suffisamment pour qu'ils aient le feu au cul, au point de laisser en rade leur compère fracturé et filer fissa, si près du but, si près de toucher la prime promise. Ceux qui fouinaient à Juneau n'étaient pas des foutriquets gominés mais tout comme. Lorna del Rio ne se faisait pas d'illusions : pour récupérer la sacoche, ces enfoirés de Ritals auraient vendu père et mère aux enchères. Leur réseau d'indics, plus efficace que toutes les polices, a fini par reconstituer son itinéraire en lignes brisées de Crescent Bay jusqu'en Oregon, d'en Alaska au Yukon : malgré toutes ses ruses, ce n'était pas très finaud de semer comme cailloux les noms des filles qu'ils ont liquidées, un vrai jeu de scouts. Pour finir, ils repèrent ces chasseurs qui, veine, ont rencontré cette pin-up en croisière sur le *Prince Rupert*. Leur petite bande foireuse écume la région, connaît le moindre recoin de l'archipel et la gent locale : pour le trio recruté en extra, quel jackpot que ce job lucratif en basse saison : *dead or alive*.

C'est ce qu'en toute logique il ressort du chapitre que notre garde-chasse est obligeamment venu nous raconter avant de repartir nourrir ses visons. J'invente un peu mais je ne suis pas loin du compte : une fois rendus à Juneau, il était fatal qu'ils apprennent notre traversée vers Haines, non de Kostas ou de Jim mais, comme ceux-ci le craignaient à juste titre, d'un clampin du port que quelques dollars auront rendu loquace. Alors passant de tel estaminet, de telle distillerie au Sheldon Store Shop – tout se sait, tout se colporte à Haines, les gens sont si cancaniers –, ils ont pu se présenter un soir à Chilkoot Barracks et, cela me chagrine fort, bousculer tant soit peu la petite Mrs Allister. Pauvre Bonnie assise près de son guéridon en dentelles, l'oreille collée à sa radio nasillarde, toute corsetée de sa guimpe et de ses préjugés d'un autre âge, voilà que trois malfrats cognent à sa porte. Ils écrasent ses tapis de leurs bottes crottées, salopent de boue glacée son plancher ciré, ils se moquent bien de Notre blond Seigneur crucifié sur le papier peint et des photos du riant feu lieutenant, du joli piano droit et des lampes en cuivre. Ils veulent qu'elle accouche, et sans délai, tout ce qu'elle sait sur cette délinquante qu'elle a délictueusement prise en pension : recel de malfaiteur, ça va chercher loin. Son teint de cierge vire pivoine, elle en a des vapeurs, tamponne du mouchoir son nez de belette. Elle proteste de sa vertu mais cela n'impressionne pas les gangsters, gueule taillée au pic à glace, pognes de boxeurs, vilains à faire peur avec oreilles poilues, tignasse platine, et Archie qui n'est pas là !

Archie n'est jamais là.

De toute façon, s'il l'était, rien à en attendre. Il ne sait que faire claquer l'élastique de ses bretelles. Ne sait que courir ventre à terre au port dès que s'annonce un bateau, espérant toujours livraison de sa voiture commandée à Detroit ; et les culs-terreux de se marrer. Avec son bedon et son after-shave parfum de poisson, il n'a plus le charme du fringant prétendant d'antan ; l'a-t-il jamais eu ? Comment se fait-il que la vie défigure les rêves au lieu de les réaliser, se demande Bonnie, la vie passe et rien ne s'y passe que de ridicule. Quand l'occasion de la changer s'est-elle perdue avant d'exister ? Chauve par-derrière, elle a filé un soir de loterie à la kermesse de charité, un matin de neige sur la véranda de sa coquette maison d'officiers. Fort Seward n'est plus ce qu'il était, plus de dog-robbers pour se taper les corvées, Soap Suds Alley est mal famée, le bric-à-brac naufragé au grenier, pilulier peint d'angelots, corset aux jarretelles fanées, l'écureuil taxidermique et le masque à gaz, trois cartes postales de ses sœurs, et même le porte-plume à loupe, souvenir de sa lune de miel en Europe, égaré comme tant de choses en cours de route, tout cela ne brise même plus le cœur, au contraire le remplit d'aigreur.

Tiens donc, la petite dame de San Francisco ne s'appelle pas Anderson, comment dites-vous ? Lorna del Rio ! Qu'est-ce que ce nom de métèque ? Oui, c'est bien elle sur cette photo, fardée, quasi à poil. Seigneur, quelle indécence. Dire qu'elle lui mitonnait de ses petits plats, des crêpes, lui offrait le thé, auriculaire en l'air. Ah, cette intrigante l'a bien baladée. Ses histoires d'épouse aux abois et son cran d'aventurière partant seule sur les pistes avec sa mouflette, tu parles de bobards ! Mais, à Mrs Allister, on ne la fait pas : l'appel de la forêt, les radeaux sur les rapides, les traîneaux de chiens et les cabanes en rondins, cela n'existe que dans les films du E & R Hall. D'ailleurs, seule une femme de mauvaise vie prend des bains moussants, se peint les lèvres de rouge dès potron-minet, feignasse sur les marches de la véranda en fumant cigarette sur cigarette.

Et ce gourdiflot d'Archie qui lui fait le joli cœur !

Il s'est bien fait plumer d'équiper une dévergondée pareille, à crédit par-dessus le marché, quel jobard !

Alors, une fois passé le premier hoquet d'effroi, un peu que Mrs Allister leur déballe tout ce qu'elle sait, le père soi-disant coureur de bois, la Dodge d'occasion et l'étole de vison, la sacoche, bien sûr la sacoche, parfaitement, et un fusil de chasse. Méfiez-vous, cette garce est armée. Ses projets ? Elle allait tout droit à Champagne. Vous ne connaissez pas ? Un bled paumé dans les contrées, à ce qu'elle prétendait son mari y travaille dans une ferme. Si m'en croyez, on y est plus vite rendu par Skagway et Whitehorse que par la piste Dalton, dit-elle aux chasseurs attablés sous la lampe de sa cuisine, leur ouvrant sa boîte à biscuits, petits sablés au gingembre, les régalant de vodka Ryan. Elle seule pouvait les tuyauter sur Champagne, que Lorna improvisait à l'étourdie sur la foi du brave Jim Donegan. Ce scoop, bingo, les conduit direct au poste de traite de Murphy ; direct à la mort pour finir.

Mais ça, elle ni eux ne pouvait prévoir un tel dénouement.

En est-ce un, vraiment ?

Les histoires se dénouent-elles comme elles semblent le promettre ou s'emberlificotent-elles toujours davantage au hasard de leurs mille écheveaux, cartes folles aux bifurcations excentriques qui nous perdent en maquis imaginaires, un vieux jouet d'enfant, un nom, un refrain niais *poo-poo-pee-doo*, un air d'harmonica, un regard : ces bribes servent de repères prophétiques clignotant éperdument en sentinelles dans la nuit des fictions, nous nous y accrochons tels les bateaux de pêche guettent dans le brouillard les faibles falots de la côte, ou les aviateurs déroutés survolant les déserts cherchent les feux de camp des nomades perçant l'obscurité de loin en loin, en ces signaux de détresse comme bouées de survie nous plaçons notre foi et notre espérance, et si invraisemblable, si absurde que cela paraisse, nous avons pourtant raison d'y croire parfois.

J'y ai cru quinze ans durant, plus du double d'années que j'avais alors, le temps passait et je grandissais. J'ai grandi, Bud, mais quelque chose sans âge résiste en moi. Cela n'est pas derrière moi, comme on le dit du passé, à supposer qu'il se situe dans notre dos sans yeux pour le voir. Devant non plus, où rien d'à venir n'est visible à nos yeux bandés. C'est au présent permanent une créature de qui nul ethnologue ne mesurera la circonférence du crâne, l'angle facial ni l'écartement des zygomatiques et des narines, la couleur des yeux, de la peau, des cheveux, l'épaisseur des lèvres et la longueur du pénis ou l'aspect de la vulve, le quotient intellectuel ni les pensées, les sentiments, l'empreinte digitale ou vocale ; son doigt est invisible, sa voix inaudible. C'en est pas une, planquée incognito sous ma peau de lait, sous mon masque de rouquine de vague ascendance écossaise en contrebande d'identité, tamponnée USA. C'est quelqu'un du nom de Njyah que je connais à un point extraordinaire.

Njyah peut vouloir dire Longue et maigre mais pas au sens d'élongation, de déficit pondéral constatés à la toise, au pèse-personne. C'est un étalon mental extensible, contractile, qui ne doit rien à l'apparence physique, non plus aux gènes, à l'hérédité ; merci bien. Personne durant quinze ans ne m'a appelée Njyah, que moi. Je ne la prenais pas pour une autre à nez de renard, une pseudo-Amérindienne, Gwich'in par exemple, ressortissante adoptive de Da'kéyi, ou un avatar extraterrestre, ou une alter ego psychotique consécutive à mes antécédents pédopsychiatriques, je ne suis pas maboule, Bud.

Je crois juste qu'au milieu de l'obscurité insensée de la vie il y a des bouées, des falots, des feux de camp allumés, des noms, un regard, je m'y suis accrochée. Cela s'appelait Njyah comme on dit abracadabra tout bas pour soi, et ça a marché. Mes taties Plunkett n'en avaient pas idée, tant mieux pour elles. Et pour moi.

Jessie ne m'a raconté que plus tard ce qu'avaient été ces quinze années avant qu'elle ne débarque dans le bidonville d'Anchorage et cogne un soir à la porte de mon mobile home. Personne ne se portant candidat quand la dernière clinique de luxe l'avait congédiée, Miss Plunkett était venue la chercher, comme on retire un chat de gouttière à la fourrière, disait Jessie.

Elle m'attendait de pied ferme, en poche une autorisation légale du juge, tutelle probatoire, révocatoire était-il spécifié, reconduction conditionnelle, dispositions obtenues de haute lutte : suis-moi, sinon c'est l'orphelinat, m'a-t-elle menacée. Elle craignait que je pique une crise d'épilepsie devant le directeur ou que je fasse une fugue, que je ruine ses efforts pour me sortir de là, elle avait plus peur que moi, s'il est possible. Je le sentais à sa main de fer moite menottant mon poignet ; de l'autre, elle tenait mon baluchon avec mes effets. Nous avons traversé le parc au soleil écrasant d'été et ce n'est qu'une fois passé les grilles et leurs gorilles, une fois tourné le coin de la rue, qu'elle m'a lâchée. Merci mon Dieu, a-t-elle soupiré en s'éventant du blanc mouchoir ; si soulagée que je n'allais pas la fâcher. En fait, complètement abasourdie, ivre de me trouver à l'air libre après des mois d'incarcération disciplinaire, je crois que j'aurais suivi n'importe qui, même les racailles de Ritals si ça se trouve. Miss Plunkett n'avait pas les moyens d'un taxi, nous avons pris l'autobus.

Du fait de ma disparition, elle avait perdu du jour au lendemain son gagne-pain en or dans les beaux quartiers, mais elle ne m'en voulait pas. Au contraire, elle se sentait coupable, et même en état de péché mortel d'avoir, sanglotante, bichonné Tic & Toc et le lévrier Aston, laissé Lorna del Rio mettre sens dessus dessous le bureau du patron au lieu de me tirer endormie de la Cadillac, de me soustraire aux griffes de cette enragée, aventurière sans scrupule, tueuse apatride, titrait ensuite la presse à scandale, mais alors elle en ignorait tout, le Ciel lui tombait sur la tête. Des ignominies, elle en avait pourtant vu dans cette pétaudière où elle s'était fourvoyée, pardon mon Dieu. Ce qui est droit ne peut être tordu, ou réciproquement ; avec un tel précepte, redresseur de torts, c'est quasi une vocation mystique.

Qui l'avait illuminée à retard, l'esprit de l'escalier s'accusait-elle car d'abord aux abois, en panne d'emploi, elle n'avait trouvé à se recaser que comme ouvreuse de cinéma, une dégringolade vertigineuse dans sa difficultueuse ascension sociale. Qui toutefois lui permettait de continuer à voir gratis tous les films dès leur sortie, une aubaine qui l'a un certain temps aveuglée, empêchée d'entendre la voix du Seigneur, en extase devant celles du parlant. C'est en revoyant par hasard *Le Kid* qu'elle a eu la révélation : elle m'a prise pour Jackie Coogan. Non que je lui ressemblais, sa dégaine, son minois, mais le petit orphelin livré aux périls de la rue suppléa par miracle son déficit d'imagination : ce film qui jusque-là la faisait rire aux larmes lui parut un drame déchirant, elle en sortit suffoquée de remords, brave archet du mélodrame sur la corde sensible du violon sentimental. Je n'avais certes pas perdu ma mère, la mienne m'avait juste kidnappée. Mais trop bien informée des inconduites de cette poule de luxe, sachant que, de mère, elle en usurpait le titre – ses gages dispendieux achetaient son silence, pardon mon Dieu, il faut bien gagner sa croûte –, que cette girouette était capable de n'importe quoi à commencer par le pire : Miss Plunkett m'a vue en perdition errant dans les bas-fonds, livrée aux sordides agissements de malfrats sortis d'un roman de Dickens, électrochoc salutaire, disait-elle. Elle, qui n'était rien, qui du monde se fiait à que ce qu'en disait sa Bible, avait par ailleurs la tête farcie de fictions pleines de bruit et de fureur en noir et blanc, d'actions épiques et de confitures sentimentales de studio ; émoi de bigote ou transfert cathartique, c'est sa cinéphilie de midinette qui m'a sauvée.

Elle lui a inspiré, contre les turpitudes du vice et de l'argent, luxure, dépravations dont attestait le moindre échotier de Los Angeles, de jouer le rôle de sa vie, non en figurante faisant tapisserie atmosphérique, mais en héroïne chevaleresque du seul film qu'elle ait jamais tourné, et il lui en fallait du courage, du toupet, de l'invention, et de l'abnégation, plus un zeste de paranoïa, pour remuer ciel et terre, se faire missionnaire de ma cause. Elle a attendu que le scandale finisse de faire des vagues, que les Ritals gagnent leur procès en succession et que, comme il était prévisible, on m'oublie dans un cul-de-basse-fosse psychiatrique, pour accomplir sa mission divine : me sauver de l'orphelinat. À ses yeux, l'abomination absolue. Elle et sa sœur avaient eu à connaître ces lieux infâmes, sévices ordinaires et extraordinaires, servage de fillettes sans famille, dire qu'elle trouvait encore de louanger Dieu pour ses bienfaits ! De leur histoire, je n'ai appris que des bribes, de toute façon c'est celle de tant et tant d'enfants de la misère ; celle de Chaplin lui-même. Il fallait vraiment une solide amnésie infantile pour qu'enfin *Le Kid* lui serve d'électrochoc, que lui soit donné de vivre son Réveil spirituel, merci mon Dieu, dans l'obscurité de la salle et que, à l'exemple de Charlot, elle s'improvise mon bon berger.

La nuit tombait quand l'autobus nous a débarquées dans un lotissement lointain de cette ville qui n'a de centre ni banlieues, un borough au nord des derniers champs de derricks illuminés, hérissement si dense de potences de forage qu'on eût dit une forêt métallique en plein incendie. Une fois l'autobus disparu, nous nous sommes retrouvées seules à ce carrefour venteux de deux avenues filant sans fin aux quatre points cardinaux, bicoques de guingois en brique ou bois mêmement décati, vérandas vermoulues croulant sous amas d'encombrants, chiens et mômes errants. Portoricains d'un côté, Chinois de l'autre se reluquant en chiens de faïence d'importation récente, néons verdâtres, mesquites et palmiers poussiéreux. Elle, dans cette jungle, louait une chambre à la journée sans eau courante, vue sur poubelles et rats résidents. Sûr que Miss Plunkett ne roulait pas sur l'or. Ou plutôt elle avait commencé d'entrer en clandestinité : probatoire, révocatoire, la tutelle ? Elle n'avait pas l'intention de capituler devant ce juge véreux ; pléonasme. Six cents kilomètres, il fallait bien ça, en tant que sas sanitaire :

— T'en fais pas, Jessie, on va pas moisir ici : demain, on part chez ma sœur à San Francisco, m'a-t-elle déclaré comme si elle me promettait l'Eldorado.

Son quartier de Frisco était en effet nettement plus sympathique, maisonnettes populaires cousines des demeures édouardiennes de beaux quartiers, tramway à crémaillère au coin de Spruce Street où habitait Candice sa sœur aînée, institutrice ou, sans diplôme, en faisant office chez des pasteurs enseignants de la Reformed Church in America. Sous leur férule sévère mâtinée de bienveillance j'ai grandi dans ce quartier, entre leur domicile de moniales et la petite cour de l'école réformée. Candice a embauché Dahlia – ainsi ma Miss Plunkett hollywoodienne s'appelait-elle, découvris-je –, en tant qu'auxiliaire de son sacerdoce pédagogique et de ses œuvres de charité, en compagnie d'une bande d'activistes bénévoles, une Grita teutonne, deux japonaises Haru et Minako, une Zofia polonaise, deux ou trois Canadiennes de Toronto, toutes mêmement rieuses célibataires entre deux âges, joues fraîches, portant le prosélytisme à des altitudes alpestres et paradisiaques. Au milieu de cette vie confite, leur péché mignon était que, dingues de cinéma l'une autant que l'autre, on ne manquait pas une séance chaque vendredi soir. D'où tenaient-elles cette passion sororale ? Pas de l'orphelinat, pas de l'apostolat. En psychologie sommaire, mes tortionnaires psychiatriques auraient allégué une compensation narcissique de trauma infantile, je n'étais donc pas la seule à en être affectée. Mais tenant que, en deçà de sept ans, on n'a de pensée ni de parole à mettre dessus, rein ni foie, ni entendement, donc aucun souvenir qui vaille, pas plus qu'elles ne parlaient de leur enfance elles ne m'ont passée à la question sur l'année de ma disparition : elles avaient l'esprit de justice mais pas celui d'inquisition. Leur conception totalitaire de l'amnésie infantile m'allait parfaitement.

Elles étaient également adeptes du National Women's Party ; bigotes et suffragettes, ça fait un grand écart. Encore que l'une vertu a pu galvaniser l'autre et venger leur sort de fillettes exploitées. Le fait est que le 19ᵉ amendement de 1920 trônait dans un cadre à côté de leur bible sur lutrin – à croire que Notre-Seigneur en personne avait octroyé le droit de vote aux femmes –, voisin immédiat de Gloria Swanson en gloire glamour, de Greta Garbo, Marlène Dietrich, Katharine Hepburn et Lillian Gish, leur portrait sur papier glacé m'énamourait. Moins que du seul mâle de leur panthéon, leur petit frère Elliot mort parmi les Sammies de 1917 ; charme craquant de jeune premier. Il l'avait tout pris à ses sœurs, à vrai dire moins disgraciées que défraîchies par leur ascèse biblique. Elles me faisaient les appeler "tante" et me donnaient du Pauvrette compassionnel, me bordaient après la prière du soir, me tricotaient des chaussettes. Elles me gavaient d'Ovaltine, fortifiant aux œufs, malt, cacao, duquel le jingle à la radio NBC annonçait le petit-déjeuner, quart d'heure d'émission enfantine sponsorisée par la marque qui racontait en feuilleton les aventures de *Little Orphan Annie* ; elles m'achetaient aussi les comics hebdomadaires de la même Annie, qu'elles-mêmes dévoraient en cachette. Je crois qu'à m'extraire de la fourrière mes taties Plunkett trouvaient leur compte, moi le mien, que pouvait-il arriver de mieux à l'orpheline de Brentwood, à cette paire d'orphelines veuves de leur petit frère, nous baignions dans un orphelinat idéal dont la petite rousse et son chien Sandy, sorte de Shini urbain, étaient la plus providentielle incarnation lactée, cacaotée, maltée. *Leapin' lizards* est devenu mon interjection favorite – je gardais le popeyen *Nom d'une pipe* pour Njyah, motus et bouche cousue.

Je n'ai réalisé qu'après coup combien la combative Petite Annie nous faisait de bien à toutes les trois. Un clone du Kid en jupons, une fonceuse invaincue au fil des intrigues, toujours en cavale, fugueuse, vagabonde, et sans cesse en butte aux méchants, innombrables. À commencer par cette saleté de

Mrs Treat, l'exécrable directrice de l'orphelinat qui s'acharne à la séquestrer, la martyriser, ainsi que la persécute ce poison de Mrs Warbucks, odieuse épouse de son bienfaiteur, son gentil Daddy adoptif millionnaire, aussi malin en affaires que le mien papa Oswald. Les autres personnages ? Une foule de gitans voleurs d'enfants, crapules, truands maîtres chanteurs, espions, saboteurs, avocats marrons, journalistes escrocs, gangs de malfaiteurs, cambrioleurs, trafiquants d'armes, ce ne sont que cupidité, violence, corruption, perversité, mais toujours ce monde infâme échoue aux pieds d'Annie ; qui affectionne les petites gens et même parfois les bandits. Me troublait que ses yeux soient sans prunelles, comment y plonger, comment sonder si elle était ou non ma jumelle fictionnelle, si je pouvais vraiment adopter son scénario pour mien, et voilà que son Daddy trépasse dans un épisode ! J'en ai fait deux ou trois rêves pénibles d'une plage à coquillages glacés, de baleines, d'orques noyées mais, ouf, ce n'était qu'un petit coma passager : Mr Warbucks ressuscite un an plus tard.

On était déjà en 1944, j'avais passé l'âge des comics. Entretemps, 1942, Pearl Harbour avait été bombardé, l'Amérique était entrée en guerre. Nous vivions tellement hors sol, elles à catéchiser et à corriger les cahiers de l'école, moi à m'instruire et à m'activer au scoutisme, à vocaliser à la chorale, que l'interruption des programmes de la radio annonçant l'attaque d'Hawaii nous fit l'effet d'un cataclysme. Pis que le tremblement de terre de 1906, disaient-elles, tétanisées d'angoisse. Quoique loin de l'épicentre, elles avaient assisté au séisme, terrifiant chaos, immeubles effondrés bloquant rues et avenues sur des kilomètres, incendies monstres durant des jours, toutes canalisations détruites, ruines et cadavres calcinés, hordes de gens hurlant, fuyant ; elles cherchant leur petit frère placé en ville, finalement indemne, dormant dans un parc parmi des réfugiés. Un spectacle d'apocalypse que le bombardement de Pearl Harbour ravivait comme l'annonce de sa réplique imminente.

Quelques jours plus tard, Noël approchait, dépassant en sidération le bombardement de la flotte US, ses horrifiantes photos, la nouvelle se répandit que, sur un minuscule îlot de l'archipel hawaïen, propriété privée d'un homme d'affaires, un pilote nippon rentrant de Pearl Harbour s'était posé en catastrophe avec son abominable chasseur bombardier A6M Zero. Fait prisonnier par des natifs, puis libéré par quelques-uns des rares résidents japonais, finalement exécuté : sur le caillou de Ni'ihau, miette du territoire américain perdu en plein Pacifique, venait d'advenir un événement paniquant : un cas d'allégeance à l'ennemi par des individus nippons immigrés, collusion, trahison, déclenchant en traînée de poudre la rumeur d'espions disséminés en Californie, d'une cinquième colonne infiltrée, dès lors la ville se couvrit d'affiches *I am an American !* collées aux vitrines de commerces nippo-américains. Les amies de Candice et de Dahlia tremblaient devant ce déferlement d'hystérie haineuse, elles avaient raison : *Ouster of all Japs in California Near* titrait le *San Francisco Examiner* en février, et toute la presse unanime. Bientôt décret présidentiel, comptes bancaires bloqués, interdiction de se déplacer, avis placardés obligeant la population d'origine japonaise, étrangère et naturalisée, à se présenter pour transfert immédiat en camps de "réinstallation". C'est la même logique de guerre qui inspira de percer l'Alaska Highway dont à même date tu survolais le chantier, Bud. Qui déclencha la déportation des Aléoutes, suspects de sympathie nippone, leur extermination dans les camps de travail au service de l'effort de guerre, cela n'a pas fait de bruit alors, mais à ce jour que reste-t-il de leur peuple ? Fin mars, nous avons accompagné Haru et Minako au camion de ramassage, Njyah a très bien entendu des *yellow monkees*, cri blanc de Blanc pur sucre raffiné monter au coin de l'avenue. J'admirais mes petites tantes très dignes sous leur cloche de feutre, col de simili-astrakan, ridicule petit sac au coude ; ils n'étaient pas nombreux, les amis des Japs, à leur faire au revoir du blanc mouchoir.

Ignorant où étaient détenues leurs copines, elles ont écrit assidûment au War Relocation Center de Tule Lake, de Manzanar, sans réponse, pendant quoi la guerre allait son train, on ne pouvait l'oublier : Frisco étant le principal port d'embarquement de la flotte de l'US Army, la ville entière, assiégée, survolée de bombardiers, s'embouteillait de jeeps, de camions, le port de cuirassés, porte-avions, sous-marins, il y avait davantage de soldats que de civils dans nos rues. Alors Littleboy et Fatman largués sur Hiroshima, Nagasaki, août 45, alors une lettre : elles seraient bientôt libérées. La guerre était finie, Mr Warbucks venait de ressusciter, quelle fête atomique à Spruce Street ! Elles ne sont revenues que fin 46, vingt-cinq dollars en poche pour solde de leur détention, ont bravement repris du service à l'école réformée, sans rancune apparemment pour le camp en plaine aride au bas des montagnes, vents de poussière, canicules, températures glaciales, barbelés, miradors, courrier censuré. Elles n'étaient désolées que pour les dernières tribus des Païutes chassés de leurs villages pour ouvrir le WRC ; Njyah les aimait bien. L'année où je suis entrée à l'université, Candice est morte d'un arrêt cardiaque en tricotant ses sempiternelles chaussettes pour les soldats de Corée en train de napalmiser les populations, comme elle le faisait déjà pour leur frère soldat de 14-18 gazé dans sa tranchée – les guerres se succèdent sans changer, toujours des sœurs ou des mères tricotent des chaussettes. En moins de six mois, Dahlia flétrie, dévitalisée, a suivi Candice dans la tombe, au revoir des amies aux blancs mouchoirs. Mes taties Plunkett me chérissaient mais peut-être moins que le combat épique que je leur avais offert de mener, chères orphelines, bénies soient-elles.

Cœur serré, j'ai dû quitter la maison de Spruce Street, prendre une chambre d'étudiante au campus, me mêler à la faune assez peu attractive de ma génération, flirter avec quelque dadais et puis, convoquée par leur notaire j'ai appris que, Pauvrette, je ne l'étais pas du tout. Durant des années, sans m'y mêler, elles avaient scrupuleusement épargné la rente allouée pour mon entretien à titre probatoire, révocatoire, prolongée par tacite reconduction ; surtout par étourderie du juge, ou par son trépas, rente soutirée à qui ? Aux Ritals contre promesse sous seing privé de me faire disparaître de la circulation ? Elles étaient capables de leur arracher ce deal. Quoi qu'il en soit, elles ont géré capital et intérêts en agioteuses avisées jusqu'à ma majorité, fanatiques de probité autant que de féminisme, de cinéma que de fidélité en amitié, en amour. Mon pécule, c'était peanuts au regard de la fortune d'Oswald mais, pour elles, une victoire de la vertu sur l'iniquité. Pour moi, une sacrée surprise. J'avais assez d'argent pour délaisser mes études en cinéma – cinéma, ça t'étonne ? –, déclarer forfait et, toutes affaires cessantes, piller la

bibliothèque de la fac une année durant. Puis, quand j'ai considéré en avoir suffisamment appris des livres de Jacques Maître-Grand et autres savants du domaine amérindien, m'adonner à une enquête en règle afin de retrouver Bud Cooper, lui payer son temps et son Norseman afin qu'il ramène Njyah à Äshë'yi Män. Il le lui devait bien.
Je le lui devais, Jessie.

Je me le devais surtout, histoire d'apurer une vieille dette, de celles qu'on contracte envers soi-même sans conscience du passif imputé à l'aveugle sur tout capital d'existence. Sans aucun doute, entrait en ligne de compte d'avoir accepté le contrat pourri du FBI, d'avoir accompli la mission pour flamber, obtenir du galon, considération, grasse rétribution, de cela ensemble faut croire que j'avais un besoin pressant, mais ce n'était qu'agios de l'arriéré cumulé depuis tant d'années et je n'y ai gagné que de l'aggraver d'une traite supplémentaire, exorbitante, d'ajouter ses retenues au bilan très déficitaire ; à l'inflexible peur, exécration, haine du monde qui sans merci vous fait les poches. On peut les retourner, racler le fond de l'ongle exaspéré sans jamais rien y trouver, rien. Les poches sont vides parce que dès le départ dévalisées, dès la première culotte et, bien avant, de tous ceux qui ont porté la même à bout d'usure, d'un tissage grossier élimé à la corde, chancie de pluie, soleil et sueurs de servitude, raide cirée de crasse aux plis les plus exposés, caleçon de mauvais coton rapiécé aux endroits que frotte le travail, le genou, la cuisse, le fondement, renforcés de pièces cousues par-dessus celles déjà reprisées d'une étoffe elle-même tirée de telle autre harde épuisée, de laquelle récupérer çà ou là un rogaton, un habit aussi impayable que celui du vieil Arlequin, Jessie, l'antique esclave des comédies romaines réputé bouffon, famélique fainéant, la tête aussi vide que ses poches, son visage barbouillé de noir de fumée, comme l'était celui de mon arrière-grand-père à la culotte rapiécée en mille nuances sépia que, parmi ses semblables, il portait sur la photo qu'un jour m'a montrée Olympe Cooper.
Un jour, en l'absence de mon père, elle a sorti cette photo, la seule en sa possession, d'une boîte qu'elle planquait dans la

bouche d'air chaud de la cuisine, derrière son clapet – qu'elle m'interdisait. Je ne sais de quoi j'étais le plus malade, de la photo ou de sa cachette, d'avoir honte de ma mère ou de moi. En posant ferme son index sur le visage noir de fumée, de cette fermeté j'aurais pleuré, sans un mot elle m'a désigné le père de son père posant parmi d'autres cueilleurs de coton – duquel coton sa culotte faite –, eux réunis autour du maître de la plantation à cravache et de son épouse à ombrelle, trois négrillons moitié nus assis en tailleur dans la poussière au bord de sa claire robe d'été, vaporeux sépia ; il m'a suffi d'une fois pour que j'enfile cette culotte et la fasse mienne. Ce n'est pas tant que les poches en sont vides, c'est qu'elles sont irréparablement trouées d'origine, et par là fuit ce qu'elles n'ont jamais contenu, perte irrémédiable, alors comment faire payer à mon père usurier ce qu'à ma mère, insolvable par décret négrier, il a imposé de *reconnaissance de dette* reconduite à perpétuité, et à moi d'avoir commis ce crime contre nature de me punir moi-même pour l'indignité de sa condition, de tous les siens et de la mienne, n'osant avancer nulle part, dans la cour de l'école, au barbershop, sur les trottoirs de la ville, au cinéma que, nuque rasée de mon détestable feutre, raide de terreur pour ce qui bondira dans mon dos à tout instant, devenu abject mendiant de bons points, de récompenses, de diplômes, distinctions militaires pour blessure au combat, ployant l'échine devant le maître-chien à cravache pour qu'il me la flatte de sa bonne main blanche ; j'ai jamais pensé à la mordre pour savoir quel goût elle avait. Je préférais qu'il me donne du galon, de la considération. De ma maladie honteuse, je m'accommodais, eczéma à vif qu'il suffit de gratter au sang pour mieux l'infecter de temps en temps. Le jour où j'ai posé le petit hydravion US sur le lac Äshè'yi, j'ai pas su tout de suite que l'infect prurit récidivait.

Au départ, c'était rien du tout, juste un vol un peu spécial commandité par les autorités, un truc qui nécessitait de la discrétion, du doigté, surtout pas de vagues, et très bien payé. En principe, disons un vol de reconnaissance selon le renseignement récemment remonté que, à cet endroit, devait se trouver une mineure américaine signalée disparue depuis près d'un an. Du point de vue légal, étant donné qu'elle était partie avec sa mère, on ne pouvait pas vraiment parler d'enlèvement ; plutôt un genre de fugue qui avait dû mal tourner. Fatal, il y a que des branquignols, des marginaux ou des mecs à la ramasse pour risquer se perdre dans cette cambrousse de sauvages. Sur ce que la mère était devenue, on manquait d'informations. Et puis un individu majeur a le droit de voyager à son gré, disaient-ils, cet aspect-là n'était pas leur problème. Je peux te certifier qu'ils s'en foutaient complètement ; ou alors ils avaient des consignes. Quant à la gamine, trop compliqué de m'en dire davantage, et puis j'étais un exécutant, pas un auxiliaire de la police fédérale, juste un très bon pilote, un type de confiance, alors : j'étais partant, ou pas ? Une petite équipe d'agents m'a pris en main pour m'exposer le plan de vol mais j'en savais plus qu'eux sur l'engin et sur les conditions techniques. Ils m'ont tout de suite fait l'effet de spécialistes d'opérations sensibles plus que d'experts en aviation. En revanche, leurs cartes militaires du Canada étaient nickel détaillées, crois-moi.

Le hic, ai-je fait observer, est que c'était extra-frontalier, autant dire hors compétence du FBI, autant dire que la version officielle, mission de repérage, était du bidon. Ils marchaient sur des œufs, mais pas question d'alerter les autorités canadiennes, trop de complications diplomatiques à la clé. Ressortissant canadien, j'étais leur meilleur parapluie. En fait, il s'agissait d'aller au contact, de débarquer chez les Indiens du coin, une poignée de primitifs, inoffensifs d'après eux, chez qui se trouvait la gamine, seule selon leur renseignement, d'évaluer la situation et, à partir de là, de m'*adapter*. Je connaissais trop bien ce genre d'euphémisme militaire, j'ai traduit : à partir de là, tu te démerdes. J'ai entendu qu'en infraction avec toutes les conventions internationales il fallait opérer en faisant le moins de casse possible et que, s'il y en avait, j'étais pas couvert, ils m'avaient jamais rencontré. Sympa, j'ai dit. J'y vais si vous doublez la prime. Ils ont pas moufté. J'aurais demandé triple, ça aurait marché pareil. Là, j'ai compris que c'était vraiment un truc tordu, que la camelote à récupérer, c'était du lourd, et que j'avais pas intérêt à foirer.

Tu m'as vu amerrir en beauté, virer de l'aile et splash me poser tel un gros oiseau migrateur, un peu égaré mais fringant sauter sur le flotteur et enlever mon casque de pilote de film d'aventures ; jusque-là, j'exécutais le programme. En fait d'aller "au contact", le comité d'accueil était une bande de mioches, les seuls à s'approcher de la rive, à examiner ce type descendu du nuage, pas plus frappés que ça, davantage curieux de l'hydravion que de ma personne, sauf toi, Jessie. Je m'attendais pas à te voir si vite, rouquine à ce point-là, grande et maigre dépassant les autres d'une tête, tête de reine au regard de sombre gris que toi seule plantais d'égal à égal dans le mien d'adulte, une espèce de défi tranquille, interrogatif et grave, distant à la fois, qui m'a désorienté.

D'abord, des Indiens, j'en avais pas fréquenté, à part *hugh* les parodies emplumées de cinéma et le bétail parqué que j'avais vu au Montana. C'était un choc de rencontrer ceux-là, en bonne santé, fringués de propre, certains en jeans, qui me regardaient venir avec mon escorte de mômes, pas plus étonnés ni effarouchés que si j'avais envoyé un faire-part pour les prévenir, l'impression presque qu'ils attendaient ma visite. Ensuite, je te reconnaissais sans t'avoir jamais vue. Ils m'avaient bien montré quelques photos d'une poupée genre Shirley Temple, éblouie par les flashs parmi des bambochards hilares, mais ils m'avaient prévenu que j'allais pas trouver ce joujou de luxe, plutôt une gosse déboussolée, terrorisée par son séjour prolongé chez les sauvages du Yukon, que j'aurais probablement du mal à l'identifier à ces photos. Si ce n'est à ses cheveux rouges, qu'en noir et blanc on ne pouvait deviner, évidemment.

Pas une seconde ils n'ont imaginé, moi pas davantage sur leur suggestion, quelle personne à part entière tu étais, enfant ensauvagée ni gosse de riche victime de mauvais traitements, mutilée peut-être, enfin le vieux film qu'on se fait avec le rapt d'enfants par de cruels Indiens qui ont d'abord scalpé les fermiers, violé les femmes et brûlé les chariots. J'ai compris que ça n'arrangeait pas mes affaires. Que j'allais avoir du mal, supposément en panne de moteur, à feindre de découvrir, étonné, puis scandalisé, une petite Yankee égarée parmi eux, à jouer mon rôle de chevalier blanc. Blanc, en dépit de ma nuance naturelle. J'ai réalisé alors le piège, trop tard. Compris qu'émissaire mandaté des Blancs j'étais un imposteur, ma suprématie d'emprunt une escroquerie pour leur en imposer, une saloperie faite à ces gens, à moi du même coup qu'en chien couchant je m'infligeais ; je venais de renfiler ma culotte rapiécée. Pire, j'étais des vieux nègres à chicotte zélés à cravacher leurs semblables pour obtenir protection, le salaud de service qui pactise avec son maquignon. Ce n'était pas ton problème, Jessie, et je ne me cherche pas d'excuses, je ne demande aucun pardon, qu'à ma mère. Mais comme à Miss Plunkett il m'a fallu ce genre d'électrochoc pour me réveiller. Hérissé de dégoût, à en vomir. Je crois bien que j'ai failli tourner les talons, tout envoyer foutre, mais je n'ai fait que faillir. Il y avait le pognon. J'avais besoin de pognon, considération, galon, j'étais pas mûr encore. Pas assez torgnolé par la vie pour la grande révision. Pas assez bouffé dans leur pogne. M'étais pas encore bien examiné au miroir.

Personne m'avait encore regardé comme toi.

C'était pas le Kid que je voyais, ou Little Orphan Annie, c'était quelqu'un qui en savait plus long sur moi que moi-même, une désespérante longueur d'avance, et ça, je ne l'ai appris qu'une fois dans le bureau du FBI à Juneau quand je t'ai livrée à eux, et que j'ai tourné mon dos lâche et fuyant. Et encore, je ne l'ai pas appris tout de suite, c'est resté comme une poire d'angoisse coincée au gosier tout le temps que je frimais, pilote d'élite sur leur chantier de route alaskienne, que je fonçais à mort sur leur char de guerre. Peut-être bien que, sauter sur une mine, c'était pas un cauchemar, c'était la seule chose que j'espérais au final.

Rien ne s'est passé comme prévu. Ils vaquaient à leurs occupations entre les tentes, grandes huttes en belle peau tannée, j'en avais jamais vu de pareilles. Ils s'activaient autour des feux à tailler, aiguiser, boucaner comme si de rien n'était. Je n'étais une attraction que pour les enfants, les chiens, et quelques vieilles désœuvrées qui me tournaient autour avec un sourire de sphinx ; excepté celle qui m'a approché, près de qui tu te tenais, elle ne m'a plus lâché. Comme s'il en était convenu entre eux, c'est elle qui s'est portée volontaire pour m'aborder, ma foi de la manière la plus civile, en bon anglais conversationnel, bien qu'un peu entravé par son curieux dentier de bébé. Des hydravions domestiques, disait-elle, elle en avait déjà vu, mais pas d'aussi près, c'était intéressant à observer. Un peu bruyant, un peu puant comme les moteurs d'autos, mais plus rapide. C'était commode. D'accord, ça tombait parfois en panne. Outre que ça se voyait et ça s'entendait venir de loin, les Blancs sont des cons me prenait-elle à témoin, comme si on était tous les deux d'accord sur la question. Des cons, ça ne m'était pas venu à l'idée, ça m'a plu d'y penser. Le peu de temps que j'ai passé avec elle, Kaska m'a plu. J'aurais tant aimé que ma mère ait son assurance hautaine, son humour à froid et son détachement. Elle t'a expédiée jouer avec les autres gamins, et elle m'a fait entrer chez elle. Il y avait longtemps qu'on ne logeait plus chez les vieilles taupes, dit Jessie.

Dès après les funérailles de ma mère, Herman a eu l'autorisation de dresser notre tente personnelle, celle que Shini avait tout du long tirée dans la montagne. Un kit des plus pratiques, facile à plier, à remonter, étanchéité garantie, chaleur bien confinée, comme moquette les tapis de sol. Il a juste taillé de nouveaux pieux, plus solides, et il a repris sa chasse. Il n'était que temps d'aller au ravitaillement avant le dur de l'hiver, toute sa viande était restée dans ses caches de Kloo Lake. De provisions, nous n'avions qu'une bonne quantité de graisse d'eulachons, un trésor nutritif que pouvaient nous jalouser les voisins, et quelques sacs de céréales, de café, de baies confites, de lentilles. À peine de quoi tenir un mois. Là-bas, n'essaie pas de faire la cigale : dans le genre fourmi pas prêteuse, ils se posent là. Si tu chantes l'été, normal, tu crèves la dalle en hiver, qui est très long sous ces latitudes, et on n'en fait pas une fable avec Moralités à la clé. Herman a eu vite fait de tuer deux caribous, pas des plus beaux en cette saison avancée, de vieux mâles fatigués qui se laissent abattre. Ce n'était pas une chasse très noble, il n'en était pas fier, seulement d'assurer notre subsistance. Moi de racler les peaux avec Kaska, de les polir et les étirer sur les châssis, d'effiler les steaks, mains gercées d'engelures malgré les moufles, nez gelé, mais ça me plaisait. Tout me plaisait de cette vie-là. Maintenant que j'avais les oreilles percées, je les dégageais de mon bonnet, ça me donnait de l'ascendant sur les enfants de mon âge. Ils m'apprenaient leurs jeux, j'y réussissais, d'une dextérité insolente. Je tissais des récipients avec Kaska.

D'ustensiles, on n'avait plus que les quelques ferblanteries du voyage. Pour en fabriquer en racines de bouleau ou d'épinettes, il était trop tard, tout était pris dans la glace. Elle s'est rabattue sur des tiges de joncs ramassées au bord du lac, déjà brûlées par le gel, pas faciles à fendre dans la longueur, mais à la guerre comme à la guerre. Et elle ne disposait pas non plus d'herbes ou de lichens, de mousse-de-loup qu'on cueille en été pour la teinture des fibres ; tant pis pour les jolis motifs en couleurs. Tout en tissant, elle m'expliquait comment on obtient le bleu du jus bouilli de myrtilles, le noir de certaine boue ou du crin de queue de cheval, le rouge en faisant macérer de la bourdaine dans le pipi, bleu-vert en détrempant l'écorce de sapin ciguë avec des copeaux de cuivre. Pour tisser, on s'assoit par terre, genoux au menton, pieds bien calés contre le fessier, épaules inclinées et coudes serrés autour des genoux. C'est qu'il faut ramasser toute sa force pour tenir la fibre entre ses dents et la fendre de l'ongle du pouce, l'étirer et la torsader, l'entortiller par-dessus, en dessous de mailles serrées comme au tricot, pas une goutte ne doit passer entre. Personne ne confectionnait plus de ces récipients avec la vieille méthode, tout s'achetait aux Blancs, fabriqué en usines mais, cet hiver-là, heureusement que Kaska connaissait encore l'ancienne technique. Elle nous a également tissé une magnifique natte de sol, avec un point élégant que personne n'avait vu au village, dont elle m'a montré le tour de main.

Je l'aidais si bien et je grandissais si vite, en taille et en savoirs, qu'elle me disait : bientôt, tu ne seras plus Qui donne ses dents, tu seras *Njyah*. Longue et maigre, c'est un beau nom. Quant aux broderies de perles et de petits boutons de couleurs, elle y excellait, cela faisait des envieux dans le voisinage. Des femmes n'ont pas tardé à venir troquer des victuailles contre ses ouvrages, des munitions, ou un châle en soie ; elle a même obtenu une peau de loup juste à ma taille. Elle faisait des affaires comme pas une. Sous ma fourrure de loup et ma couverture de l'Old Oregon Trail j'avais bien chaud, bien mieux que dans mon vieux buffet de Kloo Lake. De temps en temps, l'ours d'Herman et Kaska les reprenait de sa transe nocturne, mais je n'avais plus peur qu'ils en soient dévorés. Au contraire, je savais qu'ils apprivoisaient son âme bestiale pour se chérir l'un l'autre du cœur aimant, je m'endormais tranquille en tripotant mon petit totem de poche, écoutant la harpe du vent. Dire que les psychiatres redoutaient que j'aie pu être témoin de bestialités sexuelles, que ce spectacle ait souillé mon âme innocente, la leur était bien sale d'y penser.

Et Kluk ? Tu ne me parles pas de Kluk, Bud ?

Kluk n'était plus malheureux, il avait quitté son air de chien battu des premiers temps, vexé d'être traité en moins que rien. Herman l'emmenait à la chasse avec lui, lui apprenait à dépecer les quartiers, le laissait monter un peu le cheval ; cela lui donnait de l'importance, le petit air viril dont il manquait. Vu qu'il parlait leur langue, du moins assez pour se faire comprendre, il palabrait sans fin avec les garçons du clan, scotchés à ses histoires. Je ne sais ce qu'il leur racontait d'exploits et de faramineuses aventures, des épouvantables tempêtes du fjord, de ses îles mystérieuses, de bateaux de croisière illuminés dans la nuit, de trombes d'or dans les mines de Juneau, et toujours son éloquence à l'harmonica entre deux jactances, il était très populaire. C'est pourquoi je n'ai pas compris qu'il s'en aille. Encore, qu'il reparte à Klukwan chez ses parents qu'il n'avait vus de si longtemps, je pouvais le concevoir, mais à Juneau, qu'y ferait-il à présent que Jim avait disparu vers Kodiak ou plus loin ? S'y louer comme porteur de fardeaux, traîner en bête de somme avec les pochards du port et devenir une épave comme eux ? Il n'a pas attendu le printemps, il est parti avant la fin de l'hiver. Pour la raison paraît-il qu'on marche mieux en raquettes sur le sol damé ou dans la neige que dans la boue glacée du dégel, où l'on enfonce jusqu'aux genoux, s'en extirper est épuisant.

Mais, même dans ces conditions de grand froid qui facilite la marche, tu parles d'une randonnée en solitaire, sur une aussi longue distance, par ces jours si courts. À côté, sa traite pédestre de Silver City à Kloo Lake était une promenade de santé ; pas besoin de la bouteille de Perry Davis Painkiller pour savoir que le petit Kluk allait en baver. À moins qu'il ne rencontre un traîneau de chiens en cours de route, si son conducteur daigne le prendre, avec sa dégaine de jeune Indien. Ou alors, une fois atteint le chemin de roulage à cent bons kilomètres de là, qu'un camion de passage n'accepte de l'embarquer jusqu'à Whitehorse ; en prévision de quoi, Herman l'a muni de quelques dollars. Il avait grand souci de lui. Il voulait que Kluk arrive à bon port, n'est-ce pas, Bud ?

Nous l'avons accompagné un petit kilomètre, puis il s'est éloigné tout seul, tout fluet dans la neige avec son barda sur le dos, bientôt perdu de vue entre les bouleaux et les épinettes, lugubres crayons de fusain piqués dans le brouillard. J'avais eu le béguin pour mon rougissant petit joueur d'harmonica, pour l'anche douce à sa lèvre musicale, mais cela m'avait passé. Il me dédaignait comme fille, il continuait de m'appeler Nez de renard au lieu de Qui donne ses dents. Je les donnais pourtant toutes à Kaska. Figure-toi que la viande d'élan est dure à mordre. À force d'y planter mes dents de lait, toutes celles de devant, en haut et en bas me sont tombées. Je les y aidais pas mal en les agaçant, en les déchaussant, j'avais hâte de donner mes jolies perles d'émail sans racine à Herman pour qu'il les colle sur le dentier d'occasion avec la corne du sabot de ses élans, qu'on fait fondre et qu'on filtre comme la plus fine résine. À la fin, Kaska était bien endentée, et je méritais mon nom, mais Kluk n'en tenait pas compte. Il m'évitait, il fuyait mon regard.

Ce regard fuyant de Kluk, tu le lui as vu, n'est-ce pas, Bud ?

Tu crois m'épargner en passant sous silence le rôle qu'il a joué. Cela part d'un bon sentiment mais dès que j'ai vu amerrir l'hydravion, dès que tu as sauté sur la rive avec ton casque de pilote sous le bras au soleil d'été, j'ai su que Kluk n'était pas parti pour des prunes, et même qu'il n'avait pas pris la route d'hiver de son plein gré. Que Kaska, ou Herman, mais c'est pareil, l'avait envoyé pour prévenir que j'étais avec les Indiens d'Äshè'yi Män, qu'il fallait venir me chercher et me rendre aux miens. Les miens, c'était qui ? Tu peux me le dire, toi ? Qui au monde me réclamait-il, se souciait de moi, à qui pouvais-je bien manquer, qui m'aimait, de mon père en toge d'écume et de varech, de ma mère aux joues piquées d'étoiles rouges ? Le politicard véreux – mon bon-papa, à ce qu'il semblait –, bradant sa fille pour s'acheter une élection ? Les Ritals, les morues et les maquereaux de la plage de Santa Monica, qui voulait de moi ? De qui étais-je le trésor ?

Je ne sais ce que t'a dit Kaska sous notre hutte, ce qu'elle a négocié, ou plaidé, comment elle a justifié la décision de ne pas me garder plus longtemps, mais tandis que tu discutais avec elle loin des oreilles, loin des regards, je jouais aux osselets avec les gamins comme si de rien n'était, reprise de la même angoisse qui m'avait saisie en quittant Kloo Lake, je me disais : c'est la dernière fois. La dernière fois l'odeur des fumées de bois, celle des eulachons, de la soupe de pemmican, de ma vieille couverture de la Cie de la Baie d'Hudson pleine d'histoires tristes, et la harpe du vent dans les bois d'élans. Kaska et Herman en ont assez, ils se débarrassent de toi. Ils te jettent comme tripes de poisson. Leur répudiation ne m'inspirait pas l'affolante terreur d'abandon de notre arrivée, je n'avais plus les hoquets sans larmes qui m'avaient déchiré la poitrine du désespoir d'avoir perdu ma mère, contre lequel Kaska avait si bien su m'envelopper de chaleur animale. Non, au-delà d'effroi, douleur, ou même révolte, c'était une rage implacable, le sentiment radical de ma solitude et la perte définitive de l'amour, un monde plus aride que la lune blême qui, de son œil dubitatif et maussade, veille sur mon infortune.

De cette infortune, je faisais ma chance. Je forcissais de minute en minute. Tout en lançant gaiement les osselets, plus virtuose que jamais, je cuirassais de glace mon poitrail de *ch'atthan*, en cet appareil je suis invincible, flèche ni balle ne traversera mon armure plus résistante que d'acier. J'aiguisais ma denture de *nhatryah*, l'horrible wolvérine capable de mastiquer de son effroyable mâchoire un cadavre de cerf congelé, de broyer d'un seul coup la colonne dorsale d'un homme, j'aimais ces monstres. Leur image était mienne, j'épousais leur âme et, sur mon visage, j'ai accroché le masque inexpressif en bois et en nacre des danseurs, oreilles cliquetantes de piécettes de cuivre, impavide, cœur de pierre.

Le lendemain, je ne me suis pas fait prier pour te suivre. Je n'ai pas pleurniché comme une mijaurée à fossettes et bouclettes, n'ai supplié ni protesté, ni posé de question. J'ai obéi à Kaska, ma main dans sa main de fourbe. Ma docilité, le meilleur moyen de me venger d'elle, de la punir. Je n'y ai que trop bien réussi. Elle qui manifestait si peu ses sentiments, hormis une fois, la nuit de l'aurore boréale quand elle m'avait si fort serrée contre elle, je crois que le coin de ses yeux s'est mouillé, leur fente si plissée qu'on se demandait si elle voyait quelque chose de ce clair matin, la beauté des jaunes et roux foisonnants, et le bleu du lac impassible, parfait ciel inversé, à en mourir, jetez-moi au précipice. Avec mon assentiment. J'y aspire à cet instant, et pourtant je marche vaillante à ton côté, avec pour seul bagage mon petit totem. Herman, le lâche, est resté près de la hutte. Il s'est juste accroupi à ma hauteur pour me montrer son chapeau de ranger, comme quoi il y garde enfilé le porte-plume d'ivoire, avec sa loupe de pigeons idiots et de palais à arcades. Village désert, à croire qu'ils étaient tous partis aux champignons. Comme je grimpais sur l'aile, avant de me quitter pour toujours, de sa voix de corbeau Kaska m'a croassé à l'oreille : maintenant tu es *Njyah*, à jamais tu l'es pour moi, souviens-t'en, wak, wak. J'ai fait semblant d'avoir pas entendu. J'ai juste pris Shini dans mes bras, serré son cou puissant de loup, son poil épais si chaud, j'ai mis mes yeux dans ses yeux bleus plus qu'humains, puis j'ai sauté à la place qui m'attendait. Une fois le harnais attaché, je n'ai plus bougé.

C'était une livraison facile, non ?

Pas de complications, pas de casse, rien.

Du velours.

Ah, Bud, réviser m'a pris bien du temps. Je n'en manquais pas, des journées, des saisons à poireauter dans ma chambre d'aliénée, sans date d'élargissement, sans caution libératoire à l'horizon. J'avais tout loisir pour une tempête sous mon petit crâne de Jessie. Le bonheur, le malheur des enfants est aussi violent que celui des grands, qui se figurent que leur taille est la toise des pensées, des sentiments ; ce sont eux les nains. Je suis née, j'ai grandi et vieilli à Kloo Lake, à Äshè'yi Män, une entière existence dans la forêt, sur les pistes, j'y ai vécu l'intégrale révolution d'une vie, comme on le dit des astres. Une fois placée en orbite, ma gravitation échappait à tous les radars, du coup j'ai un peu débloqué, normal. Plus normale épouvantée je ne pouvais l'être d'avoir à réviser ce qui continuait de m'arriver, parce que ça ne s'était pas arrêté compteur bloqué au point d'arrivée qui serait le point de départ, ainsi que dans toute révolution. Rien n'était accompli, achevé comme on le dit des chevaux blessés qu'on jette au ravin ou flingue du coup de grâce, cela ne faisait que commencer. Ou plutôt, parce que rien ne commence non plus, je vidais ma sacoche de nouveau, je prenais connaissance, et même conscience. Étant donné que, sept ans révolus, âge de raison, j'avais désormais des reins, un foie, un cœur et une âme, j'étais équipée de tout mon entendement, n'est-ce pas ? Ils m'avaient confisqué mon grigri de primitifs dégénérés mais je n'en avais plus besoin pour consulter ses figures inversibles, vérifier qu'à l'endroit, à l'envers, c'est du pareil au même l'insondable sens du monde dont l'apparence permute à volonté. Un monstre peut être un gardien totémique de bon augure, un geste cruel un acte d'amour, l'amour peut faire mal, mal faire et combler de joie, une mère indigne vous avoir pour son authentique plus cher trésor, bien qu'elle le dise avec cynisme, inconséquente légèreté. Son mensonge peut dire à son insu une vérité, qui désespère ou donne foi et espérance. Une carte folle peut indiquer la direction plus sûrement que toutes les boussoles, dérouter pour mieux conduire au centre introuvable où, joues étoilées de rouge, on se rejoint soi-même à perpétuité. J'ai fini par comprendre, et c'était infiniment bon à penser, que Kaska me protégeait plus sûrement qu'elle ne me répudiait ou me chassait et que, plus fidèle au pacte qu'elle ne le trahissait, elle m'épargnait son chagrin pour que le mien me grandisse, renonçait à l'amour pour le garder intact au nord du Grand Nord-Ouest où définitivement il demeure. Pas besoin qu'elle m'y emmène, j'y étais déjà rendue.

Avec elle je suis au pays de Ts'ii deii, au temps des cent mille fois mille ans de jadis invisible et visible en esprit, peuplé de nous tous qui sommes morts et vivants au présent, au passé et au futur simultanés, uns et multiples pour l'éternité : elle a mieux fait de m'embarquer dans ton hydravion que de chercher à m'acclimater à toute force sous ses latitudes extrêmes car, produit d'importation labellisé bouclettes rousses, teint de lait tourné, bien qu'oreilles percées j'étais promise à la fatale *nuance*, facteur très discriminant : pas de raison que d'aucuns de ses cousins gwich'in soient pas aussi cons que les Blancs, cette faculté est assez équitablement partagée par l'espèce humaine. Elle savait mieux que quiconque qu'il n'y avait pas d'avenir pour moi avec elle, avec les siens, alors j'ai pu l'aimer, j'ai pu chérir Herman pour tout ce qu'ils m'avaient donné d'être avec eux, je ne saurai ce qu'ils sont devenus que dans une autre vie, de corbeau ou de loup. Dans la foulée, j'ai refait dans mon cœur une place à Onayepa, si meurtrie et si cruelle, si confiante en sa bonne étoile ; même aux inadmissibles enfantillages du petit Oswald de Salinas, j'ai fini par trouver des circonstances atténuantes.

Quant à l'ami Kluk, j'ai mis plus de temps à comprendre qu'il était aussi mal barré que moi dans cette affaire, quittant son village de Klukwan pour s'avantager de la vie moderne parmi la faune de Juneau en jeune Indien émancipé, fasciné par les bateaux de croisière illuminant la nuit et rêvant d'ailleurs mirifiques ; c'est-à-dire d'une autre peau que la sienne. En attendant mieux, moussaillon de Jim n'était pas le pire sort même si, pour le reste, il goûtait aux délicatesses de la gent locale et avalait de certaines couleuvres indigestes. Peut-être l'amusa-t-il de prendre le large, de jouer l'émissaire en mission secrète et de faire son important chez Murphy, à Kloo Lake, mais la suite de l'aventure ne lui a pas plu, pas du tout. Cette fois, la réalité devenait très dangereuse. Les chasseurs de prime, ce n'était plus du jeu. Son harmonica et son blabla, c'était du pipeau. À force de raconter l'histoire de son pays colonisé, asservi, celle-ci lui est parue moins pittoresque, plus amère, les sarcasmes de Kaska avaient fini par l'ébranler. Et puis la condition qui lui était faite à Äshè'yi Män se révélait pas plus enviable que celle de son enfance à Klukwan. Ces Indiens ressemblaient trop à ceux qu'il avait quittés, avec leurs fêtes votives, leurs mœurs démodées, et leur fausse allégeance aux Blancs, qui les méprisaient d'autant. Aucun d'entre eux n'avait grâce à ses yeux, sauf cet Herman légendaire de qui le prestige et l'autorité lui en imposaient. Celui-là, dans le genre grand chef des anciennes tribus, était d'une autre trempe, il était l'avenir.

Alors Kluk prend la route dans le grand froid de l'hiver pour échapper à la sale histoire où il s'est trouvé impliqué. Il le peut à une condition, que lui pose Herman : que sitôt arrivé à Juneau il aille demander de sa part à Ewan MacTrevor, *alias* Burnt Nose, d'imprimer dans sa feuille de chou le scoop que la gamine yankee, que personne ne recherche, scandaleuse omission de la police américaine, se trouve en vacances dans un trou du cul du Yukon. Même si elle lui sauve la mise, sa nouvelle fonction en service commandé, la dernière, la dernière, ne lui plaît pas trop. Pas bien glorieux de s'esbigner de cette façon mais, jusque-là, rien de grave. Pas grave que Kostas et le bosco lui battent froid de les court-circuiter en allant directement trouver le patron dans ses bureaux d'usine, nantis de beaux téléphones en ébonite et de cliquetantes machines à écrire. Finalement, pas désagréable que, rien qu'au nom d'Herman, ce monsieur au nez brûlé prenne sa fluette personne en considération, et son message au sérieux. Que, de chic, il écrive un article incendiaire envers les autorités et, comme l'effet n'en est pas immédiat – Juneau n'est finalement qu'un bled –, qu'il télégraphie à San Francisco, à Los Angeles, alerte des rédacteurs en vue et des pontes des syndicats de ses relations. Pas négligeable enfin que, durant deux ou trois mois, il garde Kluk sous sa protection en lui filant de petits jobs au journal. Estafette, c'était dans ses cordes, il y prenait goût. Non, les ennuis ont vraiment commencé quand les agents du FBI ont fini par se pointer à Juneau et qu'il a fallu faire très gaffe à ne leur lâcher que ce qu'Herman lui avait ordonné : pas un mot sur les tueurs, sur la femme flinguée, ou alors c'en serait fini du petit Kluk. Il comprenait ça, non ? Dans ces conditions, pas d'autre moyen que de jouer l'Indien chafouin peureux, que de coïncider avec l'image que les Blancs se sont fabriquée de lui pour mieux se décréter blancs eux-mêmes et, comme ceux-là y croient dur comme fer, à leur blanchitude, il ne s'en est pas trop mal sorti.

Oui, Jessie, je l'ai vu tête rentrée dans les épaules, balbutiant, regard fuyant, tenir son rôle en bon comédien de western fauché, fourbe, ignare, abruti, rien à tirer de sa caboche d'arriéré. Si ce n'est lui faire répéter qu'il ne sait rien de plus. Qu'il a seulement entendu dire à Whitehorse, ou alors à Canyon City, peut-être à Champagne, qu'une petite Yankee rousse a été trouvée par des chasseurs tutchone et que, à cause de l'hiver qui empêche tout déplacement lointain, ils l'ont gardée avec eux mais, bien embêtés et sachant pas quoi en faire, qu'ils tarderont pas à la remettre à la police montée du Canada. J'ignore si l'idée venait d'Herman ou si Kluk l'a improvisée, mais c'est ce qui a précipité la décision d'en référer en haut lieu. Sur son indication, j'ai localisé le nord du lac, il se débrouillait mieux d'une carte qu'on l'aurait cru, grâce à Jim son patron qui lui apprenait à lire et à naviguer dans le fjord avec des cartes nautiques, disait-il. À mon avis, il lisait aussi bien la Bible que les comics de son âge. Finalement, les agents l'ont relâché, avec une poignée de dollars pour qu'il la ferme, qu'il décanille en vitesse et qu'on n'entende plus parler de lui, à Juneau ou ailleurs, pigé ? Peut-être Burnt Nose lui a-t-il dégoté une place de coursier dans un journal de San Francisco, si ça se trouve, Kluk est journaliste à présent, pourquoi pas ? Ou bien il s'est volatilisé dans quelque coin perdu du fjord, peut-être a-t-il réussi à rejoindre Jim et lui a raconté comment a fini son histoire, qui sait ?

C'était mon premier amour, disait Jessie.

Un béguin de gosse, se moquent les adultes. Rougeur à la joue, petit air d'harmonica, il n'y a rien de petit à ce baptême, rien d'anodin, c'est aussi grave, joyeux, enivrant et cruel quel que soit l'âge. Mon petit écureuil de Kluk en a tout ignoré mais il m'a donné d'entrevoir de quelle passion amoureuse avait pu flamber le cœur d'Anaïs et de Jacques, cœur d'enfance illuminé, déchiré. Par contagion, leur vieille blessure au jardin d'en France a tout changé de ma vie. La mienne d'enfance en était à son ébauche, mais tant de choses semblaient déjà écrites de ce qui pouvait advenir de moi dans les beaux quartiers de Brentwood quand, par tous les hasards cumulés qui se jouent de nos existences, leur histoire a croisé la mienne, elle en a désorienté la trajectoire, ou bien rien n'est écrit d'avance. Cette fois-là ou une autre, la version pourra bifurquer vers une autre destination, nul ne peut rectifier ou infléchir le cours inexorable du récit qui prend au fur et à mesure sa forme définitive, irréparable et fictive, irréparable et fautive, alors j'y croirai si tu me convaincs, si tu me blesses et me guéris, cela dépend de ta voix, de ta fièvre ou de ta peur, tant de choses sont possibles qu'on ne peut croire et d'autres incroyables qu'on accepte pour vraies : de toi ou de moi qui prononçait ces mots à la table de mon mobile home quand, nos mains, nos genoux, nos joues proches à en brûler, nous avons commencé à écouter de l'oreille inquiète ?

Le vent pouvait bien secouer les lignes à haute tension, la pluie glacée gicler sur le toit, nous étions au chaud l'un près de l'autre et dans mon sommeil je continue de rester suspendu somnambule à tes lèvres, ne sachant si ce que je raconte appartient à mon rêve demi-éveillé ou à la réalité, encore que les deux n'en font qu'un souvent. Ainsi peut-être suis-je devenu comme ta boule à neige, regardant en transparence à travers le verre le tout de ma vie enfermé dans le globe impénétrable, sous sa surface lisse le tourbillon de mes flocons intérieurs s'agite et brouille ma mémoire. Je ne suis plus Bud Cooper mais un personnage dans une histoire que quelqu'un d'autre écrit à ma place, une espèce de il-était-une-fois Bud, un gamin du sud-est d'Ottawa dont le pouls bat dans mes veines pendant qu'il écrit, lettre à lettre, mot à mot pour qu'à chaque s'ouvre une nouvelle porte, vraie ou fausse, qui ira vérifier les dates, les lieux et les noms et les actions dans cette nuit du récit ? Dieu a-t-il vraiment séparé la lumière de l'obscurité pour ensuite diviser les langues, que soit abolie toute vérité qui pourrait en venir, et ensuite s'est tu, silence.

Silence.

Je marche dans le labyrinthe d'avenues, d'artères et de rues fouettées de pluie, bientôt ils construiront des voies rapides à bretelles d'accès anonymes, je marche dans le dédale de mon bidonville d'autrefois moitié démoli, envahi de grues de chantier ; Anchorage bâtit à tour de bras de l'habitat en béton. De gigantesques gisements de pétrole ont été découverts à Prudhoe Bay, la taïga arctique se sanctuarise en parcs nationaux, dévots écologistes et managers de l'énergie ligués comme naguère missionnaires et chercheurs d'or expulsent Gwich'in et Inupiat de leurs territoires, mieux vaut que tu voies pas ça, Jessie. Je remonte la petite rue où est notre maison, je rentre chez nous. Je ne te cherche pas, tu es là, libre, lumineuse, et je me mets vite à ma machine à écrire pour taper mot à mot comme si chacun allait m'ouvrir la porte par où te rejoindre, le petit pain chaud de ton corps est blotti sous la couette, dans la cuisine où tu nous prépares un café, tu es contre moi, tes mains sur mes épaules, ton souffle sur ma nuque et j'écris cœur brisé le livre que tu ne m'as autorisé ni interdit d'écrire, écoutant ta langue ventriloque parler la mienne, se presser à mon oreille jusqu'à l'illusion que tu es là tout près, non un spectre sorti des glaces mais un être charnel debout derrière moi, je ne suis pas seul ici.

Parfois les ombres et les âmes des morts se rejoignent dans l'asile d'un corps nouveau, et s'épousent, alors nous rêvons de nos vies antérieures, animales ou humaines, nous dansons la transe des esprits sous nos masques grimés, alors nous pouvons en imagination voir ce que nous aurons pu être, en avoir le souvenir du souvenir, par exemple te rappelles-tu la lumière persillant l'obscurité de la forêt, les lances de soleil tailladant l'air bleu du sous-bois ? Écoute. Entends-tu bouillonner de toute éternité la fuite continue des rivières, et maintenant vois d'entre les branches passer ce canoë en peau de caribou, ces deux ou trois trappeurs et leur guide tutchone descendre le courant, argent frissonnant, flots d'écume, eux des êtres d'âme fruste et brutale soudain alarmés du silence sur l'immensité de ces solitudes invisitées qui, par-delà l'impénétrable forêt défilant monotone sur chaque rive, s'étendent sur des miles et des miles sans frontière. Eux que pas grand-chose n'émeut soudain inquiets du ciel inhumain, étirement de nuages de sombre violine espaçant l'infini horizon, lune de glace, effrayés par cette démesure peuplée de présences invisibles, dangereuses, de bêtes qu'abattre au fusil détonnant et les écorcher emplit d'orgueil et de férocité bestiale : ce ne sont donc pas des esprits, juste de la viande a digérer. Infestation d'insectes piqueurs qui inoculent des fièvres, sinistres rapaces planant, corbeaux énormes claquant soudain de l'aile noire le front des hommes du canoë comme pour les avertir ils ne savent de quoi, car depuis longtemps ceux-là ont perdu foi en leur Dieu, qui se tait, en leurs cartes folles qu'en lambeaux ils consultent au bivouac nuit tombée, feu de bois flotté rougeoyant sur une grève environnée de bruits et de cris inintelligibles, espérant sans plus y croire qu'au confluent promis, après le prochain méandre du fleuve, ou le suivant, surgira enfin le fortin en rondins, sa silhouette rudimentaire de palissades, pieux aiguisés, filet béni de fumée montant d'un toit en essentes mais il se peut que ce soit sur une autre rivière, en tout point semblable à celle-là, à un autre confluent, toujours plus loin vers l'ouest du Nord où les histoires racontent qu'on arrivera si on garde, malgré les forces déclinantes, malgré les paupières grillées de fatigue, un peu de croyance en sa bonne étoile, mais les étoiles de ce ciel sont muettes ; et ce guide n'est pas sûr. Son visage martelé, teint cuivré, front fuyant, dissimule des pensées, des sentiments inconnus. De son espèce humaine, on doute, et on l'abhorre comme une image défigurée de soi, exécrable faciès d'un autre qu'il faudrait annihiler, exterminer, seulement il connaît les arbres dont la résine calfate les fissures du canoë, les herbes qui soignent, il devine la présence de l'ours, il lui parle. Il interprète le ciel et le vent, les odeurs, il prévoit la neige, le blizzard, il sait construire de rien un abri. Il se dirige sans carte dans ce monde innommé, déchiffre son chaos, et il sait où est l'or au ventre de la Terre ; l'or qui l'indiffère. Il lui préfère le cuivre. Alors mieux vaut l'asservir, le payer en babioles et parfois l'ivrogner d'alcool, qu'on lui apprend à aimer, mieux vaut s'en faire un allié parce que, sans lui, à coup sûr ce sera la démence, la folie nordique dont la danse mortelle fait dit-on se mettre nus les hommes et courir tels des pantins décervelés dans l'immensité glacée, n'importe qui peut en écrire le roman, Jessie.

Ce sont des images lues dans des livres, vues dans des films, parfois notre songe déborde ce que nous connaissons, son emprise nous inspire un sentiment de réalité si intense qu'on croit avoir déjà vécu cette scène, avoir été dans une vie antérieure un de ces trappeurs d'antan, il nous semble ressentir avec sa peau et ses nerfs, penser avec son cerveau, mais ce qui se donne pour vraisemblable n'est pas véridique, seul l'est ce que j'invente, c'est-à-dire ce qui n'est pas arrivé, ou ce qui est arrivé dépasse en vérité la réalité des fictions puisque je te sens debout contre mon épaule, présente comme tu l'avais promis, pour peu que lettre à lettre, mot à mot, j'écrive l'histoire telle que je t'ai écoutée me la raconter. Ma mémoire me trahit, ou mon cœur, quoi qu'on en veuille le facteur sentimental biseaute les cartes. Selon ce qu'on suppose exister, notre imagination compense ce qu'on ne voit pas, ce dont on ne se souvient pas, elle mélange et fausse les pages entre elles, perd celle qu'on a oublié de corner, cela ne s'est pas passé ainsi, pas dans cet ordre, il y avait des sauts de cabri en avant, des retours, en arrière toute, mon amour, et aussi des angles morts, des impasses que je comble à ma manière, d'autres que je laisse à leur silence, silence.

Silence.

Pour dire ce qui nous est arrivé et pourquoi elle est partie, il n'existe pas de mots, ou c'est leur secret de mots, leur propriété que de le taire. Encore aujourd'hui je continue de rêver que je saute sur une mine et ce que je ressens, charnier de ferraille, ma tête, décapitée, l'odeur atroce d'essence et de viande brûlée, tout est aussi vrai que de savoir que ce n'est pas arrivé, ce qui est arrivé aussi atrocement vrai que si je le rêvais. Tous les matins, les nouvelles à la radio nous bombardaient de rêves à tête nucléaire, ogives, avions espions, satellites de surveillance, missiles, surarmement immunitaire et dislocation géostratégique de la Pangée dérivant, se fracassant de Corée en Viêtnam, Cuba, de Hongrie en canal de Suez et goulag, mur berlinois, *peur rouge* inoculée du maccarthysme sous couverture CIA mais Jessie et moi, onde de choc de notre bombe mégatonnique personnelle, mille fois mille Hiroshima et Nagasaki, nous étions déjà ensevelis sous retombées de suie, de cendre, poussières et particules radioactives de notre manteau polaire d'hiver nucléaire, déjà irradiés par la guerre froide déclarée quelque part entre son thalamus et son corps pinéal, métastases en attente de fission terminale, lésion sans bouclier, sans rempart immunitaire, sans protection mentale neuronale, de plus en plus souvent nous partions survoler les glaciers de Saint Elias, la péninsule d'Alaska jusqu'au cap Sarichef, des monts Ogilvie du Klondike, de Sitka ou Yakutat Bay aux montagnes de Denali, plateaux arides de toundra, bronze argent des lichens et carex à perte de vue, colossale embouchure du Yukon, mon Norseman y allait pleins gaz sans protester que c'était pur délire ces virées célestes, l'enjambement du monde dément sur tapis volant, à bottes de géant, qui ne nous sauvait de rien, toujours on revenait au point zéro du tarmac, zéro au compteur du carburant alors elle m'a dit un matin, un matin qu'on allait partir encore, parce que je ne savais plus faire que ça, partir, l'emporter à cinq mille pieds au-dessus du cauchemar, elle m'a dit : Bud, regarde-moi. Regarde-moi, mon amour. C'est là-bas que je veux aller, maintenant il est temps. S'il te plaît, emporte-moi au nord du Nord jusqu'à Ts'ii deii où tout est de tout temps invisible et visible en esprit, entier incarné au présent, au passé et au futur simultanés, continûment peuplé de nous tous qui sommes morts et vivants, uns et multiples pour l'éternité, je vais marcher vers là-bas tout droit. N'aie pas peur, on dirait une immense distance, du blanc de nord lointain profond sans horizon mais c'est rien qu'une page, une carte blanche qu'on lisse de la main. Vois, je suis aussi grande que toi, au début je suis grande et puis un peu moins, assez vite plus petite de moitié, du tiers puis du quart de ma taille d'Alice, ensuite diminuer prend plus de temps. C'est plus lent de décroître de plus en plus petite, à l'échelle de ton petit doigt, d'une cigarette, comme une allumette, l'ongle de ton pouce, Tom Pouce, et puis une esquille, une virgule, minuscule jusqu'à n'être plus qu'un grain de sable ou de sel, de poussière mais, la distance, c'est une illusion d'optique, en réalité ce n'est que du temps, ne me quitte pas des yeux tout ce temps-là. Si tu ne me quittes pas des yeux, je ne m'éloigne pas, je rapetisse, tu n'as qu'à bien me tenir comme ça : elle écartait au plus large mon pouce et mon index, tu vois ? Dans ce compas de tes doigts, j'ai déjà rétréci, grande de vingt centimètres, de dix, et de cinq jusqu'à ce que tes doigts se touchent mais c'est une illusion, n'aie pas peur, dans cet espace infinitésimal, moins qu'une molécule d'or ou de carbone je suis toujours là, où notre amour est à jamais le plus grand, tu le sens ?

Il faisait si froid que tout est devenu insensible, peau, nerfs, cartilages atteints de froid mortel, cerveau cristal brisé, comment tenir encore debout, rien qu'un bloc de glace dans la glace de l'air, irrespirable, blizzard hurlant, manteau d'hiver polaire, particules, cendres vitrifiées, seule soudure de tiédeur, surhumaine, unique source de vie si faible foyer la chaleur de nos bouches, dernière fusion nucléaire à nos lèvres gercées, déchirées, feu éteint. Elle a reculé d'un pas, d'un autre, et puis m'a tourné le dos. Dans son dos, entre ses épaules, entre ses omoplates, à ce point fragile d'entre ses ailes primitives mon regard s'est fiché, flèche ardente plein cœur, saignant, palpitant, ça s'est passé comme elle l'avait dit. Non elle ne s'éloignait pas, elle diminuait, j'ai failli la perdre de vue dans les langues rasantes de neige cinglant le sol lunaire mais à travers le brouillard de mes cils collés de givre, au compas de mes doigts nus, je l'ai tenue tout le temps que j'ai pu, mon index et mon pouce se rapprochaient aimantés l'un à l'autre inéluctables, tandis que ludion sur place, en apesanteur, elle rétrécissait, s'amenuisait jusqu'à devenir une virgule, un point et que mes doigts, pulpe morte, se touchent, en homme responsable j'ai hurlé mon épouvante, mon amour tu ne me vois plus mais je suis encore là, j'ai seulement disparu de ta vue mais tu ne m'as pas perdue, je suis avec toi, Bud, nous sommes pour toujours ensemble, il faisait un de ces froids dont on dit qu'il gèle un crachat avant qu'il n'atteigne le sol. J'étais d'accord avec elle, c'est là qu'on est allés, un dernier vol nous deux dans la carlingue de mon Norseman jusqu'à moitié du réservoir, c'est la jauge qui a décidé où il fallait atterrir sur la page blanche, l'autre moitié mon amour c'est pour que tu reviennes à notre point de départ, qui n'est pas la piste de décollage d'Anchorage, regarde-moi, mais le moment où tu as eu ce regard-là et que j'ai pointé la flèche du mien dans le tien à tout jamais.

Aux fictions qu'éveillé on se fabrique taillées sur mesure pour servir de carburant à la vie moche, se donner de petits bols d'air à hauteur respirable en sachant qu'il faudra replonger en apnée ras du sol, je préfère le rêve réel même si c'est parfois un cauchemar, il convoque nos ombres et nos âmes, mon rêve ou mon vœu d'à présent a le pouvoir magique d'intervenir pour qu'au futur antérieur cela ait été. En réalité, cela *aura été*. Je le crois, puisque sous ma lampe je continue à écrire, même si en finir avec la mort est aussi impossible que d'en finir avec le roman.

REMERCIEMENTS

À la conservatrice des Archives du Yukon à Whitehorse qui m'a guidée dans la consultation des collections de la bibliothèque d'archives et du fonds photographique.

Aux interprètes du Centre culturel Dänojà Zho de Dawson consacré au peuple tr'ondëk hwëch'in de la rivière Klondike pour leurs précieuses informations.

À Nastassja Martin pour son ouvrage d'anthropologie sur le peuple gwinch'in d'Alaska, *Les Âmes sauvages*, paru aux éditions La Découverte en 2016.

OUVRAGE RÉALISÉ
PAR L'ATELIER GRAPHIQUE ACTES SUD
ACHEVÉ D'IMPRIMER
SUR ROTO-PAGE
EN MAI 2018
PAR L'IMPRIMERIE FLOCH
À MAYENNE
POUR LE COMPTE DES ÉDITIONS
ACTES SUD
LE MÉJAN
PLACE NINA-BERBEROVA
13200 ARLES

DÉPÔT LÉGAL
1re ÉDITION : AOÛT 2018
N° impr. : 92779
(Imprimé en France)